野村望東尼

ひとすじの道をまもらば

谷川佳枝子
Tanigawa Kaeko

花乱社

＊扉の署名は望東尼自筆
装丁／design POOL

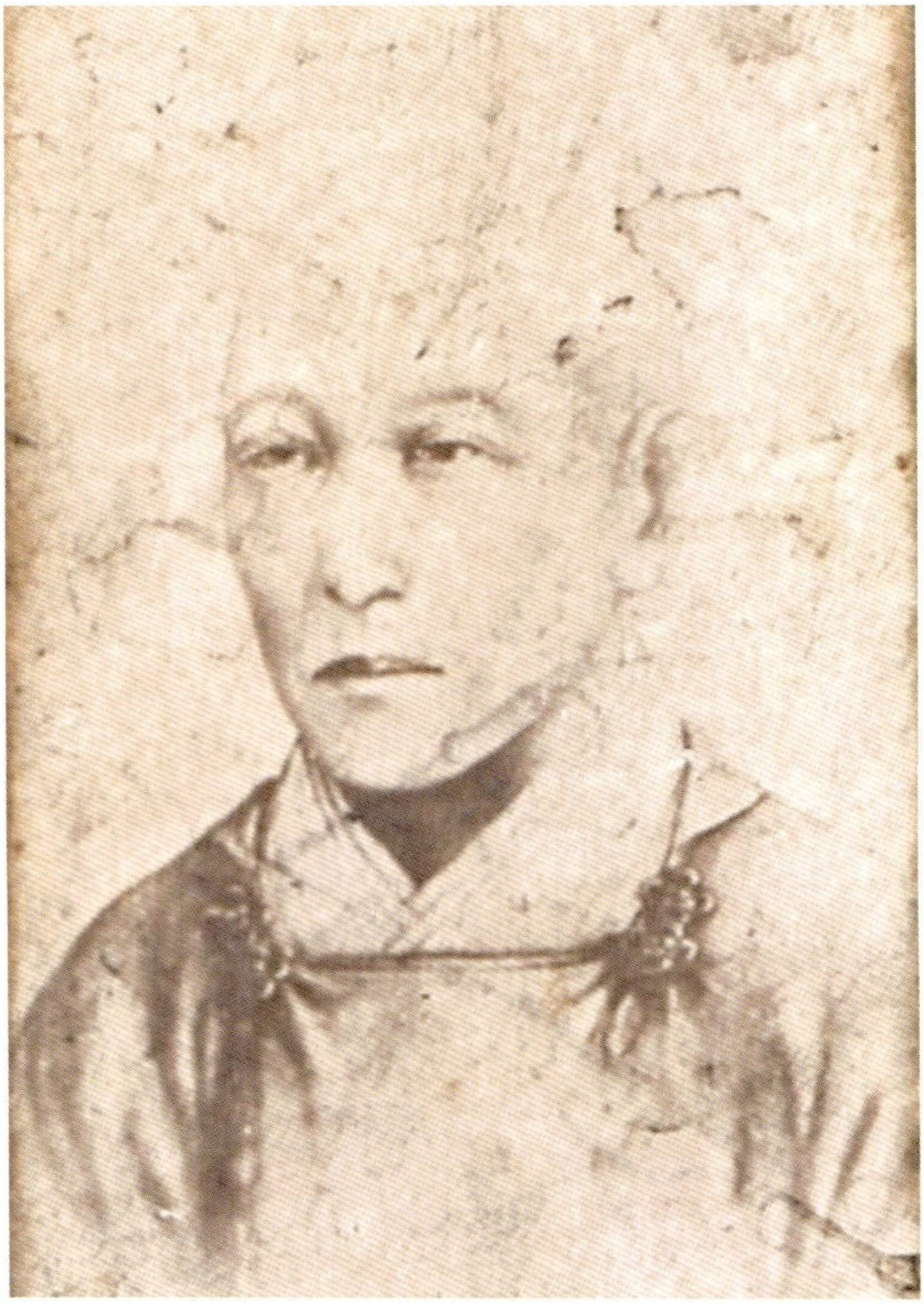

野村望東尼像（福岡市博物館蔵）

望東尼が描いた五卿図（二川家蔵）

望東尼が防府天満宮に奉納した七首の和歌（防府天満宮蔵）

はしがき

歴史小説や時代劇では相変わらず織田信長、豊臣秀吉及び徳川家康の三人が高い人気を誇っているが、それら戦国時代の三英傑と並んで人気が高いのが、幕末・維新期に活躍した勤王の志士たちの群像である。中でも坂本龍馬、高杉晋作、西郷隆盛の人気ははるかに他を凌駕（りょうが）している。彼らの絶大な人気は、混迷を極める幕末動乱の世にあって、時代の先行きを見通し、リーダーシップを見事に発揮しながら不撓（ふとう）不屈の精神で維新の功業を成し遂げていった、その胸のすくような活躍ぶりから来ているのであろう。併せて、その公平無私な人柄と普通の枠には収まりきれない度量の大きさも彼らの魅力の大きな源泉となっている。人々は、世の中が混迷の度を深めれば深めるだけ、そうした英傑の登場を待望する。

しかし、維新の大業が彼らだけの手によって成されたかといえば、明らかにそうではない。その陰には世に名を成すこともなく非業のうちに斃（たお）れた数多くの志士たちの姿があったし、その志士たちをそれぞれのやり方で支えた無数の無名の民の存在があった。

本書の主人公である野村望東尼（ぼうとうに）は勤王家として名高く、明治の世になってからも維新の元勲をはじめ多くの国民からその偉業を称えられたが、その果した役割はそれら志士たちや無名の民の活動内容と本質的に異なるものではない。しかし、それでも望東尼の勤王家としての功績はひときわ異彩を放っており、時には劇的でさえある。また、彼女が遺した記録は、平野国臣、月形洗蔵など維新の成就を見届けることなく非業の死を遂げた人々や、馬場文英、白石正一郎など勤王活動に身を投じたものの不遇な晩年を過ごさざるをえなかった人々の心の内奥を描写し、彼らの発する生々しい肉声に満ち溢れている。本書では、望東尼だけでなく、これら非業・不遇のうちに生を終えた人々の生き様にも触れていきたいと思う。

さて、主人公の野村望東尼とはどんな人物であったか。それを一言で語るのは難しいが、あえて言うならば、志が高く、意志が強く、凛としていて、それでいて慈愛に満ち溢れた女性であった。筆者はそんな望東尼を心から尊敬してきた。そしてそれが、筆者が三十余年にもわたり望東尼研究を続けてこられた唯一にして、かつ最大の理由であったと言えよう。

望東尼の人生は大きく分けて二つの時期から成り立っている。一つは、生い立ちから結婚、子育て、平尾山荘への隠棲を経て夫との死別に至るまでの時期であり、本書では第一章から第四章までがこの時期を取り扱っている。この間、望東尼は自ら産んだ四子の死や、継子の自害とそれに伴う家名の断絶など様々な災厄・苦難に見舞われる。その姿は往々にして、苦しみに打ちひしがれ、病に伏す日々を送り、いつ命が尽きてもおかしくないほどに傷つき弱り果てた姿であった。

しかし、夫の死後、得度剃髪して招月望東禅尼になると、それまでとは打って変わり、波乱に満ちたもう一つの人生が待っていた。その重大な転機となったのが、第四章で取り扱う京坂への旅である。幕末の風雲急を告げる中に身を置いた望東尼は、時勢に目覚め、勤王の志を抱くようになる。帰国してからは、京都で知り合った勤王商人・馬場文英との間に情報交換ルートを開き、福岡藩の勤王派に中央の重要な情報を提供する。また、高杉晋作をはじめ多くの志士たちを平尾山荘に匿まい、彼らのために何くれとなく世話をする。志士たちは命懸けで勤王活動を展開していただけに、望東尼からの情報提供や様々な支援は何よりも有難く、かつ心強いものだったであろう。第五、六章はそうした望東尼による一連の勤王活動について触れている。

第七章では福岡藩の勤王派が一網打尽に捕縛・投獄される様子を描いている（乙丑の獄）。望東尼も、志士たちの多くが刑殺される中で罪一等を減じられ姫島の獄舎に押し込められた。獄舎での生活は苛酷なものであったが、島人（しまびと）たちの温かい思いやりが生き延びていくうえでの力強い支えとなった。そして幽閉されて十カ月が経過した時、既に病の床にあった高杉晋作の手配により劇的な手段で島から救出される。

長州に身柄を移された望東尼はやがて高杉を看取ることになるが、藩主以下の温かい心遣いにより何不自由ない日々を過ごす。しかし望東尼の心はそうした安穏さを決して快しとはしない。第八章では、福岡藩の志士たちの解放をあらゆる方面に訴え続ける望東尼の姿、そして薩長連合軍による回天の動きを祈り、かつそれを見送りながら人生の終焉を迎える望東尼の姿を描く。

振り返れば、望東尼が勤王活動を展開した期間はその晩年の六年間であった。同じ時代に生きた女性で政治活動に関わった者は実に少なく、夫や愛人のために身を挺した者はいても、望東尼のように自らの意志で勤王活動に飛び込み、数々の同志たちから慕われる存在にまでなった例はほとんど見られない。それにしても何がきっかけで望東尼はそのような活動に身を投じるようになったのであろうか。本書では彼女自身が遺した手紙や日記を読み解きながらその点も明らかにしていきたいと考えている。

また勤王家として名高い望東尼ではあるが、その人生の全般に通底していたのは何と言っても歌人としての側面であった。望東尼は若い頃から歌人・大隈言道（おおくまことみち）の門人として歌を学び、自らも次第に歌人として高い評価を得るようになっていった。その人生は歌とともにあり、歌なくしては悲しみに耐え、厳しい試練に立ち向かうことはできなかったであろう。望東尼は歌を詠むことを生きるよすがとし、その中から自らの生への意欲を引き出していった。本書では全章にわたって人生折々の歌を紹介し、その人生がいかに歌の道と一つであったかを示していくつもりである。

幸いにも、望東尼に関してはおびただしい数の文献や資料が残されている。まず、明治二十四年（一八九一）

に正五位を贈位されて以降、望東尼の伝記が次々と世に出、その中には望東尼自身の日記や歌集も一部掲載された。次いで昭和三十三年（一九五八）、野村家所蔵の文書類が佐佐木信綱編『野村望東尼全集』として刊行され、それによって望東尼の遺稿の全容がほぼ明らかになった。その後、長らく所在不明であった春山育次郎『野村望東尼伝』の原稿（昭和四年頃執筆）が発見され、昭和五十一年、筑紫豊氏（当時、福岡県文化財保護審議会委員）の手によって上梓された。本書は佐佐木・春山両氏の業績に負うところが大きいことを、両氏への謝意とともに予めここに述べさせていただく。また、昭和五十二年に野村家から福岡市に寄贈された望東尼関係資料（六百三十七点）や平成十二年（二〇〇〇）に福岡市総合図書館に収められた「正気伝芳」も望東尼の勤王家としての側面を探求するのに大いに役立った。

歴史を学ぶのは実に楽しい作業である。特に古文書を紐解くということは、その作者の生きた時代にタイム・スリップし、作者の眼を通して、あるいは作者への共感を通して、その当時の世相・出来事・人情に触れるということである。筆者は、そうした作業を通じて、江戸時代の人々の藩や家に対する意識、あるいは世俗的な価値観が現代に生きる我々のそれとはおよそ異なるものであることを改めて認識させられたが、同時に、親子の愛情や師弟愛、友情などが時代を超えていささかも変わるものではないことを実感し、そこに一種の安堵感さえ覚えることができた。

本書の読者が望東尼の眼を通して当時の世の中に何をご覧になるか。これから筆者と一緒に旅立ち、望東尼の生きた約一世紀半前の世界をともに体験していただければと願う次第である。

凡例

一、本書では元号を用い、西暦は括弧内に示した。太陽暦（新暦）に変わるまでは太陰暦（旧暦）をそのまま用い、改元の場合は、その日まで旧元号を用いた。

一、歌や引用文中の漢字について、常用漢字体があるものはそれに改めた。また、読みやすいように適宜漢字を当て、ルビ、濁点、読点を付した。原文で慣習的・恣意的な仮名遣いをしているものについては、歴史的仮名遣いに改めた（例えば、原文に「あわれ」と書かれていても、本文ではこれを「あはれ」と表記した）。「之」、「而」、「也」、「哉」はそれぞれ「の」、「て」、「なり」、「や」または「かな」とし、さらに必要に応じて読み下し文に改めた。「ゝ」、「々」、「〳〵」など踊り字は、上の文字を繰り返した。意味が通じない字句には（ママ）を付した。

一、本書に登場する人物は、いずれも諱（いみな）、字（あざな）、通称、変名、雅号、法号など様々な種類の名前を持つ場合が多いが、原則として、改名や変名などを逐一、年月を追って書き分けることをせず、一般によく用いられている名称のみを用い、必要な場合に限って名前の種類などに言及した。女性の名前も同様に一般に用いられている名称がある場合にはそれを用いたが、そうでない場合には、当時の慣習に従い平仮名で示した。年齢は数え年である。

一、出典については、本文中では文献名などを簡略に表記するに留め、巻末の参考文献一覧に編著者・発行所・発行年などを掲げた。

野村望東尼｜ひとすじの道をまもらば｜目次

はしがき　5
凡　例　9
第一章　浦野もととその時代……3
名島門は見ていた　5
もとの生いたちと生家　7
水牛の兜　9
浦野家の系譜と兜の焼失　11
父のこと　13
母のこと　15
兄弟たちのこと　17
姉たちのこと　18
文化・文政期の福岡藩の財政事情　19
第二章　野村もとと歌の道……23
初　婚　25
再　婚　26
野村貞貫と三人の息子　29
四人の子供の死　30
大隈言道に入門　33
商人出身の歌人・言道　35
言道の隠棲　36
歌舞伎と福岡藩の天保の改革　38
二川相近の死　40
次男・貞則の結婚　41
末子・隅田小助の出奔　43
心の転機　45

第三章　退隠の日々……47
隠　居　49
平尾山荘への転居の時期　50
福岡藩の長崎警備　52
山荘への本格的な転居　53
山荘での生活の様子　54
二人の孫　57
母・みちとの別れ　59
次男・貞則の自害　61
家名断絶　63
山荘の四季の移ろい　64
百武万里　66
ペリー来航　67
うち続く大地震　69
「木葉日記」　70
五十路の坂を越えて　72
姫島渡航　74
言道の上坂　76
三男・二川相遠の死　78
闘病生活　79
夫・貞貫の死ともともとの剃髪　81
「もとに」か「ぼうとうに」か　83
言道からの便り　85
桜田門外の変　86
飯塚の人々　87
第四章　京坂への旅……91
旅　心　93
旅立ちの日　94
唐津街道　96
内裏の渡し　98
下　関　99
風待ち・潮待ちの湊　100
金刀比羅宮詣で　102
歌枕を訪ねて　104
楠公の墓　105
言道との再会　106
福岡藩蔵屋敷　108
大坂の宿　109

京都大文字屋 111
上　京 114
京都の春 116
月ケ瀬梅林 118
大田垣蓮月 120
置き上げ 121
旅費と着物 122
時勢への目覚め 124
馬場文英 125
村　岡　局 127
歌の選出 128
千種有文 129
憂国の情 131
離　京 132
帰　国 133

第五章　勤王の道 …… 137

平野国臣と大蔵谷回駕事件 139
大蔵谷回駕のその後 141
喜多岡勇平 143
千種有文の破約 145
有文への失望 147
家集「向陵集」 149
平野の出獄 150
攘夷決行 152
平野の上京 153
月形洗蔵と中村円太 156
文久三年八月 159
生野の変 161
平野・中村捕縛の情報 163
志士たちとの交信 166
生野の変の評価 168
馬場の志 170

第六章　望東尼の志 …… 173

福岡藩勤王派の胎動 175
中村兄弟の長州逃亡 177
禁門の変前夜の福岡藩 178

禁門の変　181
平野国臣の死　183
長州俗論派の台頭と高杉晋作の逃亡　185
高杉の福岡潜伏　187
谷の梅　188
すが子　191
高杉との別れ　193
志士の歌　196
隠れがくれの御つとめ　199
対馬藩の内訌　202
高杉の決起　203
五卿の太宰府遷座　205
五卿への拝謁　206
中村円太の自害　208
福岡藩勤王派の台頭と凋落　211
三条実美からの扇子　213
馬場文英と比喜多源二の捕縛　214
勤王家望東尼　217
志士たちとの交流　219
西郷吉之助の短冊　221

第七章　流　罪　……　225

梅の花散る夢　227
喜多岡勇平暗殺事件　230
勤王派弾圧の始まりと女性勤王家批判　232
浦野家の座敷牢　235
流罪宣告　238
姫島への護送　240
姫島獄中図　242
火の使用　244
家族への手紙　246
来訪者たち　247
島の女たち　248
姫島の師走　250
姫島の正月　252
姫島の春　254
般若心経血書　256
家族への思いと時勢への関心　258
大隈言道『草径集』　260
言道の困惑　261
姫島の秋　264
望東尼救出計画　266
対馬藩領浜崎　267
島抜け　269
大島への寄港　271

第八章　終　焉 …… 273

その後の高杉晋作　275
高杉との再会　276
長門だより　279
孫たちへの願い　282
高杉と俠商たち　284
福岡の友人たちとの文通　286
慶応三年の春　288
長　府　290
すみなすものは心なりけり　292
高杉晋作の死　293
高杉亡き後の望東尼　295
山口の隠れ家　297
湯田の里　300
湯田の吉田屋より　302
助作の死　304
三田尻へ　305
防府天満宮　307
七首の和歌　309
薩摩船の到来　311
大政奉還と王政復古　313
変　調　314
長州藩主からの見舞い　316
長州の女たち　317
客　死　319
野辺送り　321
余　話　323

野村望東尼略年譜　327
参考文献一覧　335
あとがき　345
索　引　巻末2

野村望東尼

ひとすじの道をまもらば

第一章

浦野もとその時代

名島門は見ていた

福岡市中心部の天神から西へ徒歩で十五分ほど行くと、左手に広大な舞鶴公園の一角が見えてくる。福岡城址はその中にあり、鴻臚館（古代、外国使節を接待した客館）跡などとともに国の史跡として保存されている。福岡城は今では大手門、多聞櫓などのほか、石垣と濠の一部を残すのみであるが、城址一帯は桜の名所となっており、夏には濠の水面を埋め尽くすほどに大きな蓮の花が咲く。

城址には、福岡城の遺構ではないが、名島門という櫓門がある。平和台陸上競技場がある東の方からこの門を潜ると、すぐ左手に福岡市立舞鶴中学校があり、生徒たちは毎日、登下校時にこの門を通っている。実はこの門は、かつて浦野もと（のちの望東尼）の少女時代の姿を毎日のように見ていたのである。

名島門が現在の地に移築されるまでのことを語るためには、まず福岡城の生い立ちから述べなくてはならない。福岡城は、筑前福岡藩の初代藩主である黒田長政（一五六八―一六二三）が築いた城である。長政は黒田孝高（一五四六―一六〇四。通称は官兵衛、号は如水）の子で、豊臣秀吉の武将として中国征伐や賤ケ岳の戦いなどに従ったほか、朝鮮出兵では自らも彼地に渡って戦った。ところが慶長五年（一六〇〇）の関ケ原の戦いでは徳川家康に味方し、その功績によって豊前中津十二万石から筑前五十二万石に移封された。異例の抜擢と言ってよい。

名島門（福岡市中央区城内）

筑前に入った長政は当初、名島城（現在の福岡市東区名島）を居城とした。

この名島城は、秀吉の九州平定後の天正十五年（一五八七）に小早川隆景が築城したものであった。隆景の跡を継いだ養子の小早川秀秋は関ケ原の戦いで勝敗を決定づける寝返りをし、その功によって備前と美作に五十万石を与えられ、名島城を去った。

新しく名島城の主となった長政は、名島が当時は半島で要害の地ではあったものの城下町を発展させるだけの広さがなかったことから、幕府の許可を得て、博多湾を望む丘陵地、那珂郡警固村の福崎に慶長六年から七年間の歳月をかけて新たな城郭を築き上げた。それが福岡城であった。福岡という地名は、黒田家の出自が備前国邑久郡福岡（岡山県瀬戸内市長船町福岡）であったことにちなんで名付けられた。城は、長政が朝鮮出兵の時に慶尚南道で見た不落城・晋州城を手本として築かれ、その姿があたかも鶴が両翼を連ねて舞っているようだというので舞鶴城とも呼ばれた。

福岡の東には那珂川をはさんで中世から商都として栄えている博多があった。

長政は福岡城造営のために名島城を解体してその部材を再利用した。この時、名島城の脇門の名島門は、黒田二十四騎（福岡藩の草創期を支えた二十四名の家臣）の一人で、賤ケ岳の戦い、関ケ原の戦い、大坂の陣などに参戦して勲功を立て、築城技術にも優れ、名島・福岡両城の造営に携わった家老の林直利（掃部）に下げ渡された。そして、それが名島城の数少ない遺構の一つとして今日まで残されているのである。

林家に移された名島門は、明治の中頃長崎に移築されそうになったのを、玄洋社初代社長の平岡浩太郎によって買い戻され、天神町にある自宅の門として使用されていたが、戦後になってビルの建設に伴い、同氏の孫・

平岡浩により現在地に移された。

福岡城の周囲には濠が張りめぐらされており、藩士はその周囲に概ね階級ごとにまとまって居を構えていた。黒田家が姫路にあった時代から従ってきた藩士の多くは、城の東方の天神町から大名町（だいみょうまち）あたりにかけて大きな屋敷を構えていたが、その中に林家の邸宅もあった。福岡藩の分限帳には、林家は天神町にあり、文化十四年（一八一七）には二千二百三十石の大組（福岡藩では千石以上の知行取り家臣）であったと記されている（井上忠編『黒田三藩分限帳』）。

さて、武士の娘は、少女時代に父親の上司や高禄の武士の家などに住み込んで行儀見習いをすることが珍しくなかった。江戸時代後期、林直利の子孫の林直統（ただむね）が林家の当主であった時期に、同家に行儀見習いとして入って来た少女の一人が浦野もとであった。浦野もと、のちの野村望東尼である。

十三歳になったもとは、それから二、三年間をこの林家で、裁縫、茶の湯、生け花あるいは礼儀作法などの女子的教養、すなわち女としてのたしなみを身に付けるために奉公する。

林家の名島門は名島城が解体された時から江戸期を通じて林家の門として使用され続けたが、少女時代のもとも幾たびこの門を潜りながら林家に出入りしたことであろうか。

もとの生いたちと生家

もとは文化三年（一八〇六）九月六日、福岡藩士・浦野勝幸とみちの間に浦野家の三女として生まれた。その時、父は四十九歳、母二十八歳であった。彼女は利発で器量のよい子であったといわれている。前述したように十三歳で林家に上がって行儀見習いをし、礼儀作法や教養を身に付けた。林家から実家に戻ってまもなく、十七歳で結婚するが、この結婚はわずか半年余りで破綻してしまった。二十四歳で福岡藩士・野村貞貫の後妻となる。

　その後、もとは自らが産んだ子供たちばかりか、継子として育てた子供たちまでをも次々と病などで失っていく。彼女にとっては、夫とともに学んだ和歌の道が唯一の心の支えであった。夫の死後、招月望東禅尼（野村望東尼）となった。そして彼女の運命は大きく変転する。本書ではこれから、今日に残された日記、手紙などの諸記録や歌集などを丹念に読み解きながら、もとの人生を克明に追っていくこととしたい。

「野村望東尼誕生之地」碑
（福岡市中央区赤坂）

　ところで、もとの生家はどこにあったのであろうか。

　城内の南方には馬場があり、追廻門（南門）を出て追廻橋を渡ると、長さ三〇〇メートルにも及ぶ追廻馬場があった。その東側には馬屋があり、馬屋のさらに東側には、御馬方と呼ばれる馬の調教師や御馬医の役宅があったほか、馬廻組（主君の乗馬の近くで警護に当たる騎馬の侍衆）に所属する藩士たちの家が数多くあった。

　もとの実家の浦野家は馬廻組に所属し、『黒田三藩分限帳』や『福岡藩分限帳集成』（福岡地方史研究会編）に「御馬屋後」、「御厩後」などと記されているように、その居住地は馬屋の裏手にあった（三八頁掲載図参照）。そのあたりは東南に向けて赤坂山から大休山へと連なる丘陵地帯の山裾で、浦野家の屋敷も急な上り坂に面していた。丘陵地帯には浪人谷、茶園谷、馬屋谷、御所ケ谷など幾つもの谷があり、下級武士の居住地域となっていた。多くの谷の土は赤土で、雨が降るとぬかるんだ。侍たちがそのぬかるむ道を足元を気遣いながら上り下りする姿が蝦蟇がえる（福岡の方言では「わくどう」）に似ていたことから、人々はこれを「谷わくどう」と呼んで揶揄した。

　浦野家の屋敷があった場所は現在の福岡市中央区赤坂三丁目。そこには「野村望東尼誕生之地」という石碑が建てられている。

水牛の兜

話を、もとの少女時代のあるエピソードから始めよう。

もとが林家にいたある日のことであった。浦野の家が火事に見舞われているという知らせが届き、彼女は取るものも取りあえず、御馬屋後にある実家に駆け付けた。着いてみると、既に我が家は焼け落ちてしまった後であった。その時に彼女が口から発した最初の言葉が「水牛の兜は如何になりしぞ」であった。水牛の兜は、浦野家が家宝として先祖代々珍重してきたものであった。この年頃の少女であればほかに安否を気にする物もあるであろうに、彼女は真っ先に家宝の兜の安否を気遣った。そのことに対し、武士の娘として実にあっぱれなことだという評判が立ち、その話は藩の古老の耳にまで届いたというのである（春山育次郎『野村望東尼伝』。以下『望東尼伝』）。

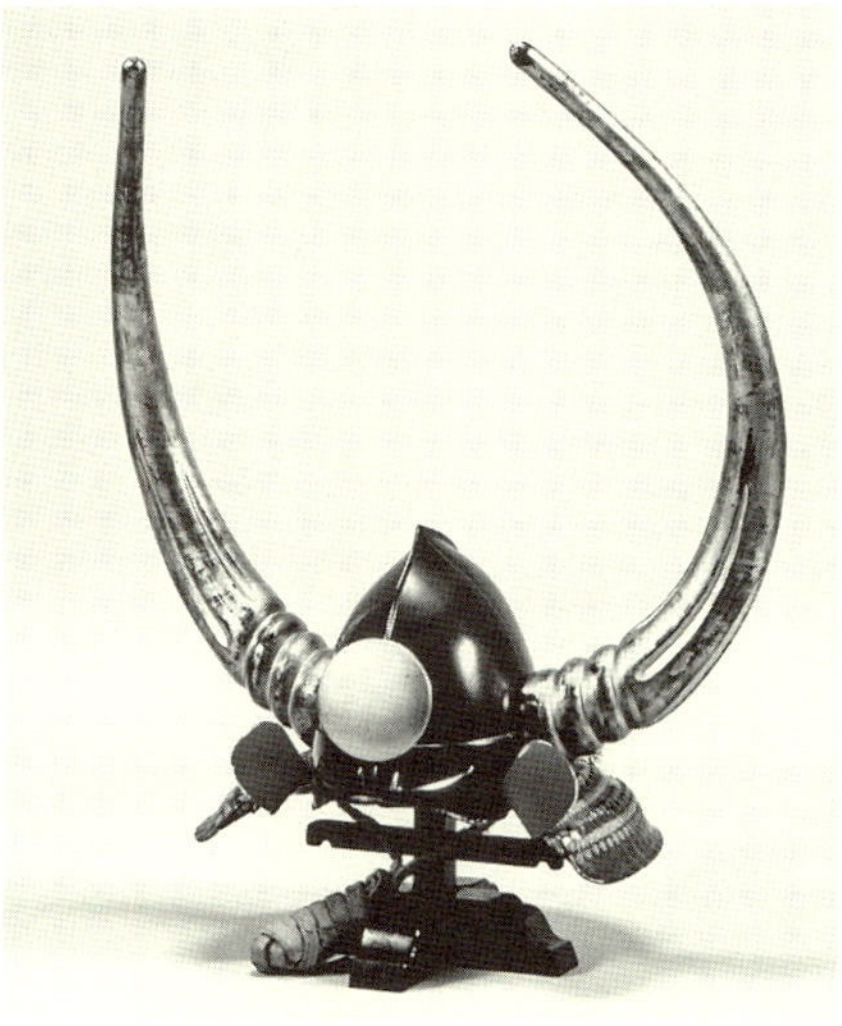

黒漆塗桃形大水牛脇立兜
（福岡市博物館蔵）

次に、この浦野家が家宝にしていた水牛の兜のいわれについて少し述べてみる。というのも、これが浦野家の福岡藩におけるいわば存在理由のようなものであったし、もとという一人の少女がその後の人生において一貫して黒田の殿様に対し畏敬の念を抱き続ける原点ともなったからである。

さて、福岡市博物館蔵黒田家資料に「黒漆塗桃形大水牛脇立兜（くろうるしぬりももなりだいすいぎゅうわきだてかぶと）」というものがある。水牛の角をかたどった巨大な脇立のある桃形の兜で、大変意匠に優れており、長政が愛用し黒田家の家宝になったとされるものである。実は、この水牛の兜は、浦野家の先祖が黒田家に献上したものだといわれている。

浦野家の始祖・勝宗は近江国の浅井長政（一五四五―七三）の家臣で、八幡神の熱心な信者であった。勝宗が武運を祈るために石清水八幡宮に参籠している時、夢の中でお告げがあり、目覚めて拝殿を見上げると、忽然と水牛の兜が現れたという。勝宗がそれを大事に持ち帰って言うことには、「我旗頭とならば甲を着用すべし、然らざれば一個の模型を造り着用せり（ママ）」と。

勝宗が浅井長政と織田信長の間で繰り広げられた姉川の戦い（元亀元年〔一五七〇〕）で命を落とし、それが端緒となって主家の浅井家も滅んだので、勝宗の子の勝久は浪人となって諸国を流浪し、やがて豊前国中津にたどり着いた。勝久は、中津城主であった黒田長政が良将の器であり、しかも黒田家が近江の佐々木源氏の出なので、父から譲り受けた水牛の兜を石清水八幡宮の守護がありますように（八幡神は源氏の氏神）と言って献上し、仕官を申し出た。長政は大いに喜んでこれを受け、勝久を自らの配下に召し抱えた（浦野勝吉作成「浦野家系譜」〔浦野家蔵〕）。

長政がこの兜を着用して数々の戦いを制したので、福岡藩ではこの兜を武勇の証として重宝するようになった。『新訂黒田家譜』（第一巻二二五頁。川添昭二・福岡古文書を読む会校訂）には、文禄元年（一五九二）、朝鮮の嘉山城攻めの折、敵の矢に射られた長政がその矢を抜かぬまま敵将李応理と川中で組み合い、勇躍これを討ち取ったというくだりがある。この時、長政は水中に没して姿が見えなくなったが、川面に水牛の角の先が少しだけ見えたので家臣が至急駆け付け、川の中から長政を引き上げたということである。

この兜は江戸時代のお家騒動の一つに数えられる黒田騒動にも登場する。黒田騒動は、苦労を知らずに成長し気儘に振る舞っていた第二代藩主忠之と、それを諫める家老・栗山大膳との葛藤が引き起こしたお家騒動である。黒田長政はその臨終の枕元に嫡男の忠之と栗山を呼び、二人に対し「そもそもこの兜は、この父が若年の頃から数度の戦場に用いたものゆえ、これを大膳に預ける。わが亡き後に、右衛門佐（忠之）がわがままに振る舞い、その上に汝が意見を用いぬ時は、すなわち、この兜をもって、予に代わってどんなにでもこらしめ、先祖の軍功が無駄ごとにならぬよう頼むぞ」（原田種夫訳『黒田騒動』）と遺言した。栗山は長政亡きあとも変わらぬ忠之の乱行に対して、たびたびこの水牛の兜を取り出しては諫めたという（ただし、このあたりの話の真偽は定かではない）。

『新訂黒田家譜』（第二巻五〇八頁）には、第三代藩主光之が第四代綱政に家督を譲る際に、水牛の甲冑と北条の白貝（しらがい）（天正十八年〔一五九〇〕の小田原落城の際、城主の北条氏より贈られた物）を譲ったという記事も見える。また歴代の藩主はこの兜の写し（模造品）を作っており、第三代光之、第十一代長溥（ながひろ）及び第十二代長知（ながとも）のものが現存している。これだけを見ても、黒田家でいかにこの兜を重宝していたかがよくわかる。

浦野家の系譜と兜の焼失

水牛の兜を藩主に献上した浦野家では、兜の写しを作ってそれを先祖代々受け継いでいく。浦野家の菩提寺である少林寺（福岡市中央区天神三丁目）の過去帳をもとに作成された「浦野家系譜」によると、黒田長政に兜を献上した浦野勝久は慶長五年（一六〇〇）、長政に従って筑前に入り、同十六年一月には二百五十石を賜った。勝久は寛永の初めに隠退して良浦と号し、その跡を第三代勝貞が継いだ。勝貞は寛永三年（一六二六）、七百石に加増された。同十五年には肥前島原の乱への出征を命じられるが、中風を患っており歩行すらもままならなかったので、まだ部屋住みであった嫡男の勝俊を藩主忠之に従わせた。弱冠十九歳の勝俊は同年二月、この島原で戦死した。同じ年の六月には、隠居していた勝久も相次いで没した。残された勝貞はその後も長生きして寛文九年（一六六九）四月に世を去る。実は、勝俊が戦死した時妻は身籠っており、そうして生まれた子が第四代勝正であった。勝正は祖父の勝貞から百石を受け継ぎ、貞享五年（一六八八）八月には第三代藩主光之によって三百石に加増された。彼は長崎聞役も務めた。第五代は勝久（第二代と同名。一説には勝文）で享保十四年（一七二九）

【浦野氏系図】（＝は養子　----は同一人物）

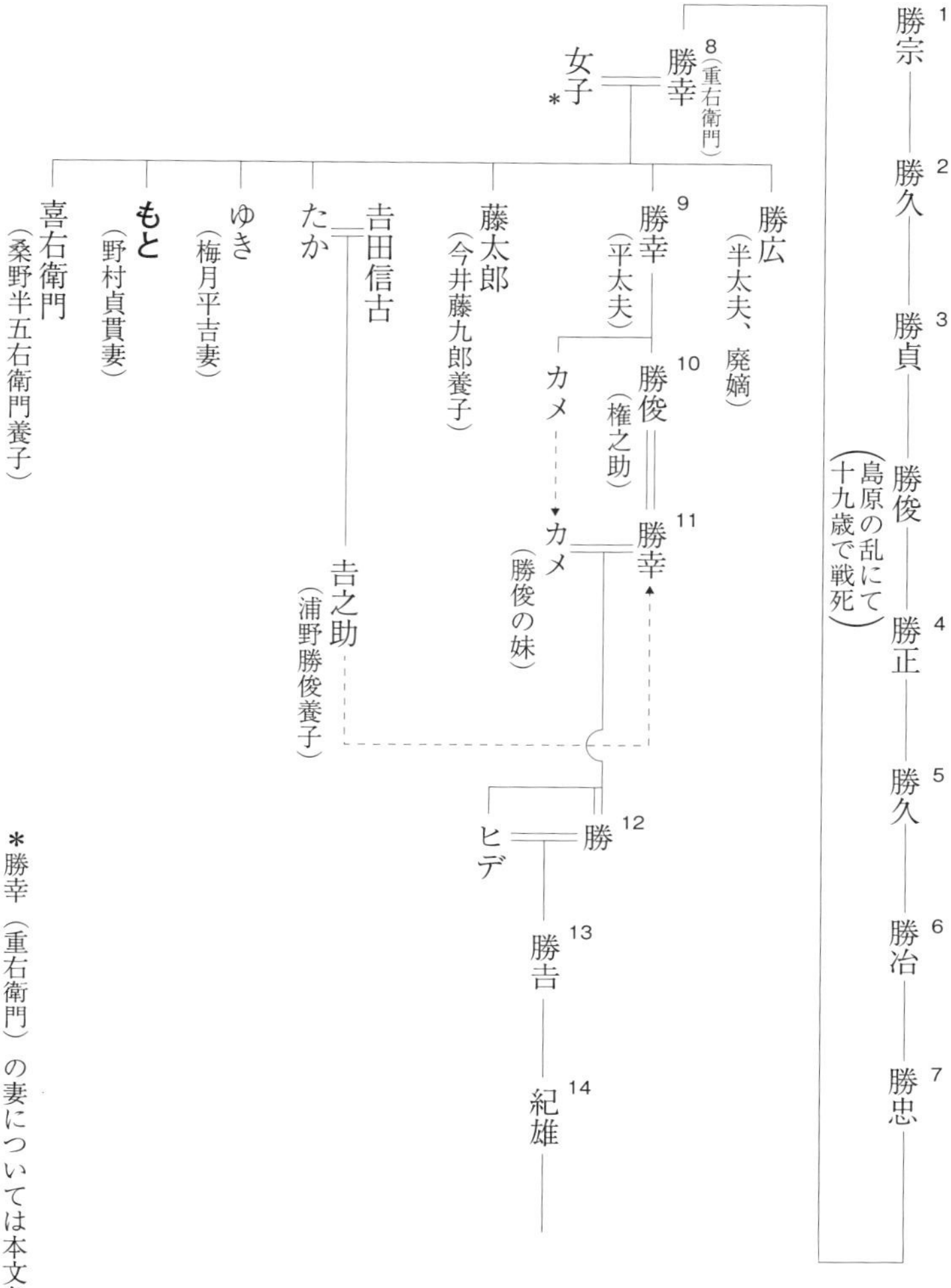

＊勝幸（重右衛門）の妻については本文参照のこと

五月に亡くなっている。

ところで、第六代の勝治の時代になると、宝暦三年（一七五三）、近隣の火事が自宅に及び、その際に先祖伝来の水牛の兜の写しも焼失してしまった。勝治は同五年十一月に死去。第七代勝忠は父勝治の死の翌月に禄を受け継ぎ、同六年七月には足軽頭となり、天明二年（一七八二）八月に死去した。その翌々月に襲禄（しゅうろく）したのが、浦野もとの父・勝幸であった。

浦野家では、勝治の代に焼失してしまった兜の写しを再度製作するため、その焼失から三十四年たった天明七年十二月、藩主に本物の水牛の兜を拝見したいと申し出た。すると、寛政二年（一七九〇）二月になって、藩庁から新たに作られた兜が勝幸に送られてきた。その際、藩主と同じ兜の写しでは使用したい時に家臣としての遠慮があって着用できないであろうから、藩主斉隆（なりたか）（一七七七―九五）の格別の思し召しによって別に兜を拝領するように、との書付（浦野家蔵）が下された。浦野家では藩からの沙汰があったことに大いに安堵し、また、藩主の心遣いに深く感謝したことであろう。これは、もとが生まれる十六年前の出来事であった。

浦野家では、藩主に兜を献上した家柄であるという誇りと、今日浦野家があるのは藩主のお蔭であるという感謝の気持ちを子から孫へと代々伝えていたようだ。もとも、父の教えをしっかりと心に受け止めた。彼女の藩主への忠誠心は、晩年になって勤王家として活動するようになってからも、さらには罪人として島流しになってからも変わることがなかった。

父のこと

次に、もとの家族に目を向けてみよう。

父は浦野勝幸（一七五八―一八二七）といい、勝忠の子で、母は山本藤右衛門の娘であった。勝幸の通称は初めは半平であったが、のちに重右衛門と称した。天明二年（一七八二）八月に勝忠が死去したので、同年十月、二十五歳で襲禄した。勝幸は天明四年に御弓付へ、同七年十一月に足軽頭へと進み、寛政七年（一七九五）九月には御詮議奉行に昇進した。

勝幸は、東山流の生け花をたしなむ、風趣を解する武人であった。生け花といえば、現代では女性が活けている姿を連想させるが、江戸時代においては主に男性がたしなむものとされていた。江戸中期頃になると諸流派が出て隆盛を極めたが、その一つ東山流は、筑前秋月（福岡県朝倉市の一部）の武門に生まれた千葉一流（一七二四―一八〇五。号は得実斎）が興した流派であった。彼は、東山流の花伝書の一つ、「抛入花薄」を著したが、その序文及び千葉万水の「抛入花薄精微」の序文によると、幼い頃から三十余年間にわたって華道に精進し、足利義政（東山公）が創始した挿花法を学んで、西日本一帯にこれを広めたということである（右の二書とも華道沿革研究会編『花道古書集成』所収）。豪気な花風で知られるこの流派には、今日でも門人に多くの男性が名を連ねている。四季折々に催される「花会」のあとは、門人同士で酒を酌み交わし賑やかに談笑するが、それは勝幸の時代から伝承されてきたこの流派特有の楽しみ方なのであろう。

一流は妻帯せず、その養子の万水が流派を受け継いだ。万水のあとは一流（初代と同名）、一修、一清と続いた。なお、一清のあと、約二十五年間家元が途絶えたが、昭和二年（一九二七）に一心が第六代を継ぎ、現在の家元は第七代一伸である。

「抛入花薄精微」には、「宜春」という作者名の入った花図が収録されている。『望東尼伝』によると、浦野勝幸は花月庵南渓と称して名人の誉れが高く、また、宜春という宗匠名を用いたという。ということは、この花図は勝幸自身のものであったかもしれない。勝幸は文政十年（一八二七）七月十七日に亡くなったが、その法名は「花月庵南渓宜春居士」である。この法名からも生前の勝幸が華道にいかに執心していたかが窺える。

もとには幼い頃から「月花をめづる心」（風趣を解する心の意）があったと評したのは、のちに彼女の和歌の師となる大隈言道であった。生来の資質に加え、生け花を好む風流な父・勝幸の影響もあって、彼女は感性の豊かな娘に育ったのであろう。

母のこと

もとの母はみち（一七七九—一八四八）といい、糟屋郡植木村（福岡県糟屋郡須恵町植木）の百姓・今泉与七の長女であった。与七は炭を焼いて福岡城下に売りに来ていたので、藩士の家にも出入りする機会があったとみえて、その縁で娘のみちを浦野家の下女として奉公させたようである。

のちにみちは浦野勝幸の後妻となるが、実はこれには二人目の妻であったという説と三人目の妻であったという説がある。また、それぞれの説において、彼女が勝幸との間にもうけた子供の数もまちまちである。

三人目説を唱えたのは郷土史家の春山育次郎で、その没後約半世紀を経て出版された『野村望東尼伝』（昭和五十一年）によると、勝幸の最初の妻は原田兵次郎の娘で、一子をもうけたのち早々に離婚。二人目の妻は千代氏の娘で、二子をもうけたが、病気のために亡くなった。その彼女が病床にある時、下女奉公をしていたみちが自分をよく介護してくれただけでなく子供たちの面倒もきちんとみてくれたので、いたく感謝し、生前から親族に自分の亡き後はみちに託したいと伝えていた。そしてその言葉どおり、彼女が世を去ったのち、みちはその後妻として迎え入れられたというのである。春山によれば、みちは勝幸との間に四子をもうけている。

一方、江島茂逸（もいつ）編述「贈正五位望東禅尼伝」、浦野勝吉作成「浦野家系譜」、林大寿作成「浦野家系譜」などによると、勝幸の最初の妻が原田氏の娘（春山説と同一人物）で、二人目の妻がみちである。原田氏の娘は、勝幸との間に子供をもうけたのち離婚した。ただし、江島が前妻二子、後妻（みち）六子、浦野が前妻一子、後妻六子、林が前妻三子、後妻五子としており、もうけた子供の数については、春山説との間だけでなくこれらの系譜などの間でも説が分かれている。

浦野勝吉の「浦野家系譜」には、みちの項に「願ひ済みの上、取り揚げ本妻とす」と付記されているが、このことにもみられるように、厳格な身分制度のあった時代において農民の娘が三百石の武士の妾でなく正妻になるというのは特筆すべき事柄であった。ともあれ、ここでは彼女が勝幸の後妻となったことに関連して諸説があったことを紹介するに留める。

現在も糟屋郡須恵町植木には今泉姓の家が多く、在所の一角には今泉家の先祖の顕彰碑も建てられている。同家の菩提寺である道林寺の境内には一族の墓が立ち並び、その中にみちの父・今泉与七の墓もある。その墓石に刻まれた「仙齢宗寿信士」という法名は既に磨耗していて読み取りにくいが、これを与七の孫にあたるもとが書いたという言い伝えもある。与七は天保二年（一八三一）七月十四日、九十六歳の天寿を全うした。もとが二十六歳の時のことである。

道林寺の付近を歩くと、今もなお寺の南面には田畑が広がり、その向こう側に与七の子孫の住居が見える。この風景は往時とさほど変わりがないのではないかと思われる。

この村で育ったみちは器量もよく、気質の優しい心がけのよい女性であったという。この母から娘のもとは女性として家庭を切り盛りする才覚を受け継いだ。困った人を見たら助けないではいられないという彼女の篤実な人柄も、この母の人となりが影響を与えたのかもしれない。

もとの少女時代にもう一つ、「浦野のシャンシャンはジョウモンのシャレモンなり」と噂されていたという話も残っている。これは博多の方言で、「浦野のお嬢ちゃんは器量がよく、身だしなみもきちんとしている」といった意味であるが、木綿の白襟紋付を着て、手製の足袋を履き、福岡の城下を颯爽と歩くその姿が人目を引いたのであろう。このことからも母みちの行き届いた躾が感じられる。

兄弟たちのこと

もとの兄弟や姉たちについて書かれた最も古い文献は、明治二十五年（一八九二）に浦野勝が綴った「贈正五位望東尼小伝」（佐佐木信綱編『野村望東尼全集』。以下『全集』）である。それによると、兄弟姉妹は六人で、それぞれについて「兄を半太夫（故あって別居す）、平太夫（浦野家を継ぐ）、藤太郎（今井家の養子となる）、姉をたか（吉田弥左衛門に嫁す）、ゆき（梅月平吉に嫁す）、弟を喜右衛門（桑野家養子となる）」（上記括弧内は浦野勝による注記）と記されている。これが現存する記録としては最も古く、かつ浦野家の当主によって書かれたものであることから、その信憑性はかなり高いものと考えられる。

長兄の勝広（?―一八四八。通称は半太夫）はいかなる理由によるものか早い時期に廃嫡され、博多浜口町（福岡市博多区中呉服町）に別居していた。妾との間に一人娘の清子がいて、下座郡三奈木（福岡県朝倉市三奈木）に住む福岡藩士・高岡市兵衛に嫁した。もとはのちに、この高岡に嫁した清子の家を時折訪れる。

次兄の勝幸（一七八九―一八五二。父と同名。通称は平太夫）は妹のもとよりも十七歳年長で、文政十一年（一八二八）に四十歳で父の禄を継ぐことになる。

福岡藩士・今井半九郎の養子になって藤太郎と称したすぐ上の兄は、文化七年（一八一〇）七月十五日に十五歳で亡くなっているので、逆算すると寛政八年（一七九六）の生まれである。

弟の喜右衛門（「浦野家系譜」では嘉右衛門）は福岡藩士の桑野家へ養子に行った。彼は弘化三年（一八四六）十二月から姫島の定番役を務め（福岡地方史研究会古文書を読む会編『福岡藩無足組 安見家三代記』二七九頁）、万延元年（一八六〇）にこの島で没する。そして後述するように、もとがのちに姫島に流罪になった時に、弟がかつてこの島の定番役であったことが幸いするのである。

姉たちのこと

「贈正五位望東尼小伝」によると、もとは三女ということになっているが、彼女を浦野勝幸の次女とする説もある。しかし、望東尼の「向陵集」に二人の姉に関する記述があることから、彼女が三女であったことは明らかである。

姉のたかは、那珂郡清水村（福岡市南区清水）の吉田信古（一八〇一―七六。通称は弥左衛門、号は友藻。馬廻組七十石）に嫁し、「向陵集」には「清水のさとなる姉」としてたびたび登場する。もとにとっては兄弟姉妹の中で最も親密な交わりのあった人物である。夫の信古は武士であったが、農業も営んだ。この信古との間に五男一女をもうけ、そのうち四男の吉之助がのちに浦野勝俊（権之助）の養子となり、浦野家を継ぐことになる。たかは慶応三年（一八六七）八月二十六日に没する。

もう一人の姉ゆきは、早良郡田村（早良区田村）の庄屋・樋口次七の養女となったのち、薬院林毛町（福岡市中央区大名二丁目）の商人・梅月平吉に嫁した。「向陵集」一五三番の歌と別編一七七四番の歌には姉ゆきにまつわる話が登場する（なお、以下、本書において「向陵集」の歌番号は筆者校訂『向陵集』による）。

ここで、「向陵集」の構成について一言触れておく。「向陵集」は二部構成となっており、千六百五十首の歌から成る部分と百九十九首の歌から成る部分に分かれている。前者（千六百五十首）を仮に本編とし、後者を別編とする。別編の歌の中には本編と重複するものもある（なお、別編は『全集』では省略されている）。『向陵集』の歌には詞書が付されたものが多く、それらは歌が詠まれた当時の状況を知る重要な手がかりとなることがある。

一五三番の歌の詞書には「はらからのいやしきものに添ひてありつるがみまかりける時、人知らず忌みに籠りたりける時」云々とあり、別編一七七四番（本編一五三番と同じ歌）の詞書には「姉なるもの世にはぶれてありつるがみまかりければ、人知らず忌みに籠りけるを」云々とある。これら二つの詞書によって、この姉は「はらから」、つまり母を同じくする兄弟姉妹（同胞）で、「いやしき者」の妻となっており、何らかの理由で「世にはぶれて」いた、すなわち、世を憚って暮らしていたということがわかる。妹のもとは、この姉の死を公にしないで一人で忌みに籠った。

ゆきが亡くなったのは、もとが三十代半ばの頃である。姉妹の婚家が同じ林毛町にあったにもかかわらず、妹が姉の葬儀にも行けなかった理由とは一体何であったのか。ゆきの結婚が里親の認めないようなもので、浦野家では里親に対する遠慮から彼女と縁を切っていたというふうには考えられないであろうか。ともあれ、もとはただ一人喪に服し、姉ゆきの死を心の中で悼むのである。

文化・文政期の福岡藩の財政事情

以上、もとの生い立ちを見てきたが、ここで彼女が娘時代を過ごした文化・文政期の状況、特に三百石取りの浦野家においても娘を農家に里子に出さなくてはならないほどに困窮していたこの時代の幕府や藩の財政状況と武家の台所事情に目を向けてみよう。

江戸時代も中期以降になると、幕府や諸藩では財政が甚だしく窮乏し、武士の家計も著しく逼迫した。ことに天明の飢饉（一七八二―八七）は幕藩体制を根底から揺るがした。天明七年（一七八七）に老中首座となった松平定信（一七五八―一八二九）は寛政の改革を断行し、幕府の財政再建と農村の復興を図った。諸藩においても、参勤交代に要する膨大な出費、江戸藩邸の維持費の増大、幕府から命じられる諸普請の過重な負担、物価の上昇と年貢収入の低迷などの諸要因が重なって財政が窮乏し、多くの藩で財政の建て直しを目指して藩政改革に手が付けられた。

【黒田氏系図】（‖は養子）

孝高（如水）―長政[1]―忠之[2]―光之[3]―綱政[4]―宣政[5]‖

継高[6]‖治之[7]‖治高[8]‖斉隆[9]―斉清[10]‖長溥[11]‖長知[12]

一方、福岡藩では、第六代藩主継高以来、養子の藩主が続いていた。第七代治之は御三卿の一つである一橋家の徳川宗尹の子（第何子かについては諸説あり。治高及び斉隆において同じ）で、明和六年（一七六九）に襲封し、十二年後の天明元年（一七八一）に没した。第八代治高は讃岐多度津城主・京極高慶の子。天明二年に襲封したのち、わずか半年で没した。第九代斉隆は治之と同じく一橋家の出身で、一橋家第二代当主・徳川治済の子。同年、六歳で襲封し、寛政七年（一七九五）十九歳で没した。そこで斉隆が亡くなる半年前に生まれた世子斉清（一七九五―一八五一）が第十代藩主となった。なお、斉清を支藩・筑前秋月藩の藩主・黒田長舒の実子とする説もある。

このように養子や幼少の藩主が続いたことで福岡藩の権力構造は次第に弱体化し、肥前佐賀藩と交代で勤務する長崎警備御番役も支藩の秋月藩主が代行するという有様であった。このことは、幕藩体制後期における福岡藩の地位をも低下させた。

当時の藩政は輪番によって毎年交代する家老たちによって担われていた。福岡藩では、有能な藩士育成のために藩校を二校（修猷館と甘棠館）設立したり、櫨蠟や鶏卵などの特産物の生産を奨励したりしたが、藩の体制及び財政を強化するまでには至らなかった。また、農村においては、年貢の負担が高水準に固定されていたため村落の疲弊と農民の階層分化が進み、文化年間になると、打ちこわしや百姓一揆が頻発するようになった。そこで藩は文化十二年（一八一五）、年貢の固定制をやめ、農民の負担を軽減することによってその疲弊を抑えようとしたが、はかばかしい成果は得られなかった。

文化五年八月に長崎で起きたフェートン号事件（イギリス軍艦「フェートン号」がオランダ国旗を掲げて長崎港に侵入し、オランダ商館員を拉致（らち）したうえ奉行所に食料・薪水の供給を強要した事件。騒ぎの責任を取って長崎奉行松平康英が切腹）によって藩は軍備強化のため多額の支出を強いられ、莫大な赤字を計上した。さらに、文政十一年（一八二八）八月の二度にわたる台風は領内に甚大な被害をもたらし、藩財政の窮乏に追い討ちをかけた。こうした深刻な財政事情はのちに行われる天保期の藩政改革によっても好転することはなかった。

第二章　野村もとと歌の道

初婚

浦野もとは十七歳の時に、五百石取りの福岡藩士で極楽寺町（福岡市中央区天神四丁目）に住む十五歳年長の郡利貫（通称は甚右衛門）と結婚した。しかし、この結婚は半年余りで破局を迎えてしまった。

もとの十七歳での結婚を世に初めて明らかにしたのは『望東尼伝』である。浦野家側からの話として離婚に至った事情を「郡甚右衛門は望東尼の腰元として連れ行かれたる婢女を幸したる為に、早くも新夫婦の間に悶着起り、望東尼は強ひて出で去るを望み、両親はじめ周囲の人は、極力慰諭したれども、特別の気象を具へたる少女は、縦令我儘者の謗りを蒙りても、出戻娘の恥をみても厭ふ所にあらずと称し、飽くまでも主張せられたるを以て、余儀なく本人の心に任せて離婚せるなり」と紹介し、夫の不道徳な行いを新妻のもとは許すことができず、自らの意志で家を出たとしている。

もとの長姉の子孫にあたる方に伝えられている話の中には、この結婚は石高の多い郡家との間で親が定めた気の進まない結婚であったうえに、夫の利貫はあまり頭のよい人ではなかったので、利発な彼女は自分の意志で家を飛び出したのだという言い伝えもある。

いずれの話も自ら家を出たという点では共通しており、彼女の勝気な一面がよく表れている。もとは、この時代には珍しく自分の意志を貫こうとする女性であったと言うことができよう。

『望東尼伝』は郡家側の言い分も紹介しており、それは「若き細君の身たしなみに欠くる所あり。平生潔癖を以て知られたる甚右衛門の意に満たず、結局相衝突して離縁となりたるものにして、埒(らち)もなき事情より起こり、必ずしも深き理由はなかりし」というものであった。しかし、もとは少女時代に、前述のように「浦野のシャンシャンはジョウモンのシャレモンなり」と評判が立つほどに美人で身だしなみに気を配っていたという話が残っているので、郡家側の言い分には腑に落ちないものがある。一方で、もとはのちに利貫の嫡男五兵衛の妻たいと和歌の同門として親しく交流することになるので、この初婚の失敗が彼女のその後の人生に負の影響を及ぼしたようにも思えない。

再婚

文政十二年(一八二九)二十四歳の時に、もとは福岡藩士・野村貞貫(さだつら)(一七九五〈あるいは一七九四〉—一八五九)と再婚した。

『望東尼伝』によると、野村貞貫ともとは双方とも、書家で歌人としても知られた二川相近(ふたかわすけちか)の門人で、その二人の縁を、野村家と親交がありのちに相近の養子となる鶴原方作が取り持ったというのである。

ところで、『望東尼伝』には叙述されている事柄について出典や具体的な根拠が示されていないため、それらが史実なのか単なる憶測なのかは判然としないところがある。春山育次郎がこの本を著したのは昭和四年(一九二九)頃のことで、その記述の中には例えば古老が子供時代の話として、あるいは親から聞いた話として語ってくれたというような箇所が随所にあることから、そうした記述がないところについても、彼が実地に取材したところに基づいて記述した可能性もあると考えられる。しかし、野村夫妻の出会いに関する右の記述がまことの話

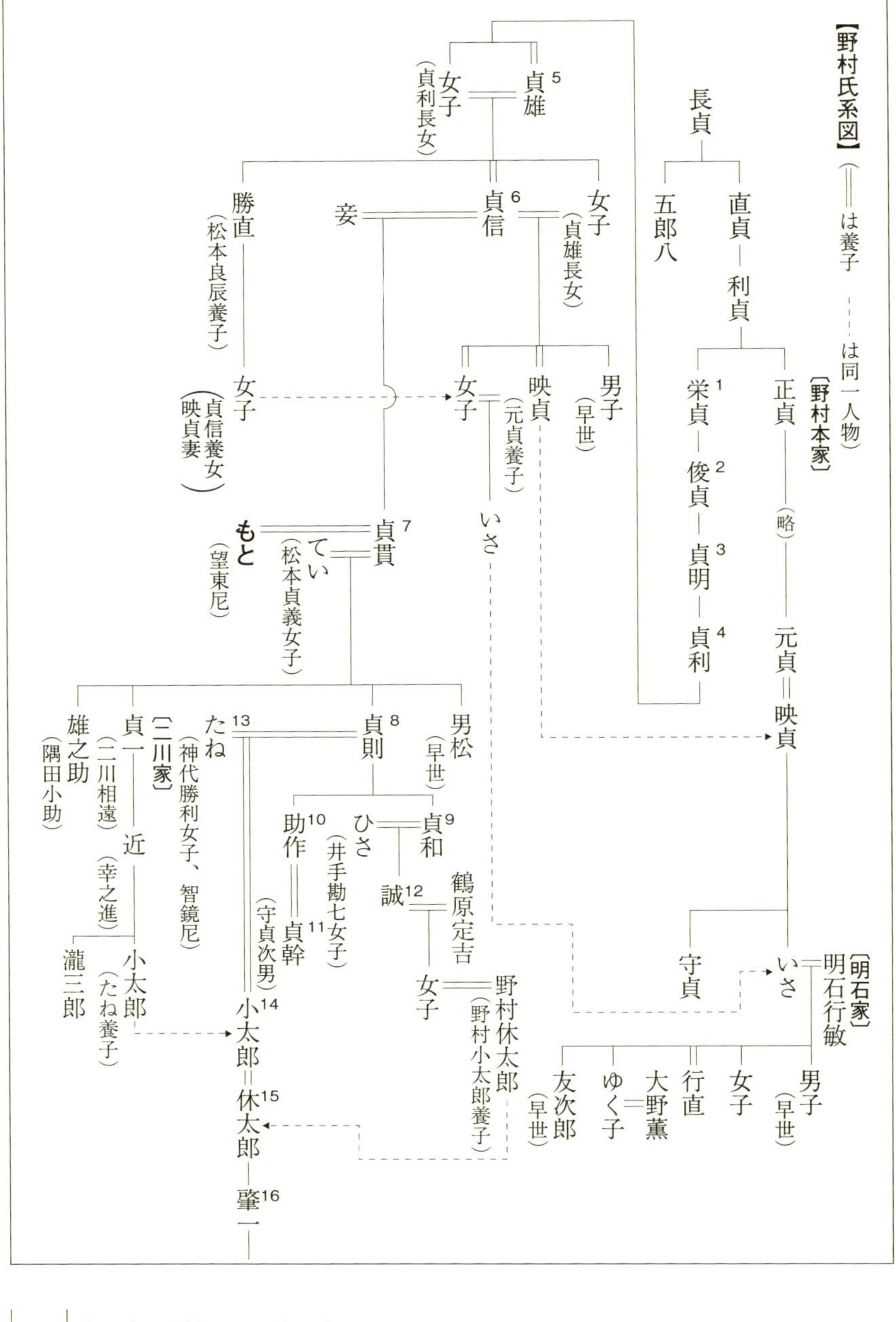
【野村氏系図】（＝は養子　----は同一人物）
長貞
五郎八
直貞
利貞
〔野村本家〕
正貞
（略）
元貞
映貞
栄貞1
俊貞2
貞明3
貞利4
貞雄5
女子（貞利長女）
勝直（松本良辰養子）
妾
貞信6
女子（貞雄長女）
女子（貞信養女　映貞妻）
女子
映貞（元貞養子）
男子（早世）
いさ
貞貫7
もと（望東尼）
てい（松本貞義女子）
雄之助（隅田小助）
貞一（二川相遠）
〔二川家〕
たね13（神代勝利女子、智鏡尼）
貞則8
男松（早世）
近（幸之進）
小太郎（たね養子）
瀧三郎
助作10
ひさ
貞和9
貞幹11（井手勘七女子）
誠12
鶴原定吉
女子
野村休太郎（野村小太郎養子）
小太郎14（守貞次男）
休太郎15
肇16
守貞
いさ
〔明石家〕明石行敏
友次郎（早世）
ゆく子
大野薫
行直
女子
男子（早世）

であったかどうかは、ほかに資料がなく、実のところはわからない。

さて、鶴原方作はのちに相近の長女鶴子の婿となって二川家を継ぎ、二川友古（ともふる）と称するようになる。その二川友古と鶴子の間には子が授からず、彼は鶴子の妹の瀧（たき）に婿をとって養子とするのだが、それが野村貞貫の三男・貞一なのである。

野村家の系譜は「野村氏系伝」（編者不明。福岡市博物館蔵「野村望東尼資料」八一-一）と、明治十七年（一八八四）に海妻甘蔵（かいづまかんぞう）（直縄（ただつな））が編纂した「本姓佐々木野村系譜」（「野村望東尼資料」八〇）に記載されている（いずれも筆者校訂『向陵集』所収）。

それらによると、野村家の先祖は近江国の守護佐々木氏の支族で、始祖の肥後守長貞は豊臣秀吉に仕えて武功を立て、近江国野洲（やす）郡野村で一万六千石を領した。これが野村姓を称した由縁（ゆえん）である。その子の直貞は槍術の名手で、秀吉と秀次に仕えたが、秀次の改易により浪人となった。しかしその後、黒田長政が豊前中津城主であった折に、請われて中老となり、筑前入国後は五千六百石の知行を与えられた。直貞は存命中に領地を四分し、嫡男の利貞にそのうちの三千石を譲り、利貞の次男の栄貞には五百石を分け与えた。この栄貞から俊貞、貞明、貞利、貞雄、貞信を経て、もとの夫・貞貫に至る。彼らのうち、貞雄と貞信は他家から入って来た養子である。貞雄の妻は養父貞利の娘で、両者の間に生まれた娘に貞信を配した。貞信夫妻には息子が一人いたが、早世してしまったので、養父貞雄の息子で松本家に養子に入っていた松本勝直の娘を養女として迎え、喜多村方昇の五男の映貞をこれに配した。ところが、野村本家の方でも、当主の元貞が嗣子に恵まれないまま寛政元年（一七八九）八月に四十一歳で没したので、貞信の養子の映貞が同年十月に本家を継ぐことになり、妻とともに本家へ移っていった。この時点において貞信には映貞のほかに跡継ぎがいなかったが、それにもかかわらずこれを本家に入れてしまったというのは、まずは本家の存続を大事に考えたからであろう。これに対し、映貞がいなくなった分家の方では、貞信が妾に産ませた男子が跡を継ぐことになった。この男子がのちにもとの夫となる野村貞貫であった。

野村貞貫と三人の息子

野村貞貫の幼名は男久、通称は新三郎、長じての初名は貞能(さだよし)で、のちに貞貫と改名した。馬廻組に属し、知行は四百十三石であった。福岡藩は、知行地が与えられる上級家臣と藩の蔵から切米や扶持米を支給される中・下級の家臣から成っていた。野村家の知行は上級家臣の中でも上位三分の一に入っていた（柴多一雄「福岡藩の家臣団」表一〔福岡地方史研究会編『福岡藩分限帳集成』〕）。もとは晩年、長州に身を寄せていた折に、長州の人々から「大身の老婆」、「大名のばばさん」と呼ばれたが、これは他藩士の目を通して客観的に見た野村家の家格の評価であろう。

ここで、貞貫の没年とその時の年齢について触れておきたい。まず貞貫の命日についてであるが、「本姓佐々木野村系譜」には「安政四年七月二十八日卒」と記載されている。しかし、それは誤りで、野村家の菩提寺である明光寺の所蔵資料及び「向陵集」の記事の内容から、命日は安政六年（一八五九）七月二十八日であったことがわかる。また、右の系譜では享年六十六とされているが、その点についても疑問が残る。「向陵集」八五五番の歌の詞書に貞貫の「六十の賀」を催したとの記述があり、その日付が明記されているわけではないものの、前後の歌の詞書から、それが嘉永七年（安政元年）に催されたものであることがわかる。そうすると、貞貫は安政六年に六十五歳で亡くなったということになる。こちらと右の系譜の六十六歳という記述とどちらが正しいかについては、今のところ断定的なことは言えない。今言えるのは、貞貫が亡くなったのは安政六年で、享年については六十五か六十六であったということである。

野村家の居宅は福岡城の東南方にあたる林毛町にあった。福岡城の東側には紺屋町堀と肥前堀が東西方向に連なっており、それに平行して南側に薬院川（「泥川」とも呼ばれた。現在は埋め立てられて「国体道路」になっている）が流れ、その川に西から林毛橋、聖人橋、安学橋の三つの橋がかかっていた。野村宅は林毛橋のたもとにあった。

「野村氏系伝」及び「本姓佐々木野村系譜」によると、貞貫は初め松本主殿貞義の娘てい（天為、天與とも）を妻に迎え男子四人をもうけたが、のちにその妻と離別した。長男の男松は文化十年（一八一三）四月に夭折した。戒名が「影幻童子」なのでよほど早いうちに亡くなったのであろう。もとは貞貫との結婚により、十六歳の貞則（一八一四―五一。幼名は辰三郎、通称は宇兵衛、宇（卯）左衛門）、十三歳の貞一（一八一七―五八。幼名は鉄太郎、通称は籴。のち二川相遠）及び十一歳の雄之助（一八一九―六一。のち隅田小助）の三人の男子の継母となった。この時二十四歳であったので、次男の貞則とは八歳しか年齢が違わなかった。かつて実家の母みちも後妻となり先妻の子の面倒をみたが、奇しくももとも母と同じような道を歩くことになり、母が味わった苦労を自らも身をもって味わうことになるのであった。

『望東尼伝』によれば、貞貫は「お人よしの結構人」と称せられ、「三年勤めれば馬鹿のうち」といわれる閑職の足軽頭を十三年間も勤めるほど出世欲のない穏やかな人生を送った人物である。同時に彼は、妻を大切にし、妻が歌人として成長していく姿を温かく見守ることのできる人物でもあったようである。

四人の子供の死

野村もとは貞貫との間に四人の子供を授かったものの、これら四人の実子はただ一人として育たなかったといわれている。歌集には、子を失った悲しみを詠んだ歌が幾つか残されている。

まず、「向陵集」には安政三年（一八五六）頃に詠まれた次の歌がある。

生まれける年に失せたりし子の廿五年をとぶらひける時に
みどりごも盛りとならむ年は経ぬあらば憂き目を見るか知らねど
（「向陵集」一〇二一）

幼くして亡くなった我が子の二十五回忌を迎え、あの子が生きていたならば今では二十五歳。生きていればそれはそれでつらいこともあったかもしれないけれど、やはり生きていてほしかった、と死児の齢を数えるのであった。もとがこの子を産んだのは逆算して天保三年（一八三二）、二十七歳の頃であったと思われる。我が子の死から二十五年という歳月が経過して、亡き子のことを詠じるだけの余裕がようやく彼女の心の中にも生まれてきたということだったのであろう。

それから四年後の天保七年七月三十日、「貞貫の君の母君」が亡くなった。貞信の正室は天保四年二月に没しているので、ここで言う「貞貫の君の母君」とは貞信の妾であった貞貫の生みの母のことであろう。もとは、その頃体調を崩していて姑の見舞いにも行けずじまいであったと記している（「向陵集」一六）。

この姑の忌中に、もとは子供をもう一人亡くし、さらに姉が重い病にかかるなど不幸が度重なるつらい秋を過ごした（穴山健翻刻「笠山集」三六八番）。

貞能（貞貫）の母の忌に侍りける頃、幼き子を失ひけるに、はた姉なる人のいたくわづらへると聞きて
いかでわれ待ちわびぬらむ憂きことのかくまで多き秋と知らずて

ところで、明光寺資料の野村家の欄に、「朝露童女」が天保七年七月二十日に亡くなった、との記載がある。そこには父親の名前が記されていないので確たることは言えないが、この時期、まだ貞貫の子供たちは結婚して

おらずほかに出産の機会のある女性はいないので、この子供は彼女自身の娘であった可能性が高い。ただし、この子供が亡くなったのは姑が亡くなる十日前ということなので、「笠山集」における、姑の「忌みに侍りける頃」に子供を亡くしたという記述とは若干の食い違いがある。いずれにせよ、この時、もとは三十一歳であった。

「向陵集」に出ている次の歌は、前後の歌の内容から三十代半ば頃に詠まれたものと思われる。

生まれける子のほどなくみまかりければ
ただ一夜世(ひとよ)にあらむとて生(おひ)いでしこは何事のむくひなるらむ
（「向陵集」七二）

もとは、たった一夜世に出ようと生まれ出てきたこの子は、前世の何の因果でこのような報いを受けるのかと嘆くのであった。

明光寺資料にはまた、「金剛童女」が天保十一年十二月二十日に亡くなったとの記載もある。そこにも父親の名前は記されていないが、この子供もはやりもと（当時三十五歳）の娘であった可能性がある。

以上、歌集や明光寺資料から三子の死をおぼろげながらも知ることができたが、明光寺資料にはもう一人、「貞能（貞貫の前名）五男」の「心影童子」が天保五年十一月二十日に亡くなった、との記載が見られる。この子供は貞貫と先妻の間に生まれた子供であった可能性もあるが、もしそうであったとすれば、「野村氏系伝」及び「本姓佐々木野村系譜」には天保五年以降のことについても記されているので、当然のことながら長男（男松）と同様に五男の死についても記載されていてよいはずである。しかし、そのような記載は全くなされていない。ということは、この男子は、当時二十九歳であったもとが自ら産んだ子供であったのかもしれない。

彼女の実子四人はすべて夭折したといわれている。どの子供も女子であったという説もあるが、今述べた仮説に従えば、四子のうちの少なくとも一人は男子であった可能性がある。

それにしても、母としての度重なる悲しみはいかほどのものであったろうか。もとは、亡くしてしまった子供たちの分までも先妻の三子を愛し慈しむが、結局その子らも順風に帆を揚げることができず、彼女よりも早くこの世を去ってしまうことになるのである。

大隈言道に入門

結婚後まもなく野村貞貫・もと夫妻は、福岡の歌人・大隈言道の門を敲いた。言道は彼女の人生に最も大きな影響を与えた人物の一人である。

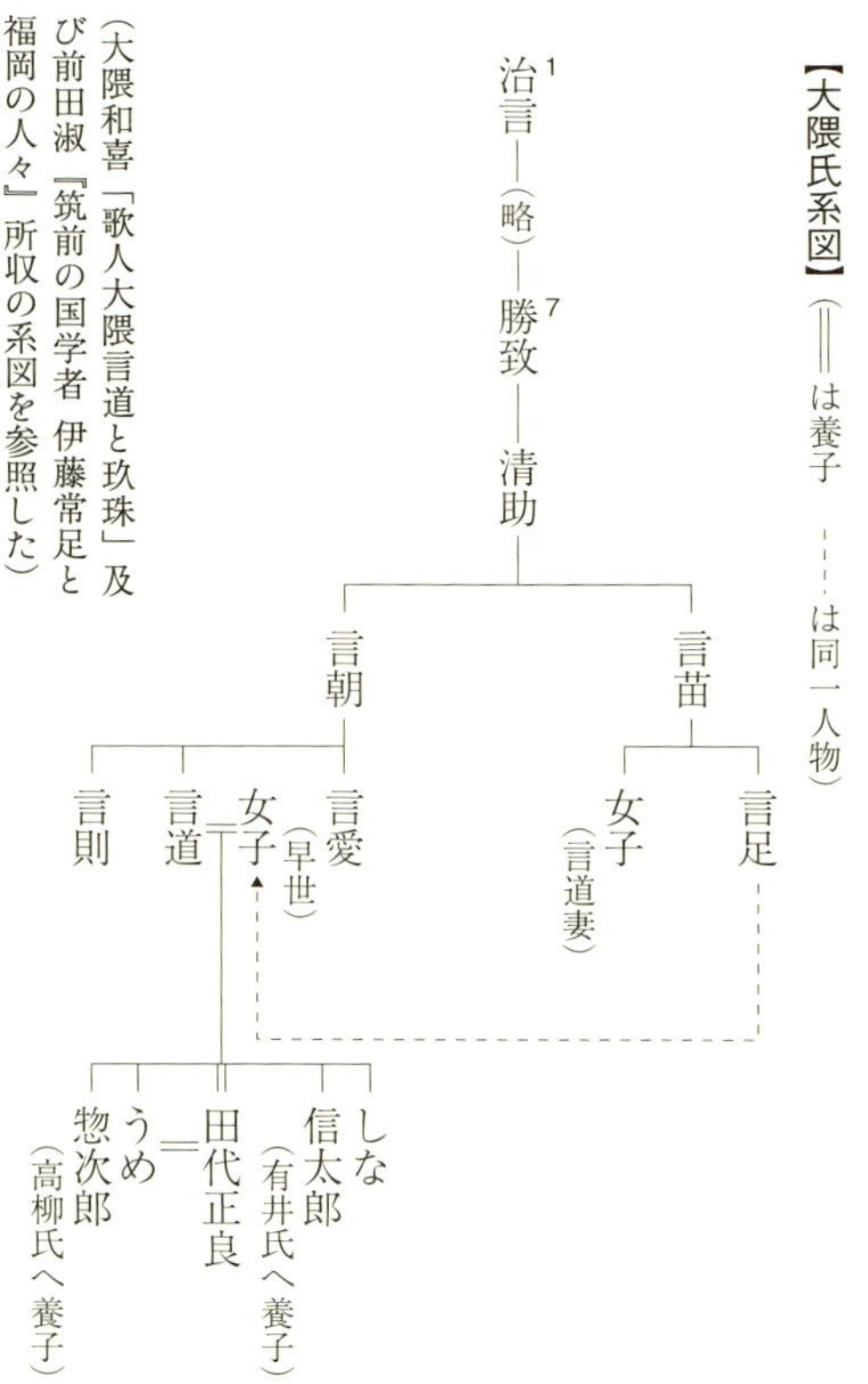

【大隈氏系図】
（大隈和喜「歌人大隈言道と玖珠」及び前田淑『筑前の国学者 伊藤常足と福岡の人々』所収の系図を参照した）

言道は寛政十年（一七九八）、福岡の薬院抱安学橋（福岡市中央区大名一丁目）で商家を営む大隈言朝（一七五七―一八三二）と刀工・信国光昌の娘との間に生まれた。大隈氏の祖は長野治言（?―一六〇四。のち大隈に改姓）で、上座郡上寺村（福岡県朝倉市上寺）に居を定めて以来、代々農業を営んでいた。治言在世の頃は裕福であったが、そののち家運は次第に衰えていった。第七代勝致の頃は困窮が最も甚だしく、次男の清助は里子に出されてしまった。清助は成長してから博多川口町（博多区上川端町）の茶屋に勤めていたが、やがて安学橋に移り、家屋の建て売りによって財をなした。清助の長男が言苗、次男が言朝である。言苗は二十歳の頃、弟の言朝に家産を譲り、自らは別家を構えて米屋を営み、名を米屋清蔵と称した。彼は若い頃から俳諧を好んだ。弟の言朝も文雅をたしなみ、和歌を詠み、わけても書に巧みであった。書は唐人町（福岡市中央区唐人町）の中牟田浙江に学んだ。言朝は、家業が順調に推移して豊かになるにつれ、神社仏閣への寄進を行い、菩提寺香正寺（中央区警固一丁目）の再興にも力を尽くしたが、文化二年（一八〇五）、四十三歳でこの世を去った。

言朝の次男が言道で、八歳の時に父を亡くし、翌年には続けて兄を亡くしたので、図らずも幼少の身で家業を継ぐことになってしまった。ところが言道は、八歳の頃から二川相近に書と歌を学び、家業を顧みることなくそれらの道に没頭した。天保年間（一八三〇―四四）になると、家業の傍ら和歌を教えることにした。そこに最初に弟子入りしたのが野村夫妻であったといわれる。

では、夫妻が入門した時期は具体的にはいつ頃のことだったのであろうか。

「向陵集」の巻頭には、「言道大人をわが歌の師とたのみし時初に詠みたりし年のはじめの歌」という詞書が付された次の歌がある。

ただひとよわが寝しひまに大野なるみかさの山は霞こめたり

（「向陵集」一）

三笠の山とは太宰府に近い竈門山（宝満山とも。福岡県の太宰府市、筑紫野市及び糟屋郡宇美町にまたがる山）のことで、たった一晩寝ている間に大野にある三笠の山に霞が立ち籠めてしまい、そこで立春を知ったというのである。総数千八百四十九首から成る家集の巻頭を飾るのにふさわしい大柄な歌と言えよう。ただ、詠んだ時期が記されていないので、残念ながらこの歌からは具体的な入門の時期はわからない。ところが文久二年（一八六二）、もと五十七歳の時に言道から差し出された手紙（久保猪之吉「晩年に於ける望東尼と言道との関係」〔『ささのや記』〕）

の中に、「三十年の昔より思ひ合はすれば」と、三十年前に師弟関係を契ったと思わせる文面がある。ここで三十年というのがぴったり三十年なのか、おおよそ三十年なのかはわからないが、いずれにせよ、この記述から、野村夫妻が言道に師事するようになったのは言道が門戸を開いた天保三年頃、つまり、もとが二十七歳、言道が三十四歳（あるいは三十五歳）の頃、あるいはその前後の年であったと推測されるのである。

商人出身の歌人・言道

当時、福岡藩士で歌を詠む者の多くは、大隈言道ではなく歌人の藤田正兼（生没年不詳）に入門した。正兼は、本居宣長に師事した国学者・青柳種信（一七六六―一八三五）の高弟で、種信の『筑前国続風土記拾遺』の編纂を助けた一人であった。無足組（切米・扶持米取りで、長崎警備などの実務に当たった役人）の士で、西新浜の町（福岡市早良区西新二丁目）に住み、隠居してから歌道を教えるようになった。「緑舎歌集」、「緑舎文集」を著しており、当時は言道よりも門人が多く名声が高かったという（三松荘一編『福岡県先賢人名辞典』）。

大隈言道画像（福岡市博物館蔵）

それでは、武士階級に属する野村夫妻があえて商人出身の言道を師に選んだ理由は何だったのであろうか。

一つには、『望東尼伝』に述べられているように野村夫妻が言道と同じく二川相近の門人であったとすると、身近に言道に接し、その才能を慕っての入門であったということかもしれない。仮に身近に接していたということではなかったとしても、天保四年（一八三三）五月に編纂された石松元啓編「山里和歌集」において、武門の歌人に交じって言道の歌が二十六首採られていることを考慮すると、言道は既に歌人として相当に名前を知られていたのではないかと思われる。その門を野村夫妻が敲いたとしても、あながち不自然なことではなかったのではないか。

また、言道の住居のある安学橋は野村家のある林毛町とは地理的に近かった。師弟間で交流がしやすいというこうした地理的な条件も、野村夫妻が師を選ぶ際の一つの理由となったかもしれない。さらに言えば、貞貫は、妻が入門するには、武士中心の堅苦しい雰囲気の藤田正兼一門よりも、商人出身の言道の方がなじみやすいと考えたのかもしれない。

いずれにしても貞貫は、妻とともに和歌を学び、それも商人出身者を師に選ぶなど、武士である割にはあまり体面や世間体にこだわらない、発想の自由な人であったように思われる。

言道は弟子となったもとに早速、一日に百首詠歌するという稽古法を課したことが、「向陵集」の五首目にある「一日百の歌詠みける中に」云々という詞書によりわかる。一日に百首の歌を作るというのはかなりの労力を要することで、一家の主婦である彼女にとっては相当に負担の重い修練だったであろう。

もとは言道への入門以来、その指導を真摯(しんし)な態度で受け止め研鑽(けんさん)を積むことで生来の感性が開花し、歌人として成長していった。

言道の隠棲

大隈言道が家業を顧みず文雅の道に没頭している間に、大隈家の家運はとみに衰えていった。天保七年（一八三六）八月六日、三十九歳の時、言道はついに家業を弟の言則に譲り、それまで住んでいた安学橋から少し南に下った那珂郡今泉村（福岡市中央区今泉一丁目）に妻子を伴って移って行った。そして、この新たな住まいを「池萍堂(ちひようどう)」、「ささのや」と称した。

今泉に移ってからの生活は、弟言則からの仕送りも途絶えがちとなったために甚だしく困窮したようだ。娘の後日談によると、家の庇が朽ちて雨漏りがし、壁や障子は破れたままで、訪ねて来る人とてなく、日々の食料にも事欠いた。そのような悲惨な生活に、気丈な母親もさすがに涙にくれたという。父親の言道はというと、そんな窮状を気にも留めず、ひたすら和歌の道にのみ心を寄せていたという。

言道は背が低く、禿頭に小さな髷を結び、その身なりも、古く粗末な手織り木綿の衣服をまとうだけという至って質素なものであった。しかしながら実に誠実な人柄で、人々には丁重に接した。

心のままに自由で平明な歌を詠む彼の歌風に惹かれて、武士、医師、僧侶、町人そしてその妻たちと、幅広い層の人々が次々にその門を敲いた。

往時のささのや（絵葉書より）

言道の初期の門人たちの歌を収めた歌集「笠山集」は、歌数八百八十四首、作者五十余名。巻頭歌が野村もとの歌で、「向陵集」の第一首と同じ「ただひとよわが寝しひまに大野なるみかさの山は霞こめたり」である。「笠山集」の編者は不明であるが、歌数では野村家の貞貫、もと、貞則、貞一、守貞（野村本家当主）のものが圧倒的に多い。また詞書の内容からすると、天保三年から九年にかけて詠まれた歌が多いようである。初期の門人たちの中には、もと以外にも、加瀬ぬひ、小寺ささ、松尾きさ、秦てい、谷川とめ、生田ひでなどといった女性の名前も数多く見える。言道の門には女性が入りやすいという噂が広まっていたのかもしれない。

言道は門人たちと花見、月見などと言って集っては、「まどゐ」と称して歌会を催した。会場には言道の隠居宅「ささのや」、野村家の居宅、門人の谷川幹辰、四宮素行、生田久繁、戸田元利などの居宅、あるいは龍華院、吉祥院などの寺が選ばれた。のちに八木宗山所有の「馴花亭」や野村夫妻が隠居した平尾山荘などもこれに加わる。

歌舞伎と福岡藩の天保の改革

『望東尼伝』には二十九歳の頃の野村もとの容姿を伝える逸話が載っているので、紹介してみよう。

それは、江戸歌舞伎の市川海老蔵（七代目団十郎）の一座が博多で公演をした時のことであった。それに先立つ天保五年（一八三四）二月のこと、江戸では大火により芝居街が類焼し、やむなく海老蔵をはじめ多くの江戸役者が上方に出稼ぎに上った。海老蔵は三月に大坂で芝居を興行し、そののち下関や博多へと下った。錚々（そうそう）たる顔ぶれの役者を揃え、その座組み（出演者の構成）のまま博多へ乗り込んだので、芝居は大当たりであった。一座は博多の中島町（なかしままち）（福岡市博多区中洲中島町）で同年十月と翌年五月に公演を行ったが、その折にもとの美しさが海老蔵の眼に留まったというのである。天保五、六年というと、彼女の二十九歳から三十歳にかけての頃で、結婚して五、六年がたっている。春山は、この話は、もとと一緒に芝居見物をした姪の松

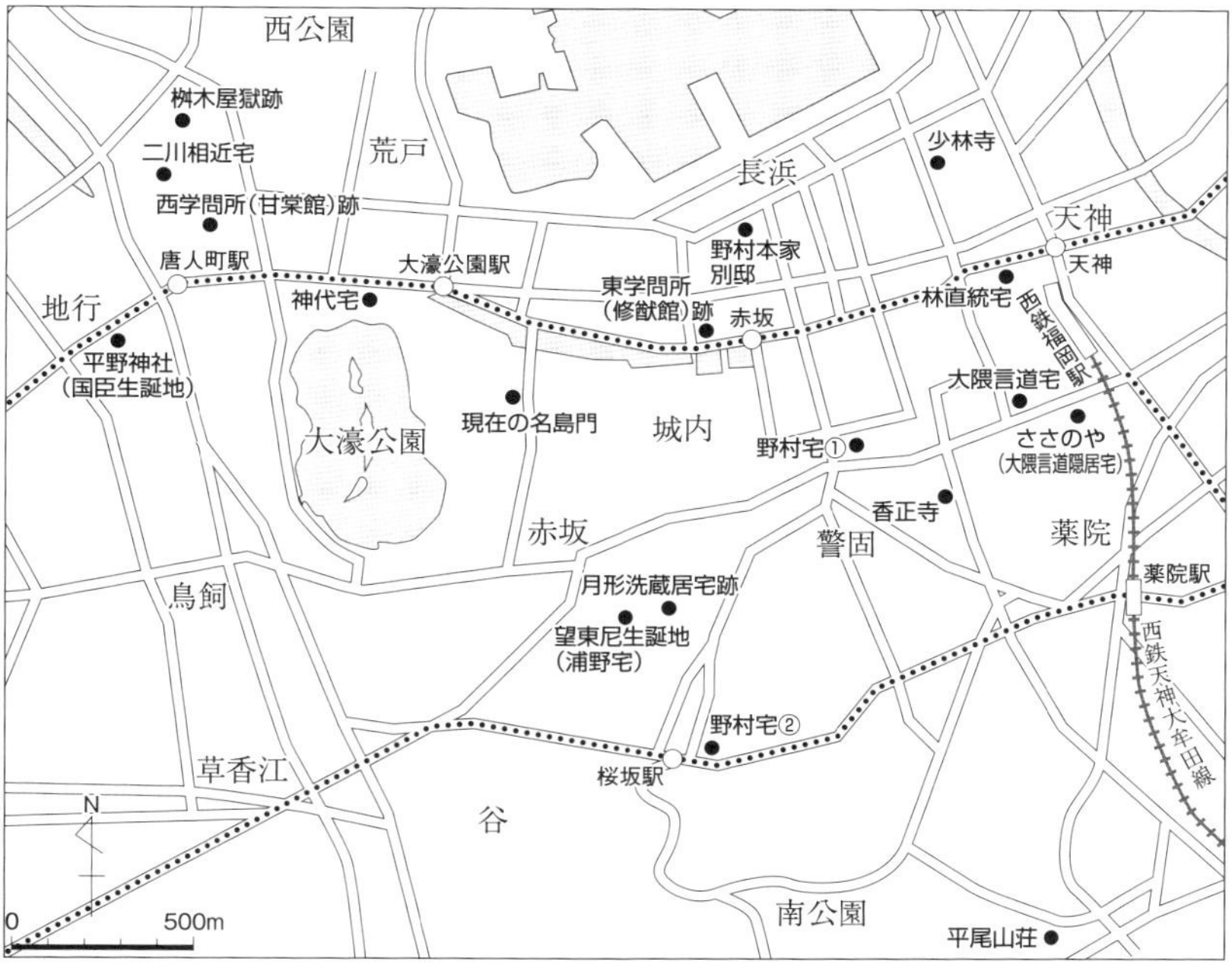

福岡市内望東尼関係図
（野村宅①は嘉永 4 年（1851）まで，②は文久 3 年〔1863〕から）

岡静子（浦野勝広の娘）がのちに自分の娘に語ったものであるとしている。

さて、この市川海老蔵の博多興行が福岡藩の天保の改革といささか関係があるので、ここで少し横道にそれて、簡単に当時の藩の情勢を見てみよう。

話は少し遡るが、第十代藩主斉清は眼病を患い、嗣子もなかったので、自身はまだ二十八歳と若かったが、文政五年（一八二二）に薩摩藩主・島津重豪（しげひで）の九男・長溥（ながひろ）（一八一一－八七）を養子に迎え入れた。長溥は文化八年（一八一一）三月に江戸高輪の薩摩藩邸で生まれ、文政五年に十二歳で黒田斉清の養子となって江戸霞ケ関の福岡藩邸に入る。十七歳になって福岡に入るまでの期間をずっと江戸で過ごした。

黒田長溥像（福岡市博物館蔵）

ところが養父の斉清は、天保四年に隠居を表明したものの、自らの主導で家老の久野外記（ひさのげき）（一鎮）、眼科医の白水養禎（しろうずようてい）及び花房伝左衛門を中心に「御家中（ごかちゅう）並（ならびに）郡町浦（こおりまちうら）御救仕組（おすくいしくみ）」を実施した。これは、大量の銀札（銀貨代用の紙幣）を発行して家臣や領民に融資し、その利益をもって借財の返済を図ろうとするものであった。また領内の商人に「永納銀」と称する献金の上納を命じ、さらには中島町において芝居、相撲、富くじを興行し、その利益で財政収入の増加を図ろうとした。これらは生産や物流の奨励により産業を振興するというものではなく、金融的手法などによって財政の改善を図ろうとするもので、他藩ではあまり見られない特異な施策であった。中島町では連日芝居などの興行があり、周辺の町にも夜見世が許されて各町内は毎夜賑わった。市川海老蔵の博多興行もこうした政策がもたらしたものの一つであった。

しかし、このようなインフレ的な政策と永納銀の賦課をもってしても藩財政の建て直しは難しく、天保五年十一月、世子長溥が家督相続した時にも藩は依然膨大な財政赤字を抱えていた。加えて同七年には洪水が起こったので、久野、白水及び花房はついに解任され、改革は失敗に終わった。

この改革の失敗後も福岡藩は大坂の銀主への依存を続け、財政の辻褄を合わせるために家臣や領民への融資などを繰り返すが、いずれもことごとく失敗した。そこで、ついに藩主長溥は天保十三年八月、政策担当者に隠居を申し付け、親政に乗り出していくのである。

二川相近の死

二川相近画像（二川瀧三郎『二川相近風韻』より）

二川相近（一七六七―一八三六）は天保七年九月二十七日に七十歳で他界する。相近は、通称幸之進、号は松蔭、嬰風と称した。福岡藩士御料理人・二川相直の子で、幼少時から儒学者亀井南冥（なんめい）に師事して詩文を学び、その後甘棠館（かんとうかん）（藩の西学問所。南冥が館主）に学んだ。また、和歌を本居宣長門下の田尻梅翁（一七三二―一八〇八。初名は真言（まこと）、のちに道足。舎号は梅の舎）に学んだ。天明三年（一七八三）、十七歳で家督を継ぐが、書の才能を認められて寛政六年（一七九四）、二十八歳で藩の祐筆となった。琵琶、和歌などもよくした。彼の手に成る歌集「鴫（しぎ）の羽根かき」は有名であり、また藩主斉清の命により、「黒田節」のもとになる「筑前今様」三冊をまとめている。桝木屋町（ますごやのちょう）（福岡市中央区唐人町三丁目）の屋敷には吉田兼好にあやかって庭内に徒然社を祀り、四十歳頃から亡くなるまでの三十年間は門の外に一切出なかったという。

野村もとは、相近の死去について「向陵集」の中で次のように述べている。

いよいよ相近の容態が危ういという話を耳にしてその安否を気遣っていたが、ある夜、夢を見た。相近が亡くなったので墓参をして紅葉を二本手向けたという夢である。

紅葉（もみぢば）のにほへる庵（いほ）に君はあれど立寄れとだに言はぬかなしさ　（「向陵集」三八）

この歌を詠んでまもなく、相近はこの世を去った。この歌からは、もとの相近への切なる思いが伝わってくる。

彼女はその病床に呼んでもらえなかったことをよほど淋しく思ったようである。

相近が亡くなった時、言道は江戸に滞在していて弔いに行けなかったので、三回忌の「長月つごもり」（天保九年九月三十日）に門人たちを集めて法楽歌会を催し、十七首を霊前に捧げた。参会者は言道、野村守貞、野村貞能（貞貫の前名）、野村もと、野村貞則、野村貞一、佐伯常貞、陶山義喩（一貫）、鎮秋（姓不詳）、永田実周、谷川幹辰、秦てい及び白水重栄（宇逸。俳人）であった（『笠山集』及び二川瀧三郎『二川相近風韻』）。

なお、相近亡きあと、二川家と野村家が姻戚関係を結ぶようになることは前にも触れたとおりである。

次男・貞則の結婚

もとは若い頃から体質が弱かったようで、たびたび床に伏している。

いたく煩ひける頃いづこの花も散りなむと人の言ひければ
誰が里の花も散りぬと聞こえ来ば何を力に起きいでなまし
（「向陵集」四六）

ある年の春、長く病み伏しているうちに桜が散ってしまった。その話を聞いたもとは、これから何を頼りに起き出たらよいでしょうかと落胆するほど、桜をこよなく愛していた。

同じ頃、次男貞則も患っており、もとの傍らに床を敷いていた。貞則が「春もはてにもなりにけるかな」と嘆くのを聞き、継母である彼女が「桜花咲きでぬまより病み伏して」と上の句を続けたが、その声も心細げであった。

もとは春の終わりの三月三十日になってやっと病床から出ることができた。この時、彼女は相当衰弱していたようで、老いを実感していたのであろうか、それを題にして歌を詠んでいる。

心のみ昔のままにかはらねどひとめに老と見ゆるわびしさ　（「向陵集」五三）

もとが貞則と床を並べて病臥していたことが示すように、二人は血のつながった本当の母子のように心の通い合う関係であったようだ。

その貞則が神代勝利と春枝の娘たね（一八二二―九七）と結婚した。この時もとは、新婚の貞則夫妻に亡き姑の「御姿」を掛けて拝ませている。そうすることによって、二人に野村家の武家としての伝統ある家風をしっかり自覚させようとしたのであろう。

この結婚の時期は、「御姿」の歌の七首あとの歌（「向陵集」九二）の詞書に天保十年（一八三九）十二月に関する記事が出ているので、少なくともそれより前であったという推測が成り立つ。一方、明光寺資料に、「卯左衛門女子」の「夢遊童女」が天保十年四月十五日に亡くなった、との記載がある。この子供は貞則（卯左衛門）の娘だったのであろう。これらのことを考え合わせると、貞則とたねが結婚したのは天保九年頃のことだったのではないかと思われる。

「向陵集」にはたびたび神代夫妻の名前が見えるので、両家が親しく交際していたことがわかる。春枝も歌を詠んだので、もとと一緒に近郊に出かけて歌を詠み合ったり、彼女が姉ゆきの死を悲しんでいる時には慰めの歌を詠んで届けてくれたりした。

貞則とたねの間にはその後、長男貞和（一八四一―六九。幼名は才丸、才之佐〔助〕。通称は助作、のち新、致仕後は畲。諱〔実名〕は貞道、和とも）と次男助作（一八四四―六七。幼名は駒男、駒次郎で、字は子威。諱は貞省、省とも）が生まれた。もとは齢三十六にして早くも孫を抱くことになったのである。この二人の孫がいとおしくてたまらなかったことは、のちに彼女が孫の成長の折々に詠んだ歌に表されている。

末子・隅田小助の出奔

天保十一年（一八四〇）、四男雄之助にまつわる悲しい一報が福岡の野村家に届いた。

もとは、実子をことごとく失ったこともあって、その分の愛情を継子に注いだ。中でも雄之助は、彼女が野村家に嫁いで来た時はまだ十一歳であったので、ことさらに可愛かったであろう。その雄之助が天保三年（一八三二）十四歳の時に、浦野家と同じ馬廻組五百石の隅田九兵衛の家に養子入りし、名を小助と改めた。彼はいずれは養父九兵衛の娘と結婚することになっていたが、その許婚者が翌年八月に死んでしまった。

天保十一年七月二十一日のこと、江戸勤務中の小助（当時二十二歳）は霞ケ関の黒田家上屋敷（現在、外務省がある所）から突然出奔した（「向陵集」別編では、これを六月の出来事であったとしているが、ここでは「本姓佐々木野村系譜」による）。

子なる者あづまの桜田の殿にまかりつかふまつれる時、同じ侍のつらかりしにたへずして行方知れずなりぬと聞きし時

夏衣着てしまゝにや惑ふらむ秋風さぶくなるにまかせて

（「向陵集」一三九）

小助の出奔は、同僚につらく当たられて、いたたまれなくなってしまったことが原因であった。もとは、秋風が吹き始めて寒くなってきた時節に夏衣を着たままで屋敷を飛び出した彼の身を大いに案じた。

まもなく、ある人から「行方知れぬ」（行方がわかった、の意）と言ってきたので、「うれしきもの」と喜び安堵していたところ、小助は藩吏によって捕えられ、船で福岡に連れ戻されて牢屋に入れられた（「向陵集」一四六）。

八月二十二日、小助の不始末で藩からお咎めがあり、養家の隅田家は五百石の家禄を没収された。もとは入牢中の息子に面会することを望んだが、それも叶わぬうちに彼は玄界灘の離島・大島に流されてしまった。

舟出して行つと人の言ひしよりなみにただよふ親ごころかな

（「向陵集」一五六）

翌年には、天保十年十二月に亡くなった前藩主斉清の正室（宝林院。二条治孝の娘）の三回忌があり多くの罪人が特赦となったが、大島にいる小助もその恩恵にあずかることができた。貞貫は知行地の香椎村（福岡市東区香椎）の住人に頼んで小助のために密かに住居を用意し、帰参して来た彼をそこに住まわせた。もとは小助を訪ね、その無事な姿に安堵し、これからの人生の安寧を祈った。

小助はその後、椿嵗（明光寺資料）と称し、絵師で筑前四大画家の一人・斎藤秋圃（一七六八―一八五九）の娘を妾にして二女をもうけた（「本姓佐々木野村系譜」）。なお、「本姓佐々木野村系譜」では、小助は「棒哉」と称したとされ、『望東尼伝』では、「桂斎」と称し、村女を娶り三人の子をもうけたとされている。

絵師の秋圃は京都に生まれ、円山応挙や森狙仙に師事したが、新しい筆法を求めて長崎に下り、そこで秋月藩主・黒田長舒に見出され、文化二年（一八〇五）、同藩のお抱え絵師となった。隠居後は太宰府に移り住むが、天保九年に長子の璘太郎が江戸藩邸から出奔するという事件が起こり、家名断絶という悲運に見舞われた。まさに小助と隅田家に起きたのと同じことが斎藤家にも起きていたのである。秋圃は家名断絶後、筑前の町絵師の中心的存在となった（中野三敏『江戸狂者伝』）。

なお、家禄没収後、小助と養家の隅田家との関係がどのようになったかは不明である。

小助は文久元年（一八六一）二月二十六日に他界した（明光寺資料。『望東尼伝』によると自害）。享年四十三であった。もとの歌集には彼の晩年のことは一切記されていない。残された小助の妾と二人の娘は、「太宰府居住医師斎藤文山手元ニ引越ス依テ母子共送籍ス」とされている（「本姓佐々木野村系譜」）。

心の転機

「向陵集」には、「三十九になりける年のはじめに」との詞書が付された歌がある。

今年だに長くもがもなこむ年は老の数にも入らむと思へば　（「向陵集」一六七）

四十歳になる来年は、老を数え始める節目の年でもある。

野村もとは、二十四歳で結婚して以来、実子四人をすべて亡くし、三人の継子のうち末子の小助が出奔事件を起こすなど、母として悲しい体験を積み重ねてきた。悲しさ、苦しさのあまり自分を見失いそうになった時に、彼女を救い支えてくれたものは和歌であった。心の内奥（ないおう）を言葉にすることで、自らを慰め、魂を崩壊の淵から救い出すことができた。

もとは、四季の移ろいの中でふと目に留まった情景を瞬間的に捉えて歌を詠んでいる。そしてそれらの事物に自らの空しい気持ちや寂しい面持ちを投影させている。

ここに、「仏」、「春田帰雁」、「ぬけがら」と題する三首の歌を取り出してみよう。

世の中のうきこと知らぬみ仏も物さびしらに見ゆる秋かな　（「向陵集」六二）
かりがねの帰りし空をながめつつ立てるそほづはわがみなりけり　（同九三）
うつせみのもぬけの殻にひとしくて猶このもとにある此身（このみ）かな　（同一九三）

一首目では、秋は俗世を超脱して悟った仏でさえ何となく寂しそうに見えると詠んだ。寂しく見えるのは自分の心が寂しいからである。次の二首で、春になって雁が北に帰ってしまった空をぼんやり眺めている「そほづ」（案山子）や、蟬の抜け殻のように空っぽになって木の下に落ちている木の実に「此身」（自分）を見立てている。

もとは夫の隠居後は、言道が「ささのや」に隠棲したように、山住みをして夫と二人だけで気儘に花鳥風月を友とする生活を送りたいと思っていた。自らの魂の平安を保つためには、悲しみに満ち溢れたこの世から抜け出ることがどうしても必要だったのであろう。そこで、後述するように那珂郡平尾村向陵（向岡）に土地を購入し、その地に庵を結んで暮らすことにした。「向陵集」によると、彼女が三十代の半ばであった天保十年頃から、夫妻はたびたび向陵に出向いて草木を植えたりなどしている。

ある時、梅、桜、楓などを植栽していると、毎年花見に行っていた寺塚（福岡市南区寺塚）の桜の大木が小烏の宮（現在の警固神社）に大金で売られ、それが今まさに運ばれつつあるという話が聞こえてきた。そこで、もとは急いでその木が引かれている現場に駆け付けた。その木はたわわに花をつけており、その枝振りが移動には邪魔だというので、かつがつ切られながら運ばれていた。

咲きながら枝はきられてあぢきなく世に引かれゆく山桜かな　（「向陵集」九七）

哀れな姿となって引かれて行く桜の大木を見て、桜をこよなく愛するもとは我が身が引き裂かれるような思いを抱くのであった。もしかすると、彼女は自分ではどうしようもない運命に引きずられていくおのれの未来の姿を、この桜の大木の哀れな様子の中に見出していたのかもしれない。

第三章
退隠の日々

隠居

武士は年をとると官職を辞して家督を跡継ぎに譲り、母屋を明け渡して離れに移るか、あるいは別宅を構えて移り住むことが多かった。野村貞貫が次男の貞則に家督を譲った時期は、『望東尼伝』によると弘化二年（一八四五）十月、貞貫五十一歳（あるいは五十二歳）、もと四十歳の時であり、この時、貞貫は通称を新三郎から寝座（しんざ）に改めた。もとは夫の隠居に際し、次の歌を詠んだ。

家を若き者どもに譲りて
家をのみ子に譲るかと思ひしを世の憂ささへに添へてけるかな
（「向陵集」一七二）

自分たちはこれから隠居生活に入るので「世の憂さ」から解放されるが、代わりに息子夫婦がそれを担っていくことになるであろうことを考えると、何ともやりきれない思いがした。この歌の中に出てくる「世の憂さ」とは、単に精神的な憂いのみを指すのではなく、金銭面での負債をも含んでいたと思われる。当時は多くの武士が借金に苦しんでおり、四百十三石取りの野村家といえども例外ではなかった。ことに野村家の場合には、四男小助の失踪事件ののち彼のために新たに住居を用意したりしたことが借財が嵩んでしまう要因の一つになったことであろう。

ところで、野村夫妻は福岡郊外の平尾村にある向陵に庵を結んで暮らすことにしていたのであるが、いざという時になって隠居生活への円滑な移行を阻む何らかの事情が出来（しゅったい）していたようだ。『望東尼伝』によれば、これは、地所の所有権にまつわる軋轢（あつれき）か、もしくは普請の後始末に関する他からの苦情であったという。年の瀬も押し詰まってあわただしくしているところへ来訪者があって、さんざん悪罵を浴びせて帰って行った。もとは彼らの話を黙って聞いているうちにはらはらと涙が落ちてきて、いまだ幼い孫がそんな彼女を気遣ってくれた。そのうえに、野村夫妻の山住みを止めようとする人たちが夜な夜な集まって来たので、「世の憂さ」から逃れるための山住みであったはずのものが、今やそれ自体が憂きことの種となって彼女を悩ませるのであった。

この頃のもとには、逆境に果敢に立ち向かった晩年のような芯の強さは見られない。しかし、そのうちに問題は解決に向かったようで、野村夫妻はようやく念願の山住みを始めることになったのである。

平尾山荘への転居の時期

作品や記録類の中でもとは、庵を結んだ場所を「向陵」、「平尾のむかひのをか」、「ひらをの向陵」、「むかひの岡」、あるいは「向岡」と記し、庵を「向陵のいほり」、「向岡亭」と呼んでいる。この地は現在の福岡市中央区平尾五丁目にあたり、復元された庵とともに「平尾山荘」という名称で福岡市の史跡となっている。もと自身が「平尾山荘」や「山荘」と記述しているものは見当たらないが、本書では以下、後世の人々に親しまれていることれらの通称を便宜上用いることにする。

さて、ここで野村夫妻が平尾山荘に移った時期について考えてみる。

「向陵集」の中には山荘への移転に関する二つの詞書がある。

七月末つかた向陵に移ろひはててすみける頃　（「向陵集」二〇一）

やをら事整ひて山里に移ろひける午(うま)の年のはじめに貞貫君に聞こゆとて　（同二二六）

これらの歌の順序に従って月日が推移したものと仮定すると、夫妻は弘化二年（一八四七）の七月末に引越しを終え、翌三年丙午の年の正月には既に山荘に住んでいたということになる。しかし、貞貫が貞則に家督を譲った同二年十月よりも前に夫妻が山荘に移ったというのは、いかにも不自然である。さらに、ここで気にかかるのは、二〇一番の歌の前に置かれている一九七―二〇〇番の一連の歌の内容である。

一九七―二〇〇番の歌には、次男貞則が異国船来航に際して長崎に目付役として派遣されることになり六月五日に多数の藩兵とともに旅立って行ったこと、藩主長溥が長崎に向けて同月十五日に出立することになったので博多で例年十五日に行われる「山ほこのまつり」（博多祇園山笠）が翌十六日に延期されたこと、及び藩主は十五日に発駕(はつが)したが長崎に向かう途中で異国船が長崎を離れたという情報を得たので途中で引き返してきたことが記されている。

この一連の事跡に年次表記はないが、それらの時期が判明すれば、二〇一番の歌の「七月末つかた」がはたして本当に弘化二年七月末のことであったのか、あるいは仮にそうでなかったとすれば実際には何年のことであったのかを探る大切な手がかりとなる。

そこで次に、福岡藩の長崎警備と当時の異国船来航をめぐる情勢に目を向けてみよう。

福岡藩の長崎警備

長崎では佐賀藩と福岡藩とが隔年交替で異国船警備の任に当たっていた。

異国船が日本近海に姿を現すようになったのは、十八世紀後半以降のイギリスの産業革命、アメリカの独立戦争やフランス革命といった大きな歴史的変革を経て、欧米列強が資本主義的世界市場の形成に向けて東アジアにも勢力を伸ばすようになったためであった。鎖国政策をとっていた幕府は長崎でオランダ及び清国のみと交易をしていたが、以上のような情勢を背景に、文化元年（一八〇四）にはロシア使節レザノフが来航したり、同五年にはイギリス軍艦「フェートン号」がオランダ国旗を掲げて長崎に不法侵入し薪水・食料を強要したりした。もはや「西力東漸（せいりょくとうぜん）」は時代の流れとなっていた。

天保十一年（一八四〇）から十三年にかけて起きたアヘン戦争で清国がイギリスに敗北したことは、幕府や幕末の知識人たちに大きな衝撃を与えた。はたせるかな、アヘン戦争後、日本への異国船の来航が頻繁になった。長崎には同十五年七月二日、オランダ船が国王の開国勧告書簡を携えて来航してきた。福岡藩は警備のために総勢千八百八十二人、船百五十三艘を派遣した（『新訂黒田家譜』第六巻上、一五六・五七頁）。

翌弘化二年（一八四五）七月四日（前年十二月、天保から弘化に改元）にはイギリス船「サラマンダ号」が長崎に測量の許可と薪水の給与を求めて入港してきた。この時は福岡藩主も七月五日に長崎に赴き、異国船が無事出帆するのを見届けてから同月十四日に帰藩している（「綱領」〔『新訂黒田家譜』第七巻上、一五五頁〕）。

右の天保十五年、弘化二年の二回にわたる異国船来航の時期はいずれも七月であり、貞則が目付役として六月五日に長崎に向けて出発したことや、十五日に出発した藩主が途中で異国船の離日を知って引き返して来たことを示す「向陵集」の記事とは日付が符合しない。

ところが、前記「綱領」を見ると、弘化三年六月十五日の条に「仏船渡来、長崎御見廻浜崎ヨリ御引返」とある。また、『福岡藩無足組　安見家三代記』を見ると、同じ六月十五日の条に「殿様長崎御越座御発駕」とあり、翌十六日の条には「博多祇園山笠、頃日町々夫人足出候事多、昨日祭礼延引、今日に相成候事、殿様長崎御越座、肥前浜崎駅迄御出にて、御引返しに相成、暮て御帰館遊ばされ候事、同廿日長崎御番船皆帰船、異船速に帰る」とある。これら一連の記事は「向陵集」の記述と内容が完全に一致する。

このことから、「向陵集」一九七―二〇〇番に配置された一連の歌は、実は弘化三年六月に詠まれたものであることが判明する。これはすなわち、二二六番の弘化三年の正月の歌よりも前に同年六月の貞則長崎派遣に関する記事が配列されており、歌の番号とそれらが実際に詠まれた時期とが逆転しているということを意味するのである。

山荘への本格的な転居

全体としてみれば、「向陵集」は詠んだ歌を概ね古いものから順に並べた編年体による日次歌集である。歌には一首ごとに題もしくは詞書が付されており、それらの詞書によって歌が詠まれた理由や周辺の事情を知ることができる。そして、それに年次表記がある場合には、その記事がいつ書かれたものかをはっきりと特定することができる。しかし、「向陵集」はのちに編まれたもので、比較的古い時期の歌は配列が順不同になっていたり、年次表記そのものが誤っていたりする。それらが記憶違いからきたものなのか、編纂したもと自身があまり年次にこだわらなかったためにそうなったのかはわからないが、いずれにせよ、歌番と実際に詠まれた時期とが符合していない場合があることに留意しておく必要がある。

以上のことから、野村夫妻は弘化三年の正月（二二六番の歌が詠まれた時期）を平尾山荘で迎え、貞則が長崎へ向けて発った六月五日の前後（一九七―二〇〇番の歌が詠まれた時期）は本宅で過ごすことが多く、貞則の帰宅ののち七月には山荘に本格的に転居した（二〇一番の歌が詠まれた時期）と考えるのが自然であろう。

ここで、平尾山荘で弘化三年の正月を迎えて詠んだ歌を紹介しよう。

山ざとにはじめて春を迎ふればまづめづらしと君を見るかな

（「向陵集」二三六）

山荘に移った夫妻はほっと胸をなで下ろしていたに違いない。そして、そうやって「山ざと」で迎えた初めての春、もとにとっては見慣れているはずの夫の顔が妙に新鮮に見えたというのである。夫婦の間のほほえましい情景であり、二人で始める新しい生活へのときめきのようなものさえ感じられる。

二人は、これからは俗世間の雑事に振り回されることなく、好きな庭いじりや詠歌に没頭しながら余生を送っていくつもりであった。弘化三年、貞貫五十二歳（あるいは五十三歳）、もと四十一歳であった。

山荘での生活の様子

野村夫妻は、自分たちの老後の生活をできるだけ倹素なものにしていく気構えができていたようで、その頃に詠んだ「たたみ」と題する歌では、菅畳（すがだたみ）を敷き藁を着て寝ましょうとその覚悟のほどを述べている。

世の中をのがれはてなば菅畳敷きても寝まし藁も着なまし

（「向陵集」一六四）

平尾山荘に訪ねて来た人に、どこまでが庭かと聞かれたもとは、

向ひあへる竈門（かまど）の山も若杉の山も吾家（わぎへ）のものと見ななむ

（「向陵集」二〇三）

と、向こうに見える竈門山（宝満山）や若杉山までもが我が家の庭のようなものですよ、とユーモラスに答えるのであった。

竈門山や若杉山が山荘のあたりから遠く眺めることができたというのは、現在の平尾付近の状況からは想像しがたい。山荘は福岡城から二キロほど南下した所にあり、周囲に人家はなく、前には田圃があるだけで、庵は高い松の間にひっそりと建てられていた。のちにもとが歌友の郡たもつに宛てた手紙（個人蔵）の中で、「いかでいかで草の庵をも分け入らせ給へかし、冬は中々葎(むぐら)枯れて道もありげになむ」と書いているように、草枯れの冬にならないと道がわからないほど雑草が生い茂っていた。彼女の腰元であった山路すが子ものちに、「杣人(そまびと)も踏み迷うような」道を通らなくては行き着くことができなかったと述懐している（甲斐信夫『山路すが子』）。

往時の平尾山荘（『西日本文化』第25号より）

庵の南面は丘で、南西の方角の高い所に灌漑用の溜池があった。夫と二人で力を合わせ池から遣り水を引くための水路を掘り滝を造ったものの、なかなか水が流れ落ちず、これを「雨待(あめまち)の滝」と名付けた。

庭に遣(や)り水をせき入れんとて、尾上(をのへ)なる池より掘りつづくる時、貞能（貞貫）君に

水はまだ流れいでねど君とわが心たぎつせ岩づたひする（「向陵集」二三二八）

大雨の日にやっと流れた「雨待の滝」を、もとはたびたび歌に詠んでいる。この滝は山荘の大切な景物の一つであった。

現在の平尾山荘（福岡市中央区平尾）

せき入れし遣り水つねに流れざれば、雨待と名づけたりしに、大雨ふりける日に

おのづから名に負ふせたる雨待の滝のしるしも今日ぞ見えける

（「向陵集」二四一）

平尾山荘の地盤は水はけがよくなかったようで、少しのちのことであるが、豪雨が降って山荘の前の田圃が海のようになり、波さえ立った。その日、もとは庵の中で一晩中遣り水の音を聞いていたという。

庵は極めて粗末な建物で、六畳、三畳、二畳の三間から成り、厨房の土間・板敷の部分を合わせても十坪に満たない狭さであった。床の間、戸棚、押入れのようなものもなかった（春山育次郎「平尾山荘記」）。

山荘には桜、楓、萩、柳、あやめなどが植えられていた。「向陵集」によると、

庵の戸口には柳が、窓辺には梅の木があった。

現在の復元された建物は三代目で、当時よりもかなり立派なものとなっている。庭の景観もほとんどが変わってしまったが、唯一往時を偲ばせるものがある。それは庵の南面にある、今でも真清水をたたえている一脈の清泉である。水質がよいので茶を点(た)てるのによく、いかなる時も涸れることがなかった。

この平尾山荘での草庵生活は、あるいは大隈言道の暮らしに倣(なら)ったものであったかもしれない。言道の「ささのや」の庭は贅沢なものではなかったが、その風情は日田の漢学者・広瀬淡窓（一七八二―一八五六）をして「其宅園亭頗(すこぶ)ル雅致(がち)アリ」（日田郡教育会編『淡窓全集』）と称賛させるほどのものであった。歌詠みには月や花をゆったりと愛でることのできる草庵生活こそが最も望ましいものだったのであろう。

二人の孫

山住みを始めたばかりの頃は、寂しく感じられてならない時や人恋しくてならない時があったようである。例えば貞則の妻たねが訪ねて来てたまたま夕立が降って帰れなくなった折には、嬉しい気持ちで一杯になった。貞則とたねとの間にできた二人の孫（貞和と助作）が訪ねて来た折には、山荘の物寂しさはすっかり打ち消されてしまった。もとにとって孫たちは目に入れても痛くないほど可愛い存在であった。ある日、山荘に来ていた長孫の貞和が祖父に送られて帰って行った時には、彼女は一人残されて、秋風が一層寂しさを募らせた（「向陵集」二〇五）。

また、ある日、山荘で山越えの道を眺めていた貞和が、小松原に風が吹くのを見て、ふと、父君がいらっしゃったのではなかろうか、と言った。それを聞いたもとが笑って本気にしないでいると、本当に貞則がやって来た。彼女は早速そのことを貞則に話し、それを題材にして歌のやりとりをした（「向陵集」二一四）。

七歳になった貞和が山荘に来て、「うぐいすの松にとまりて鳴く声は」と上の句を詠み、下の句を祖母に詠んでくれとせがんだことがある。もとは「君が歌詠む心地こそすれ」と続けた（「向陵集」二三四）。山荘の庵は松の木々の間にあった。貞和はその木々の間から漏れ聞こえてくる鶯の声に驚き、歌に詠んだのであろう。彼女は、春の到来を告げる鶯の声に心を留めた孫の成長ぶりに心から喜びを覚えるのであった。

貞和の弟・助作は三歳年下であった。もとの描いた絵に、貞和と助作の二人が正月、平尾山荘に来た折の様子を描いたものがある（佐佐木信綱編『望東尼歌文集』）。彼女は「正月四日、兄弟山里にまゐりたるやうす、あまりあまりらうたく（可愛く、の意）侍りければ、しるしてなん」として、裃（かみしも）を着けた二人の年始の姿を描き、正座した兄の膝下あたりに、「ばばさん、もちをくはせなさい。元日には二十一くひました」という言葉と、弟の

「此間はだんだん（有難うの意）、わたくしは十六くひました」という言葉を注記している。

安政四年（一八五七）の春、もとは「貞和がこの年月手足のいたづき（病気の意）にてよろづふつつかなるを恥ぢらひて、外にいづることもいとひ顔なるをいさめて」という詞書で次の歌を詠んだ。

ゐざりても心かた羽になかりせば
弓矢とる身に恥づることなし　（「向陵集」一〇五八）

貞和はその時、十七歳になっていた。彼はその頃から神経痛による手足の麻痺で歩行が困難になり、そのことを恥じて家に閉じ籠りがちであった。祖母のもとは、足が不自由でいざっても心に障害がないのならば、弓矢をとる武士として何を恥じることがありましょうか、と強い調子で激励した。そして、武家に生まれた者が病のために卑屈な態度をとることを、それがいくら可愛い孫であろうとも許そうとはしなかった。ここに、彼女が家族に施していた教育の一端が窺える。

その貞和の詠んだ歌に、「ゐざりても迷ぬ道に我行ば聊か恥と思はざりけり」（「野村望東尼資料」五五－五）というものがある。これがもとの右の歌への返歌かどうかはわからないが、祖母の思いは孫に十分に伝わっていたようである。

左：望東尼雑画（佐佐木信綱編『望東尼歌文集』より）
右：望東尼自作の具足（『招月望東禅尼遺品目録―野村家所蔵』より）

手芸が得意なもとは絹布製の具足（福岡市博物館蔵）を作って貞和に与えた。佐佐木信綱編『望東尼歌文集』には、この具足は「長孫脚疾ありしといへども一朝事あるに当て不覚をとらしめてはならじとの苦心より与へられたるものなり」と記されている。また、かつて郷土史家の筑紫豊氏は筆者に「この具足は十三歳ぐらいの子が着するのに丁度よいサイズである」と語られた。『招月望東禅尼遺品目録―野村家所蔵』の口絵には、この具足をその年頃の少年が身に着けている写真が掲載されている。

母・みちとの別れ

天保五年（一八三四）十二月、もとが二十九歳の時に、母みちが重病に冒されたことがあった。その時もとは、母の病気平癒を祈願するため太宰府天満宮に参詣し、神前で、母をせめてあと十年は生き長らえさせてほしいと祈り、そのために「千度詣で（ちたびまう）」をすることと歌を百首奉納することを誓った（「柞葉集（ははそばしゅう）」〈出光美術館蔵〉序文）。千度詣での誓いは翌年二月十日に果たした。その時の歌が「向陵集」にあり、千度の回数を松の葉で数えたと記している。松は千年の寿を保つということから、母の命もそれに何とかあやかってほしいという真剣な思いだったのであろう。

千度詣でをした二月十日（現在の暦では三月中旬）のことである。その日、太宰府天満宮の境内には梅の花が咲き乱れ馥郁（ふくいく）たる香りが立ち込めていた。願掛けを終えてふと着物の袂に匂う梅の香に気付いた。境内の梅の木々の間を千度も往来するうちに、いつのまにか梅の花の匂いが染み込んでいたようである。

梅の花匂ひや袖にとまりなむちたび木（こ）の間（ま）を行きかよふまに

（「向陵集」二一六）

千度詣での甲斐があってか、それから十五年間、母は生き長らえることができた。

しかし、嘉永元年（一八四八）七月十二日の夜のことである。母が危篤に陥ったという知らせが届いた。次の歌には、あわてふためいて実家に向かいつつあるもとの動転した様子がよく表れている。

秋の夜の月は照らせどかきくらす心の闇に道も見わかず　（「向陵集」二五四）

彼女は心の中が闇のように真っ暗になり、月が出ているのに夜道をどう歩いたものやらわからなかった。それでも必死の思いで何とか母の枕元に駆け付けたが、はたしてその臨終に間に合うことができたかどうか。姫島にいる弟・桑野喜右衛門にも危篤の知らせが届けられたが、さすがに母の死に目に会うことはできなかった。

太宰府天満宮本殿と飛梅（太宰府天満宮提供）

ところでもとは、かつて母の命乞いをした時、太宰府天満宮に誓約した歌の奉納がいまだ実現できずにいることを罪深いことと思っていた。母の死の翌年三月になってようやく、彼女は宿願である歌の奉納を実現することができた。その歌というのが三月十六日に完成した歌集「作葉集」のことであり、同月二十七日に彼女はそれを天満宮に奉納した。

「作葉集」は、弘化三年（一八四六）春から嘉永二年（一八四九）春までに詠んだ歌六十五首から成り、もとの作品の中では早い時期に成立したものである。終生熱心に天神を信仰し続けたもとであるが、太宰府天満宮で千度詣でをする様子を描いた「作葉集」の記事からは、三十歳の頃には既に彼女が天神に深く帰依していたことが窺われる。また晩年、家族の反対を押し切って上京し、死を覚悟してまで勤王活動に身を投じたもと（のちの望東尼）であるが、一心不乱に千度詣でをする三十歳の若きその姿に、自己の意志にあくまでも忠実に行動する人間望東尼の原型を見出すことができるように思われる。

母みちが亡くなる約二カ月前の嘉永元年五月三日には、実家の長兄・浦野勝広も亡くなっていた。勝広は浦野家の長男であったが、早い時期に廃嫡され、博多浜口町に住んでいた。長く患っていたようである。つらかった年も暮れようとしている。年の瀬は野村家の本宅で過ごした。福岡では物売りの声が街中に響き渡っていたが、もとにとってはむしろ山里の静けさが恋しく感じられる年の瀬であった。

次男・貞則の自害

もとが二十四歳で野村家に嫁いで来た時、次男の貞則は十六歳であった。彼も歌を好み、継母のもととは心が通い合った。弘化三年（一八四六）、貞則の長崎出発に際してもとは若松を瓶に挿して門出を祝ったが、彼はその松の枝を見て、「わがかへるをば松にぞありける」と詠んだ。もとは、貞則が松の枝を見ただけで子の帰りを待つ母の意を汲み取ってくれたことを嬉しく思った。彼女は夫の衣を貸し与えたが、衣のみか身さえ貸してやりたいと思うほどに、息子の身が案じられてならなかった（「向陵集」一九七・一九八）。

嘉永元年（一八四八）二月二十八日、貞則は今度は江戸勤務となり、福岡から旅立って行った。もとは船路の安全が心配でならなかった。歌友の明石行敏（七〇・七一頁参照）宅で吉野山の絵を見せてもらった折には、貞則が吉野山に立ち寄るだろうかなどと様々に思いをめぐらせた。彼女は貞則に手紙をしたためたが、この手紙が彼よりも先に江戸に到着するのではないか、などと些細なことまでが気にかかって仕方がなかった（「向陵集」二四五―四九）。

吉野に着いた貞則から手紙が届いた。その中には吉野の桜が同封されており、「ひとめには千本（ちもと）の花と聞きつるをこはいくばくの桜ならまし」という歌が添えられていた（「向陵集」二五一）。この桜には貞則の優しい心遣いが感じられた。

貞則は嘉永三年五月に江戸から戻って来たが、その時の彼の姿は驚くほどに老けていて、赴任して行く前とは様変わりしていた。まもなく病気になり、それが翌年の春頃から悪化し、秋を迎える頃には、もとが「おどろおどろしげなるけしき」と表現するほどに重篤な状態に陥っていた。彼は、公の仕事ができないのではお上に申し訳ないという理由で家祿の返上を申し出、自宅に潜んでいたが、八月二十六日の暁頃、ついに自ら命を絶ってしまった。もしかしたら、今日でいう鬱病にかかっていたのかもしれない。「向陵集」のもとになった「雑歌草稿」(「野村望東尼資料」五五―三)という草稿本があり、そこに彼の自害の模様が詳しく記されている。

それによると、既に貞則は一人にしてしまうと自ら命を絶つ危険性があったので、終始誰かが見張っていた。八月二十五日の夕方からは、もとや妻たねなど何人かが交替で見張りをしていた。ところが、たまたま明け方、全員が眠り込んでしまったほんのわずかの間に彼は割腹をしてしまった。もとが人の騒ぐ声に夢かと驚いて起き出てみると、あろうことか、貞則が立とうとして苦しみもがいており、息も絶え絶えになっていた。周りの人々はまるで悪い夢を見ているかのように泣きわめいていた。

吉野山の桜

野村貞則はついに帰らぬ人となってしまった。享年三十八であった。かつて彼がまだ二十代の頃のことであるが、友人が自刃するという事件があった。その時貞則は長歌を詠み、その友人を呼んでよく語り合っていたならば死なせずにすんだかもしれない、という思いを綴った(「笠山集」一―七)。皮肉にもその貞則が友人と同じ道を選んでしまったのであった。

家名断絶

貞則自害の一件で野村家は藩から知行を没収され、家名断絶となった。住んでいた家も召し上げられて、本家の野村守貞（通称は勘右衛門）の浜町（はまのまち）（福岡市中央区舞鶴三丁目）の別邸「月のはまべ」を借りて住むことになった。野村夫妻も平尾山荘をしばし離れ、貞則の残された家族に同行することとした。長年親しんだ家を去る前に、もとは床の間の壁に歌を書き残した。

今よりは匂ひまさりて花紅葉かはるあるじに長く見られよ

（「向陵集」五三三）

夕暮れになってついに家を出ようとする時、供の女が彼女に杖を渡しそびれたと言って詫びてきた。これまで頼りにしてきた子を亡くし、もとは杖をつく力も覚束（おぼつか）なくなっていた。

浜町の別邸に着き、見送って来た人々と酒などを酌み交わしながら、貞則の忘れ形見、十一歳の長男貞和がいつか世に出る時には今日という日のことを忘れて笑い合う日も来るであろう、などと慰め合った。

幸い日を経ずして、本家の野村映貞（守貞の父）が、貞和が藩に召し出されるであろうという内々の仰せ言を密かに知らせて寄越した。それを聞いて一族は大いに安堵した。

九月の忌日には貞則の着物が形見分けされた。

そして十月、野村貞和は父の跡目を継ぐことになった。四百十三石から三百三十石に削られはしたものの、先祖から受け継がれてきた野村の家がここに再興されたことは、一族にとって何よりの喜びであった。貞和はまだ幼かったので、一族の協議により、外祖父（神代勝利。たねの父）の住む杉土手（中央区大手門）の屋敷内に新たに住居を用意し、そこに貞則の家族が移り住んで貞和の成長を待つことになった。たねと貞和・助作兄弟はその後、この家に約十二年間住み続けることになる。

もとはその後も貞則の思い出に耽ることが多く、彼がかつて旅立った折の姿を夢に見たりした。大雪が降る日に大隈言道と百武万里（後述）が弔いに来て、「物書き技」などをしたが、貞則が愛用した硯を取り出した時には改めて亡き息子のことが偲ばれた。

翌嘉永五年（一八五二）閏二月十二日には、浦野家の当主である次兄の勝幸が亡くなり（少林寺資料）、もとはまたしても藤衣（喪服）を着るのであった。

やがて普請中の新居が完成したので、たねが貞和と助作を連れて移って行った。それまで借りていた浜町の別邸を野村本家に返して、四月十四日、野村夫妻も平尾山荘に戻って行った。

しばらく空き家にしていたせいで庵が荒れていたので、修繕のために大工を呼んだ。大工が屋根に上って作業をしていたところ、犢鼻褌（ふんどし）がはずれたので、それを見ていた女たちが笑った。その明るい笑い声が山荘周辺にこだました。もとは四十七歳になっていた。

山荘の四季の移ろい

弘化三年（一八四六）に本格的に平尾山荘に移ったものの、家族や身辺の人々の不幸が相次いだので野村家の本宅で過ごす日も多く、野村夫妻にとって、山荘に腰を落ち着けて生活することは実際にはなかなかできなかった。しかし、嘉永五年（一八五二）七月に貞則の一周忌をすませてからの四、五年間は、家族内に大きな事件が起きることもなく、比較的平穏な日々が続いた。

同年暮れの霰の降る日には庭に梅を植えた。また別の日には池を掘り、山荘の庭に自ら手を加えた。

年改まり、嘉永六年の春は静かに山荘で迎えることができた。山荘の前の田圃に飛来してきた鶴に籾のようなものを蒔いて餌付けを試みたところ、かえってその日から鶴は遠ざかってしまった。まだ注連縄を解いていない正月の十四日に、鶯が庵の近くで鳴くのを聴いた。そのうちに梅の花が咲いた。一人で庵にいる時にはその梅の香が深く心に染みた。やがて待ちに待った桜が咲いたが、嵐が吹いたために花が散るのが例年よりも早く、心残りであった。散った花びらが浮かんだ真清水の泉を覗き込むと、底にはまだ去年の楓の葉が残っていた。夏になり、茂った松の葉の間をさりげなく飛ぶ蛍の姿を見た。夏が終わると、草木が徐々に秋の姿に変わり、風になびくようになる。松の木の間を秋風が吹き抜ける。やがて冬が来て山荘の泉も池も凍りつき、雪が積もる日もあった。

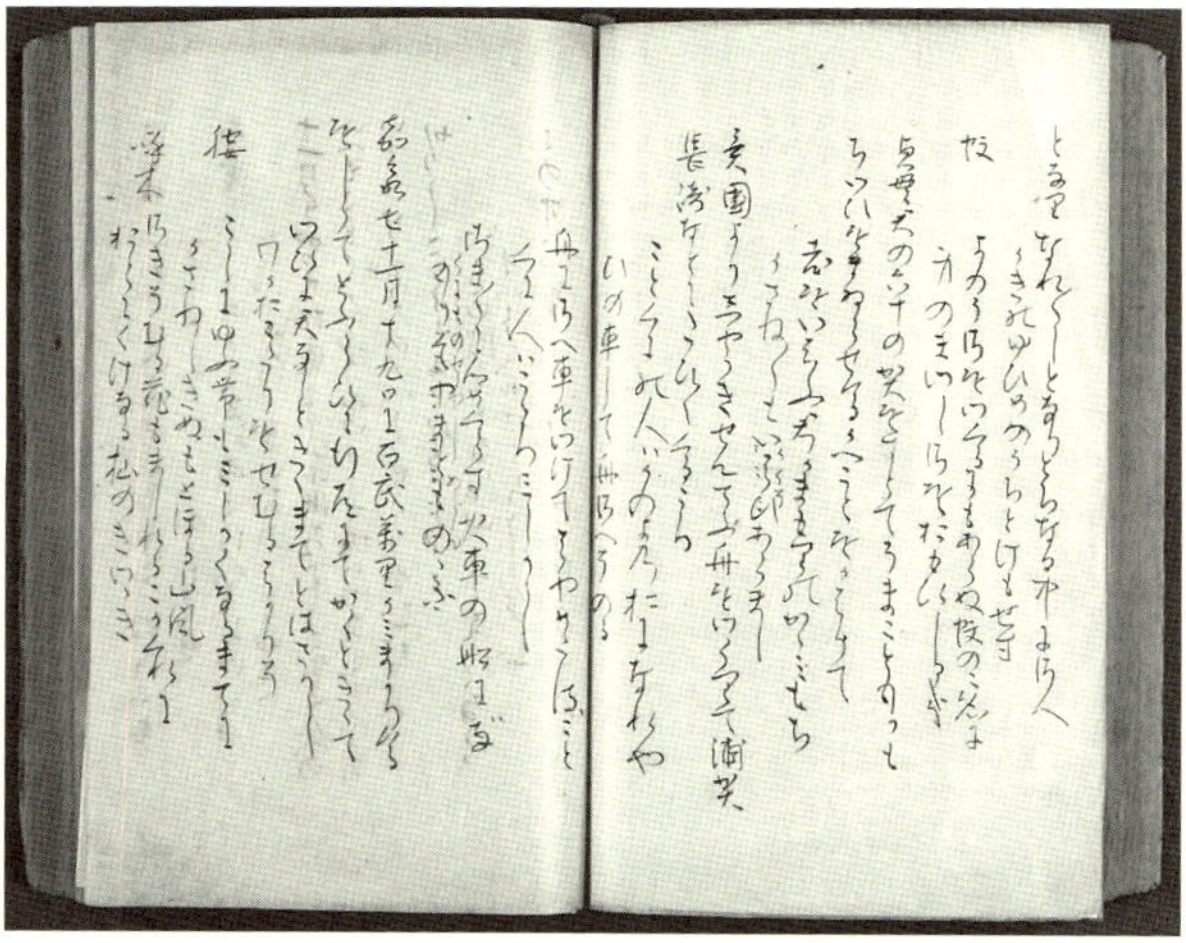

「向陵集」（福岡市博物館蔵）の貞貫六十の賀の部分

もとは桜をことのほか愛好していた。「向陵集」には嘉永七年の春に詠まれた桜の歌が多い。山荘の桜を観賞するだけでなく、この年は、国分の郷（福岡県太宰府市国分）や二日市（筑紫野市二日市）の知人宅などにも花見に出かけている。

貞貫の六十の賀も催した。孫たちが餅飯を持って来て祖父の還暦を祝った。

老を祝ふ君がまもりの鏡餅かさねがさねもかくぞあらまし

（「向陵集」八五五）

老いを祝う守護神としての鏡餅のように、夫も年を重ねてほしいと彼女は願った。

この時の平尾山荘は、家庭的な幸せに満ち溢れていたことであろう。

祖父母の慈愛溢れる眼差しが可愛い孫たちに降り注がれる中、孫たちは祖父母と一体何を語り合ったであろうか。庵から聞こえてくる野村家の人々の笑いさざめく声が、山荘を取り囲む木々の間をあちこちにこだましたことであろう。

百武万里

嘉永七年（一八五四）十一月十九日、病中の百武万里を見舞いに行くが、その途次、彼の死の報に接した。もとは、もっと早く見舞いに行っておけばよかったと悔やんだ。

ここで、本書に何度かその名前が登場する百武万里について簡単に触れておきたい。百武万里（一七九四—一八五四）は宗像郡福間浦（福岡県福津市）の医師で、若い頃に上京して産科学を修めた。さらに、文政八年（一八二五）に筑前にやって来たシーボルト門下の児玉順蔵（岡山藩出身）から蘭学や医学の講義を受けたことが契機となって、同十年四月、同じ福岡藩の武谷元立（たけやげんりゅう）、原田種彦、有吉周平らとともに長崎のシーボルト門下に入り、そこでオランダ医学を修得した。翌年七月には帰郷して博多で開業し、蘭方医として名を馳（は）せた。

天保十二年（一八四一）、大浜（福岡市博多区大博町（たいはくまち）付近）の浜辺で行われた刑死人の死体解剖で百武が中心的な役割を果たしたところ、解剖に対して強い偏見と嫌悪感を有する当時の世間から激しく指弾され、一時は郊外の箱崎村（はこざきむら）（東区箱崎）に身を隠すほどであった。のちに再び博多で開業し、そのうちに評判も回復して多くの門人を育成した。百武は医師として時折平尾山荘を訪れるだけでなく、野村夫妻とは歌などを通じても親交があった。望東尼が貞則を失って沈んでいた時に大隈言道と一緒にやって来て慰めてくれたのも彼であった。

百武の姓の読み方については、「ひゃくたけ」と読むことが多いようであるが、望東尼は「ももたけ」と仮名で書いており、『福間町史』（通史編）にも「百武（ももたけ）」と振り仮名が付されている。町史の編纂に携わった方の話によると、百武万里の墓があり彼の長男が住職をしていた順心寺（博多区御供所町）に問い合わせ、読み方を確かめたうえで、そのように振り仮名を付けたということであった。実際、福間には今でも百武の姓の人が何人もいて、「ももたけ」と読むのだそうである。したがって、百武万里の姓は「ももたけ」と読むのが正しいようである。

ところで、百武の弟子に石田清逸がおり、のちに石田は姫島に流されたもとの救助活動に一役買うことになる。そのことについてはのちに触れる。百武との縁が後年、彼女に幸運をもたらすのである。

ペリー来航

話は少し遡るが、もとが「向陵集」に異国船来航について記したのは、弘化三年（一八四六）、フランス船の長崎来航に際し、野村家の当主貞則が目付役として長崎に派遣された時が初めてであった。彼女は長崎に異国船が来航したのはこの時が最初だと書いているが、実は異国船はそれ以前にも何度か長崎に来ており、福岡藩もたびたび警備のために藩兵を派遣していた。どうやら福岡藩の武家の妻にとって、異国船に関する情報は、家族の一員が長崎に派遣されることになって初めて関心の対象となる程度のものだったようである。この時、フランス船はわずかな期間滞在しただけで長崎を離れたので、彼女はその喜びを次の歌に詠んだ。

神風のおひて吹けばや異国の船はことなくみなといでけん

（「向陵集」二〇〇）

異国船来航を元寇に譬え、今回も神風が吹いて敵を蹴散らしたのだと喜んだ。そこには貞則が無事帰って来ることへの母としての大きな喜びも込められていた。

嘉永六年（一八五三）六月、今度はアメリカのペリーが軍艦四隻を率いて浦賀に来航した。太平の眠りを覚まされ、世の中は騒然となった。このことは平穏に日々を過ごしていた野村家にも聞こえてきた。さすがにもとも無関心ではいられず、「向陵集」にその素直な気持ちを綴った。

今年八月ばかりに相州浦賀といふ所に異国船ことありげに来たりとて、国々の守を大江戸よりめし給ふとて公にも上らせられける頃、いと騒がし、少し静まりがたなるに、はた長崎にも同じさまの舟来たりしとて、こたびは若殿かしこにいで立たせ給ひけるなど、上を下にと騒ぎあへるを人々あはてたり

異国(ことくに)の船はうき世のなみたてていどみ顔(がほ)にも打ち寄せしかな

（「向陵集」七〇四）

ペリーはアメリカの第十三代大統領フィルモア（一八〇〇―七四、在任一八五〇―五三）からの国書を呈して日本に開国を要求してきた。幕府はペリーの強硬な態度に押されて国書を正式に受け取り、明年には返答する旨を約して一行をひとまず日本から立ち去らせた。

幕府は対応に困り、各藩主に意見書の提出を求めた。中でも江戸に滞在していた福岡藩主・黒田長溥は、長崎警備に長らく携わっていたことから、その意見が注目された。長溥は海外諸国の事情に通じていたため、幕府に開国通商の利益を説いた。ところが幕府では、第十二代将軍徳川家慶(いえよし)（一七九三―一八五三）が死去したこともあって、対応策を決めかねたままであった。

丁度そのような折、七月十七日、長崎にロシア船が来航してきた。この年は福岡藩が長崎勤番の年であったので世子黒田長知(ながとも)（一八三八―一九〇二。慶賛(よしすけ)）が対応したが、藩主長溥も九月二十一日に江戸から戻っていったん福岡に帰城し、それからまもなく二十四日には長崎に向けて出立した。「向陵集」ではペリー来航を八月としたり（実は六月）、藩主がそのために江戸に上ったと書かれたりしているが、長溥はその頃は江戸滞在中であった

ので、それらの記述は誤りである。しかし、それらからは、混乱した情報が飛び交う藩内の動揺ぶりがよく伝わってくる。

ペリー一行がひとまずは退去したことについて、もとは、大老はじめ老中が弱気であったので異人をなだめて帰らせてしまった、あきれたことだと憤慨している。これは異国船を見たこともない者にとっては率直な感想であったと思われる。福岡では六月以降、旱魃（かんばつ）に悩まされ、稲が実らなかった。そのため、あちらこちらの山頂で雨乞いが行われたが、一向にその効験は顕れなかった。もとは、異国船を打ち払ってさえいれば雨が降ったであろうに、と考えた（「向陵集」七〇七）。

一年後の再来を宣告したペリーであったが、半年後の嘉永七年一月には早くも回答を求め、軍艦七隻を率いて再び浦賀に入港して来た。そのあまりの早さに驚きあわてた幕府は、ついにその威力に屈して日米和親条約を締結することになる。長州の吉田松陰がアメリカへの密航を企てて捕えられたのは、実にこの時のことであった。

うち続く大地震

嘉永七年（一八五四）十一月四日（同月二十七日、安政に改元）には安政東海地震、その翌日には安政南海地震と立て続けに大きな地震が発生し、東海道以西は激甚（げきじん）な被害を受けた。もとは、福岡でもほとんどの家が揺れを感じたと語っている。また、大坂に津波が押し寄せ多くの死者が出たという話を聞いた彼女は、押し寄せる津波が地震で放心し途方にくれている人々をさぞ驚かせたことであろう、と述べている（「向陵集」八六四）。

その頃、世の中は急速に騒がしくなり、福岡藩ではすべての侍が藩主から黄金を下賜され戦の支度を始めたということであったが、その話を聞いたもとは次の歌を詠んだ。

武士（もののふ）のつねを忘れしさび刀み世のめぐみにとぐ光かな

（「向陵集」八六五）

武士が平常の心得を忘れてしまい、そのために錆びてしまった刀が「御世」（天皇の世）の恵みによって研がれ光り出すことだなあ、という意味である。もとは、異国との戦いに備えて武士が調練している様子を方々で目にしている。

安政二年（一八五五）十月二日の夜、今度は江戸で大地震（安政大地震）が発生した。

平らけき道うしなへる世の中をゆりあらためむあめつちのわざ

（「向陵集」九三四）

この歌には長い詞書があり、幕府をはじめ国々の大名の屋敷や社寺、人家などが倒れたり焼けたりして、世の中は死者が幾万出たと言って大騒ぎしている、というのである。水戸藩の儒学者で勤王思想を世に広めた藤田東湖（一八〇六―五五）が、母親を助けながらも自らは圧死してしまったというのも、この時のことであった。多くの人々はもとと同様に、二年続きの大地震によって天と地が平安な道を踏み損なった世の中を揺さぶり改めさせようとしているのだ、と感じたことであろう。

「木葉日記」

安政二年（一八五五）は、野村夫妻の親戚で歌友でもあった明石行敏・いさ夫妻の娘ゆく子の七回忌の年にあたっていた。「向陵集」には、もとがゆく子の墓に参ったという記事も出ている。

福岡藩には明石姓を名乗る千石以上の家が三軒あり、それぞれ東の明石家、西の明石家、大名町の明石家と、その邸宅の位置によって呼び分けられていた（東西の明石家はともに天神町にあった）。行敏は大名町明石家の家系であった（前田淑編『近世福岡女流文芸集』）。

明石いさの父は野村家の本家の勘右衛門映貞であったが、前にも述べたように、映貞は他家から養子に来た人で、本家に入る前は貞貫の父・貞信の養子になっていた。つまり貞貫にとっては義兄にあたる。いさは寛政十二年（一八〇〇）十一月に映貞の娘として生まれ、文政二年（一八一九）四月に明石行敏に嫁いでいる。「向陵集」にたびたび登場し、貞則自害ののち浜町の別邸「月のはまべ」を貸してくれた野村本家の守貞はいさの弟である。行敏は弘化二年（一八四五）に五十二歳で隠居し余春と号しており、貞貫とほぼ同年齢である。いさはもとよりも六歳年長である。もとが明石夫妻に宛てて出した手紙もかなり残っており、二組の夫妻が、大隈言道の同門でもあり、和歌を媒介として親しい交わりを続けていたことを示している。

明石夫妻には長男・長女がいたが早世し、天保四年（一八三三）に福岡藩士・宮内志盛の三男・行直を養子に迎えた。その二年後の天保六年八月に次女ゆく子が生まれ、続いて次男友次郎が誕生した。友次郎は一年足らずで世を去った。明石家ではゆく子に福岡藩士・大野十郎太夫の次男・薫を婿養子として迎えた（以上、二七頁「野村氏系図」参照）。そしていずれは彼女を行直の養女にするつもりであった。

そんなゆく子が、嘉永二年（一八四九）八月二十日、風邪をこじらせて十五歳の若さで亡くなってしまった。もとは同年八月六日頃から九月二十日までの様子を記して、ゆく子への哀悼の記とした。この日記は一時明石夫妻の手元に渡っていたが、もとは草稿本であるからと言って返却してもらっていた。ところが、明石夫妻が日記を形見にほしいと熱心に求めてくるので、彼女は仕方なく、長らくしまっておいた日記を取り出した。すると、その草稿の終わりの所に貞則の手で「ひとめぐり（嘉永三年）の秋のくれがたにこの御日記を見侍りて、わが袖も涙にひぢぬいまさらにかなしき秋を見る心地して」という歌が書き付けられていることに気が付いた。その貞則は既にこの世におらず、その水茎の跡も「憂き形見」となってしまっていた。

もとは、ゆく子の七回忌の年にあたる安政二年に、この日記に「木葉日記」という題を付し、明石家に贈った。

日記の跋文は次の歌で締め括られるが、ゆく子の死だけでなく、秋の枯葉のように落ちてしまった貞則の死もやはり「涙のたね」の一つであったろう。

さまざまの秋の木の葉をかきつめていまは涙のたねとなりぬる
（「木葉日記」）

「木葉日記」によると、嘉永二年八月二十一日、明石夫妻は平尾山荘を突然訪れている。娘が亡くなった翌日に野村夫妻のもとに行くほど両家は親密な関係だったのであろう。どのような会話がなされたかはわからないが、野村夫妻には子供を失う親の気持ちが痛いほどわかっていた。翌二十二日に大隈言道が山荘を訪ねて来た時も、話題はどうしてもゆく子のことになり、居合わせた人々は悲しみの涙にくれた。野辺送りには言道と貞貫が出向いた。野村夫妻は、明石夫妻を慰めようと、手紙を書いたり椎の実や柿を送ったりした。明石夫妻からは手向けの花を頼まれたりもした。こうやって両家の人々は互いに心を寄せ合った。もとが「木葉日記」を綴ったのは、ゆく子への哀惜の念もさることながら、愛娘を失くした両親の悲しみに心からの同情を覚えたからであろう。

「木葉日記」を翻刻した前田淑氏は「望東尼がまだ貞貫の妻として『もと』と呼ばれていたころの、私生活の中で書かれたものであり、平尾の山荘時代初期の彼女の生活や心情を知り得る好資料である」と述べている（前掲書）。

五十路の坂を越えて

安政三年（一八五六）、もとは五十一歳になった。彼女にとってこの年はどのような年だったのであろうか。

桜の季節、もとは三年前の嘉永七年に訪れた国分の郷に再び花を見に行った。

初夏には、道に迷いながら上座郡八坂村南淋寺（福岡県朝倉市宮野）に詣でた。その時、寺の近くの大庭の郷に「よしありて隠れたる人」を訪れた。これは薩摩島津家の一門である加治木島津家の家来・葛城（かつらぎ）彦一（一八一八—八〇。変名は内藤助右衛門、竹内五百都）のことで、島津家の家督相続をめぐる内紛（いわゆる「お由良騒動」）で身が危うくなったため、島津家出身の福岡藩主・黒田長溥を頼って筑前に亡命していたのである。葛城は文久二年（一八六二）、赦されて帰藩する。そののち、加治木島津家から近衛家に嫁した貞姫の付け人として近衛家に仕えることになる。

例年であれば本宅から五月五日の節句の日に届くはずのちまきが、一日遅れて届けられた。それは、手足の痛みを訴えていた貞和に対して、藩主の長溥がエレキテル（オランダ製の静電気発生装置）を貸してくれたので、五月五日には貞和がそれで治療を受け、手が塞がっていたことによるものであった。

秋のある日の寝待の宵（陰暦十九日の夜）は曇っていた。既に皆が寝静まっていると、「暁の月はいかにいかに」と言って戸を叩く音がする。その声はまぎれもなく大隈言道のものであった。言道の突然の来訪に、貞貫ももとも大いに驚き喜んだ。彼女が急いで戸を開け、ふと空を見上げると、そこには何と清らかな月があった。早速蚊帳などを片付けて、酒肴を用意した。物語をしているうちに夜がすっかり明けてしまった。空は清く晴れわたっており、山の端から次第に現れてくる太陽の光もまた素晴らしかった。

暁の月はいかにとたたく戸にはれたる空を閨（ねや）に知りつる　（「向陵集」一〇〇〇）

言道は時間に縛られない自由な人であった。野村夫妻は彼の型破りな行動に時には驚かされつつも、それを快く受け入れていた。

もとは桜と同様、紅葉も愛好していた。十月九日、山荘の庭の紅葉が盛りを迎えたので、言道や歌友たちが集（つど）って来て「まどゐ」を催した。「まどゐ」というのは、親しい人々が集い、語り合ったりして楽しく時を過ごすことをいい、「もとゐ」ともいう。この日は夜になって時雨（しぐれ）が降り出したので、皆山荘に泊まることになった。

ところが言道だけが、毎日暁に歌を三十首詠むことにしているので翌朝夜が明ける前に帰りたい、と言い出した。そこでもとは言道の枕元に硯箱(すずりばこ)、紙などを用意して、目覚めたらすぐに歌が詠めるよう準備しておいたのだが、翌朝起き出てみると、「ひとつだにけしきばみたるすぢもなく今朝も昨日の老いのしらがみ」との書き置きがあり、言道は既に出かけてしまったあとであった。

ところで、その頃のもとには悪い噂話が流れていたようである。

あらぬことども人のいふよし聞きて
人よりは世をのがれたるわが身かと思ひのほかにうきなこそ立て
（「向陵集」一〇四一）

これだけでは噂話の内容はよくわからないが、山荘の庵に住む彼女の活発な交際の様子を誰かが悪し様(あしざま)に言ったのであろう。もとは、俗世間から離れて暮らしている身と思っていたのに浮名が立ってしまったことに気を落とした。

姫島渡航

この年の十月のこと、姫島に住む弟・桑野喜右衛門（「向陵集」では「勝とし」）から一緒に島に行かないかと誘われた。もとは大隈言道を誘い、弟の案内で姫島に出かけた。玄界灘の沖合いにある姫島は、糸島半島西部にある岐志(きし)の湊から直線距離にして七キロの位置にあり、周囲三・八キロ、面積〇・七五平方キロの小さな円錐形の島である。

かつて弘化三年（一八四六）四十一歳の頃にも、もとは姫島に渡ろうとしたことがあった。その時の歌は次の二首である。

弟なる者姫島のまもり人にてありける頃、かしこに行かんとてかつきのさとに宿りける間に、

大風ふきいで海あれて静まらざりければ

旅ごろも香月の浦にいつまでか立うらぶれん波もわがみも

（「向陵集」一九四）

少し風静まりしかば渡らむとて

山のごとうねたつ波をいま幾つ乗り越えてゆく船路（ふなぢ）ならまし

（同・別編一七九二）

この二首から、初日は風雨が収まらず香月の浦（福岡県糸島市志摩久家（くが））に宿をとったこと、翌日はようやく風が少し静まったので船に乗ることになったが、山のようにうねり立つ波をこれから幾つ乗り越えて行く船路なのだろうかと不安に思ったことがわかる。しかし、この二首以外の歌が残されていないので、この時、彼女が実際に島に渡ったのかどうかは不明である。

今回は、途中にある愛宕山の麓の茶店で言道と待ち合わせた。だが、その日はあいにく風雨が激しく船に乗ることができなかったので、やむなく船越（ふなこし）の浦（糸島市志摩船越）に宿泊した。翌日も天気が回復しなかったので、糸島半島の北西端の芥屋（けや）の浦まで足を延ばした。そこには芥屋の大門（おおと）という海水の侵食によってできた洞窟があり、天気のよい日には船で遊覧できるのであるが、当日はあいにくの天気でそれも叶わなかった。

「向陵集」には姫島で行われている大敷網（おおしきあみ）という定置網漁法について書かれているので、少なくとも今回は無事姫島に渡ることができたようである。姫島で、もとはこの大

姫島遠景

敷網に強い関心を寄せている。「うをみがたけ」という山があり、その頂上に櫓(やぐら)が組まれていた。櫓の上には見張り番がいて、魚の群れを見つけたら「さい」を振って海上の舟に合図を送る。すると、舟が漕ぎ出して魚を網の中に引き入れるのである。見張り番は魚の群れを見過ごさないように、食事をする間も惜しんで一日中海から目を離さないという。人の生き方は様々であるが、大敷網漁で番をする漁師たちはこのような苦労をしてもなお粗末な家に住み、貧しい暮らしを強いられる。もとには考えさせられることが多かった。

さまざまに世渡るわざも大敷の魚(うを)もる海人(あま)の憂(う)きすまひかな

（「向陵集」一〇四七）

言道の家集『草径集』にも「あみ」と題して、「大敷の網めづらしと博多人わたりきて見る冬の姫島」という歌が収められているが、これはもともと一緒に訪れたこの時に詠まれたものなのかもしれない。

この姫島渡航の折、のちに彼女が流罪となって再びここにやって来ることがあろうとは、一体誰が想像しえたであろうか。姉のもとを姫島に案内した桑野喜右衛門は、四年後の万延元年（一八六〇）、この島で没する。

言道の上坂

安政四年（一八五七）八月六日、平尾山荘を訪ねて来た大隈言道は、急に大坂に行くことになったと野村夫妻に告げた。上坂の目的は、歌集を上梓して世に問い、自らの歌風を広めることであった。

言道には福岡だけでなく飯塚（福岡県飯塚市）、田代（佐賀県鳥栖市田代）、芦屋（福岡県遠賀郡芦屋町）などにも弟子がおり、たびたびそれらの地に出かけては歌を指導したり歌会を開いたりし、長逗留をすることも多かった。

ささのやの翁（言道）の年ごとに飯塚に行て春を暮らしてのみ帰らるれば、今年もさもやと

ていひ遣はしける
春ごとに君をとどむる飯塚の里の桜はきりもすててむ　（「向陵集」一〇九〇）

この詞書からすると、言道は毎年のように春を飯塚で過ごしていたようで、もとは、今年も飯塚の桜が言道を帰さないならば伐って捨ててしまいましょう、と茶目っ気たっぷりな言い方をしている。この時、言道は飯塚に続き、田代に閏五月過ぎまで滞在した。

八月になって言道から上坂を告げられた時、彼女は、師は当分帰って来ないかもしれない、それでは今後どのようにして指導を受けることができるのだろうか、と強い不安に陥った。しかし、言道の固い決意に対しそれを強いて留めることもできず、黙って見送るよりほかになかった。

八月十五日、もとをはじめ門人たちは見送りのため、言道とともに今泉を立って千代の松原（現在の東公園から箱崎までの一帯）経由で二又瀬（ふたまたせ）（福岡市東区二又瀬）まで行き、そこでようやく師と別れた。この時代、旅立つ人を親類や知人が遠くまで見送りするのはごく普通のことで、江戸を例にとると、東海道なら品川宿あたりまで、日光街道なら千住宿あたりまで見送っていたようである。こうした慣習は、万葉の時代から続いてきたといわれる。

門人たちは言道がその足で大坂に向かったと思っていたのだが、実は言道は八月二十日までは飯塚に、そののち船待ちのためとして芦屋にしばらく滞在し、十月七日になってようやく大坂に着いたのであった（十一月二十六日付言道から八木つる宛の手紙。福岡市博物館蔵「白川信也資料」十一）。

言道は上坂後も書簡の往復によって弟子たちに対する指導を続けた。福岡や飯塚から送られてくる歌の添削をしたり、和漢の書籍や短冊、色紙の類を買い求めて弟子たちに送ったりした。また、八木つるに宛てた手紙では、「歌の道やめさせたまはで向陵と高さ同じくあそばせかし」と書いて、歌の道を継続し、向陵に住む野村もとのレベルに到達するまで努力するよう促している。これはおそらく、八木つるから先行きについての相談を受けたことに対する返答なのであろう。

三男・二川相遠の死

野村貞貫の三男の貞一は天保十四年（一八四三）、二川家に養子に入り、それを機に名を貞一から相遠に変えた。

二川相近には二人の娘があった。長女鶴子は相近に付き添って国学や和歌、書などを学び、父の仕事の手助けもした。四十歳の時、前にも述べたように相近の弟子・鶴原友古を養子に迎えたが、相近の没後も子ができないままであったので、やむなく野村貞一を妹の瀧の婿に迎え、この二人を養子にして家を継がせることにした。この時瀧三十九歳で、既に玉篠の号を持つ画家として、また書家として活躍していた。一方、貞一改め相遠は瀧より一回り年下の二十七歳であった。弟子たちからは友古が大先生、相遠が若先生と呼ばれた。

安政五年（一八五八）、相遠は重い病を患っていた。四月十三日、もとが見舞いに行くと、相遠は彼女にその夜は泊まっていくよう求めた。しかし彼女は、貞貫を残して来ているのでと言って辞去した。相遠はその翌日に亡くなってしまった。享年四十二。

しばしとてわれをとどめし面影ぞ心にきえぬ形見なりけり
（「向陵集」一一九九）

もとにとって、帰宅を留めようとした時の相遠の面影が今では忘れえぬ形見となってしまったのである。

相遠と瀧の間にできた一粒種の幸之進はこの時、十三歳になっていたが、もとが野村家に嫁いで相遠と親子の契りを結んだのも、同じく彼が十三歳の時のことであった。それだけになおさら、その当時のことが偲ばれてならなかった。彼女は、家族をまた一人失ってしまった。

先妻の子供たちのうち、家を継いだ次男の貞則は既に自害して果ててしまい、末子の隅田小助は脱藩の罪を許されはしたものの世を憚って暮らしている。そして、このたび、三男もまた命を落としてしまった。自分が産んだ四人の子もすべて夭折しており、よくよく子供に関しては幸の薄いもとであった。

闘病生活

安政五年（一八五八）には孫の野村貞和が井手勘七の娘ひさと結婚するというめでたい出来事もあったが、この年の秋頃から野村夫妻はともに「心地つねならず」、体調が優れなかった。冬になると、病床に就いたきりの日が多かった。

雪の降るある静かな日、その雪の降る音に誘われて、もとは身を起こした。

しばしだに枕はなたで伏庵（ふせいほ）のあるじをそろとおこす雪かな

（「向陵集」一二五三）

歌友の四宮素行が毎日のように夫妻の見舞いに来てくれた。夫妻は一日か二日、彼が来ないことがあると、使いの者を呼びに行かせたりした。そんな時、四宮はすぐにやって来て、「病みふせる君をばいかでよそに見んかなたこなたも歌の父母（ちちはは）」と言って野村夫妻を安心させた。野村家の本宅は、今はたねの実家（神代家）の敷地内にあるので、そこに住むたねと二人の孫のことについては安心していられたが、このように自分たちが病気になってしまうと、もはや近くには頼るべき子供もいなかった。つい四宮だけが我が子のごとく頼みに思えたのであろう。もとは大坂にいる言道にも便りを出して病気のことを伝えた。

十二月二日の夜に福岡で地震があり、大きく七回揺れた。「心地例ならぬ身にはいとたへがたくて」と、病臥中の夫妻にはこれがよほどこたえたようである。「向陵集」にはこの地震に関連する歌が三首あり、次はそのうちの一首である。

あめつちの神の心やさわぐらん秋津島根（あきつしまね）の道のみだれに

（「向陵集」一二六〇）

天地の神の心が騒いでいるのであろうか、この「秋津島根」（日本国）の道が乱れているために。彼女は、地震という天変地異をもって神が人間界を諌めていると捉えている。科学技術の発達した現代に生きる我々には想像し難いことであるが、それが当時の人々のごく自然な物事の捉え方であった。

前年（安政四年）の十月二十一日、アメリカの公使ハリスは第十三代将軍・徳川家定（一八二四―五八）に謁し、その翌々月から日米間で通商条約の締結交渉が行われた。交渉は若干の紆余曲折を経ながらも比較的順調に進み、翌安政五年一月には合意に達した。幕府は条約に調印するに当たり朝廷から勅許を得ようとしたが、不調に終わり、ついに同年六月、大老井伊直弼（一八一五―六〇）が勅許を得ないまま、日米修好通商条約に調印した。一方、次期将軍を一橋家の徳川慶喜（一八三七―一九一三）と紀州藩主・徳川慶福（よしとみ）（一八四六―六六。のち家茂（いえもち））のいずれにするかでもめた将軍継嗣問題では、紀州派の井伊が慶福を強引に次期将軍に据えるなどの専断を行った。このため、尊王攘夷派や一橋派による反対運動が激化した。井伊は公卿、大名、志士たちから成るこれらの反対派に大弾圧を加えたが、これが世にいう安政の大獄であった。そうした中、同年十一月には、追い詰められた京都清水寺成就院の僧月照と西郷吉之助（隆盛）の入水（じゅすい）事件も起きた。庵で病み伏していたもとの耳にどれだけの情報がもたらされたかはわからないが、世の中は急速に変わりつつあった。

安政六年になっても、もとの病状は容易には回復しなかった。心細さがいや増していった。それにつけても思い出されるのが大坂にいる言道のことであった。もとは、言道が折に触れて平尾山荘を訪れたことや、彼を中心に皆が集まって歌を詠み物語りをしたことなどを懐かしく思い出した。上坂以来三年がたっていたが、それでも帰って来る気配のない言道に、彼女は、稲の穂がなびく頃には帰って来て下さいね、という願いを込めて歌を書き送った。

とりそむる小田(をだ)の早苗の穂にいでてなびく頃には君かへれかし　（「向陵集」一二八三）

この歌には一筋の早苗を紙に包んで添えた。

夫・貞貫の死ともとの剃髪

一方、貞貫の病気はしばらく平衡状態を保っていたが、七月の初め頃からは「おどろおどろしう」見えた。貞貫の身体は驚くほどに衰弱していたのであろう。

初秋(はつあき)の風に吹かるるともしびのかげも心もほそる夜半(よは)かな　（「向陵集」一二八六）

夫の命は風前の灯火のように心細げで、私の心も身体も細ってしまう夜半であるというのである。

安政六年（一八五九）七月二十八日、ついに貞貫はこの世を去った。その亡骸は、平尾山荘から孫たちが住む杉土手の本宅まで運ばれた。

うち群れて庵(いほ)はいづれど君ひとり帰らぬ旅となるぞかなしき　（「向陵集」一二八七）

家族一同群れになって庵から出て行ったが、夫だけが帰らぬ旅となってしまったことが譬えようもなく悲しかった。

野辺送りをすませ初七日の弔いも終わったあとの八月九日（二七日(ふたなぬか)の前日）、もとは野村家の菩提寺・曹洞宗明

望東尼の墓（福岡市博多区・明光寺）

光寺の第二十七世元亮巨道法師の引導を受けて得度剃髪し、尼になった。そして招月望東禅尼という法名を授けられた。

もとはこの時、夫の墓石の横にその三分の一ぐらいの大きさの墓を自らのために建て、そこに手ずから「望東禅尼墓」という銘を刻んだ。墓の中には下ろした自らの髪を納めた。

本書では、これよりもとを望東尼と呼ぶことにする。

望東尼はこの日からしばらく寺で修行をするつもりでいたが、親族たちの反対にあい、やむなく野村家本宅のある杉土手に戻った。しかし毎日、杉土手から博多東町上（福岡市博多区上呉服町）の明光寺（大正四年〔一九一五〕に移転して現在は博多区吉塚三丁目に所在）まで通い、それを忌が明けるまで続けた。

その後、望東尼は再度体調を崩している。四十九日の法要が終わり、その疲れが出たのであろうか、時々無性に山荘に帰りたくなったようであるが、すぐには叶わなかった。

八月二十四日には、歌友の明石行敏が流行病で亡くなった。妻の明石いさ（貞貫の姪）も望東尼と同様、四人の子供をすべて亡くしており、このたびついに夫まで亡くしたことで悲しみはことさらに深く、望東尼とお互いを慰め合った。

それからまもなく、望東尼は貞貫の形見分けを行った。例えば国学者の岡崎勝海（通称は文右衛門。青柳種信の門人）には敷き皮を分けた。歌の中で山荘では鹿の敷き皮を使用しているということが紹介されているので（「向陵集」七三三）、あるいはそれを形見分けしたのかもしれない。

十月末になってようやく望東尼は平尾山荘に帰ることができたが、つい先日まで夫と二人で暮らしていたこの山荘に自分がぽつんと一人きりでいることが何ともやるせなく、ただひたすらに寂寥感が募った。

さながらにすめる泉はかはらねど今日墨染の影ぞ見えける（「向陵集」一三〇一）

山荘の泉の水は真清水をたたえて以前とは何ら変わらないが、そこに映っているのは墨染めの衣をまとった我が身であった。

「もとに」か「ぼうとうに」か

さて、望東尼をどう読むかということであるが、世間では一般に、「もとに」と「ぼうとうに」の二とおりの読み方が用いられている。一体どちらが正しい読み方なのであろうか。

「もとに」と読む人は、俗名が「もと」であったということから、親しみを込めてそう呼んでいると思われる。かつて作家の司馬遼太郎が小説『世に棲む日々』の中で、望東尼に「もとに」とルビを振ったことがそうした傾向に拍車をかけた観もある。

これに対し、「ぼうとうに」という読み方については、次のような幾つかの根拠がある。

第一は、明治十九年（一八八六）刊行の『大日本人名辞書』に「ノムラバウトウ」とあることである。言うまでもないが、今日では「バウトウ」は「ボウトウ」と読む。

第二は、昭和十八年（一九四三）に刊行された小野則秋・磯辺実『野村望東尼伝』において、「望東尼の呼称は野村姓で呼ぶ場合は、『野村もと』、尼名で呼ぶ場合は姓を呼ばず単に、『望東尼（ぼうとうに）』と呼ぶを正しとするも、本書の書名は一般に呼びなれたる呼称をとり『野村望東尼伝』としたり」とされていることである。ちなみに、同書の題字は頭山満（一八五五―一九四四。玄洋社の総帥）が、序文は広田弘毅（一八七八―一九四八。元首相）が書いている。

第三は、昭和三十七年に刊行された佐佐木信綱編『野村望東尼全集』には和文の序文のあとに英文の序文も掲載されており、そこでは望東尼が「Boto Nomura, the Nun」と表記されていることである。佐佐木信綱は全集刊行に際して当然のことながら野村家に出入りしていたと思われるが、序文でこのようにはっきりと「Boto」と表記されていることは、佐佐木をはじめ全集の編集に携わっていた人々が当時、望東尼を「ぼうとうに」と読んでいたことを示すものであろう。

第四は、明治百年を記念して昭和四十三年に野村家の菩提寺・明光寺が『野村望東尼とその師元亮巨道禅師』を刊行した際、その中で著者の安川浄生が、「『モト』は俗名で、一旦得度し改名してからは、号を招月とし、名は『ぼうとう』と読むべきである」と述べていることである。安川自身も曹洞宗安昌院（福岡県宗像市大島）の住職であったので、この書物は宗教的側面もきちんと押さえられている。明光寺では今日に至るも望東尼を「ぼうとうに」と読んでいる。

第五は、望東尼の葬儀を執り行った防府市の正福寺（しょうふくじ）においても、毎年祥月命日に法要を行っている同市の大楽寺（だいらくじ）においても、望東尼を「ぼうとうに」と読んでいることである。

第六は、望東尼の顕彰を続ける福岡市の平尾望東会は「ひらおぼうとうかい」、糸島市の志摩望東会は「しまぼうとうかい」と呼ばれ、防府市の野村望東尼会も「のむらぼうとうにかい」と呼ばれていることである。

筆者は望東尼研究を始めるに際して、郷土史家の筑紫豊氏から懇切な指導を受けた。氏は望東尼を深く研究された方であるが、やはり「ぼうとうに」と読んでおられた。なお、氏は、「世間では野村の姓をつけて野村望東尼というが、正しくはその里方の姓によって浦野氏と称すべきであろう」と述べておられる（「招月望東禅尼の天神信仰」）。

その他にも「ぼうとうに」説を補強する材料には事欠かない。昭和五十年の初頭、調査のために訪れた姫島でお会いした須田佐七郎、小金丸利一の両氏（いずれも故人）も親しみを込めて「ぼうとうさん」と呼んでおられた。大伯母（森みき）が望東尼の世話をしたと語る森ぬいさんも、大伯母から聞いた話を語る中でやはり「ぼうとうさん」と呼んでおられた。これらのことは、望東尼が生きていた頃から、「望東さん」と呼ぶ人が多かったことを示すものであろう。

以上の諸点を踏まえ、望東尼の読み方は、俗名が「もと」であるからとか、あるいは単に言いやすいからといった理由で「もとに」と読むよりも、出家後の法名が「招月望東禅尼」であることをもって、きちんと「ぼうとうに」と読み習わした方がよいと考える。

言道からの便り

夫を失った淋しさの一方で、一人で出かける身軽さも生まれたようで、望東尼は外出する機会が次第に多くなった。体調もかなり回復していたのであろう。

山荘に戻ったあと、若杉山に泊まりがけで出かけたり、十一月一日には西小姓町（福岡市中央区大名一丁目）に住む歌友の八木つるの家に泊まったりした。

八木家に泊まった日は霰が降って大変に寒かった。たまたまその日、近くの商家の楠屋某が家の前で捨て子を見つけ、つるの夫である医師の八木宗山の所にその子のための薬を貰いにやって来た。捨て子と言えば、享保の改革で幕府はこれを禁止する法令を定め、福岡藩でもその徹底を図った。「向陵集」にも捨て子がたびたび登場するが、裏を返せば、この時代はそれほどに子供を捨てる親が多かったということであろう。

大坂にいる大隈言道に望東尼が夫の死を報告する手紙を書いたのもこの頃のことであった。いつから書き始めたのかはわかないが、入相（日暮れ時）の鐘が鳴って時間の経過に驚いたというのだから、かなり長文の手紙をしたためたのであろう。

夫と永遠の別れをした悲しい年も暮れ、翌安政七年（一八六〇）を迎えた。大坂の言道から「月のせ」（奈良市月ケ瀬）に梅見に行ったことを知らせる手紙が届いた。手紙には「月のせ」の山郷の様子を描いた絵も同封されていた。望東尼は、自らも命あるうちに是非とも千万の梅を見に行ってみたいものだと思った。

命をも月のせ川にうちいれて見まくほしきはちよろづの梅

（「向陵集」一三三二）

絵には梅林の中に酒屋の軒端が描かれていた。酒好きな言道のことであるからきっと酒屋に寄ったに違いないと望東尼は思ったことであろう。

桜田門外の変

安政七年（一八六〇。三月十八日、万延に改元）三月三日、大老井伊直弼が水戸・薩摩両藩の脱藩浪士ら十八名によって江戸城の桜田門外で暗殺された。この桜田門外の変から受けた衝撃を望東尼は歌に詠んでいる。

さばかりはいかでと思ふ世の中の驚くばかり変はり来にけり

（「向陵集」一三三五）

井伊が勅許を待たずに日米修好通商条約に調印したことや安政の大獄を起こしたことなどが原因となって起きた事件であったが、まさか大老が白昼堂々と江戸城の門前で暗殺されようなどとは思いもよらないことであって、望東尼も驚愕し、「驚くばかり変はり来にけり」と表現している。

おほん御世二かたにわかれて見えさせ給ふ頃、ある人来たりてつひにいかがなどいひければ

こちあなち吹きいさかへど朝日さす方（かた）になびかむ野辺（のべ）の草木も

（「向陵集」一三六九）

ある人が来て、結局この世の中はどうなっていくのだろうかと問いかけてきたが、望東尼は、「朝日さす方」に草木もなびいていくことだろうと応えた。詞書の「二かた」は、幕府方とそれに対抗する尊王攘夷派の二派を指すのであろう。そこで、文学者の石井庄司は「向陵集抄」（短歌雑誌『ゆり』）の中で、「朝日のさす方、すなわち天皇方にみんなつき従っている」として「朝日さす方」を天皇方の意である、と解釈している。しかし、望東尼はこの段階では時勢に対して確固たる積極的な主張をまだ持ち合わせていなかった。この時期の望東尼は、「朝日さす方」という表現を単に、民（「野辺の草木」）をなびかせるだけの道理のある方向、といったような意味合いで用いただけであろう。

飯塚の人々

安政四年（一八五七）の大隈言道の上坂後、福岡の門人たちを率いたのは野坂常興（つねおき）だといわれている。野坂は通称を太平あるいは豊次郎といい、博多大浜に住んでいた。望東尼はこの野坂と、紅葉の季節になったら言道の門人たちのいる飯塚に行ってみようと約束していた。

そのうちに、丁度今が紅葉の見頃であるという情報が入ったので、万延元年（一八六〇）十月十日、野坂とともに福岡を出発した。出発の日は時雨が降っていたため山道を行くのは困難であると判断して、とりあえず植木の里に向かった。「しるべ」に行ったとあるから、植木にある亡き母みちの実家・今泉家を訪ねたものと思われる。二日目は若杉山の麓（ふもと）の道を通り、谷間（たにあい）にある尾仲の里（福岡県糟屋郡篠栗（ささぐり）町尾仲）に足を停めた。尾仲では氏神の社に泊まった。三日目は篠栗を過ぎ、八木山（やきやま）を越えた。

ほどもなき筧（かけひ）の水のしたたりもたりあまりたる谷の一家（ひとつや）　（「向陵集」一三八〇）

「向陵集」一三八一番には当初長い詞書が付されていたが、その文章のすべてに見せ消ち（字句の修正をするに当たり、もとの文字が読めるようにした消し方）が打たれている。この消された詞書によると、八木山を半分越えたあたりから少し入った所に倒れた松の大木があり、その木の皮がはがれて白くなった箇所に、「いはがねの砕けてさめよもののふの国のためとて思ひきる太刀　薩摩の藩中在村次左衛門」という歌が刻まれていた。実はこの歌は、七カ月前の桜田門外の変で水戸浪士とともに命を落とした薩摩藩士・有村次左衛門（一八三八—六〇）が江戸に上る途中でこの大木に記したものであった。有村がこの歌のような熱い思いを抱いて峠を越えて行ったかと思うと、望東尼も胸を打たれ、その文字にしばし見入るのであった。

いはがねの砕けても猶さめやらぬ夢の行く末思ひこそやれ

（「向陵集」一三八一）

十月十六日の夕方になって飯塚の小林重治の家に着いた。小林は言道の門人で、森崎屋という屋号で酒造業と人馬問屋（人夫や馬の周旋業）を営んでいた。望東尼は、土産として持参した撫子の苗を小林宅の庭に手ずから植えた。

望東尼らは古川直道宅にもしばらく滞在した。古川も言道の門人で、帯屋という屋号で製蠟業を経営していた。彼は飯塚川の清流を望む場所に別荘「宝月楼」を所有しており、望東尼らはここに招かれたのであろう。

望東尼らは、同じく飯塚の門人、芳井弘道（元秋月藩士。寺小屋主人）らと連れ立って上野の滝にも行った。その途中、狭い棚橋を伝うようにして川を渡った際には大変怖い思いをしたが、道を間違えながらも何とか滝にたどり着くことができた。赤池（田川郡福智町赤池）では、芳井が持参してきた握り飯で昼食をとった。

小林、古川、芳井ら飯塚の門人たちはいずれも裕福であったので、師言道のために何くれとなく世話を焼いていた。例えば、安政元年閏七月に言道が小林に宛てて出した手紙があり、それによると、彼は同居していた娘うめ及びその夫の田代正良と別居して、博多矢倉門町（福岡市博多区祇園町）に家を購入するつもりだということであった。そのために彼は、古川と小林に十三両の借金を申し入れた。そして八月には、古川らが快く金を融通してくれたことに対する礼状をしたためている。実際には娘夫婦との別居は実現しなかったのだが、金銭の貸し借りは成立していた（これらの手紙は筆者蔵）。このことにみられるように、飯塚の門人たちは師の言道を金銭面で支援していたようである。のちに出版された師の言道の歌集『草径集』も彼らの多大なる援助によるものであった。

上野からの帰り道は雨になった。宿に戻った望東尼は野坂と歌を百首詠んだり、上野の滝の風景を長歌にしたりして過ごした。

第四章

京坂への旅

夫が亡くなってから二年後、望東尼は念願であった京坂への旅に出た。この京坂での半年間の滞在が彼女ののちの生き様に大きな影響を与えることになる。

旅　心

文久元年（一八六一）十一月下旬に福岡を発ち、大坂に二週間ほど滞在したのち、京都に移ってから約三週間たった翌年一月十二日までのことが旅日記「上京日記」（天理図書館蔵）に記録されている。実は、この日記の原本には題が付されておらず、明治期になって「贈正五位望東禅尼伝」を編述した江島茂逸により「上京日記」と名付けられた。その後、この題名が一般に用いられており、本書でもそれに従うことにする。

この日記は旅の目的を叙述するところから始まる。望東尼にとって、いみじくもその法名（東を望む）が示すように、生きているうちに一度は御所を拝し、神社仏閣や名所旧跡を訪ねてみたいというのがかねてよりの願いであったが、それに加えて、四年前に上坂した和歌の師・大隈言道を訪ね、それまで詠み溜めていた歌の批評を受けたい、そしてできれば出版の本場である大坂で夫の作品とともに歌集を上梓したいという思いもあった。そうした年来の望みが何とか叶えられそうになったので、望東尼は太宰府天満宮に詣で、旅の安全を祈願した。次の歌はその折のものである。

誓ひてしるしみかさの神垣のまかで心もきよき今日かな

（「上京日記」）

神にお誓いした効験を見ました、三笠の神垣（神域）から退出して心も清浄となった今日でありますよ、と晴れがましい気持ちを歌に込めている。

ところが出発の日が近付いてくると、家族や親戚は、いったん上京したら言道のように福岡に戻って来なくなるのではないかと心配し始めた。また道中どのような危難に遭遇しないとも限らないと不安を募らせた。そして、若い頃から病気がちで既に齢五十六歳に達している老婆の健康を案じて、その長旅に強く反対するようになった。このように周囲の人々にとって心配の種は尽きなかったが、それでも望東尼の決意は揺らぐことがなかった。

開板のことどももおもひて
色もなきわが言（こと）の葉も末つひに花桜木の春にあへてん

（「上京日記」）

望東尼は、上坂して自分の和歌が「開板」（出版）されることなどを夢見るのであった。

旅立ちの日

旅立ちを前にして一族や友人たちは、もしかするとこれが今生（こんじょう）の別れになるかもしれないという思いを抱きながら、趣向をこらした送別会を催した。ことに歌友の花房正時（三春）宅での送別会は、篠笛の名人を招いて「糸竹（管絃）の送りわざ」をするという風流なものであった。

当時、藩外へ出るためには、藩に届け出て「御しるし文」、すなわち身分を証明する往来手形（旅券）の交付を受けなければならなかった。望東尼はその交付が遅れたために、十一月二十日出発の予定であったところを二十四日に繰り延べざるをえなかった。同行者は野坂常興、福岡藩士・高谷弥太夫（姉ゆきの娘婿）及び医師吉松言正（春渚）の三人のはずであったが、彼らのうち吉松が急ぎの用があると言って、当初の予定どおり二十日に旅立ってしまったので、二人になってしまった。

出発の前日（十一月二十三日）には神代勝利（貞則の舅）の娘の婚礼があったので、祝いの歌を贈った。神代家では勝利の息子で当主の勝寛が亡くなり、家を絶やさぬために婿を迎え入れて跡取りとしたのである。

その日の夜には、孫の貞和が歌に自らの思いを託して「花は都に限らぬを君が旅路のあやしまれぬる」と言って寄越してきたので、望東尼は、我儘を通す祖母を許しておくれと返歌した。

一たび(ひと)は都の花を見るべきの老の僻事(ひがごと)ゆるせ家人(いへびと)　（「上京日記」）

文久元年（一八六一）十一月二十四日、望東尼は野坂と高谷を伴って、方違(かたたが)えのためにいったん実家の浦野家に立ち寄り、そこから旅立った。

人々は箱崎（福岡市東区箱崎）まで見送ってくれた。望東尼はそこで皆に別れを告げたが、一人の女性が目にいっぱい涙を溜めて彼女の着物の袂を引きながら、「君が行く姿をみればうかびくる涙をたへて別れするかな」と、いたく別れを惜しんだ。その時は望東尼も離愁が胸に迫ってきて、涙をこらえきれなくなってしまった。誰に言われたわけでもなく自分で決めた旅なので気丈に振る舞っていたが、旅立ちの昂揚と別離の悲しみの狭間で望東尼の心は千々に乱れるのであった。

歌友の四宮素行だけは箱崎を過ぎてさらに多々良(たたら)（福岡市東区多々良）の橋あたりまで付き従って来たが、そこでも未練を断ち切ることができず、その日の宿まで望東尼らに同行することになった。かつて野村夫妻がともに病床に伏していた時、毎日のように見舞いに来てくれたのが四宮であったが、そんな彼にとって望東尼との別れは肉親との別離のようにつらいことだったのであろう。

唐津街道

一行は、唐津街道を徒歩で進み、その日は青柳（福岡県古賀市青柳）の宿に泊まる予定であったが、変更して筵内（古賀市筵内）にある福岡藩の「斎藤淡夢老中老斎藤蔵人の隠居」（江島茂逸が「淡夢」と解読して以来一般にこれが用いられているが、原本を見ると「淡」の文字が不分明で解読不能）の隠居宅を訪ねることにした。

日も暮れ果てて、青柳の里では道が真っ白に見えるくらい一面に霰が降っている。竹藪の中の道を奥へ奥へと進んで行くと、そこには世を逃れて暮らす人の侘しいたたずまいがあった。望東尼は斎藤がその身分からはかけ離れた孤独で寂しい生活をしているのを見て、「身のほどにもあらぬわびずまひのさま心ぐるし」と嘆息し、墨染めの袖を濡らすのであった。あいにく斎藤は留守であったが、侍女の配慮で何とかその日の寝床を提供してもらい、そこで四宮素行と夜更けまで歌の贈答をしたりして最後の別れを惜しんだ。

十一月二十五日は早朝に出立し、まず宮地嶽神社の近くにある「あらじの御社」（福津市在自にある金刀比羅神社）に参詣した。かつて子供の病気平癒を祈って願掛けをし、いまだに願解をしていなかったので、それを果たすためであった。参詣を終え、その日の目的地である赤間（宗像市赤間）の宿までは近道として用山を越える道を選んだ。ところが想像していた以上に坂道が険しく、ようやく用山を越えた頃には早くも日がとっぷりと暮れていた。

心せくままに道を急ぎ、やっとのことで広い往還に出たが、その道は川底の泥を掘り上げて造られていたので、前日の雨のせいでぬかるんでいた。三人とも「あな、あな」と喘ぎながら歩みを続けた。道中、望東尼が戯れに「あかまといえども暗き山道」と下の句を詠んでも、同行の野坂は歩くのが精一杯と見えて一向に続けようともしない。望東尼は仕方なく自ら「もち山に月も匂はぬぬかり道」と上の句を詠んだ。一行は何とか酉の刻（夕方六時頃）には赤間の宿に着き、その夜は床に倒れ込むようにして寝入った。

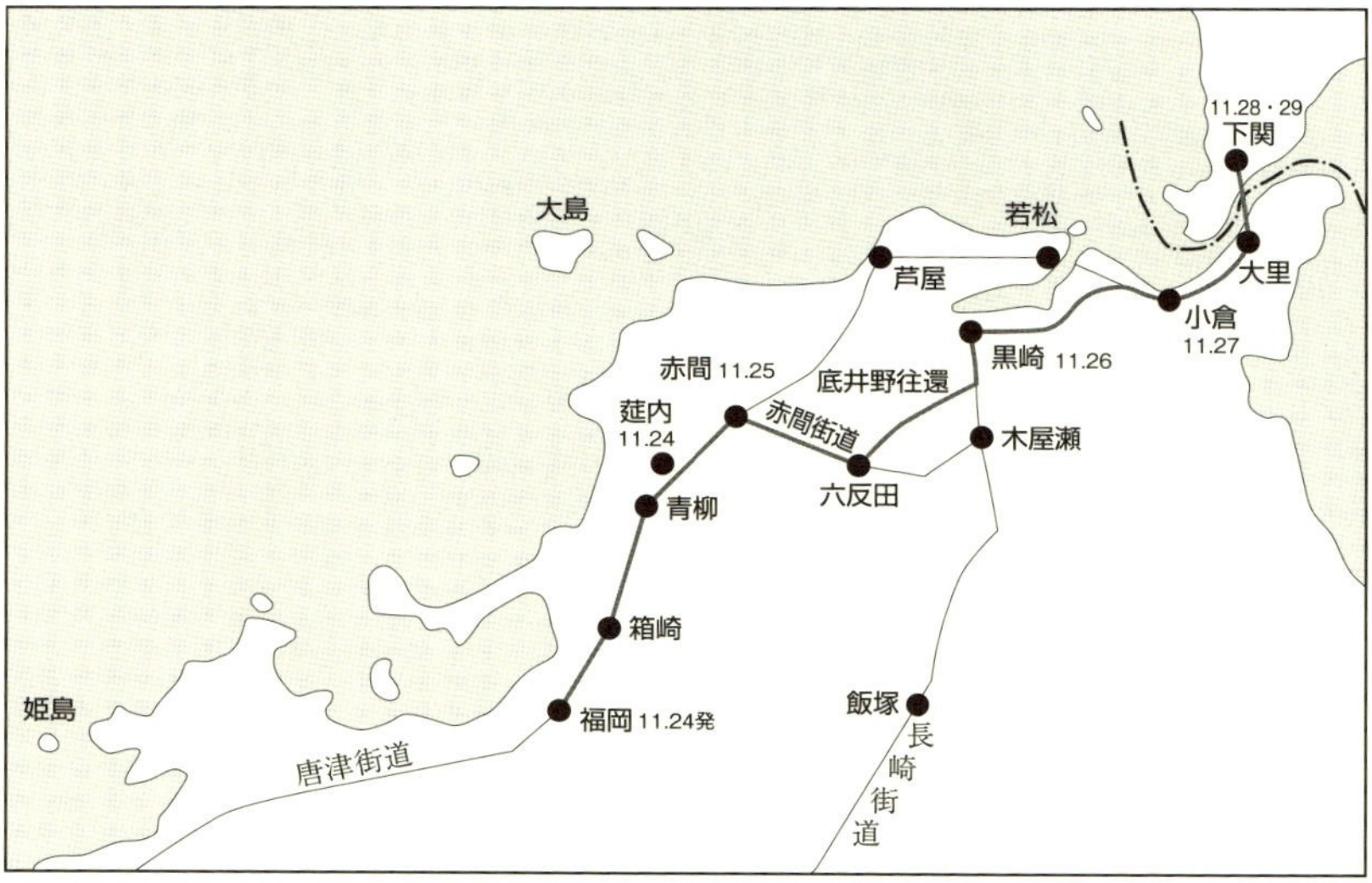

京坂への旅①（福岡—下関。数字は宿泊月日）

十一月二十六日は寅の刻（午前四時頃）に赤間を出て釣川（つりがわ）伝いに赤間街道を東に進み、六反田（ろくたんだ）（鞍手郡鞍手町大字室木六反田）の追分で街道からそれ、木月（きつき）を通って黒崎（北九州市八幡西区黒崎）に向かう道を選んだ。この六反田から黒崎までの道は底井野往還（そこいのおうかん）（「古門（ふるもん）街道」、「御成道（おなりみち）」、「殿様道」とも呼ばれた）といい、福岡藩主が参勤交代の際に近道としてたびたび利用した道である。

黒崎では桜屋に泊まった。桜屋は薩摩藩が常宿として利用したので、薩摩屋とも呼ばれた。この旅宿の親子は仲睦まじいので有名であった。その夜、望東尼は「今は亡き人」が同船してくる夢を見た。「今は亡き人」とは亡き夫・野村貞貫のことであろう。

はかなしと思ひなせども浦波の心にかかる旅の夢かな

（「上京日記」）

夢のことを考えても何の甲斐もなく詮ないものではあるけれど、何となくそれが心にかかって仕方がなかった。

夫の在世中には、京都や大坂について二人であれこれ語り合うこともあったのではないか。その夜宿で見た夢が、黄泉（よみ）の国にいる夫と二人して歩む旅の始まりを告げるものであったかもしれない。

内裏の渡し

十一月二十七日は、午の刻(うま)（正午頃）に小倉に着いた。昼食を取ろうと町中の茶屋に入ったところ、船人たちがあちこちから群がり寄って来て、口々に自分の船はすぐ出発するからなどと言って客引きをした。そこで一行は大坂屋という業者の船を選んだのだが、話が決まったあとになって、実は船はもう下関に向けて出てしまったので別の船で渡すと言ってきた。それならば別の船人に頼もうと解約を申し出たが、大坂屋の船人はその申し出を拒んだばかりか、さっさと船賃を取って行ってしまった。このことは望東尼にとって、日記に幾度も「うるさし」（しつこくされて、やりきれない、の意）と書くほどの不愉快な出来事であった。

十一月二十八日、「内裏」（北九州市門司区大里(だいり)）の渡し場に行く途次、国学者の「西田先生」（一七九三—一八六五。西田直養(なおかい)）のもとを訪れた。西田は小倉藩士で歌人でもあった。字(あざな)は浩然、通称は庄三郎。筱舎(ささのや)などと号した。高橋元義の四男に生まれ、文化五年（一八〇八）十六歳の時、同じ小倉藩士・西田直亨の養子となった。西田は、勘定奉行、京都留守居、大坂留守居などの要職を歴任し、各地の諸士・文人と交わった。歌は藩士で歌人として知られた秋山光彪(みつたけ)に学んだ。嘉永七年（一八五四）六十二歳で致仕。望東尼が訪問した時は六十九歳になっていた。彼は元治(げんじ)元年（一八六四）八月にイギリス・フランス・アメリカ・オランダの四国連合艦隊が下関を砲撃した際、小倉藩がそれを対岸から拱手傍観したことに対して激しく憤り、絶食してそれが原因で死んでしまったとも伝えられる。

なみのとの高き君が名きくの浜うちこえてあふ今日のうれしさ

（「上京日記」）

波の音のように高いあなたの名声を聞いていますが、その名声を慕って企救の浜辺を越えて来てあなたに今日会えることが嬉しいのです。「企救(きく)の浜」は、『万葉集』などにも出てくる地名で、北九州市小倉北区の海岸の古称である。

喜びに目を輝かせながらも、西田との初めての面会をその日に控えていささか緊張した面持ちでいる望東尼の姿が、あたかも眼前に浮かんでくるかのようである。

下関

亀山八幡宮（下関市）

十一月二十八日は夕方になってから関門海峡を船で下関に渡った。だが、その日の船宿は望東尼が「いとあさまし」（あまりのことに大いにあきれる、の意）と愚痴をこぼすほど、ひどく惨めなものであった。

きぞの夜は誰か着つらんわが物に薄きふすまを引かづきつつ　（「上京日記」）

昨夜は誰が着たのかわからないこの薄い布団を、今夜は自分が頭からかぶって寝ている。望東尼にとっては実に気の滅入ることであったろう。灯火も消えてしまい、そのうちに追い討ちをかけるように雨も降り出して、一層寒さが身にしみる夜となった。

翌朝、湯屋に行った。帰り道、亀山八幡宮（山口県下関市中之町）に詣でたが、この神社に望東尼は「海に臨みたる宮にていと清(きよ)し」という感想を抱いた。「上京日記」には船に同乗した人々のことも記されている。望東尼の一行三人

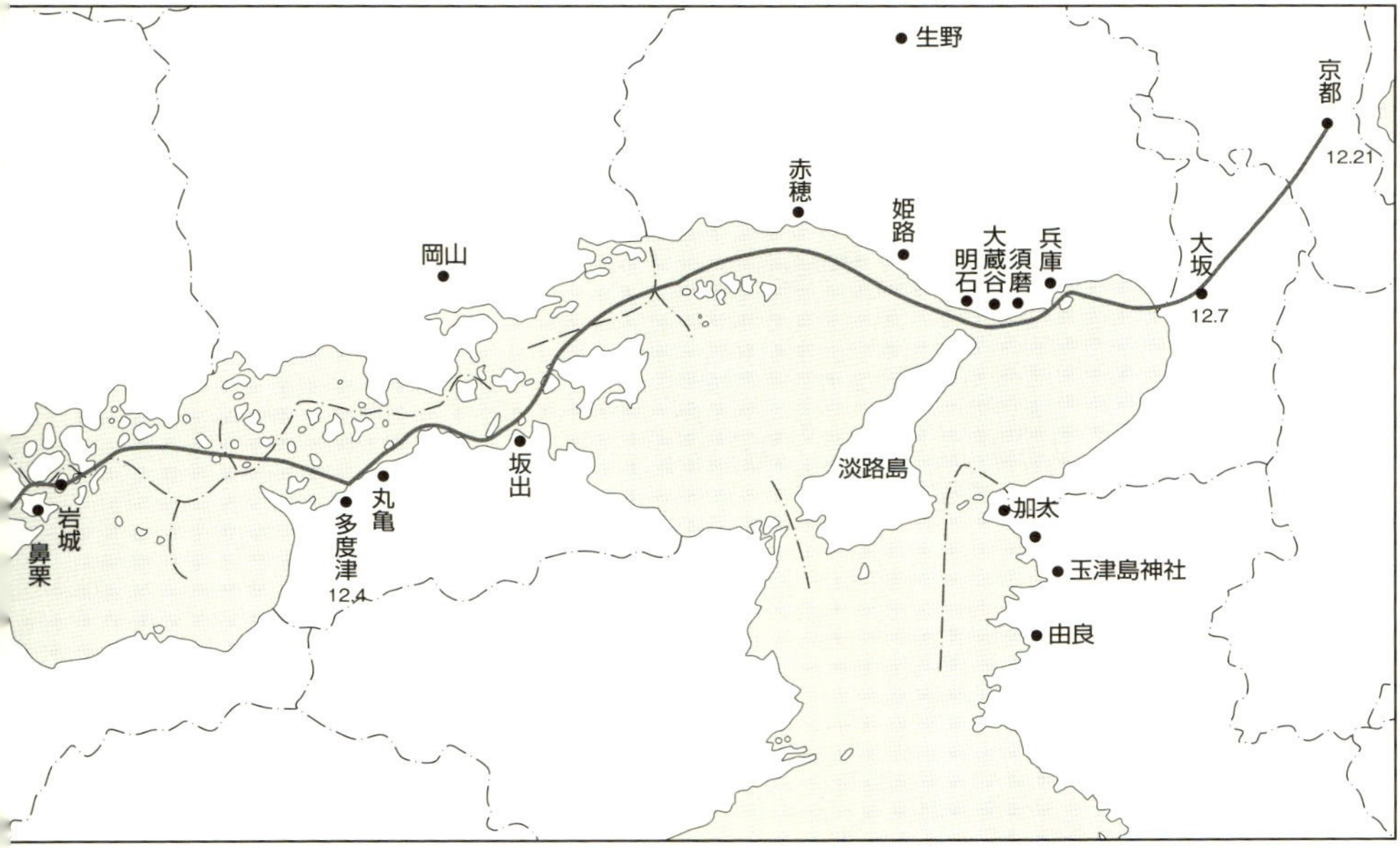

のほかに六人の乗客が乗り合わせていた。

十一月二十九日の夜は結局船出しないことになったので、船客のうち何人かは船から降りて街に遊びに出かけた。望東尼一行が船に残っていると、遊女たちを乗せた小舟が何艘も近付いて来た。彼女たちは船にまで上がって来て、野坂と高谷の二人にすがりつき、望東尼にさえも「買ひてよ」と言い寄って来た。そこで望東尼は一行の三人で買ったということにして代金を支払い、遊女たちを帰らせた。するとまもなく十二、三歳くらいの遊女が二人やって来て、今度は肩を撫でたりして媚びてくる。そこでまた、やむなくこの二人も買ったということにして金を渡し、帰ってもらった。

それにしても、船に乗って身を売ろうとする遊女たちの何と哀れなことであろうか。望東尼は同じ人として、また同じ女として生まれてきたのにこのような生き方しかできない者たちを目の当たりにし、何とも言えないやるせない気持ちになるのであった。

風待ち・潮待ちの湊

当時、船は風待ちで停泊することが多く、予定より日数が

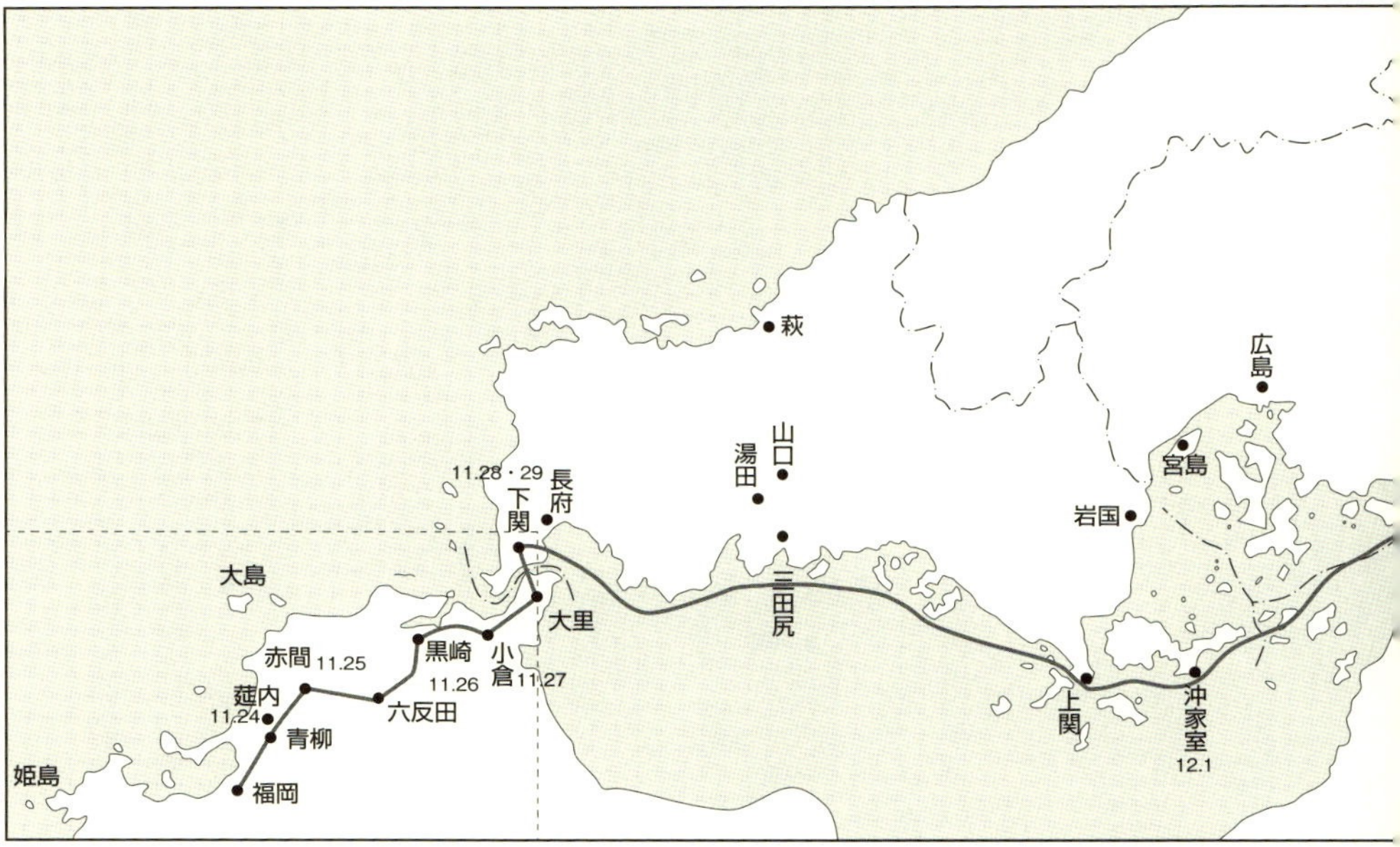

京坂への旅②（福岡―京都。数字は宿泊月日。破線枠内は97頁掲載図版参照）

かかることもしばしばあった。同乗の人々はそうしたことも経験ずみであったようで、乗り合わせたのも何かの縁と、親しくお互いの身の上などを語り合った。船は天候を見計らってなかなか出航しなかった。だからと言って、陸に上がり宿をとると出費が嵩んでしまう。一行は船に乗ったままで出航の時を待つよりほかになかった。

十二月一日朝になってようやく出帆した。船は周防灘を快調に疾走した。日暮れが近付くにつれ次第に波が高くなってきたので、船旅に馴れぬ望東尼は恐ろしさのあまり突っ伏したまま、食べ物もろくに喉を通らなかった。上関（かみのせき）で停泊すると思っていたら船はそこでも止まらず、沖家室島（おきのかむろ）（山口県大島郡周防大島町）に至ってようやく停止した。望東尼らは船中でそのまま夜を明かした。

十二月二日は伊予の海を走り、夜は幾つも島がある所で「潮繋（しほかがり）」（潮時を待つために船を泊めること。潮待ち）した。この日も船中で夜明けを待った。

十二月三日は雨の中を御手洗（みたらい）（広島県呉市豊町）へと急いだ。朝日が船の中に差し込んできた。望東尼は船旅にもようやく慣れて、瀬戸内海の島々の景観を楽しんだり艫（とも）の方に出て神仏を拝んだりする余裕も出てきた。この尼僧が歌人であることは同乗者にも知れ渡っており、記念にと歌を乞われたりもした。

その日の夕方に御手洗の湊に着いた。御手洗は、かつて菅原道真が大宰府に左遷され西下する途上で立ち寄りここで手水を使ったことからこの地名が生まれたと伝えられている。望東尼は、菅公と同じ航路をたどることができたことを畏れ多いことと思い、次の歌を詠んだ（『全集』では「みたらし」であるが、天理図書館蔵の原本では「みたらひ」となっている）。

みたらひの水に昔もうつりきてかしこくぬるるわが袂かな

（「上京日記」）

遊女町にも足を踏み入れてみた。望東尼は、下関で出会った女たちに比べて御手洗の遊女たちは美しいと感じた。ところが、望東尼のことを男と勘違いしてか、「よろしく頼む」などと声をかけてくるので、「ひとりも心にかなわぬ」などと戯れ言を言い、笑いながら戻って来た。ただ、冗談にでもそのようなことを言った自分が自らの眼には思いやりに欠ける無慈悲な人間と映ったのか、「あまりあまりむごくかなしげなり」と慨嘆している。

十二月四日早朝、御手洗を出発した。船は小島の間を縫うように進んで行く。大岩を据えたような島がたくさんあって、玄界灘の烏帽子島や机島が懐かしく思い出された。やがて鼻栗（愛媛県今治市上浦町瀬戸）を過ぎ、多くの人家がある岩城（越智郡上島町岩城）に至った。次第に追い風が強くなって、船は速度を上げながら疾走する。望東尼が船中で布団を引きかぶって寝ていると、未の刻（午後二時頃）には多度津（香川県仲多度郡多度津町）に到着した。

金刀比羅宮詣で

多度津では早速、湊から三里ほどの距離にある金刀比羅宮に向かい、尊く清らかな御社に参拝した。金刀比羅宮のある「きさ山」（象頭山）の上からは遠くに丸亀城も見えた。

その夜は参道沿いにある大きな旅宿・備前屋に泊まった。宿にいると、髪結屋や按摩の「御用、御用」と言う賑やかな声が聞こえてきた。大坂に着いてから家族に出した手紙に、琴平の宿で一泊した以外は船中で宿泊したと書いているので、この夜だけは宿でゆっくり休むことができたのであろう。丸亀城を望むと、彼方に美しい姿の讃岐富士（飯野山）が見えたが、望東尼には筑紫富士（可也山）に比べると劣っているように思えた。

十二月五日は早朝に讃岐富士に登ってみた。その後、善通寺に詣でたが、船子（水夫）たちが今日は追い風が吹きそうだから早めに船を出したいと言ってきたので、参詣もそこそこにして船に戻った。

夕暮れ時に出帆した。やや筋交に帆を上げて進んだので、船が傾いて危なげであった。多度津の浦から三里ばかり行った所で、船子たちは「潮あひ悪しし」と言って碇を下ろした。風も波もないように見えたが、彼らはごろりと横になってしまった。船は風ばかりでなく潮の流れも利用して航行するため、時には上げ潮や下げ潮を待つことがあったが、この時の停船はまさにそうした理由によるものであろう。そのうち日も暮れてきて、さざ波が船の底を打つ音がまるで軒を打つ時雨の雫の音のように聞こえ、一層寂しさを募らせた。

時雨ふる軒の雫の音に似て舟の底うつさざなみのこゑ

（「上京日記」）

しばらくすると船子たちが起き出して来て、風が凪いだ海原を渾身の力を込めて漕ぎ出した。

船のことはすべて船人任せであった。沙弥島（『万葉集』に詠まれている島。今では坂出と陸続きになっている）で潮待ちをしているうちに、追い風が吹き、亥の刻（午後十時頃）には備前の小槌の灘まで進んだ。

十二月六日は夜が明けるにつれて風が弱まり、船子たちは苦しそうに喘ぎながらも船を漕ぎ続けた。やがて春のような日が差してきた。そのうちに柔らかな追い風が吹いてきたので、船は一枚帆に追い風をはらみながら海上を滑って行った。心地のよい船路であった。

歌枕を訪ねて

「上京日記」の冒頭に掲げた旅の目的の一つが名所・旧跡を訪ねるということであったので、望東尼は船の中で歌枕や神話、『万葉集』に出てくる地名の確認に余念がなかった。

播磨潟の沖合いからは船坂山（岡山県と兵庫県の県境にある山）が見えた。続いて赤穂城が見えた時は、「昔のことさらに思ひいでて人々と語り合うさへあはれ限りなし」と書いているように、赤穂義士の討ち入りについて同乗者たちと語り合ったのであろう。船人に歌枕の地・高砂の浦（兵庫県高砂市）の場所を尋ねてみたが、定かに知っている者はいなかった。船からは姫路城やクラ掛島（姫路市）も見えた。

須磨の浦が近付いてきた時には次の歌を詠んだ。

淡路島かよふ千鳥は見えねどもまことも須磨の浦はまぢかし

（「上京日記」）

古歌や『源氏物語』（第十二帖・須磨）で有名な須磨の浦を早くこの目で見てみたい、と心待ちにする望東尼。その胸の高鳴りがこちらにまで伝わってくるようである。

船は、淡路島の「松尾(帆)の浦」（歌枕）、「淡路の瀬戸」（歌枕。明石海峡の古名）を快調に過ぎて行った。南の方角に紀伊国が見えてきたので、吹上(ふきあげ)の浜（歌枕。和歌山市の海岸）はどのあたりかと尋ねてみたが、同乗者は誰も知らなかった。望東尼は、古歌を思い浮かべて次の歌を詠んでいる。

吹上の浜はいづれかしらぎくの花めく波のたてるかたかも

（「上京日記」）

望東尼が思い浮かべた古歌とは「秋風の吹上にたてる白菊は花かあらぬか波のよするか」（『古今集』巻五、菅原道真）だったのではないか。秋風が吹き上げる吹上の浜に立っている白菊は花であろうか、それとも白波が寄せているのであろうか、という歌を思い浮かべて、望東尼は、吹上の浜はどこにあるか知らないが、白菊の花のように見えるあの白波が立っている方角かもしれない、と詠んだのである。

海面を走る船の窓から、『万葉集』に詠まれた形見（かたみ）の浦（和歌山市加太（かだ））、名高（なたか）の浦（海南市名高）、由良の海（日高郡由良町）などを目で追いながら、歌枕の玉津島（和歌山市和歌浦）にある玉津島神社の方角に向かって遠くから手を合わせたりもした。

楠公の墓

楠公の墓（神戸市・湊川神社）

十二月六日、望東尼らは兵庫の湊に上がり、楠木正成の墓に参った。この墓は元禄五年（一六九二）に水戸藩主・徳川光圀（みつくに）が家臣佐々介三郎（さっさすけさぶろう）を遣わして建立したもので、墓碑の「嗚呼忠臣楠子之墓（ああちゅうしんなんしのはか）」という文字は光圀自身の手に成るものといわれている（現在、墓は明治五年（一八七二）に創建された湊川（みなとがわ）神社（神戸市中央区多聞通三丁目）の境内にある）。幕末には、ここに三条実美、西郷隆盛、大久保利通、吉田松陰、高杉晋作、木戸孝允、伊藤博文、坂本龍馬、平野国臣、真木和泉など実に数多くの志士たちが墓参したという。

かしこしと額（ぬか）づくうちもわが袖のみなと川水せきぞかねける　（「上京日記」）

望東尼は畏れ多いと言って墓にぬかずき、我が袖は湊川の水のように涙ですっかり濡れているが、私はこの涙を止めることもできない、と感慨に耽っている。

望東尼は墓碑銘の石摺を買い求め、のちにそれを新年の祝いとして二人の孫に送っている。この贈り物には「ご兄弟あやかり給へかし」との言葉も添えた。

兵庫では、平清盛を祀る築島寺（正式には来迎寺）や麻耶山などにも足を延ばした。和田岬（歌枕。神戸市兵庫区）では海岸のきれいな小石を拾い、これも孫たちに送った。「上京日記」には記述がないが、この日、船は兵庫で夜を明かしたものと思われる。

十二月七日を迎えた。長い船旅も終わりに近付き、もう少しで大坂に到着するかと思うと、かえってそこから先の行程が遠く長いものに感じられた。難波江の澪標（水路を示すために立てられた杭）や芦の枯葉の風情は「きさしにまされり」で、古歌なども思い出された。

船は棹をさし、安治川を中之島まで遡って行く。ゆっくりと進む船の上で望東尼は大隈言道に贈る歌を詠む。次の歌は今回の旅が言道に会うためのものであったことを示している。

冬ふかき海路はるばるうきねしてたれゆゑ来ぬる旅とかは知る

（「上京日記」）

夕方、ようやく中之島に到着し、下船した。福岡藩の御用を務める津嶋屋藤蔵宅が中之島にあり、そこにわらじを脱いだ。七日間の船旅では風待ちや潮待ちもあったが、今回は「船長が冬ふかき海にはまことめづらしき舟路」と言うほどに短い日数の航海だったようである。

言道との再会

十二月八日は大隈言道の住居を訪ね、四年ぶりの再会を果たした。「嬉しさいふばかりもなし、ただかたみに涙さへこぼる」と、師弟は「かたみに」（お互いに、の意）感涙するばかりで話もできないほどであった。望東尼が半ば夢見心地でいると、言道はこれから弟子の「をばし屋何がしといふ富人の家にて詩歌琴笛などのまどゐ」をするので急いで行かなくてはならない、と言う。そして、望東尼と野坂にもその会に一緒に行くよう誘った。望東尼は、船から上がったばかりで垢の染み付いたみすぼらしい着物を着ているとして誘いを断わろうとしたが、言道がそんなことは気にすることではないと言って強く勧めるので、その言葉に従い、付いて行くことにした。

「をばし屋」とは、大坂の四大呉服商にも数えられた小橋屋のことではないだろうか。この家の贅を尽くした造りや見たこともないような雅びな催しに、望東尼は主人のことを「ただ人ともおぼえぬ」と驚嘆する。

この日の楽人は天王寺の人々で、言道が詠んだ和歌を楽器に合わせ、実に豊かな声音で歌った。酒を酌み交わすうちに皆気分がくつろいできて、思い思いに猿楽などを舞うのだが、その様子を見るのもまた興趣が尽きなかった。その夜は「をばし屋」に泊まった。

翌日の昼間は客人の一人であるべっこう屋の賀東氏に誘われて彼の家に行き、夜は謡の師匠宅に行った。そこで「小袖曾我」、「弱法師」などを歌い、夜更けになって津嶋屋に戻った。

望東尼は、十二月十七日付で実家浦野家の当主・浦野吉之助（諱は勝幸。浦野家は望東尼の兄の勝幸〔平太夫〕の跡を息子の勝俊〔権之助〕が継いだが、勝俊が子をなさぬまま嘉永二年〔一八四九〕に二十七歳で亡くなったので、望東尼の姉・吉田たかの次男・吉之助が養子となって浦野家を継いでいた）に宛てて手紙（『望東尼伝』一三七頁）を出した。その中で、大坂の大商人の勢威は福岡藩の家老も及ばぬほどで、商家の妻は大名の奥様のように振る舞っている、と述べている。実はこの手紙を書く二日前（十二月十五日）、望東尼は、昼は蹴鞠、夜は歌会に招かれ、帰りは賀東宅に立ち寄り、宿泊している。賀東氏のべっこう屋は三井呉服店の向かいにあり、三井の出店でもあった。望東尼は何をなすにしても大坂商人の隆盛と繁栄を感じないわけにはいかなかった。望東尼は賀東氏に対し、礼として上野焼の花甕と高取焼の茶碗を贈った。

またたく間に望東尼は、歌を詠む人々から尊敬を集めるようになった。それだけに、「あがめられて高名高名といはるれば、少しむつかしく恥をかかぬ用心困窮なり」と、いささかの緊張を迫られた。「しかしここに来るより初めて、かくとりもたるるは、言道先生が恩ぞかし」と述べ、大坂で歌の名人といわれるのは言道のお蔭であると感謝している。

福岡藩蔵屋敷

この時代の大坂は「天下の台所」といわれ、我が国の商業・流通・金融の中心地であった。諸国の物産は大坂に集められ、そこで販売されて江戸をはじめ全国各地に運ばれた。諸藩は現在の中之島周辺や堂島川、土佐堀川、江戸堀川などに沿って蔵屋敷（倉庫兼取引事務所）を設けていた。元禄時代（一六八八―一七〇四）に蔵屋敷が増え始め、天保年間（一八三〇―四四）には百二十四邸に及んだという。

福岡藩の蔵屋敷は白子島町（大阪市北区中之島三丁目）にあり、南は土佐堀川から北は堂島川にまで至る総面積三千坪超の大きな屋敷で、敷地の面積では熊本藩、広島藩、鳥取藩などに次ぐ広さであった。藩は土佐堀川に橋をかけた。この橋は筑前橋と呼ばれる。

蔵屋敷の主な任務は、蔵物の売り払い、藩用品の購入、資金調達のほか、参勤交代や家臣の往来の際の中継所としての役割を果たすことであった。諸藩の蔵屋敷の代表者は留守居と称したが、福岡藩の場合は、大坂蔵元奉行及び藩の勘定奉行のうちの一名が大坂蔵屋敷に常駐した。しかし天保十一年（一八四〇）になると財政難から大坂蔵元奉行が廃止され、勘定奉行のみを置くことになった。この年は大岡舎人（とねり）（克俊）が勘定奉行として大坂蔵屋敷に派遣されていた。大岡は天保十一年から文久二年（一八六二）までの約二十年間に、赴任期間一年の大坂滞在を四回経験している。

その彼が書き残した「浪速詰方日記」（大阪商業大学商業史博物館編『蔵屋敷』Ⅲ）を見ると、文久元年十二月八日の条に「野村新（貞和）祖母望東尼、上方見物のため罷り登り今日着坂」という記事がある。望東尼は大岡とは以前から面識があったようで、「上京日記」十二月十日の条に、彼のもとを訪れ、故郷のことなどを懐かしんで親しく語り合ったことが記されている。

その日の昼過ぎに津嶋屋に戻ると、そこでは大隈言道が望東尼を待っていた。十二月八日に再会して以来ゆっくりと話をすることもできずにいたのだが、この時やっとそれを果たすことができた。「浪速詰方日記」十二月十日の条に「拙者儀、津嶋屋藤蔵方に望東尼旅宿へ見廻ひ立寄る」とあるので、大岡の方からもその日のうちに望東尼を訪ねて行った模様である。望東尼はこの日、言道と大岡という気が置けない人々に囲まれて、大坂に来て初めて安らぎを覚える時間を持てたのではないか。それだけに、彼らが帰ったあとは淋しさがひとしお込み上げてきた。

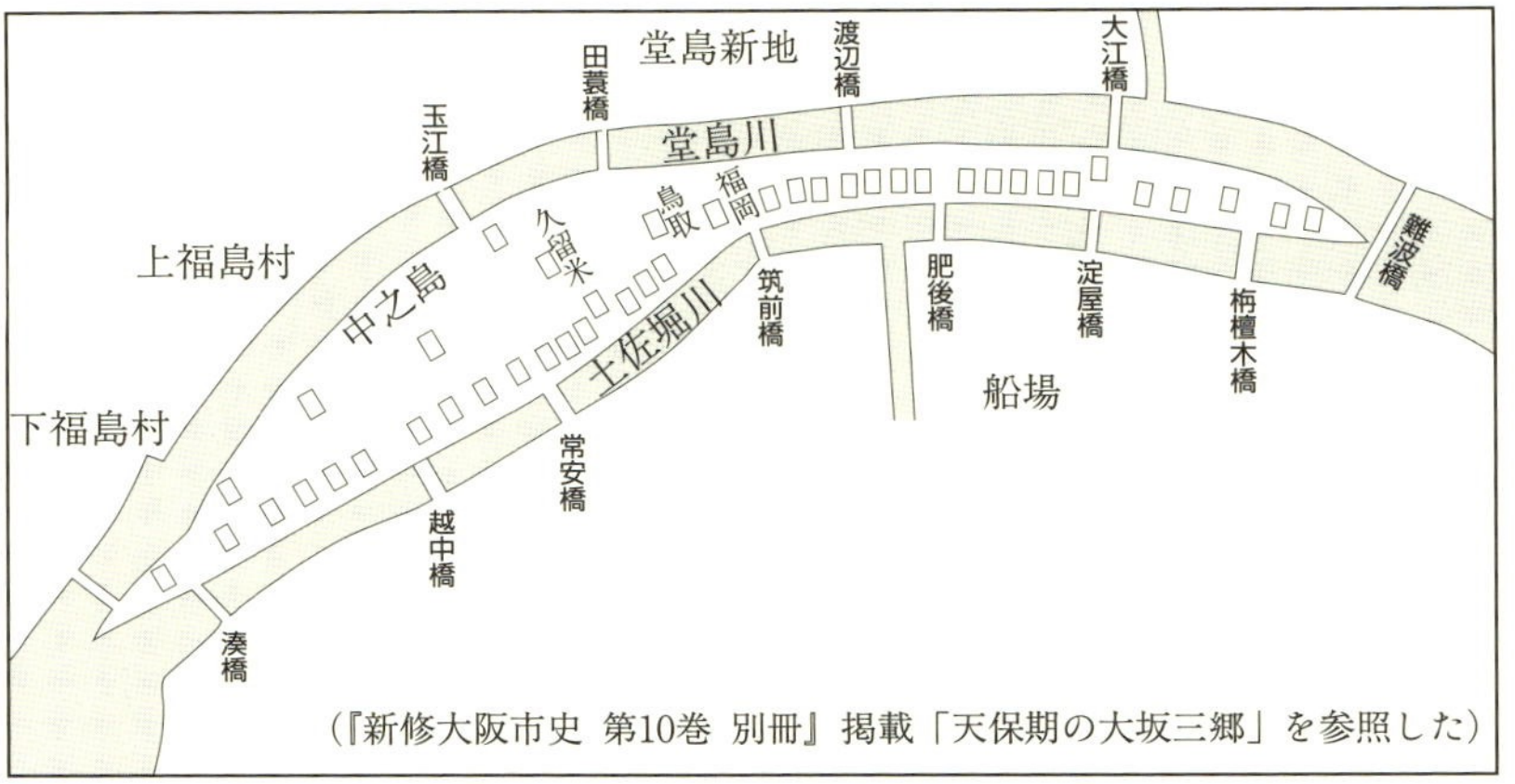

（『新修大阪市史 第10巻 別冊』掲載「天保期の大坂三郷」を参照した）

大坂中之島の蔵屋敷分布図

福岡藩蔵屋敷長屋門（大阪市・天王寺公園内に移築）

大坂の宿

孫二人に宛てた十二月十一日付の手紙（「野村望東尼資料」六〇－二）に望東尼は、大隈言道と大岡舎人に大坂で小さい家を安く借りてもらうよう依頼していると書いた。当初は言道宅に世話になるつもりであったようだが、「言道方も狭げなれば、ひとつには互ひにわびしかるべし」と、住居の狭さを理由に挙げてそこでの逗留が無理であることを説明している。だから借家をするというのであるが、このことはとりも直さず、この時点では望東尼に大坂に長期滞在する心づもりがあったことを示すものである。

翌十二月十二日、望東尼は再び今橋の言道宅を訪問した。言道の借家は「向へは平五（平野屋五兵衛）日本の脇関、うらは三井八郎右衛門、となり続き鴻池善五郎、その向へ鴻池善右衛門、少しありて加島屋久右衛門・作兵衛」（九州大学附属図書館蔵「大隈言道書簡 二」）というように、名だたる豪商の屋敷に囲まれていた。「脇関」とはすなわち、当時の「持丸長者」（大金持ち）における番付である。望東尼は、前日付の手紙の末尾に「大坂筑前橋より」と記しているので、宿泊した津嶋屋藤蔵宅は福岡藩蔵屋敷の南側にある筑前橋の近くにあったことがわかる。そこから今橋の言道宅までは一・四キロほどの距離であった。

この日、望東尼は日記に言道の「側女なる人」と買い物に出かけ、夕暮れ時に帰ったと綴っている。ところで、十二月十一日付の手紙で言道宅に逗留できない理由を狭いからであるとしたのに対し、十六日付の八木つる宛の手紙（福岡市博物館蔵「白川信也資料」九）では、「先生のもとには少し訳ありて住みがたし」と述べている。「少し訳ありて」とは、言道の「側女なる人」のことを暗に指しているのであろう。この手紙には「先生の家遠ければいとわろし」とも書いており、福岡の友人に対し実情をあからさまにすることを憚ったのではないかと思われる。

また、この手紙の中で望東尼は、大坂勘定奉行大岡舎人と京都聞役東郷吉作からの「たのみの文」が自己の身分を証明するのに役に立ち、心強いと述べている。これに対し、同行の野坂常興については、「常興はたのみがたし、うたて人心ぞかし」と書き、頼りにならず嘆かわしい心根であると不満を述べている。このように望東尼の人物評価は厳しく、例えば前出の十二月十七日付浦野吉之助宛の手紙（『望東尼伝』一三七頁）にも、福岡から従者として同行した姉ゆきの娘婿・高谷弥太夫について「まこと抜作(ぬけさく)にて、さのみ用にも立ち申さず候へども、人柄よくてよろしかりし、朝晩わたくしより叱られ困窮のもやうなりし」と描写している。彼は早い帰国を望み、望東尼が船で帰るように勧めたにもかかわらず、帰途には中国路を選んだ。望東尼は、「彼のぬるさ」では追いはぎに遭うのではないかと心配しつつも、金子三分を与えて福岡に帰してやった。この手紙は実家浦野家の当主宛であるので、浦野家の身内である高谷のことについて、つい本音が出てしまったのであろう。

十二月十三日からの数日間は、先に福岡を出発して京都に滞在している医師の吉松言正を同道して、野坂とともに三人で蹴鞠の会や歌会に出かけたりしている。また、川舟の行き交いを津嶋屋の二階からのんびり眺めたりする時間もあったようである。

市人(いちびと)の年のいそぎもよそに見てひとりのどけき冬の暮かな

十二月十七日付の孫二人に宛てた手紙で、大坂で世話になっている人々に心付けを渡したいので、博多絞りの手ぬぐいを男模様のもの二筋、女模様のもの三筋送ってくれるよう依頼した(「野村望東尼資料」六一−二)。そしてそれらの品を国許の家族から心付けとして送られてきたということにしてほしいと述べている。おそらく、そうすることで周囲に対し、自分の旅がしっかりとした家族的背景や経済的裏付けを持ったものであることを示したかったのであろう。

京都大文字屋

十二月二十日、望東尼は福岡藩蔵屋敷で、京都で呉服商を営み野村家とは縁戚関係にある比喜多五三郎(一八〇九−六二。貞克)に出会った。比喜多は早速、明日京都に帰ることになっているので是非一緒に行こうではないかと誘った。望東尼は年明けにでもと言ってとりあえずは断ったが、比喜多はあとでわざわざ津嶋屋にまで出向いて来て、再度強く誘うのであった。そこにたまたま居合わせた言道も、これは良いついでだから一緒に行ってはどうかと勧めたので、とうとう望東尼は承諾し、翌朝比喜多とともに大坂を離れることになった。

比喜多家は大文字屋という屋号で呉服商を営む京都の豪商で、「破れ虚堂（きどう）」の逸話でも知られていた。大文字屋は高僧の虚堂智愚（ちぐ）（一一八五―一二六九）が書いた法語（仏教の教義を説いた言葉）の墨跡を所蔵していた。ところが第四代宗味の時代に、この「虚堂墨跡」がかつての使用人の乱心によって破られるという珍事が発生した。それ以来、「虚堂墨跡」は「破れ虚堂」と呼称されるようになった。この墨跡はのちに修復され、やがて出雲松江藩の前藩主・松平不昧（ふまい）（一七五一―一八一八。治郷（はるさと））の手に渡った（現在は東京国立博物館蔵）。

大文字屋（比喜多家）の系譜については、谷晃「『先祖記』と大文字屋―京都の豪商大文字屋の盛衰―」に詳しい。それによると、大文字屋には黒田、蜂須賀、伊達などの大名の出入りがあったが、中でも黒田家との付き合いは初代藩主長政以前からのものであったという。大文字屋の初代は宗観で、第四代宗味の時代になって子や孫に暖簾（のれん）分けがなされた。そのうち宗味の次男の宗清（五兵衛）が父から福岡藩の御用を譲り受けて別家を立てた。宗清の孫の第七代宗鑑は二十九歳で亡くなるが、子供がいなかったことから、比喜多家では跡継ぎの推薦を福岡藩に依頼した。これを受け福岡藩では、千三百石取りの藩士野村為貞の次男・知貞を推薦した。比喜多家では知貞を養子に迎えて跡継ぎとしたが、これが大文字屋の第八代比喜多宗吟である。

一方、「野村氏系伝」（「野村望東尼資料」八一―一）によると、福岡の野村家（本家）では、為貞の跡を長男の武貞（宗吟の兄）が継いだが、武貞は、嗣子の恒貞が京都の比喜多宗吟の娘を嫁に迎えたのち二十五歳で亡くなってしまったので、改めて宗吟の息子を跡継ぎとして迎えた。それが野村明貞である。さらに明貞の次の清貞の代になると、大文字屋第十代比喜多利往の子の直次郎を養子に迎えた（ただし、直次郎は早世する）。このように野村家と比喜多家とは互いに養子縁組を幾重にも取り交わす親密な間柄であった。

【大文字屋（比喜多家）と野村家の関係】（＝＝は養子　- - -は同一人物）

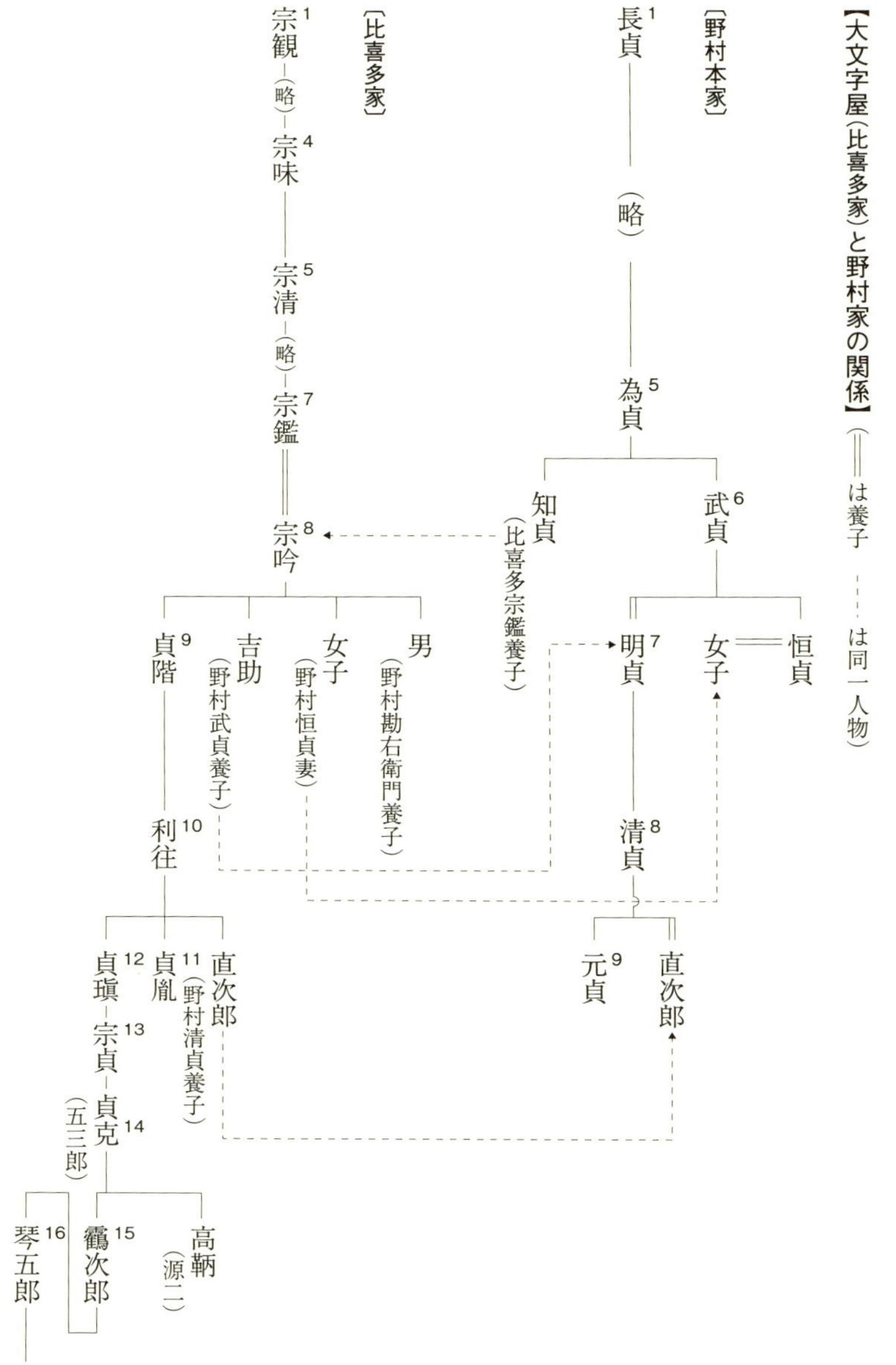

望東尼が大坂蔵屋敷で出会ったのは、第十四代の比喜多五三郎であった。彼は文化六年（一八〇九）の生まれで、九歳で家督を継ぎ、望東尼と出会った年には五十三歳になっていた。

上京

十二月二十一日早朝、一行は船に乗り込んだ。この船は、早朝に大坂を出て夕刻伏見に着く三十石船（さんじっこくぶね）であったと思われる。船の上で望東尼は、「言道翁のもとを去りて遠く行くが本意（ほい）なくて」という詞書を付して次の歌を詠んでいる。

生駒山あとに漕ぎゆく淀舟ののぼりたゆたふわが心かな

（「上京日記」）

船は大坂を出てから生駒山を東に見つつ淀川を遡って行くのだが、まるでゆらゆらと漂いながら進んでいるかのように見える。その様子はまさに、大隈言道のもとから離れていく望東尼の心境そのものであった。師の言道に会うことが上坂の大きな目的の一つであったのに、滞在わずか二週間でまたしても師と別れ互いに離れて過ごすことになったのは、決して望東尼の本意とするところではなかった。

伏見までの途中で石清水八幡宮を東方に仰ぎ見た時、ふと生家の浦野家の先祖が藩主黒田長政に水牛の兜を献じたという縁（えにし）に思いが及んだ。その時改めて先祖と藩主との浅からぬ縁を尊いものと感じ、浦野家が今日あるのは藩主のお蔭であるという報恩の念を一層強くしたのであった。

八幡（やはた）山神のめぐみのももなりの兜は千代の国の宝ぞ

（「上京日記」）

船人たちは橋本（京都府八幡市橋本）で船を降りて、帆柱から伸びた綱を陸から曳いて船を遡行（そこう）させる。

船は果てしなく広がる葦原を通り過ぎ、木津の大橋の下を通って伏見に至る。伏見に着いた頃には強い雨が降り出し、船宿で休んでいる間に日もとっぷりと暮れてしまった。ここから比喜多宅がある上立売（かみだちうり）（京都市右京区上立売町）までは三里の道のりである。雨の中、小石の多い道を歩き始めた。途中、茶屋に立ち寄ったが、望東尼にはどこをどう歩いているのかさっぱりわからなかった。ようやく亥の刻（午後十時頃）過ぎ、京の町並みに入った。

京の都はいずこも家の明かりが消えて大変淋しく感じられ、上立売までは千里の道を行く思いであった。子（ね）の刻（真夜中の十二時頃）になってようやく比喜多宅に到着した。比喜多の妻をはじめ大勢の家人が主人の一行を出迎えてくれた。湯で足をすすぎ、広い家の奥に入って行った望東尼は、まるで我が家に帰ったような安らぎを覚えた。

翌十二月二十二日は、福岡藩京都聞役の藪幸三郎（貞常）宅に滞在中の吉松言正が訪ねて来たので、一緒に御所のあたりまで行ってみた。御所の内部を垣根越しに覗くと、梅の花が咲いているのが見えた。上京の目的の一つが御所の拝観であったので、垣根の内に梅の一枝を見ただけでも望東尼は感極まってしまった。

九重（ここのへ）を十重（とへ）にめぐりてまだき咲く梅のひとへを見そめつるかな

（「上京日記」）

その足で吉松とともに藪宅を訪れた。藪とはこの時が初めての対面であったが、旧知の者同士のように打ち解け合うことができた。早速望東尼は藪宅に泊めてもらい、この時以来たびたび藪のもとを訪れるようになった。藪の妻かつ子も望東尼を実母のように慕った。

十二月二十五日は北野天満宮に参詣した。長い参道の両側に並ぶ茶店の女たちが「休め、休め」と言うのを聞いて、太宰府天満宮の参道の様子を思い出した。清らかで尊い宮居であったが、望東尼の眼には太宰府天満宮には劣っているように映った。参道の商店では物の値段を訊ねながら歩いた。

十二月二十七日は、藪宅で楽人の東儀伊勢守（『全集』では「藤堂伊勢家」となっているが、誤りである）による趣のある演奏を聞いて一日を過ごした。望東尼は、比喜多宅で正月飾りの準備の模様を眺めたりしながら、京都の年の暮れを初めて体験した。

京都の春

文久二年（一八六二）元日、五十七歳になった望東尼は、公卿の初参賀の様子を拝するため御所に出かけた。今出川門から入り、車寄せのあたりに立って往来する人々の中に混じりながら参内の様子を拝していると、従者（ずさ）が烏帽子などを歪めたまま何かを食べている姿が目に入り、大層物珍しかった。今出川門内には昔から許されて商いをしている人々がいる。望東尼は「煮売屋するあり、酒さかな果物やらを商ふさま、ことさらめきていそがしげなり」とその賑やかな様子を描いている。宵からの雪で、皇居の屋根に少し降り積もっているのを見て、

白妙の蓑代衣（みのしろごろも）見るばかり今日九重に降れる白雪

（「上京日記」）

真っ白な蓑代衣（雨具）を見るように今日九重（宮中）に降った白雪であるよ、と詠んだ。

まもなく、「大とのの御まゐりとて御さきおふ声けざやかにきこゆ」。ここで「さきおふ」とは先払いするという意味であり、「けざやか」とは鮮やかな様をいう。すると十二、三歳から二十歳くらいまでの赤い装束を着た公達（きんだち）が貴人を出迎える様子がまるで雛壇（ひなだん）を見るようであった。供の人々は緑、くちなし、白など色とりどりの装束を身に着けており、大層美しかった。望東尼は輿（こし）から降りた貴人の後ろ姿を拝したが、この人物は背が高く五十歳くらいで真っ白な装束を身に着けていた。迎えの人々が彼を取り囲み、そのあたり全体に白や赤の色彩が入り混じって「いと清らか」に見えた。

一月三日は下鴨神社に、四日は上賀茂神社に初詣に出かけた。一月五日に御所で千秋万歳（せんずまんざい）や猿楽などの行事が催された。望東尼は逗留先の比喜多五三郎夫妻のつてで御所の奥（参内殿の前庭）に入る機会を得、その際、法衣を着た出家の姿ではいかがかと思われたので、比喜多夫人の小袖と被衣（かつぎ）を借りて久し振りに「昔おぼゆる女姿」で出かけた。この日も禁裏の様子や公家の姿を見て感激し、出御（しゅつぎょ）を告げる声を聞いただけで「かしこしともかしこく涙さへおしぬぐはれぬ」と感涙したほどである。この日の感激は、日頃より国風を重んじていた望東尼に一層その思いを強くさせたことと思われる。

ところで、この文を最後に「上京日記」は終わる。それ以後の望東尼の動きは現在残っている十数通の福岡の家族・友人宛の手紙からしか窺うことができない。

明治後期の京都御所（国立国会図書館ウェブサイトより）

そこでまず、二月三日に孫の貞和に宛てて出した手紙（「野村望東尼資料」六三一―一）から見てみよう。

この手紙で望東尼は、一月二十四日の夕方に身体の具合が悪くなったので、京都の蘭方医にかかり「キナヱン」という薬を処方してもらったところ、それがよく効いたこと、病臥中、比喜多家でもよくしてくれたが、藪幸三郎の妻かつ子に招かれて藪宅に移って療養することになり、二月三日にはこの手紙を書くまでに回復していること、本来であれば病気のことを手紙に書くと身内に心配をかけることになるが、比喜多・藪の両家が大変親切にしてくれていることを伝えておきたかったのであえてそうしたのだ、ということを述べ、さらにその末尾で、福岡から送金されてきた金子五両を確かに受領した旨報告している。

翌二月四日、前日の貞和宛の手紙に続いて、たね（智鏡尼。夫貞則の没後、有髪のまま出家）にも手紙（「野村望東尼資料」六三一―二）を書いた。その中で望東尼は、京都は「大内」（皇居）があるから都ではあるが、存外田舎っぽいところがあるものである、大坂の下女の髪型や帯の締め方なども同様である、都から離れた場所に住む大原女などは、都を真似ることなく田舎のなりのまま代々を経ているので、それはそれで感心なことだ、などと述べている。また、福岡・博多は神社や寺の規模が小さく林泉などの風流には欠けているが、世の中の都と言ってもよいと語っている。

他郷に出た時、望郷の思いも重なって、自らの郷里のことをことさら誇らしげに語るというのは現在でも地方出身者によく見られる現象であるが、福岡でもそれは今に限ったことではなく、既に望東尼の時代からあったのだということがわかる。

月ヶ瀬梅林

一月から二月にかけて体調を崩したため、望東尼は藪幸三郎宅で療養を続けた。三月四日に福岡の筑紫いそ宛に手紙（天理図書館蔵）を書いた頃もまだ藪宅に滞在していたが、既に遠出できるほどまでに回復していた。

この年、京都では梅の開花が遅れ、三月になってやっとその盛りの時期を迎えていた。望東尼は「西行法師が、うときも人のと詠まれたるとめこかしの梅」を見るために、上賀茂の小さな尼寺・西念寺（明治初期の廃仏毀釈により廃寺になった）を訪れた。かつて西行は「とめ来かし梅さかりなるわが宿をうときも人は折にこそよれ」と詠んだ。梅の花の盛りに私の宿を訪ねて来てくれよ、人というものは疎遠にするのも場合によりけりだ、といった意味であるが、家族への恩愛も何もかも捨てて出家し旅にさすらった西行の歌だけに、望東尼を引き寄せる何ものかがあったのではないか。

この手紙の中で望東尼は、翌三月五日に「月のせ」（奈良市月ヶ瀬）に行く予定だと述べている。かつて福岡で大隈言道から月ヶ瀬に行ったことを記した手紙を受け取ったことがあるが（八五頁参照）、その時には、自分もいずれ一度はその梅林を見てみたいと強く心惹かれたものであった。

三月二十一日付貞和宛の手紙（「野村望東尼資料」六三一三）には、実際に月ケ瀬に行った時のことが記されている。「やぶれ小袖に合羽（かっぱ）をかるひ」、つまり破れた小袖に合羽を「かるひ」（福岡の方言で、背負うこと）、野坂と二人連れで出かけたというのである。彼地の梅を実際に自分の目で見てどのような感想を抱いたかは手紙に記されておらず、はっきりとはわからない。しかし、次の短冊の歌からは、命をかけてもいいから見てみたいと思っていた月ケ瀬の梅を実際にこの目で見て、老いの望みが叶い、望東尼がいかに強い満足を覚えたかをしっかりと読み取ることができる。

いのちにもかけたる梅の花を見て老ののぞみも月瀬のさと

（筆者蔵短冊）

大東急記念文庫（五島美術館）に野村望東尼筆とされる「月瀬紀行」が所蔵されている。「月瀬紀行」の筆者は大坂の京橋あたりを二月二十六日に出発しているが、望東尼の出発は前述のように三月五日、あるいはそれ以降であり、少なくとも三月四日以前ではない。また、この紀行文に出てくる歌が言道の「今橋集」の中の歌とほぼ同じであること、旅の行程や見聞し体験したことが「今橋集」の歌の詞書の内容と合致すること、文章の末尾に、旅を終えて「わが中の島にいたる」という一文があるが、確かに言道は月ケ瀬に行った頃は大坂中之島に住んでいたことなどから、「月瀬紀行」は言道の紀行文である可能性が極めて高く、少なくとも望東尼の紀行文ではないことがわかる。ただし、言道自身は、月ケ瀬に向けて「午（うま）の年（安政五年）睦月廿六日」に出発したと書いて

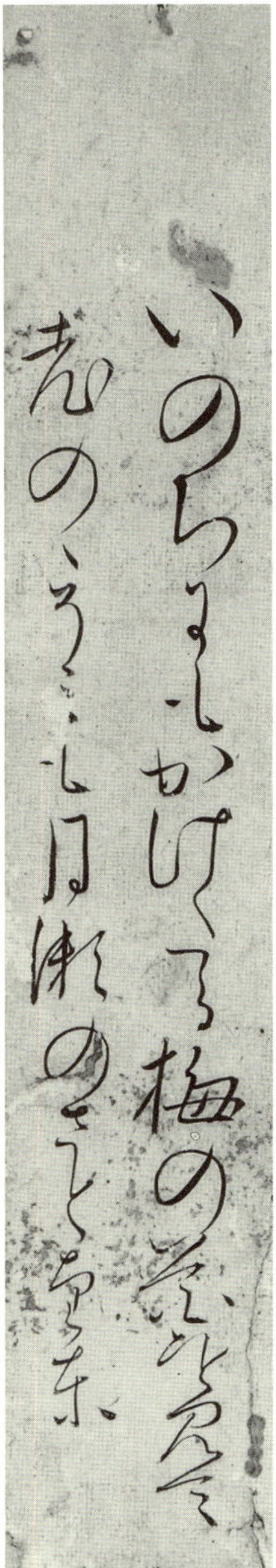

月ケ瀬の歌の短冊
（筆者蔵）

いる。この点については、言道が「今橋集」を編んだのは実際に月ケ瀬に行った年の二年後であるので、彼が「睦月」（一月）と書いたのは記憶違いによるものであった可能性がある。あるいは、むしろ「月瀬紀行」の「二月」の方が何らかの理由により誤って書かれたということかもしれない。いずれにせよ、そのあたりのところは現時点では不明であるとしか言いようがない。

大田垣蓮月

望東尼は三月三日、歌人の大田垣蓮月（一七九一―一八七五）を訪問している（前出の三月四日付筑紫いそ宛の手紙）。蓮月というのは法名で、本名は誠。彼女は生後直ちに知恩院門跡の坊官・大田垣光古の養女となったが、夫や子供に次々と先立たれ、三十三歳の若さで出家して蓮月と号した。歌道は六人部是香に添削を請い、晩年の上田秋成に学んだという。自らの歌を釘で彫り付けた陶器を作り、それが蓮月焼といって人々に珍重された。歌集に「海人の刈藻」などがある。

望東尼がまだ福岡にいた頃、大坂滞在中の大隈言道から、「やどかさぬ人のつらさを情にておぼろ月夜の花の下ぶし」という蓮月作の歌を送ってきたことがあった。言道はこの歌を「古人のごとしといふにはあらねど、歌のかたきことこのくらいの歌も出来る人なきぞかし」とかなり高く評価していた（梅野満雄『大隈言道伝』）。だから、望東尼にとって蓮月尼は上京の折にはどうしても会ってみたい人物の一人なのであった。

三月三日に訪問した際、望東尼は蓮月尼から短冊を三枚貰い、翌日に書いた筑紫いそへの手紙の中で、今はそれらの短冊が手元にないので歌を記すことはできないが、「いとおもしろき歌」であったと評している。望東尼は蓮月尼に会って、彼女が年齢よりも随分若く見える美しい尼であることに強い印象を受けた。「早よはひ七十七なるよしながら、いまだ五十ばかりとも見え侍る、いといとうつくしき尼ぞかし、昔はいかに花さきし人ならむとしのびやられ侍る」と、自らが受けた感動をいささか興奮気味に書き留めている。

置き上げ

藪幸三郎の家ではその同じ三月三日、桃の節句を祝った。望東尼はその頃も引き続き藪宅に滞在していたので、「初雛の細工の手伝ひ先生役」を務めた。ここでいう「初雛の細工」は、福岡では「置き上げ」といわれる細工物のことである。これは、厚紙で花鳥、人物などを作って布でくるみ、中に綿を詰めて板に貼り付けるもので、それを器用に細工できることが福岡では武家の婦女子が身に付けておくべき一種のたしなみであったという。望東尼はもともと手芸や裁縫に巧みで、この「置き上げ」についても相当な腕であったことがその遺品からも見て取ることができる。この「置き上げ」を福岡では桃の節句に竹の串に付けて立て雛人形とともに飾る風習があったので、京都でも福岡藩士である藪の家での初雛は福岡流のやり方で行われた。

望東尼は前出の三月四日付の手紙で、細工物を二十年ぶりに披露したと明かしている。「かやうのことに歌もやめ、徒し心を費やしし惜しさ」（徒し心は浮気心、惜しさはくやしさの意）であったが、それも旅籠代の代わりにでもなればと思い、精を出したのであった。つまり、藪家から受けた親切に対して少しでもお返しをしたいという気持ちだったのであろう。それにしても、健康が優れず、経済的にも切羽詰まった状態に置かれ、「この春ばかり歌詠まぬ年今までなし」と嘆息するほどに精神的に余裕のない状態が続いていた。そのことが望東尼には大層惨めなことに思えて仕方がなかった。

この手紙の中で望東尼は、「置き上げ」作りに携われば「やすく都ずみも出きはべらん。歌詠みにては、中々ゆくことにてもなし」と述べ、京都では細工物では暮らしが成り立ちそうだが、歌人として生計を立てていくのはなかなか難しそうだと嘆いている。現実を見れば、歌人として名声の高い蓮月尼や高畠式部（一七八五―一八八一）ですら、それぞれ陶芸家であり彫物師であって、それらによって家計を賄っていた。

確かに、望東尼が歌人であることは京都の周辺の人たちには知られていたようで、例えば公卿の「愛宕（をたぎ）大納言」（権中納言愛宕通祐（みちます）か）からも桜の歌を所望されたりしている。おそらく、比喜多五三郎の息子の源二が愛宕家の侍医であったことから、歌人である望東尼の噂が彼を通じて愛宕家に入っていたのであろう。しかし、短冊を書いてやっても実際には「ただ書き」ばかりであった。望東尼は心のどこかで歌人として身を立てることを考えていたかもしれないが、歌のみで口に糊することの難しさを思い知らされたのであった。

旅費と着物

三月になって体調が回復してから、望東尼は積極的に動き回っている。「浪速詰方日記」の三月十八日の条に、「大文字屋五三郎下坂に付、今夕望東尼を招く、冬より上京中戻りに付、一同を招く」とあるので、この頃に比喜多五三郎とともにいったん大坂に戻った形跡がある。

しかし出かけることが多くなるにつれ、旅費と着物が徐々に不足するようになり、そのことが望東尼を大いに悩ませたようである。前出の三月二十一日付貞和宛の手紙では、福岡にいた頃は近郊に出かける際の出で立ちは木綿の着物を着て風呂敷を背負うといった格好ですんでいたものが、さすがに京都の老舗大文字屋の暖簾を潜るのに「さるいでたちもしがたし」と、その困惑している気持ちを正直に綴っている。

遠出をするとなると同行者も必要になる。月ケ瀬行きには野坂を同道したが、人を雇えばかなりのお金がかかる。これに対し、嵐山など近郊へ行くのであれば同行を申し出てくれる人もあるが、そのような場合には同行者への配慮から着物に気を遣わなくてはならないし、茶屋に入れば入ったでかなりの物入りとなるので、結局は「なるだけのがれて隠遁（いんとん）ゆきと工夫いたし候」ということにならざるをえない。さらに望東尼は、「世の中につれていやましに品物値段高くなり、旅籠もいやましなれば」と幕末の物価上昇の影響が旅籠代にも影響していることを憂えている。そこで、吉野には何としてでも行きたいが、伊勢詣では旅籠代が高いので諦めるつもりだと述べている。

こうした諸式の値上がりなどの制約条件はあったものの、望東尼はこの機会に可能な限り各地に足を延ばしておきたいと考えていたし、福岡の家族もそうするよう勧めていた。この手紙を書いたのち、三月下旬から四月中旬までの間に、望東尼は嵐山、吉野、南都（奈良）に足を運んでいる。

福岡の家族や友人からの手紙や品物はいったん大坂蔵屋敷に到着し、それから便がある折に京都の望東尼に届けられるので、相当日数がかかる。そこでやむをえず望東尼は藪から借財をし、遠出などに要する資金を調達した。

実際にはこの借財は福岡に戻ってから返済したようで、望東尼が帰国後に出した手紙（日付・宛名ともに不詳。福岡市博物館蔵「屛山文庫」）の中に、望東尼と野坂が京都で負った借財をきちんと返済した旨の記述が見られる。

この借財返済について「向陵集」には次の歌があるが、前後の歌の配列から見て文久二年（一八六二）八月頃に詠まれたものと思われる。

都にて藪ぬしに黄金を借りて帰り来て返す時息（そく）てふものもなく返すとて
うれしさは八重山吹の千重（ちへ）なるにそへてかへさむ一花もなし
（「向陵集」一四二四）

この歌が詠まれた時期と手紙に書かれた返済時期が合致するので、手紙の相手は京都聞役の藪幸三郎であった可能性が高い。なお、この歌の中で「山吹」とあるのは、山吹色の金貨（小判など）のことを指しているのであろう。

時勢への目覚め

望東尼が京都に滞在していた頃、国政は急激な展開を見せていた。尊王攘夷の志士たちによる過激な事件が横行する中、西南雄藩が中央政界に進出しようとしていた。物見遊山の旅をしている望東尼も、否応なしにその時勢を目の当たりにする。四月になってからの手紙には時勢についても記すようになる。

四月十五日、望東尼は比喜多五三郎と三里の道のりを伏見まで出かけて、福岡藩主・黒田長溥一行が参勤の途次上洛して来るのを待ったが、一向に藩主の行列は現れなかった。望東尼は真相がわからず、福岡藩の噂話を聞くばかりで、ただただ不安であった。

実は、藩主一行は播州大蔵谷（兵庫県明石市大蔵八幡町）で参勤のための東上を中止し、西方へ引き返していたのである。これを大蔵谷回駕という。この事件の鍵を握るのが福岡藩の志士・平野国臣であったことを望東尼はこの時知る由もないが、後日、この平野と深く交流することとなる。

四月二十一日、葵祭を見物した望東尼は、その日のうちに孫たちに宛てて手紙（「野村望東尼資料」六一一・六一一六）を書いた。「御使御車の清けさ、花飾して、簾の御紐、花笠に至るまで」すべてが美しく、「祭りの第一なるべし」。このように祭を見ている間は「世の中のことさらに忘るばかり」であったが、実はこの頃望東尼は京都の政情が気がかりになって仕方がなかった。伏見から帰った四月十五日の夜のことであったが、京都所司代酒井忠義の家の門番が夜回りをしている男を曲者と勘違いして大騒ぎし、その挙句、所司代が武装して二条城に逃げ込むという出来事があった。望東尼はこの話を聞いて、「鴨の羽音よりあさましくや」と溜息をついた。「鴨の羽音」とは、かつて源氏・平家の富士川の合戦で、夜半、一斉に飛び立った水鳥の羽音を敵襲と錯覚し、平維盛率いる平家軍があたふたと潰走してしまったという故事を指す。

街中では諸藩が郷里から兵を呼び寄せ、上京した兵のために二、三日で急遽家を新造したり町家を買い上げたりして宿所に充てていた。そうした有様を目の当たりにした望東尼は、福岡にもこうした動きが及びつつあるのではないかと気になり始め、手紙の中で、帰郷して早く様子を知りたいという心境を述べている。

この手紙の末尾に「あらたぬしご兄弟にきこゆ」として、

もののふのかねてみがきし魂の光を放つ時な遅れそ

（「野村望東尼資料」六一―一）

と書き、「手足のことによらず、心のことぞかし」という言葉を添えた。絶えず手足に痛みを覚える貞和（新）に対し、今後の有事に備え武士として戦う心構えをしておきなさい、と諭したのである。

馬場文英

同じ手紙の中で望東尼は、「中々に人の情を受けてお客さまとなりては出で入りにもつとなくてもすぐしがたく、破れたる着物も着がたく、それも家の恥となるを厭はねば、身一つのことはかまひ侍らねど、四百石の御隠居さまとあがめて、大文字屋手代まで厚くものすれば、かれこれ小遣いの入事もあり」と述べている。福岡藩四百石取りの野村家の恥とならぬよう着物にも気を遣い、世話をしてくれる人に心付けを渡すなどの心遣いも怠らないように努めた。その結果として、「雁がねのみ連なりてなむ」、すなわち藪幸三郎からの借金が嵩（かさ）んでいったというのである。

望東尼は、名所への見物には比喜多五三郎夫妻と行くこともあったが、多くの場合は「大文字屋の手代」が案内してくれたと書いている。この「大文字屋の手代」なる人物が、その後の望東尼の勤王活動に大きな影響を及ぼすこととなる人物、すなわち馬場文英のことであったと思われる。

馬場については、彼自身が著した「馬場文英履歴書」（九州大学附属図書館蔵「江島茂逸雑纂」〔第二巻〕）に詳しいので、ここにそれを引用してみよう。

京都府下山城国愛宕郡二ノ瀬村郷士今江藤左衛門末子ナリ、幼名徳次郎、文政四年辛巳六月廿五日ヲ以テ誕トス、幼年ノ頃ヨリ世上ノ紀事奇談筆記スルヲ好ミ、文政十年庚寅年七月二日、京都近国震災ノ節初テ筆ヲ起シ十歳、夫ヨリ以降近世ニ至ル迄六十五六年間、其ノ都度々奇事ヲ聞ク毎ニ接シ、実地ニ馳セテ、其確証ヲ求メタル書類公文私文貯蓄スルモノ凡五六万部ノ多キニ至ル、弘化二年二十四歳黒田家用達馬場家相続、黒田家ノ臣野（野村）貞貫ハ馬場ノ本家比喜多五三郎比喜多源二実父ナリ大文字屋ト称ス親戚ナリ

彼は幼少の頃から世の中の出来事に関心を持ち、それを好んで記録に留めた。二十四歳の時に比喜多家の分家である馬場家を相続した。

京都で馬場と望東尼がどのような交流をしたかについて、「馬場文英履歴書」では次のように述べている。

望東兼テ歌道ニ執心ナルヲ以テ近衛公千種公ニ拝謁ノ手続ヲ請索ス、仍テ文英其手続ヲ索メ両貴館ニ望東ヲ誘引シテ公ニ謁ヲ請フ近衛公ハ障リアルヲ以テ謁ヲ允サレズ有文朝臣ニ謁ス望東自詠ノ和歌ヲ献ジテ大ニ賞誉ヲ得ル、或ハ大内舞御覧節分ノ式闘鶏節会等ニ誘引シテ禁廷ノ御祭事ヲ拝観セシム、望東感拝喜悦無堪

のちに馬場が著した「野村望東尼行状」によると、彼が望東尼を先導した場所は、「南都東大寺及ビ興福寺大伽藍ノ旧跡、吉野、初瀬、多武峯、城南月ヶ瀬ノ梅林、清水地主ノ桜、御室、愛宕、嵐山、三尾、小塩山、三井寺、石山等、又ハ大内ノ節会、舞御覧、節分、千秋万歳、闘鶏等」であったという（ただし、これらのうち月ヶ瀬

については、望東尼は前述の三月二十一日付の手紙に野坂常興と二人で行ったと書いており、馬場の記述と食い違っている)。

村岡局

馬場文英は近衛家に仕える進藤式部少輔と知り合いで、そのつてを頼って望東尼を近衛邸に案内した。しかし、近衛忠熙（ただひろ）（一八〇八—九八）は安政の大獄以後幕府を憚って蟄居（ちっきょ）しており、拝謁が許可されなかった（「野村望東尼行状」）。

直指庵（京都市右京区北嵯峨）

馬場は後日、望東尼を伴って西山三尾（高尾、栂尾、槇尾）、嵐山、愛宕山などをめぐり歩くが、その際、嵯峨の直指庵（じきしあん）（京都市右京区北嵯峨）に隠棲している近衛家の老女・村岡局（一七八六—一八七三）のもとをも訪れた。

村岡局は本名を津崎矩子（のりこ）といい、幼い頃から近衛家に仕えた。近衛忠熙に仕え信頼を得て、西郷吉之助（隆盛）、僧月照ら諸士との連絡・周旋役を務めるなど国事に奔走した。薩摩藩主・島津斉彬の養女・篤姫（のちの天璋院）が近衛忠熙の養女として第十三代将軍・徳川家定に嫁した時には、婚儀に際して養母役を務めた。その後、安政の大獄によって捕えられ江戸に送られたが、七十二歳の老齢の身であるにもかかわらず厳しい尋問に耐えぬき、近衛家の立場を守った。やがて赦（ゆる）されて帰洛したが、主家を辞して北嵯峨に隠棲し、付近の子女の教育に力を尽くした。

望東尼は村岡局に内謁を請うたが、やはり幕府の目を憚って面会を断ってきたので直接顔を合わせることはできなかった。しかし、障子越しに二言、三言挨拶の言葉を交わしたり、歌の贈答をしたりした。

雲井にも君が名高く聞えけりしたひくる身をあはれとも見よ

この歌に対し、村岡局の方からも「はるばるとたづねし君がめぐみをもしづ心なくあはでくるしき」と返してきた（「野村望東尼行状」）。

歌の選出

望東尼の上京の目的の一つは、夫が残した歌と自分の歌を合わせて歌集を出版することであった。夫の歌の選出は大坂の大隈言道に依頼していた。四月二十五日付の言道から望東尼に宛てた手紙（久保猪之吉「晩年における望東尼と言道の関係」（『ささのや記』））において、言道は歌を選ぶのが遅くなったことを詫びるとともに、貞貫の歌について「みうた少く、凡歌のおほき御生得にましませば、しひて数を多くすればなかなかなるべし」と忌憚（きたん）のない意見を述べている。つまり、歌数が少ないうえに凡歌が多い、しかしこれは生まれつきのものなので無理に歌数を多くすると歌集の出来が中途半端なものになるであろう、という実に厳しい評価であった。

望東尼の五月二日付の手紙（「野村望東尼資料」六三－四）にも、「やうやう言道翁に頼みし歌、この頃選びておこしし」と、以前言道に依頼していた歌の選出がやっと終わったということが書かれている。なお、この手紙は、『全集』では貞和と助作の二人に宛てた手紙であるとされているが、実際には歌友の筑紫いそと四宮素行の両名に宛てたものである。冒頭に「またまた御二人にきこえまいらす」とあるので、この二人を福岡の友人代表として選んで近況を書き送り、彼らからその他の友人たちにも手紙の内容を紹介してもらっていたのであろう。

望東尼の手紙にこの歌集の題名は記されていないが、これがのちの「向陵集」につながっていったのではないかと思われる。

千種有文

望東尼は、馬場文英の斡旋によって四月二十九日に千種有文（一八一五―六九）を訪ね、歌集の序文の寄稿を依頼した。有文は、歌人として名高かった千種有功を父に持つ。「野村望東尼行状」によると、馬場は千種家に仕える福井左兵衛尉と交流があったので、彼を介して有文との面会を実現したという。

有文は、孝明天皇の妹の和宮を将軍徳川家茂の内室に降嫁させるなど、公武合体のために働いた。このことがのちに、尊王攘夷派の公家や志士たちから四奸二嬪の一人と目されて排斥・脅迫されることにつながる。望東尼が有文を訪問してからわずか四カ月後の文久二年（一八六二）八月には、三条実美（一八三七―九一）ら十三名の公卿から久我建通、岩倉具視、富小路敬直とともに四奸臣として激しく弾劾され、そのため辞官・落飾して閉居することになった。望東尼は、有文がまもなくこのような出来事に遭遇することになるなど想像だにせず、序文を依頼するのであった。

この時披露した歌には夫の歌も含まれていたようである（小野則秋・磯辺実『野村望東尼伝』二八一頁）。

望東尼は、福岡の友人たちに千種邸の様子や会見の模様を事細かに書き送った。前出五月二日付の手紙によると、玄関で用向きを告げたところ奥に通され、しばし待たされたのち、さらに奥に案内された。長い廊下を渡り、数寄屋を過ぎ、その先にある小高い御階（階段）を上がると、きれいな二間続きの部屋に、烏帽子をかぶり金色の刺繍が施された萌黄色の狩衣と紫色の袴を身に着けた有文が端座して、望東尼の訪問を待ち受けていた。次の間には戸棚があり、数々の名石、名貝が置かれていた。

有文とは打ち解けた雰囲気の中で言葉を交わすことができ、有難い言葉も賜った。望東尼は都府楼（大宰府の官庁の建物）の古瓦に次の歌を書き添えて献上した。

埋もれつつ年ふるさとの瓦さへ世に掘りいでぬ君がみために

有文は古瓦を大変気に入って、「ことに古瓦のかく全き（まった）は、いといとまれなり、よくもかかる物手に入りしことのめでたさ」と賞賛し、これを家宝にしようとまで言った。望東尼は土産物として古瓦のほか、蒸し菓子一箱、瓦を入れた箱、詠草を入れた箱などとともに、一生に一度のこととして「一ひら」も献上している。ここで「一ひら」とは金子（きんす）のことであろうか。この時代は、人に何か頼みごとをする際には金品などの贈答品が欠かせなかった。

望東尼は有文から、重陽（ちょうよう）の節句の折に用いられた赤・白・黄三色の菊の着せ綿を賜った。当時は、九月八日の夜に菊の花に綿をかぶせてその露や香りを移し取り、翌九月九日、重陽の節句の折にその綿で身をなでると、長寿を保つことができるといわれていた。これが菊の着せ綿といわれるものであるが、有文が下した三色の綿のうち赤い着せ綿は、天皇が自ら菊に着せられたものだという。その話を聞いて望東尼の感激はひとしおであった。

有文からは二枚の短冊も賜った。短冊には、「秋ごとに千代のためしに大君（天皇）がおほしし菊の着せ綿ぞこれ」など彼自身の歌が書かれていた。

このように有文への拝謁は成功裡に終わったかに見えたが、実際には、望んだ序文は望東尼の手許には届かなかったようである。また前に述べたように有文が四奸臣となったことに望東尼は深い失望を覚え、拝謁できた歓びがやがては激しい怒りへと転じていく。このことについてはのちに触れる。

憂国の情

この五月二日付の手紙は長文であり、前半部分では千種邸を訪問した様子など雅びな雰囲気を伝えているが、後半部分では京都が「まこと乱れ世となりて、ただ剣を抜きて戦はぬばかりのことぞかし」と、今にも戦いが勃発しそうな様子であることを伝えている。貞和宛の手紙（前出四月二十一日付の手紙）では京都所司代の臆病ぶりを書いたが、この手紙でも、所司代が祭の火を見ては烽火と思い込んで騒ぎ立て、筒の音を聞いては敵が攻めてきたと勘違いして騒ぎ立て、そのようなことが三度も続いて民衆の笑いものになっていると書いている。また、二条城の周囲にいつ火が放たれるかわからないという噂が立ち、四月二十五、六日頃、町人たちが遠い親戚を頼って長持ちなどを運び出す騒ぎが起きたと述べている。

望東尼は、上京中の長州藩の世子・毛利定広（一八三九―九六。広封、元徳）が破れ袴を穿いたような若侍を多数連れて御所に入る様子も目撃しており、これについては「ただならず見え侍りき」と書いた。

中央の政界では、幕府の力が衰える一方、その独裁制を廃して朝廷と幕府の協力の下に政局の安定を図ろうとする考え方、すなわち公武合体路線が優勢になっていた。そして、この路線を唱える長州、薩摩などの雄藩が朝廷を利用して政治的影響力を行使するようになっていた。

既に、四月になって公武合体派の島津久光（一八一七―八七。薩摩藩主・島津忠義の父）が藩兵千人余りを引き連れて上京していた。同月二十三日には、久光が伏見の寺田屋に集まった急進派の志士たちを鎮圧するという事件（寺田屋事件）が起きている。望東尼が記したものは残っていないが、これらの動きをどのように受け止めたであろうか。こうした騒擾・混乱の中に奇しくも我が身を置いたことは、生来感性豊かな望東尼の心の中に少なからず憂国の情を掻き立てたようだ。

「野村望東尼行状」によると、

一日望東文英ニ京師ノ事情及ビ国体ノ大義ヲ質問ス。文英答ユルニ。近世天朝幕府君臣ノ名義紊(みだ)レ。夷艦渡来以降。外夷拒絶ノ応接ニ幕府当ヲ失シ。朝廷ヲ蔑如スルノ甚ダシキヨリ。戊午ノ紛乱生シタル始末ヲ説明シ。或ハ職原抄。令義解。雲上明鑑。知譜拙記等ノ書類ヲ以テ質問スルヲ以テ。文英尽之ヲ説弁ス。望東大内ノ他ニ有ガタキヲ大ニ感腹(服カ)ス。又別ニ文英自著ノ公武沿革誌ヲ贈ル。老尼之ヲ閲テ尚又其理弁ヲ発明シタリトナス慷慨心ヲ奮起ス

とあり、馬場に京都の事情や国体（国の姿）について質問した望東尼は、国事や時勢についての彼の考え方を聞き、天朝崇拝の気持ちを強めたという。そして馬場がこれまでに著したものを読むなどして大いに感化を受け、政治に強い関心を抱くようになったのである。

離　京

前述した四月二十五日付の手紙の中で大隈言道は、「のたまへるやう世の中騒がしく何事にやとわが身の上までにかけて思ひ侍れど、力及ぶことにし侍らねば、ともかくもならばなれかしと思ひきこゆるになむ」と書いている。望東尼は以前から、京都で見聞したことや時勢に対する思いを大坂にいる言道に伝えていたのであろう。それに対する言道からの返答は、自分の力の及ぶことではなく、なるようになったらいいといった消極的なものであった。

一方、この手紙で言道は、「三十年の昔より思ひあはすれば楽しきみかげにもなり侍りしものから名残惜しく

なむ」と書いている。「三十年の昔」とは、望東尼が言道に入門した頃、つまり二十七歳の頃のことを指す。言道は自分を慕ってわざわざ福岡から愛弟子が会いに来てくれたというのに、体調を崩しており十分に相手ができなかったことが残念だったのであろう。そこには望東尼に対する師としての情が窺われる。

望東尼の京都滞在も残り少なくなり、五月五日付の貞和宛の手紙によると、上賀茂神社の競馬（くらべうま）が最後の見物であったようである。

ふるさとも菖蒲（あやめ）葺（ふ）くかと競馬見るうちさへも思ひやられし

（「野村望東尼資料」五八－四）

五月八日、京都を発つ直前に郡たもつに宛てた手紙（『望東尼伝』一五五頁）がある。たもつは望東尼の初婚の相手・郡利貫の息子の嫁である。望東尼は京都で藪幸三郎らにかなりの額の借財をしていたようで、嫁や孫ではその返済が難しいと思ったのか、この手紙の中で「山里を捧げて、此身は朝倉にだに行て住まばやと思ひ侍る」と述べ、帰国後は平尾山荘を人手に渡して朝倉に住む親戚の家に身を寄せることも考えている、と自らの心境を告白している。朝倉には実家の兄・浦野勝広の娘で、望東尼の姪にあたる松岡静子が住んでいた。京都で様々な刺激は受けたものの、だからと言ってこの時の望東尼には、これから自分が何をなすべきかという具体的なイメージは浮かんでいなかったようだ。

帰国

望東尼が京都を発ったのは、「浪速詰方日記」の五月十二日の条に「望東尼京より今夕帰坂致す」とあるので、同日のことであろう。一方、大坂を離れた日についてはこの日記に「十六日望東帰国のため今乗船」と記録されているが、それは事実とは異なるようだ。

望東尼自身が、六月七日付京都藩邸の役人・三木正廉宛の手紙（個人蔵）に大坂を離れる直前までの動きを記しているので、それを見てみよう。

大坂に着いた望東尼は大隈言道宅に立ち寄ったものの、あいにく師は遠方に出かけており留守であった。この頃から体調を崩していた望東尼は、言道宅で病み伏してしまう。言道は五月十九日に帰宅したが、望東尼は翌二十日に乗船を予定していたので、久し振りの対面もそこそこに二人は別れを余儀なくされた。

この六月七日付の手紙から、望東尼が大坂を離れたのは五月二十日であったことがわかる。

馬場文英の「野村望東尼行状」によると、彼は望東尼を大坂まで見送り、歌の贈答をして別れを惜しんだ。

浪速潟（なにはがた）なごりの波にこぎわかれ君のたよりをふるさとに待つ

この望東尼の歌に対して、馬場は「浪速潟なごりの海はへだつともよせくる波に音づれやせむ」と今後の音信を約束したが、実際にもこののち二人は、時勢を綴った数十通の手紙を京都と福岡の間でやりとりすることになるのである。

五月二十日に出帆した船は航海に十二日間を要し、六月二日に小倉に到着した。道中は雨がちの天候ではあったが、途中で明石、宮島、岩国などにも立ち寄ることができた。

船が小倉に近付いた頃から乗船者の中に麻疹（はしか）がはやり出した。帰路における望東尼の同行者は福岡藩士の岡部氏と藪の腰元で十七歳の下枝（しずえ）であったが、これら二人も麻疹に冒された。小倉に着き下船した後も、下枝の容態は依然よくなく、黒崎宿でしばらく養生することになった。望東尼は、故郷の福岡まであと少しというところで足止めを食らってしまったので、大坂で世話になった三木宛に帰りの船路で難渋した様子などを書き送った（前出六月七日付三木宛の手紙）。この手紙で望東尼は京都滞在中のことを懐かしみ、「そなたこひしく心はいまだ都にあるばかりになむ」と述べている。郷愁に駆られつつも、都を懐かしむ気持ちが一段と増してきたのであろう。

特に三木に同行してもらった大原の音無（おとなし）の滝については、「吉野嵐山のことごとしきよりは、音無の水尾のなだらかにいまも見ゆる心地ぞしはべる」と語っている。

文久二年（一八六二）六月十二日、六カ月半ぶりに望東尼は福岡の地を踏んだ。下枝はそもそも、福岡にいる実家の母親の病が重篤だというので望東尼に同行し帰国したのであるが、いざ帰り着いて久し振りに対面したのも束の間、その二日後に母親は亡くなってしまった。福岡でも麻疹が大流行しており、下枝の母親もやはり麻疹によって命を落としてしまったのである。野村家でも家族と使用人のほとんどが麻疹にかかったものの、望東尼は幸いにもかからずじまいであった（六月十七日付藪幸三郎宛の手紙〔福岡市博物館蔵「松浦文書」〕）。

この年、麻疹が夏から秋にかけて大坂や江戸でも大流行し、多くの人々の命を奪った。さらに追い討ちをかけるようにコレラも流行した。

福岡に帰って一年がたった文久三年六月のこと、福岡藩の志士・平野国臣は藩命を受けて上京するが、彼は望東尼の住む平尾山荘で一夜を語り明かして旅立って行く。帰国してから一年の間に望東尼に一体何が起こったのであろうか。

音無の滝雪景色（京都・大原）

第五章　勤王の道

平野国臣と大蔵谷回駕事件

帰国して日もまだ浅い文久二年（一八六二）六月十七日、望東尼は京都聞役・藪幸三郎に宛てて手紙を送り、その後の京都の情勢が気にかかってならない、と述べている（前出六月十七日付の手紙）。

この手紙は、大蔵谷回駕に関わった福岡藩の志士・平野国臣についても触れている。望東尼は平野のことを「兼ねて聞こえあげし」と表現しているので、おそらくかつて藪との間で彼のことを話題にしたことがあったのであろう。

平野国臣（一八二八―六四。通称は次郎）は、福岡城下地行下町（福岡市中央区今川一丁目）に住む六石三人扶持の足軽・平野能栄（通称は吉郎右衛門）の次男として生まれた。十四歳の時、大頭役所属吏小金丸彦六の養子となり、嘉永元年（一八四八）にはその娘と結婚した。平野は国学を青柳種春（種信の次男）に学び、玄界灘の大島に勤務していた時に、島に匿まわれていた薩摩藩士・木村仲之丞（のち村山松根、変名は北条右門）の導きにより勤王思想に目覚めた。安政四年（一八五七）、離縁して平野姓に復帰し、同年、藩主長溥に犬追物（騎乗の武者が犬を追い弓で射る武術で、中世に流行した）の復興を直訴したことを咎められ、蟄居一カ月を命じられた。この時より、月代を剃らず惣髪体となり、王朝の風を慕って太刀（刃を下に向けて腰に吊り下げる反り刀）を佩き、烏帽

平野国臣画像（福岡市博物館蔵）

子・直垂の風を好むようになった。同五年には脱藩・上京して西郷吉之助、梁川星巌らの志士と交流するようになる。安政の大獄で幕府からの追及を受けた西郷と僧月照が薩摩に逃走した折には、彼も一役買ってそれを助けている。

平野は文久元年十二月、薩摩を訪れた。王政の回復と民心の一致を論じた「尊攘英断録」と建白書を島津久光に呈しようとしたが、叶わなかった。「我胸の燃ゆる思ひにくらぶれば煙はうすし桜島山」という歌は彼が薩摩滞在中に詠んだ歌である。

その後も真木和泉（一八一三―六四。久留米水天宮の祠官で尊攘派の志士）や薩摩藩の急進派と連絡を取り合うなど活動を続け、九州尊攘派の中で頭角を現していった。

京都滞在中の望東尼が、文久二年四月十五日、伏見で比喜多五三郎とともに藩主長溥一行を迎えようと待ち続けたものの、行列に出会うことができず、その際様々な憶測に心を痛めたことは、前述したとおりである。行列の不着は参勤の途中で藩主一行にとって思いもかけぬ事件が起きたことが原因であったが、その事件のあらましとは以下のようなものであった。

参勤交代のため、藩主一行は同年三月二十七日、福岡を出発し東上の途に就いた。一行は四月十三日、播州大蔵谷に到着した。平野は同志の薩摩藩士・伊牟田尚平とともに大蔵谷の本陣に一行を訪ね、京都滞在中の島津久光からの依頼と偽って建白書を提出した。この建白書には、もし長溥公が久光公に呼応して挙兵すれば京都に潜伏している志士たちがそれに従うであろうが、久光公の義挙を阻止しようとするならば、長溥公の駕前に鮮血を流すことを唱えている激徒なきにしもあらずである、と記されていた。当時、尊攘派の急進的な志士たちは久光がともに倒幕のために立ち上がってくれるものと信じ切っていた。その志士たちの間には、長溥が久光と伏見で会見し、久光の義挙を「諫諍」（争ってまで諫めること）する心算であるとの噂が流れており、平野は長溥に会ってこの義挙への協力を求めようとしたのであった。長溥は平野からの建白書を見て大いに驚き、病気を口実に参勤を取り止め、四月十五日、帰国の途に就いた。これが大蔵谷回駕といわれるものである。

なお、志士たちが連携を期待した久光はどうであったかと言えば、実際には志士たちの期待とは全く正反対の考えを持っていた。彼は幕政を改革し公武合体を実現すべきであると考えており、倒幕を志す志士たちの動きを苦々しく思っていた。その頃、朝廷も過激な行動を噂される志士たちの鎮静を望んでおり、その意を受けた久光は四月二十三日、藩士たちに命じて伏見に集まっていた志士たちを襲撃させた（寺田屋事件）。

大蔵谷回駕のその後

望東尼はこの事件のほぼ二カ月後に瀬戸内海航路を利用して帰国したが、その途中立ち寄った湊で福岡藩の「中々に恐れ入りたること」を耳にし、胸も潰れんばかりであった。「恐れ入りたること」とは、大蔵谷回駕について幕府から福岡藩に対し何らかのお咎めがあるといったような噂だったのであろうか。のちにそれは杞憂（きゆう）にすぎなかったことが判明するが、噂を耳にした時の望東尼は、一刻も早く故郷の様子を確かめたいと気が焦って仕方がなかった。

帰国した望東尼は大蔵谷回駕後の顚末を耳にし、先の六月十七日付の手紙で藪幸三郎に報告をしたが、それによると、「平野二郎大蔵谷にて世の有り様を聞こえ上げ奉りし」ことによって、藩主一行とともに帰国することになった。道中、長溥より「都甲都市（とこう）」（ちなみに平野の母親は都甲氏の出）という名前を賜り、金子まで与えられて「放ち囚人（めしうど）」として下関まで連れて来られたが、同地で藩の者に運送船を見せようと誘われ乗船したところを脱藩の罪をもって捕えられた。そして福岡まで護送され、帰着後は桝木屋（ますごや）の獄につながれたというのである。

大蔵谷回駕の直後は、福岡と江戸の間で「侍（さぶらひ）大はや（大至急の伝令）などことごとし」、「御使いのしげきこと、櫛の歯を引くばかり」であったという。

やがて藩内では、この大蔵谷回駕について口にする者はいなくなった。「今は誠に誠に静まりて、かのことといふものは御咎めもあるべきさまぞかし」（福岡市博物館蔵「屏山文庫」二九二）ということで、これについて触れることはタブーになってしまったのである。長溥はその年九月下旬、再度参勤の途に就く。

六月十七日付の手紙には、望東尼が長崎から帰国したばかりの人から聞いた話も記されている。長崎では八カ国の異国船が到来し、傍若無人に振る舞う異国人との間でたびたびトラブルが発生していたが、その人の話によれば、長崎の人々は「親を蹴られ子をたたかれてもこらへて手向ひせず悔しがり侍るよし」ということであった。この話を聞いた望東尼は、「めざましく腹立たしき事少なからず」と憤慨している。また、異国人がある美しい浦人の娘を欲しがったところ、その浦人に断られたので、大金を積んだ。それでも浦人は娘を異国人にやらず、それどころか別の貧しい浦人に嫁がせてしまった。これが昔であればその大和心に対して殿様から褒美を賜ってもよいところであるが、逆に「中々に悪しきよし」などと非難する者があったという。望東尼はこのような「思ひの外」なる様々な出来事に対しても強い憤りを感じている。

帰国後の望東尼の耳にはこのようにして様々な情報が飛び込んで来たのであるが、それらを聞き流さずに書き留め、京都藩邸の藪に情報として送る一方で、藪に対しても「都のことどもきかせ給ふらむかぎり知らせ給はれかし」と情報の提供を求めている。

それにしても、このように藩の役人を相手に情報のやり取りをするなどということは、上京以前の望東尼からは考えられないことであった。実際、望東尼は手紙の中で、平野が大蔵谷で藩主に世の中の動きを伝えたからこそ参勤が取り止めになったのだとして彼の行動を肯定的に捉え、長崎における異国人の不埒な振る舞いに対しても強く憤慨しているが、これらのことは、望東尼がこの頃から目に見えて国事に対する関心を強め、わけても尊王攘夷の思いを厚くするようになったことを示しているものと思われる。

喜多岡勇平

望東尼は、帰国後すぐにでも、京坂で世話になった福岡藩士の実家など関係先に挨拶回りに出かけるつもりでいたが、周囲では麻疹が流行しており、野村家の使用人も罹患（りかん）して出かける際の従者を務める者がおらず、外出すら思うに任せないでいた。

六月二十日頃になってようやくそれが叶うようになり、その際に望東尼が真っ先に向かった先が福岡藩士・喜多岡勇平（一八二一―六五。元道）の居宅であった。

喜多岡は、福岡藩士・喜多岡元賢の三男であったが、兄二人が既に他家の養子になっていたので、三男の身ながら十八歳で家を継いだ。彼は文章の作法に秀で、徒（ず）（懲役刑）に関する案を作成して藩に提出し、それが採用されて徒罪方を創設した。その運営に力を発揮するとともに大頭役所の取締役も兼務するなどの実績が認められて、文久二年（一八六二）四月、福岡藩祐筆用掛中頭取に抜擢され、知行百石を与えられた。折も折、大蔵谷回駕問題で藩内の情勢が緊迫していたので、彼は藩の機密にも触れるようになった。

実は、喜多岡は平野国臣とはよき友の間柄であった。彼は獄中の平野を気遣い、その待遇改善に努めたりしたという（平野国臣顕彰会編『平野国臣伝記及遺稿』）。

日付も宛名もない手紙だが、望東尼が喜多岡宅を訪ねた時のことを記したものがある（福岡市博物館蔵「屛山文庫」二九二）。それによると、喜多岡はあいにく留守で、その時応対に出た妻の話では、夫は春頃から既に三度も遠出をしているのだが、いつも、どこへ行くともいつ帰るとも一切告げずに出かけるという。そして、このたびは常よりも長い旅になりそうだということであった。

望東尼は妻の話を聞きながら、喜多岡が藩から遣わされた密偵、すなわち「隠れ目付けなるべし」と推察した。

そこで、「都べにや入り込みて早君たちにはひそかにま見え奉りしや」と想像をめぐらせている。この手紙の宛先は不明であるが、こうした望東尼の言葉遣いからすると、おそらく相手は京都藩邸の役人（藪幸三郎または彼の部下）だったであろう。

大坂留守居・大岡舎人の「浪速詰方日記」（大阪商業大学商業史博物館編『蔵屋敷』Ⅲ）を見てみると、「六月十五日、喜多岡勇平京坂の体勢探索内密御用にて差し越さる」という記述があるので、望東尼が推察したとおり、その頃、喜多岡は藩命を帯びて京坂に上っていた。彼は、福岡藩家老の久野一角（将監）から大岡に宛ててしたためられた手紙も携えていた。このように喜多岡の正体を「隠れ目付け」であると見抜いたのは、望東尼がそうした役回りの必要性を前もってきちんと理解していたということを示すものである。あるいはもしかしたら望東尼は、京坂で喜多岡と既に面識があったか、もしくは京坂に駐在する藪や大岡あたりから彼についての情報を得ていたのかもしれない。

さて、「本姓佐々木野村系譜」に、「文久三年那珂郡下警固村内立益町（福岡市中央区桜坂付近）ノ宅地ヲ買ヒ、家宅新築シ引移ル」とあるように、望東尼が喜多岡宅を訪問した翌年、野村家は杉土手の家（神代家の敷地内）を引き払い、その喜多岡宅の隣地に居を移すことになる。『望東尼伝』によると、前年の文久二年（一八六二）、脚部の病で歩行すら困難になっていた貞和は、二十二歳の若さで家督を弟の助作に譲った。そこで確かに野村家としては、助作が十九歳になっており、いずれは公職に就き結婚もしなければならないのに、いつまでも嫁の実家である神代家の厄介になり続けるのは好ましくないと考えたようである。しかも立益町の新居は杉土手の家よりもはるかに平尾山荘に近く、往来に便利であった。しかし、だからと言って新居が何故、喜多岡宅の隣なのか。それはたまたまだったのであろうか。

この転居に際しては喜多岡の骨折りがあったが、その背後に流れるものとして、あくまでも想像ではあるが、京坂滞在中に国事に強い関心を抱くようになった望東尼が単なる関心を超えて自らも国事に何らかの関与をせずにはいられないという心境に至り、「隠れ目付け」として豊富な情報を持っている喜多岡に少しでも近付こうとした、という事情があったのではないだろうか。

千種有文の破約

望東尼が京坂の旅を終えて帰国してからまもない文久二年（一八六二）七月のことであるが、長州藩では尊王攘夷派が勢いを増し、藩論を公武合体から尊王攘夷に転換させ、三条実美らの公家と結びついて朝廷の動きにも強い影響を及ぼすようになった。

尊攘過激派の志士たちは、安政の大獄で志士の取締りに携わった関係者を標的に天誅を加え、公武合体派を激しく攻撃した。時に京都では、暗殺、梟首、生晒、放火などの事件が頻発し、世の中を恐怖の淵に陥れた。公卿や女官らも前年の皇女和宮の降嫁実現に努めた者たちが槍玉に挙げられ、威嚇、脅迫を受けた。それらのうち、危険を感じた関白九条尚忠は六月二十三日に職を辞し、岩倉具視ら四奸二嬪と称せられた人々も朝議によって処分を受けた。実は、望東尼が歌集の序文を依頼した千種有文も四奸臣の一人として、八月二十日、蟄居、辞官、落飾を命じられたのである。しかし激徒による威嚇、脅迫はなおやまず、朝議はついに九月二十五日、九条尚忠や千種有文らの洛中居住を禁じる処分を下した。

望東尼の耳には有文に関するこれらの情報はまだ入っていなかったと見えて、同年九月九日の重陽の節句の折には、先に京都で拝領した菊の着せ綿を取り出して、「鄙にはありがたき御品柄」であると恭しく拝んでいる。その敬虔な気持ちが次の歌に表れている。

やごとなき御前より給はりし菊の着せ綿を九月九日に拝し奉りて

みめぐみの露深ければ山里の秋にも匂ふ菊の着せ綿

（馬場文英「野村望東尼行状」）

この重陽の頃になってもまだ有文に依頼した歌集の序文が届いていなかったため、再度それを請うために、九月二十七日付で「左兵衛尉」（瀧口正盈。千種家の雑掌）に宛てて手紙をしたためた（福岡市総合図書館蔵「正気伝芳」一―一三）。この手紙には、京都で拝謁した際に後日献上することを約束していた「香椎潟の松石」だけでなく、「浜男潟の小石」と「遠賀郡浪懸の岸の貝石」も添えられており、望東尼としては有文に是非ともよろしく取り次いでもらいたいという一心であった。

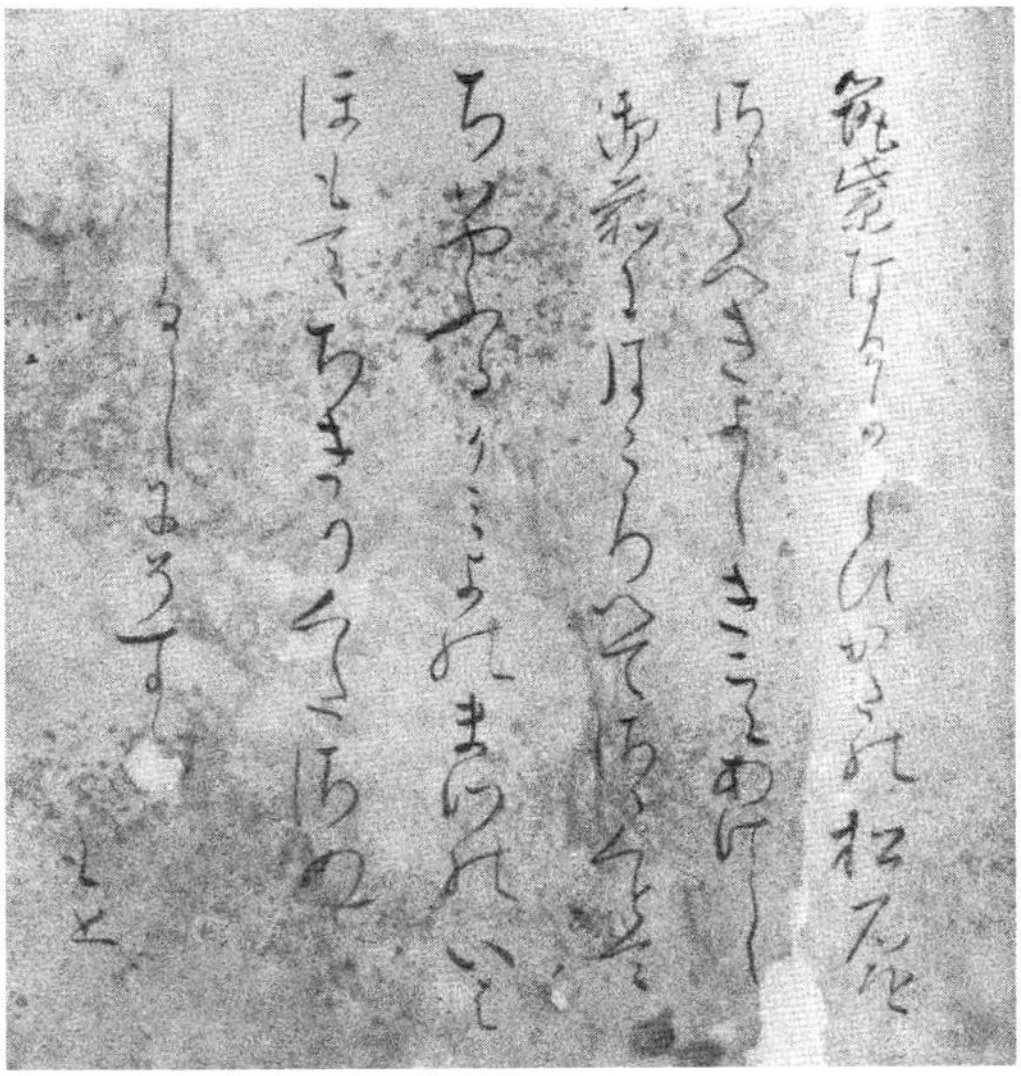

松石の色紙（福岡市総合図書館蔵）

望東尼は、瀧口正盈宛の手紙と献上の品々を、これから上京するという小野なる人物に託した。彼は上京すると、それらをとりあえず馬場文英のもとに届けた。明治期になって著述した「野村望東尼行状」の中で馬場は、「故アリテ菊ノキセ綿ノ和歌松石ノ色紙等ハ今文英之ヲ所持ス」と書いている。「正気伝芳」には馬場関係の文書が収められているが、その中には確かに右の瀧口宛の手紙と次の歌を書いた色紙がある。

筑紫なる香椎潟の松石をささぐべきよしきこへあげし御前に月ごろ経てささぐとて
千早振神代のまつのいはほもて契りくださぬしるしにぞする

（「正気伝芳」一―一二）

この色紙が馬場の言う「松石ノ色紙」であろう。つまり、望東尼の手紙や心尽くしの品々は蟄居中の有文の手元にはついに届けられなかったようである。

そうした事情を知らない望東尼は、その年の晩秋か初冬頃に書いた手紙（日付・宛名ともに不詳。「屏山文庫」二九一）の中で、小野に依頼した品々がその後どうなったであろうかと心配している。望東尼にとって歌集の出版は、「老の思い出この一つのみぞかし」と言うほどに大事なことなのであった。

有文への失望

右の手紙の相手からは京都の情勢が知らされていたようで、それを読んだ望東尼は「いかに都はうちかはり給ひてにぎにぎしうならせ給ふらむ、驚くばかりにうち変はりゆく御世のことども、かしこみながら生ける甲斐とのみ喜び奉りぬ」と自らの感懐を述べている。

京都の不穏な情勢とは裏腹に、福岡はと言うと、「御国（福岡のこと）さしてかはることも侍らず、豊年（とよとし）にていと賑やはしく（ママ）、町人よろしきはみな絹物などここかしこにつけて、この神事などは京大坂を見る心地ぞし侍りき」と、何ら変わった様子もなく賑やかに豊年を祝っていた。

ところでこの頃、望東尼は千種有文が処分を受けたことについても知るのであるが、その情報はいつどのようにしてもたらされたのであろうか。

福岡市博物館に所蔵されている「野村望東尼資料」（六八－一）の中に一片の書付がある。この書付の右半分には関白九条尚忠の家士（かし）で安政の大獄で暗躍した島田左近が晒首になっている様子が生々しく描かれ、左側にその現場の状況説明と八月二十日の千種有文ら四奸臣の処分内容が記されている。誰が書いたかは不明であるが、望東尼は送られてきたこの書付によって有文が処分を受けたことを詳しく知ったのではないか。それにしても、この事実を知った望東尼はどのような心持ちになったことであろうか。

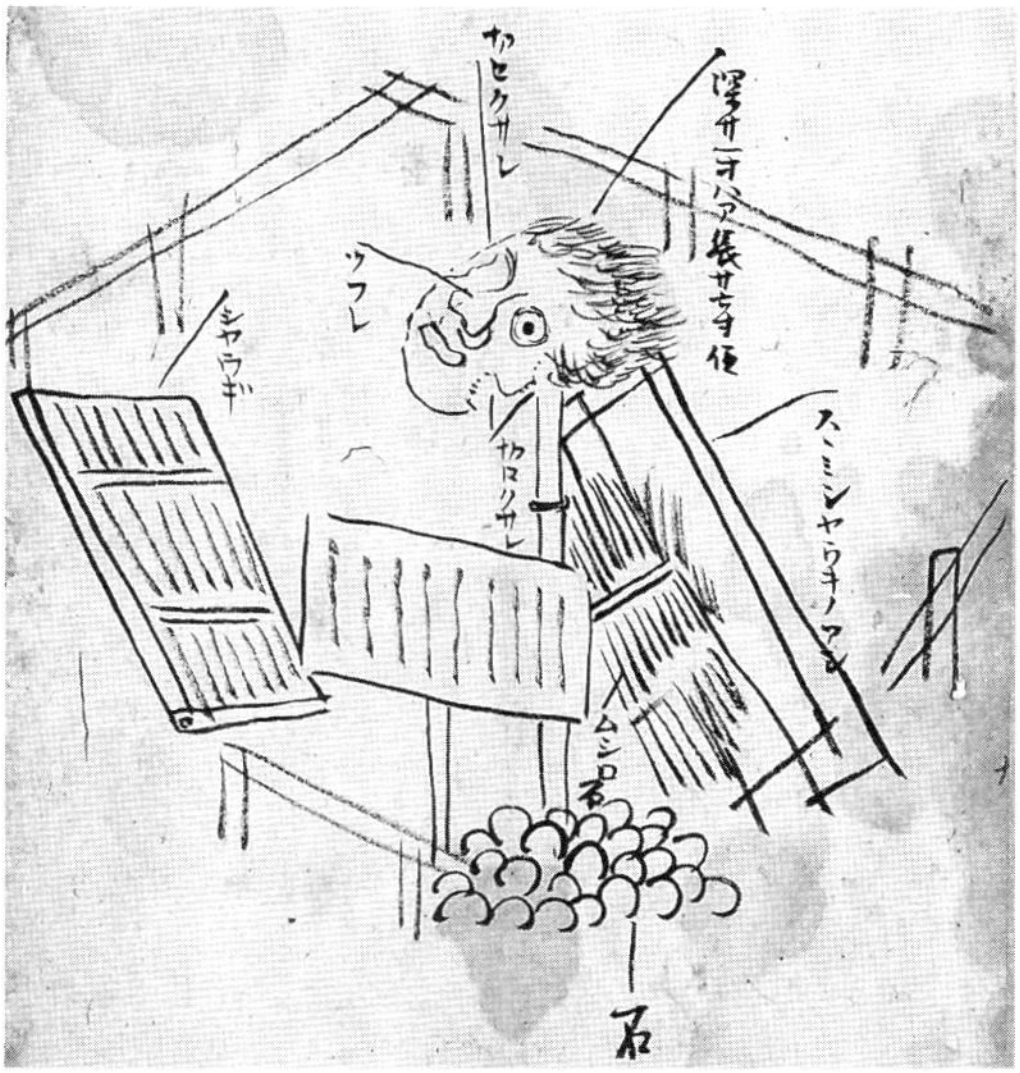

島田左近晒首の図（福岡市博物館蔵）

少し先のものであるが、「御母子ぬし」という宛名のある翌文久三年（一八六三）四月十三日付の手紙（福岡市美術館蔵）に、それについて触れた箇所がある。

> あらぬ御方におのれが歌集を願ひまつり、未だ御返しにもならず、たとひ御文ができてもかかる御かたの御書何にもなり侍らず、いかなるわが宿世にてうらめしき願ひをしたるにやと悔ひの八千度ぞかし、都府楼の瓦も惜心づくしなりけり、言道が選び遣はしたる歌のみだに取り返すべきたよりあらば、くれぐれ願ひまゐらす

望東尼が依頼した歌集の序文は翌年四月になっても届いていなかったわけであるが、かつて拝謁した時に有文が快く序文を引き受けてくれていただけに、望東尼はひどく裏切られたような気持ちになったのである。そのうえ、彼が罪科に処せられたことに大きな失望感を覚えた。望東尼は、有文に序文を依頼したこと自体が恨めしいことであり、自分の宿世（前世からの因縁）が許せないとまで言っている。そして、今となってはせめて大隈言道に選んでもらった歌集だけでも取り返すべく手配してくれないか、と懇願するのであった。

結局、歌集の序文は言道に依頼し、彼は文久三年十一月になってそれを望東尼に書き送っている。

家集「向陵集」

「向陵集」は望東尼の自詠を集めたものであり、これを家集と呼ぶことができる。大隈言道から届けられた序文を、望東尼は「向陵集」の巻頭に置いた。この家集は表紙に「向陵集」の三字を書いた題簽（書物の表紙に書名を記して貼付する細長い紙や布）が貼られており、袋綴じとなっている（縦二二センチ、横一五センチ）。

この家集は、「言道大人をわがうたの師とたのみし時」（二十七歳の頃）より、慶応元年（一八六五）六月に福岡藩から謹慎を命じられるまでの三十有余年間にわたって詠んだ歌を収めたものである。

望東尼自詠の歌は本編に千六百五十首（うち連歌十五首、長歌四首）、別編に百九十九首（うち連歌二首、長歌二首）が収められており、合計で千八百四十九首である。これらの膨大な数の歌は、嘉永年間の分の草稿が「雑歌草稿」（『野村望東尼資料』二九）、安政四、五年の分の草稿が「みのとしうまのとし」（同三〇）という形で残されていることが示すように、若い頃から少しずつ書き溜めてきたものである。なお、望東尼以外の作者の歌も本編に四十四首、別編に十首収められている。

『向陵集』表紙（福岡市博物館蔵）

では、「向陵集」はいつ編まれたのであろうか。

「向陵集」の内部の料紙には、上質薄手の和紙が用いられている。実は、この料紙は言道の文久三年以降の歌を収めた「続草径集」と同じもの（もしくは極めて類似したもの）が用いられているのである。もしかすると、望東尼は師と同じ料紙を用いたくて、大坂の言道を通じてそれを入手したのかもしれない。そして、言道が家集の序文とともにその料紙を送ってきたということも考えられる。もしそうなら、「向陵集」の編集は文久三年末か、それからそう遠く離れていない時期に始められたと推察される。

さて、別編は、本編に続いて白紙四丁（丁は紙の数え方の基本単位で、二頁分に相当）があり、そのあとに百九十九首の歌が配列されている。一首目は本編の一首目と同じ歌であり、最後の歌は望東尼が四十一歳の時に平尾山荘で春を迎えて詠んだものである。別編に収められた歌は主に本編の歌を修正したものであるが、中には本編にない歌も見られる。本編巻頭歌の詞書の「言道大人をわが歌の師とたのみし時」というくだりを別編では「初学の頃（うひまなび）」として言道の名前を出していないなど、編集に際しては何らかの配慮が払われたものと考えられる。

筑紫豊氏は、この家集は「向陵を中心とする生活に即し、花鳥風月・家庭・国事等についてもちろんこれ以上のものはない。また、当時の筑前における勤王の志士の動静を知る史料としても、逸することができない遺稿である」（筆者校訂『向陵集』序文）と絶賛した。また、歌人であり国文学者でもある佐佐木信綱は言道と望東尼の和歌を高く評価し、世間にその存在を周知させて顕彰した。佐佐木はこの家集を読み、「平安朝の女歌人、新古今時代の女歌人などにも比すべき、やさしさこまやかなる女歌人としても、第一流の才なることを知りぬ」（佐佐木信綱編『野村望東尼歌文集』序文）と述べている。

平野の出獄

話を再び平野国臣のことに戻そう。

望東尼は、桝木屋の獄吏に頼み込んで、拘禁中の平野に次のような激励の歌を贈っている。

たぐひなき声になくなる鶯は籠（こ）にすむ憂きめみる世なりけり

（『平野国臣伝記及び遺稿』）

平野を籠に飼われている鶯に譬えているので、これは初春に詠んだ歌であろうか。もしそうなら文久三年（一八六三）は年内立春（陰暦で新年になる前に立春があること）で前年のうちに春が来ていたので、詠んだ時期は文久二年の終わりか三年の初め頃だったであろう。

平野は、獄中では筆墨の使用が許されないため、紙を縒って文字を作り、それを飯粒で紙に貼り付け、「おのづから鳴けばぞ籠にもかはれぬる大蔵谷の鶯の声」（写真参照。福岡市博物館蔵「金玉文藻帖」）と返歌してきた。この紙縒文字の歌には、福岡藩の将来を思うと播州大蔵谷で鶯のように鳴かずにはいられなかったという平野の熱い思いが込められており、望東尼は大いに胸を打たれた。

文久三年三月二十九日、福岡藩は朝廷の命により平野に対し特赦を行い、翌三十日に彼を獄舎から解放した。このことは幕末の政界において、外夷を激しく嫌う孝明天皇を中心とする朝廷の権威が、二世紀半余りも続いた徳川幕府の勢威を凌ぐ力を持ち始めたことの現れであるとみるべきであろう。

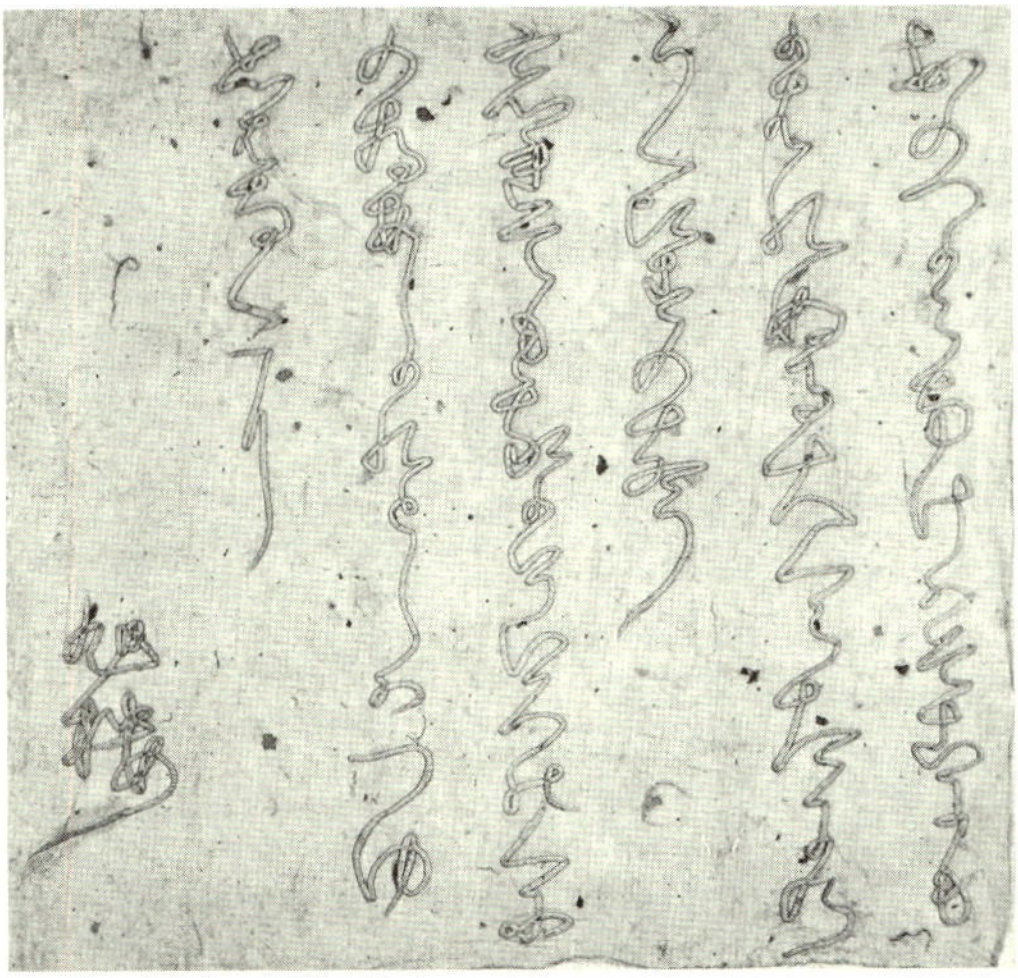

平野国臣の紙縒文字（福岡市博物館蔵）

『望東尼伝』によると、望東尼に平野との面会のきっかけを作ったのは岡部族であった。岡部は、望東尼の初婚の相手であった郡利貫の息子の義兄（望東尼の歌友・郡たもつの兄）で、平野とは知己の間柄であった。その岡部が平野の出獄後に小宴を設けて望東尼と平野を引き合わせてくれたのである。その日平野は胸襟を開いて望東尼に語りかけた。時勢を語る彼の熱心な話しぶりに望東尼は深く感服した。この小宴が催されたのち、間を置かず望東尼は平野の家を訪問した。

望東尼は先の四月十三日付の手紙の中で、平野が赦免された時に心付けとして藩から米十俵と衣服代の金子三両を賜ったこと、家老の「山城様」（立花増態）をはじめとする役人方に呼ばれて馳走を振る舞われ、時勢についての見方を問われたりしたことなどを記している。

望東尼は、「これもまことにまことに今上皇帝の詔（みことのり）の御恵（みめぐみ）の露深きより、埋もれはつべき玉も光いづるにこそと、ただかしこく涙とどめかねてなむ」と述べ、孝明天皇のお蔭で埋もれていた玉も光を発することができるのだと感涙すること頻りであった。

攘夷決行

文久三年（一八六三）三月十一日、孝明天皇の京都賀茂神社への行幸（ぎょうこう）が行われた。この行幸には第十四代将軍徳川家茂が随従した。

この経緯について述べるために、前年の出来事に話を戻してみよう。

文久二年十月、朝廷内に勢力を伸ばしていた長州藩急進派の強い働きかけによって、朝廷から勅使として三条実美（正使）及び姉小路公知（あねがこうじきんとも）（副使）が東下し、幕府に対し攘夷を決断するよう迫った。朝廷の強い態度に押され、幕府はやむなく勅旨を受け取った。

翌文久三年三月四日、将軍家茂は京都に入った。将軍の上洛は、寛永年間、第三代将軍家光の時から実に二百三十年ぶりのことであった。

朝廷はそれに先立つ三月二日、賀茂神社への行幸を決定し、次いで、将軍家茂及び在京の諸侯に対し供奉（ぐぶ）を命じた。三月十一日、それまで禁中の外へは一歩も出たことがなかった天皇の初めての行幸があった。行列を見物した京都の人々は、もともと朝廷びいきが多い土地柄であっただけに、初めて鳳輦（ほうれん）（天皇の乗物）を拝むことができたうえに、天皇に将軍が付き従うのを見て、改めて天皇と将軍の間に主従関係があることを確認することができた。人々は皆感泣したという。

前出の手紙（四月十三日付）の「御母子ぬし」は、将軍の参内を見てその様子を望東尼に知らせたり、行幸の様子を描いた絵を望東尼に送ったりしている。それらを見た望東尼は、自分がもしまだ京都にいたならば、それらを目の当たりにすることができたであろうに、と大変残念に思った。

そうした一連の動きの中で、長州藩は急進派の公家と結んで朝廷を動かし、幕府に攘夷決行の期日を明示するよう迫った。朝廷の極めて強硬な態度に窮した幕府は、既に諸外国と修好通商条約を結んでいたにもかかわらず、文久三年五月十日をもって攘夷を決行する旨、約束した。

それを受けて長州藩では、五月十日、下関海峡を通るアメリカ・フランス・オランダの船を一方的に砲撃した。これに対して六月五日にはアメリカ船とフランス船が報復攻撃を行い、そのために長州藩の軍艦は大破し、砲台は占拠された。この敗北がきっかけとなって、高杉晋作は長州藩主父子に起用され、直ちに奇兵隊の編成に取りかかった。奇兵隊では、武士はもとより、百姓・町人であっても身分を問わず、進んで国事に身を投じようとする者ならすべて入隊を許された。

薩摩藩はと言うと、前年の生麦事件（文久二年八月二十一日、武蔵国生麦村を通行中の島津久光一行の前を横切ったイギリスの商人たちを薩摩藩士が無礼であるとして殺傷した事件）への報復として、七月二日から三日にかけてイギリス船により砲撃を受けた（薩英戦争）。この戦争でイギリス側はほとんどの艦船が損傷を受け、六十余名の死傷者を出したが、薩摩藩の側でも船舶や砲台に甚大な被害を受けただけでなく、城下の約一割が火災により焼き払われた。こうして外国の力をまざまざと見せつけられた薩摩藩は、攘夷の不可能であることを悟り、以後急速にイギリスに接近し、尊王攘夷派の長州藩に対抗して公武合体路線をさらに推し進めることになる。

平野の上京

望東尼は出獄後の平野国臣としばしば連絡を取り合っていたようである。

例えば一枚の杉板に平野が書いた歌がある。これは、「きのふ此山にこゆべきよしことづてうけ給はり侍りければ」という詞書のある歌で、「けふまでは猶山郷にあるべきを宿のあるじはいづちゆきけん　五月二十八日国臣」というものである（「野村望東尼資料」四九）。望東尼は、野村家の本宅と平尾山荘を往来しており、その日は「山郷」（山荘）にいると平野に伝えていたにもかかわらず、彼が訪ねて来た時にはそこを留守にしていたようである。

望東尼はこの頃、真木和泉の弟・小野加賀（太宰府天満宮の神官）のもとを訪れ、平野と真木の娘・小棹（おさお）との間に縁談を持ちかけている（ただし、この縁談は不成立。『平野国臣伝記及遺稿』、『望東尼伝』）。よほど平野の先行きに期待をかけていたのであろう。

文久三年（一八六三）六月になって、平野は藩の内命を受けて京都に赴くことになった。同月二十四日、望東尼に暇乞いをするために山荘を訪ねるが、この時もあいにく留守であった。そこで、「松風のたゆるばかりはあらねどもしばしは音の遠ざかるらん」という歌を板の切れ端に書き、それを簀の子の上に置いて帰って行った。松風の音が絶えてしまうというほどではないけれど、しばらく無沙汰をすることになるでしょう、という平野の歌を読んだ望東尼は、翌日地行の自宅に平野を訪ねるが、今度は彼の方が留守にしていた。

六月二十六日に平野は望東尼に次の手紙（「金玉文藻帖」）を送り、翌日山荘に立ち寄るつもりであることを伝えている。

秋風の立わかるまのなごりにと山松が枝（え）に明日はおとせん

よべ（二十五日）もわたらせ給ひしよしうけ給りぬ、今日山郷にわたらせ給ふよし、廿七日には大野の宮（太宰府天満宮）へもまうで、それよりすぐに打立ち侍らんと思ひをり侍りぬ、されば、あすの夜は宿をたちてその山郷にて一夜（ひとよ）語り明かし侍らん、あなかしこ

一徳禅尼山室　　国臣

みかへし

六月二十七日、「日ならず旅立つとて方違へにわが庵来てすぐにいで立たむよしいひおこしければ、その夜待ちたりしに来ざりければ」（「向陵集」一四九二）とあるように、平野はその日、山荘に現れなかった。

このようなたびたびの行き違いののちにようやく六月二十八日、平野は山荘で望東尼に会うことができた。その夜、二人は夜を徹して語り合った。望東尼のもとには京坂からもたらされる様々な情報があったであろう。二人はそれらの情報をもとに時勢を大いに語り合ったことと思われる。

望東尼は平野との別れを惜しみながら歌のやりとりをした。

埋もれつる日陰の蔓(かづら)雲居までのぼるはじめぞうれしかりける　　（「向陵集」一四九三）

平野のことを埋もれていた「日陰の蔓」に譬え、それが初めて雲のある高い所（宮中）にまで上っていくのが自分には大変嬉しいことであると詠んだところ、彼が「海山にひそみし龍も時を得て今は雲居をかけてこそゆけ」と返してきたので、望東尼は、彼を「日陰の蔓」に譬えたことについて、「わが歌なめしげ（失礼）になりぬ」と謝った。京都への旅は平野にとっては「本意かなひてゆく旅」であったが、望東尼にとっては「別れんこともさすがにいとをしくて」と大変に名残り惜しいものとなった。そこで次の歌を詠んだ。

うれしさと別れ惜しさをいかなればひとつ心に思ひわくらん　　（「向陵集」一四九四）

嬉しさと別れ惜しさをどうしたら私の胸の内で区別することができるのだろうか。

このような歌のやりとりをするうちに夜が明けた。次は「暁方にいで立つ時に」という詞書のある歌である。

をしからぬ命ながかれさくら花雲居に咲かん春を見るべく

（「向陵集」一四九六）

捨てて惜しくない命であろうとも長命であってほしい。春になって桜の花が禁中に咲くのを見ることができますように。望東尼は平野にこのような餞の歌を贈ったが、その後ろ姿を見送りながら、

遠ざかるかげを見送る小山田の稲穂の露も涙がほなる

（「向陵集」一四九七）

と、別れのつらさに涙した。それにしても、時流の渦の中にまさに飛び込んで行こうとする彼の前途を思うと、不安の種は尽きなかった。この時の望東尼にとっては、たった今見送ったばかりの平野の姿がこの世での見納めになろうとは思いもよらぬことであった。

月形洗蔵と中村円太

平野が旅立った文久三年（一八六三）六月、福岡藩の勤王派（尊王攘夷派）にも動きがあった。当時、福岡藩の志士たちの中心人物は月形洗蔵（一八二八―六五）であった。月形家は藩の料理方を家業としていたが、洗蔵の祖父・月形質は儒者方となり、知行百石を給せられた。質は藩主斉清の侍講を勤めた著名な学者で、頼山陽（一七八〇―一八三二）。儒学者・歴史家で『日本外史』の著者）とも親しい熱烈な勤王家であった。その子深蔵も若くして藩校修猷館の教官となったが、文政期の藩内政争でその地位を追われ、左遷された。深蔵は洗蔵が九歳の時に職を辞し、城下で子弟たちの教育に専念した。この塾で育った者たちが月形一党で、やがて福岡藩の勤王派の中核を形成するようになる。

桜田門外の変があった後の万延元年（一八六〇）五月六日、月形洗蔵は同志たちとともに藩主長溥に対して、

藩主の定例の参勤中止、藩政改革、対外武備充実などを求める建白書を提出した。長溥は参勤を延期したものの、それ以上の要求には応じなかったどころか、藩政批判をした廉で月形はじめ三十余名に謹慎を命じ、文久元年五月になると、知行没収、流罪などの処分を下した。月形は御笠郡古賀村（福岡県筑紫野市古賀）に幽閉され、他の者たちは遠島などの刑に処せられた。これを辛酉の獄という。

それから二年を経た文久三年、朝廷から禁固・幽閉の国事犯を赦免するよう働きかけがあったため、同年六月に全員が釈放された。望東尼はこれを喜び、次の歌を詠んでいる。

罪なき人をあまた人やに入れられたりけるに、年経て赦されしと聞きて、ある人につかはしける

籠の鳥の放ちかはるる声聞けばわれも飛び立つ心地こそすれ

（「向陵集」一四八〇）

福岡藩の勤王派の志士たちが籠から解き放たれ、これから羽ばたいていくことであろうが、望東尼自身も喜びのあまり飛び立つような心地になったのである。

この時釈放された志士たちの中に中村円太（一八三五―六五）もいた。藩の祐筆を務めていた中村兵助の次男で、名は無二。のちに号を東洲、李不言堂と称した。彼は、幼少の頃から文学を好み、修猷館の訓導補を務めたほか、自ら私塾を開いて少年たちを教導した。兄の用六（一八二五―七三。無用）、弟の恒次郎（一八四二―六四。無可）も勤王派に属し、志を同じくした。彼は脱藩して江戸に赴き、儒学者大橋訥庵の下で学んだあと、万延元年にいったん帰国したが、

「月形洗蔵幽閉の地」碑
（筑紫野市。石瀧豊美氏撮影）

月形らとともに藩主に建白書を提出した廉で辛酉の獄に連座することになり、玄界灘の小呂島（おろのしま）に流された。

望東尼は、文久三年八月二十日付平野国臣宛の手紙（天理図書館蔵）に次のように書いている。

さて君御出立の日に中村氏家をいでられて行方知れずなりしぞかし、人はいと心みじかき事やがてひらくべきをなどいひ侍れど、それを待居たらでうち遅れはつべき事やありけむ

この「君御出立の日」が、平野が山荘から旅立った六月二十九日を指すのか、それとも、平野はその後いったん福岡に戻り七月二十五日に再度出立しているので、その日を指すのかは判然としないが、平野に宛てて中村が脱藩したことを知らせている。同志の間からは、中村の二度目の脱藩を彼の短気から出た行動だと非難する声が出たようであるが、望東尼は、時機の到来を待っていたのでは中村は時流に完全に乗り遅れてしまっていたであろう、と理解を示している。この手紙の記述だけでは望東尼と中村の間に実際に面識があったかどうかはわからないが、この時には既に平野国臣や喜多岡勇平だけでなくほかの志士たちの動向も詳細に望東尼の耳に届くようになっていたことが窺える。

平野と中村はそれぞれに京都を目指して旅立った。

この頃、望東尼は「このみ」と題して次の歌を詠んでいる。

数ならぬ此身は苔に埋もれても日本心（やまとごころ）の種はくたさじ　（「向陵集」一四九八）

物の数ではないこの身ではあるが、苔の下に埋もれていても大和心の種を腐らせはしないと、そのたぎるような思いを歌に詠み込んでいるのである。女である望東尼には行動を起こすのにも制約と限界があった。しかし望東尼は、彼ら志士たちのように野を駆けめぐることはできないものの、この平尾山荘の苔むした家にいながらも

日本のためにできることがあるのではないか、と真剣に考え始めたようである。

文久三年八月

右の文久三年（一八六三）八月二十日付平野国臣宛の手紙には、望東尼が隣家の喜多岡勇平を訪ねた際に、平野が同月九日に京都に入ったという話を聞き、安堵したということが記されている。手紙の文面から平野のことを心配し気を揉んでいる様子が伝わってくる。都で辻斬りなどが横行しているようだが大丈夫か、大文字屋に宿泊したか、藪幸三郎や比喜多源二（五三郎の次男）には会ったかなどと、まるで遠くにいる息子の身を案じる母親のような気遣いであった。しかし実のところは、この手紙が到着する頃、彼は既に京都を離れていた。

平野が上京した頃の京都は、尊王攘夷派の攘夷熱が沸点に達していた。その一方で、公武合体派の公卿や薩摩・会津両藩による巻き返し工作が水面下で進められていた。まさに平野は激動の渦の中に飛び込んでいったのである。文久三年八月には天誅組の変と八月十八日の政変という大きな事件が勃発し、それらに関わったことで平野自身が重大な転機を迎えることになる。ここで彼の入京時からの行動を追ってみよう。

八月九日、伏見に到着した平野は、早速馬場文英に「野村家の老尼とは御懇意にて兼て鄙名をも御聞き及びの由同人より承り申し候」と記した手紙（「正気伝芳」一―二四）を送っている。彼が上京することは事前に望東尼から馬場に伝わっていた。この手紙で平野は、京都に不慣れで宿の当てがないので斡旋してもらえないかと馬場に頼み込んだ。ところが折しも、大文字屋には福岡藩家老久野一角に従って上京した福岡藩士の一行が宿泊していたので、平野は木屋（きや）町に住む山中成太郎（なりたろう）の居宅に泊めてもらうことになった（『平野国臣伝記及遺稿』）。山中は大坂の富豪・鴻池家の分家で福岡藩御用達であったが、隠退して木屋町に閑居していた。

この頃、中村円太も京都に入っており、八月十一日、長州屋敷で平野と会って福岡藩の藩政改革案を論じている。

八月十二日、朝議で大和行幸攘夷親征が決定され、その翌日には、孝明天皇が大和に行幸し神武陵と春日社で攘夷祈願を行うという旨の御沙汰が発表された。

八月十四日、元侍従で十九歳の中山忠光（一八四五―六四。明治天皇の外祖父・中山忠能の子）ら尊攘派の急進的公家や、土佐の吉村寅太郎、備中の藤本鉄石、三河の松本奎堂らを中心とする志士たちの一行五百三十余名（天誅組）が京都を出発し、八月十七日には五条代官所を襲撃して代官を斬り、五条を朝廷の直轄領とする旨の宣言を行った。これが天誅組の変（大和五条の変）といわれるものである。

八月十六日、平野は学習院出仕を命じられた。学習院とは、弘化四年（一八四七）に開講された公家の学問所学習院（当時は学習所）のことである。桜田門外の変後は諸藩の尊攘派の志士たちが学習院出仕または国事御用掛として登院し、京都における尊攘論醸成の有力な基地となっていた。この日平野と同様に学習院出仕の命を受けた者の中に長州の桂小五郎（木戸孝允）や土佐の土方楠左衛門（久元）もいた。

一方、中村円太は参政の烏丸光徳に拝謁し懇願のうえ、尊王攘夷のために周旋するようにとの沙汰を蒙り、平野に「憚りながら、尊兄に於いても随分御自重成らせられ、御周旋専一万々是祈り候」などと書き残して京都を去り、帰藩して活動すべく西下した（八月十六日付平野宛の手紙。江島茂逸編述「贈従四位中村円太伝」）。

朝廷では既に大和行幸が決定していることでもあり、天誅組による義挙を無謀なものであるとして平野を遣わし、中止させようとした。早速平野は八月十七日のうちに京都を立ち、十九日には中山忠光一行に追い付き朝廷からの内命を伝えた。ところが、彼らが善後策を話し合っているところへ、前日（八月十八日）に京都で政変が起きたという情報が飛び込んできた。

朝廷に強い影響を及ぼし急進的な路線を一挙に突き進もうとしている長州藩に対し、巻き返しを図るため、薩摩藩と会津藩が結び付いて、急進的攘夷路線とは一線を画する朝廷中枢部を動かしクーデターを起こしたのである。これが八月十八日の政変である。その日の未明、三条実美ら急進派の公家の参内が突如禁止され、長州藩の禁門警護の任を解く勅旨が発表された。朝になって、夜来の雨の中を三条実美、三条西季知、東久世通禧、四条隆謌、壬生基修、錦小路頼徳、沢宣嘉の七卿は長州藩兵二千余人とともに、草履・雨蓑の姿で京都を離れ、長州に落ち延びた（七卿落ち）。このクーデターで京都における長州藩の勢力は一挙に失墜した。

八月二十一日、天誅組の挙兵を制止することができなかった平野はむなしく京都に引き揚げたものの、それまで学習院に参集して政務を執っていた国事御用掛の諸公が八月十八日の政変によってことごとく退けられ、もはや復命する先がなくなってしまったことを知った。それどころか、京都守護職・松平容保（一八三五―九三）が新撰組に命じて志士狩りを始め、最初に手を下そうとしたのが志士として名高い平野であった。八月二十二日の晩方、近藤勇と土方歳三に率いられた数十名の新撰組隊士は木屋町の山中成太郎宅にいきなり乗り込んで来たが、この時彼はたまたま祇園に登楼していたので、幸いにして難を逃れることができた。身の危険を感じた平野は、八月二十六日、但馬に向かった。

馬場文英は、但馬に向けて立つ平野を丹波境まで見送った（「野村望東尼行状」）。のちにそのことを馬場から知らされた望東尼は、「丹波境までの御送りどもいかばかりか同人うれしがりけん、よろづ御もとにての御しんじつの御事どもそらにおしはかりうれしく存じまゐらせ候」（「正気伝芳」一―二〇）と述べ、彼の親昵の世話を平野がどんなに嬉しく思ったことだろうかと深く感謝した。

生野の変

平野が向かった但馬国生野（兵庫県朝来市）は、京都と日本海の間に位置し、豊岡藩と出石藩の両藩にはさまれた幕府直轄領で、生野銀山を有していた。この地で尊王攘夷の論を唱える豪農の北垣晋太郎と中島太郎兵衛は、前年の文久二年（一八六二）春以降、農兵を組織し京摂の同志たちと連絡を取り合っていた。寺田屋事件で危難を免れた薩摩藩の志士・美玉三平（みたまさんぺい）（一八二二―六三）が但馬に来てからは、北垣らと協力して農兵の組織化をさらに推し進めていた。美玉は八月になって朝廷に農兵を組織すべき旨の沙汰を出すよう願い出て、三条実美から許しを得ていた。

平野は但馬で美玉と合流し、その武力を利用して挙兵し形勢不利な中山忠光ら大和義挙の同志たち（天誅組）に一刻も早く援軍を送りたいと考えていた。

生野義挙史跡（朝来市・山口護国神社）

そこで十月十一日を義挙の日と定め、周防国三田尻（みたじり）（山口県防府市の一部）に滞在している七卿の一人を迎えて元帥（軍の最高官）とすることにした。平野は九月二十日に但馬を発ち、二十八日に三田尻に着いた。彼が早速七卿に会い、但馬の近況を説き義挙について相談をしたところ、七卿の一人沢宣嘉がその要請を受け入れ、元帥となることを快諾してくれた。三田尻に集まっていた尊攘派の志士たちの中には、福岡藩の堀六郎、仙田淡三郎、秋月藩の戸原卯橘（うきつ）らがいた。

十月一日、平野は三田尻を発つに当たり、父の平野能栄、鷹取養巴（たかとりようは）（惟寅）ら同志六名、そして望東尼に宛てて訣別書（「金玉文藻帖」）をしたため、下僕に持たせて福岡に遣わした。望東尼には次の三首の歌が贈られた。

いく度（たび）か捨てし命の今日（けふ）までも残るは神の助けなるらむ
大王（おおきみ）にささげあまりしわが命いまこそ捨つる時は来にけれ
いひやらん言の葉草はしげけれど筆にはえこそつくさざりけれ

十月二日深夜二時頃、三十名弱の同志たちが闇にまぎれて二艘の船に分乗し、三田尻の湊を出航した。一行は十月九日播磨に到着するが、同地で大和義挙潰滅の報に接し、大いに落胆した。平野は挙兵を中止して次なる好機を待とうと主張したが、血気に駆られた集団の中では強硬論を吐く者の意見が勝り、生野の義挙は決行されることになった。

十月十二日、生野代官所を占拠し、そこを本拠地として農兵を募ったところ、応募してきた者は二千人にも及んだ。しかし、二千人とはいっても所詮は烏合の衆で、十分なまとまりを欠き周辺諸藩の兵にほどなく打ち破られてしまった。そこで首脳部の間に再び解散説が起こり、十三日夜に沢宣嘉が脱出。十四日早朝にかけて多くの志士たちが三々五々脱落・逃亡して行った。この生野の変は挙兵からわずか三日間で鎮圧された。

最前線で最後まで戦った河上弥一（変名は南八郎。第二代奇兵隊総督）、戸原卯橘、白石廉作（下関の荷受問屋・白石正一郎の弟。奇兵隊士）ら十三人は妙見山に立て籠っていたが、十四日午後四時頃、下山して来たところをともに戦った農兵らに襲われ、返り討ちすることもできぬまま全員自刃して果てた。

その他の志士たちの中には、生野から逃走する途中、頼みにしていた農民の手によって捕えられたり殺されたりした者もいた。美玉三平も農民に狙撃されて命を落とした一人である。平野と横田友次郎は鳥取を目指して逃亡するが、網場（兵庫県養父市八鹿町上網場）で豊岡藩士に捕縛され、十月十七日に豊岡の獄に収容された。翌文久四年正月五日までの八十日間禁錮に処せられたのち、一月十七日、京都六角の獄（京都市中京区六角通神泉苑西入南側）に移された。

平野・中村捕縛の情報

京都から遠く離れた福岡の望東尼のもとにも、馬場文英や滞京中の喜多岡勇平らから少しずつ八月十八日の政

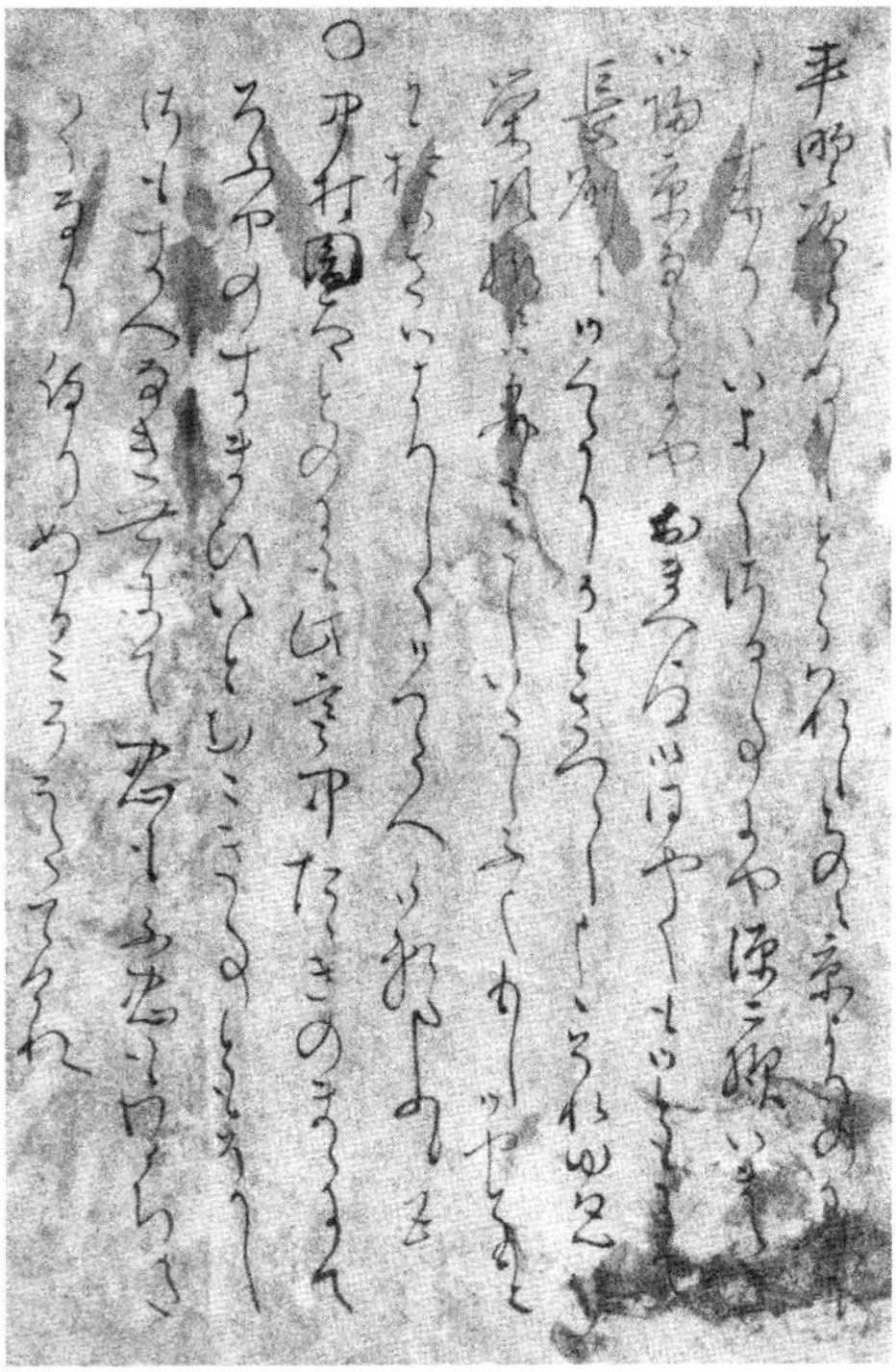

望東尼から馬場文英への手紙①
（部分，福岡市総合図書館蔵）

変や天誅組の変に関する情報が送られてきた。
八月十八日の政変については、文久三年（癸亥）九月に望東尼から馬場に宛てて出した手紙（「正気伝芳」一－一六）があり、その中に、政変の噂を耳にしたが本当であろうかと尋ねる文面がある。

平野国臣の捕縛については、望東尼が馬場宛に「平野次郎ぬし捕はれしとのみ京よりの文に申し来り候、いよいよさる事にや」（ただし、この手紙には日付がない。「正気伝芳」一－二）と書いているので、第一報としては捕縛されたということのみが伝わっていたようである。望東尼は、平野が三田尻で書いた十月一日付の訣別書を既に受け取っていたので、近々彼が事を起こすであろうことは予測できていたようであるし、覚悟もしていたであろうが、捕縛の報に接し、さすがに「いよいよさる事にや」と力を落としたのである。

一連の成行きに関する詳しい情報を知りたいと思っていた矢先、平野が但馬で腹を切ったという誤報も飛び込んできたようで、望東尼は京都の藪かつ子宛の手紙（十一月十三日付。『全集』書簡二四）で「いとむごし」とその悲痛な思いを吐露している。

望東尼が「平野に劣らぬ正義士の一人」と期待を寄せていた中村円太捕縛の報も入ってきた。中村は八月半ば京都を離れ、帰藩すべく西下したが、三田尻に至ったところで形勢が大きく変化した。彼が京都を離れた直後に八月十八日の政変が起こり、七卿が都落ちして三田尻に身を寄せたのである。長州の尊攘派勢力は七卿を庇護しつつ、朝廷での七卿の復権と京都における長州藩の失地回復を図る決意を固め、再度上京するための準備に着手した。その場に居合わせた中村は、同地から福岡藩の同志たちに長州尊攘派への同調を呼びかける手紙を送るなどの周旋活動を行った。そのうちに中村は、福岡藩の世子黒田長知が朝廷より急遽上京するようにとの沙汰を受け福岡を発ったという情報を得た。そこで世子一行を途中で待ち受け、十月十九日に一行とともに京都に入ったのであるが、いざ入京したというところで脱藩の罪をもって捕縛され、福岡の桝木屋の獄に送り返されてしまったのである。

そのことを知った望東尼は獄吏の小藤平蔵に頼み、獄中の中村に自作の歌を届けている。

たぐひなき声を雲井にあげて来し鶴も籠にすむ春ぞわびしき

（江島茂逸編述「贈正五位望東禅尼伝」・「贈従四位中村円太伝」）

まもなく馬場から生野の変の詳報が届いた。十一月二十九日、返書をしたためたが、その中で望東尼は、「誠に誠に力を失い墨染めの袖をしぼり申し候」（「正気伝芳」一―三）と、涙なしには馬場からの手紙を読むことができなかったと書いている。この返書には、心を同じくする人とこの事件について「いづこも正義士は隠れ、奸商時を得がほになりゆくは天の御心あやし」と密かに語り合ったとも書いている。望東尼は、尊攘派の志士を「正義士」と、それに反対する人々を「奸商」（悪徳商人）と呼び、「奸商」が時を得たかのように大きな顔をしている現状では、「天朝」も福岡藩も「いよいよ暮れの闇かと畏さも忘れ身の程も知らず」案じ暮らすのであった。

この手紙では、福岡の武士道についても言及している。

平野氏御国御為になるやうにとて、御周旋の御こころざし武士も及ばぬ御ことども感じ入りにあまりありて、

それにくらべ候へば、ここもとの武士道薄くこそ候へ、こころざし深きは百人に壱人あるかなしかと存じ候もうたてし

望東尼は平野の周旋活動を高く評価しており、それに比べると福岡藩士の武士道は薄っぺらであると嘆いている。ここで語られる武士道とは、命を惜しまず国のために行動する志のことである。

平野は佐々木将監という変名を用いていた。望東尼は生野の生きるという名のとおり平野に無事生還してほしいと歌に詠んでいる。

もののふの心のたけの佐々木原生野の名にもいきかへれかし

（「正気伝芳」一―一二）

志士たちとの交信

十一月二十九日付の手紙には、平野国臣のこと以外にも時勢に関する事柄が幾つか記されている。

一つは、比喜多源二（一八三七―七二）についての情報である。望東尼は長州にいる彼から手紙を受け取り、そのことを有難く思ったと記している。

大文字屋の当主・比喜多五三郎（彼は、望東尼が京都を発った二カ月後の文久二年〔一八六二〕七月十六日に五十五歳の生涯を閉じている）の次男・源二は幼少の頃、医師海野貞吉の養子となり貞造と称した。そして、養父貞吉が攘夷に熱心な公家の愛宕家に出入りしていたことや、実家の比喜多家が福岡藩の御用達であった関係で同藩の京都藩邸に出入りしそこで時勢について見聞きするようになったことなどから、自らも志士として活動するようになっていた。彼は幕府から嫌疑を受けるのを避けるため、叔父北村左近の子・藤太郎に海野姓を名乗らせ、自

身は実家の姓を名乗って比喜多源二と称していた（馬場文英編「七卿西竄始末」巻之八）。当然のことながら、比喜多家で働く馬場文英は彼と緊密に連絡を取り合っていたと思われる。

「七卿西竄始末」文久三年（一八六三）十月十八日の条には、「比喜田（多）源二本名海野貞蔵（造）筑前脱藩飯永次郎本名西原守太郎小山田三郎尚義本名斎田要七ノ三士京ヨリ着ス」との記載がある。比喜多は天誅組が九月二十六日に壊滅したということを知って、彼らと連携することを前提に平野らが計画している義挙は成功の見込みが極めて薄いと判断した。そこで義挙を思い止まらせるため、三田尻に挙兵の元帥を求めに行った平野の跡を追い、同志たちと連れ立って同地を訪れたのであった。しかし、十月十八日に比喜多らが同地に到着した時には平野は既にそこを離れていたばかりか、沢宣嘉を擁した生野の変も一敗地にまみれてしまっていた。思うに、このことは通信や交通の手段が発達した今日では考えられないすれ違いの連続である。しかし、歴史の一場面一場面はそうやって形作られてきたのである。比喜多らは、本来の目的を達することができないまま十一月三日に長州を離れ、京都に向かった。

十一月二十九日付の手紙の中で望東尼は、比喜多源二は既に帰京しただろうか、まさか中村円太が京都に入った途端捕縛されたのと同じような憂き目にあってはいないだろうかなどと心配し、馬場に尋ねている。

この手紙で望東尼はさらに、「三利堂君」及び「沢春川君」から福岡藩家老で勤王派の矢野相模（諱は幸賢、号は梅庵）に宛てて出された手紙についても触れている。これは三条実美、沢宣嘉の両者から九月二十一日付で、福岡藩においても勤王のために尽力するようにと要請したものであるが、実際にその文中でこれらの変名が用いられている。このことは、望東尼が手紙の詳細な中身まで知っていたということを示すものである。両者に対する返答を届けるため、福岡藩士・摩田孫四郎らが使者として遣わされた。望東尼は三田尻に到着した摩田から、丁度そこに居合わせた比喜多と会って親しく言葉を交わしたという手紙を貰い、そのこともこの十一月二十九日付の手紙に記している。

ところで、防府天満宮に、その摩田から望東尼に宛てて出された手紙（日付はない）が所蔵されており、その中に摩田が三田尻でしたためた手紙を望東尼が確かに受け取った旨が記されている。もしかすると、望東尼が受け取ったというその手紙は右の摩田が比喜多と会ったという内容の手紙と同一のものなのかもしれない。

十一月二十九日付の手紙には、豊前国英彦山に山伏や「正義士」を含む五百人余りの人々が立て籠ったため、日田の代官所が周囲の藩に援軍を要請し、それに応えて福岡藩からも派兵したなどということも記されている。

この手紙の文末では、馬場に対して面倒であろうが今後も時勢について知らせてほしいと頼み、彼からの手紙をその名を秘して「正義士」の人々にも見せたところ、皆大いに喜ぶと同時に感心もし、「万事的中いたし候事多く、力を得しといさみ申し候」と記している。そして、「これも一つの周旋」と思われるので、今後もよろしく頼むと述べている。この文面は、望東尼が志士たちにとって重要な情報の結節点として活動している様子を鮮やかに示している。

生野の変の評価

年が改まって望東尼は、「元治元年のはじめの年の春に人屋にこもれる人を思ひて」という詞書で次の歌を詠んでいる。

春されど籠に込めらるる鶯はしのびねいかにむせぶなるらん

（「向陵集」一五四六）

「人屋にこもれる人」あるいは「籠に込めらるる鶯」が誰を指すかは明示されていないが、前に平野国臣が大蔵谷回駕事件ののちに桝木屋の獄に入れられた時にも彼を鶯に譬えているので、この歌も彼を偲んで詠んだものであると考えてよいであろう。窮屈な獄舎の中で平野が忍び音でいかにむせび泣きしていることだろうかと、そのつらい心境と境遇を思いやっている。望東尼が中村円太を鶴に譬えたことは前に述べた。望東尼は、彼らの思いが世間には通用せず、今では空しく捕われの身となっていることを誠に切なくやるせないことであると思い、次の歌を詠んでいる。

　鷲も雲居の鶴もねになけど聞き知る人もなきよなりけり
（「向陵集」一五四九）

生野の変から数カ月もたつと、平野について「あぢきなくとらはれといふ事ここにても申し候」という状況が生まれてきた。つまり、生野の変は無駄な挙兵ではなかったか、平野は何の甲斐もなく捕われてしまったのではないかという見方が出てきたわけだ。望東尼は、そんなことを言う人がいるのは福岡に本当のことが伝わっていないからだと思い、馬場文英に事の顚末を記したものを送ってほしいと依頼した。

十二月になって馬場から生野の変に関する追加情報が送られてきた。望東尼はそれを読んで、「如何と存じ候ところ、御文にていよいよ残念の事と存じ候、かの人には少し似あはぬつたなさ便なき事ぞかし」（元治元年二月九日付の手紙。「正気伝芳」一－一二）と、この義挙が普段の平野には似合わず、用意周到なものでも時宜を得たものでもなかったことを残念に思うのであった。

そのような折、福岡に平野が戻って来たという噂が一時流れたが、望東尼はこれは「幽霊」の仕業であろうと一蹴している。

望東尼は馬場から、生野の変で命を落とした者の中に大坂太七郎がいることを知らされた。前にも述べたように、望東尼が大坂に滞在した折の宿は福岡藩御用達の津嶋屋藤蔵宅であったが、大坂太七郎はその津嶋屋の使用人であった。国のためを思って義挙に参加し命を落とした者の中には武士だけでなく町人や農民も数多くいたが、彼もそうした者の中の一人であった。その彼の死について望東尼は、「町人姿の時見し人なれば、いよいよ夢のように御座候」と驚き、町人までもが国事に身を捧げ、命を失ったことに大きく心を揺さぶられた。

馬場の志

元治元年（一八六四）正月、馬場文英から手紙に添えて新年の御祝儀として扇五本と昆布一箱が届けられた。望東尼はその返書を三月十八日付で出した（天理図書館蔵）。

返書の中で望東尼は、「皇の御光つよくならせられん御ことのみ」を願っているのに、「一人も都に咲きいづる桜もなく、花をいふべきはみな埋もれ木となれる様ぞかし」と嘆いた。福岡藩には中央で政局を揺り動かすほどの人物が全く出ておらず、頼みの綱の平野国臣や中村円太も捕われの身となっていることが腹立たしくてならなかった。それに比べて馬場の志の高さはどうであろう。

御もとの御こころざし御文にあらはれ、かかる人、侍のうちに五、六十人もあらば御国の御光世に現れぬべきを、何処も何処もうつつなき長眠り、いつ覚めはべる事ならむかと思ふままに、治まりし世に酔ひそめし世の人のうつつの夢諫むる時なし

馬場のような志を持つ者が福岡の侍の中に五、六十人もいれば、藩は光彩を放つことができるであろうが、どの侍もがぼんやりとして長い眠りを貪っている。志士とは高い志を持ち国家社会のために自らの身を犠牲にしてまで尽くそうとする人のことをいうが、望東尼は馬場のそのような志を高く評価し、かつ頼もしく思っていたようである。

望東尼は京坂の旅から戻って来て以来、京都の馬場に福岡の情勢を知らせたり、上京する志士を紹介したり、宿の世話などを依頼したりしている。多くの志士たちが望東尼からの紹介状を携えて行った。のちに馬場が記し

た「馬場文英履歴書」によると、帰国後の望東尼が彼と交わした往復書簡は三年間で数十通に及んだという。

それらのうち望東尼から馬場への手紙は現存しているものの、馬場からのものは一通も残っていない。望東尼は馬場への手紙にたびたび「早々火中に」と書き添えているので、自分の方でも、彼から届いた手紙や書付（手紙とは別に時勢など特別な用件について記したもの）を志士たちに回覧したあとは、言葉どおり「早々火中に」投じていたのであろう。

望東尼は馬場への返書の末尾に姫島で採れたひじきを少し送りますと書き添えたが、この玄界灘に浮かぶ孤島・姫島こそが奇しくも翌年の冬には望東尼の流刑地となるのである。

第六章　望東尼の志

福岡藩勤王派の胎動

元治元年（一八六四）三月二十四日、福岡で世間を驚愕させる二つの事件が起こった。

一つは同日朝の出来事で、福岡藩の老臣で保守派の牧市内（いちない）が地行の浜で潮井（しおい）取り（身を清めるための真砂を取ること）をして帰るところを何者かによって暗殺された事件である。のちに犯人は勤王派の松田五六郎（変名は中原出羽守）と吉田太郎の二人であることが判明した。

もう一つは同日夜のことで、桝木屋の獄につながれていた中村円太が仲間の手引きによって脱獄した事件である。江島茂逸の「贈従四位中村円太伝」と「贈正五位野村望東禅尼伝」によると、事の次第は次のとおりである。脱獄の手引きを計画したのは伊藤清兵衛、森勤作、伊丹真一郎、筑紫衛、江上栄之進、今中祐十郎、今中作兵衛、安田喜八郎、佐坐健三郎、瀬口三兵衛、中村恒次郎（円太の弟）、獄吏の小藤平蔵らであった。三月二十四日夕方、彼らは平尾山荘で訣別の宴を開いた。望東尼もその席に居合わせたという。そして宴の後、中村恒次郎と小藤平蔵が桝木屋の獄に向かい、当日の宿直で小藤の声を知る同僚の佐田藤三郎に扉を開かせ、その佐田を刀で脅し付けて中村円太を獄中から連れ出したというのである。

ところで、彼らの宴席に居合わせたという望東尼は、中村の脱獄計画を事前に知らされていたのであろうか。

望東尼は右の二つの事件について、四月三日付馬場文英宛の手紙の中で、「二度の大事誠に誠に驚き入りたること」と述べている（「正気伝芳」一―五。『全集』では四月八日付とされているが、誤りである）。この表現ぶりからすると、おそらくは知らされていなかったのであろう。

二つの事件は藩政府を大層刺激したようで、下手人の捜索が港に停泊する船の中から山の中に至るまで隈なく行われた。船が二日間航行を停められたので、博多や福岡では「魚切れ」となったという。

この手紙で望東尼は、中村円太の脱獄については獄吏小藤平蔵の「手引と申す事なり」とする一方、中村恒次郎については、「誠に誠に心美しき若人にて、御用にもたつべき者、惜しき事と誰も誰も申し合へり」と記している。そして、この二人以外にも大勢の者たちが桝木屋の獄に押しかけたようであるが、望東尼はそれらが誰かはわからない、と述べている。

中村円太を獄中から連れ出した小藤らは、その後行方が知れなくなってしまった。望東尼の耳には、長州から浪士たちを乗せた何艘もの船が彼らを迎えにやって来たという話も聞こえてきた。それらの浪士たちのうちに平野国臣の声に違わぬ者がいたと言う番人の話もあったが、望東尼は「これも如何と察し申し候」と書いている。この平野に関する話は糸島郡宮浦（みやのうら）（福岡市西区宮浦）の商人・津上悦五郎が著した『見聞略記』にも記されているので、かなり巷に広まっていた話なのかもしれない。

さらに望東尼はこの脱獄事件について、「誠のことわかり申さず」と書いている。犯人たちをかばうために知って知らぬふりをしたと考えられなくもないが、先の「誠に誠に驚き入りたる」という書きぶりといい、この書きぶりといい、やはり望東尼はこの一件を事前には知らされていなかったものと思われる。

翌慶応元年（一八六五）の九月二十五日のことであるが、自宅謹慎中の望東尼が会所に呼ばれて「御たづねごと」（尋問）を受けた。内容は中村円太の脱獄事件についてであった。

去年の春、中村ぬしが兄なる唯人（円太）を、人やよりしのびいだしし時のことどもになむありける、これには数多の人、力を添へたりしかば、その人々をぞ問はれける、苦しさいはむかたなし、ただわが身のみの事ならば、いかにもあからさまに言ふべきを、人のため悪しからんこと、たはやすくいはば、いかがとためらひたるに、はやその人々よりことごといひ出でたれば、今更つつむともよしなしなど、切にいふをいかがはせむ、今は力なくいふうち、ひとりはおぼつかなかりつるまま言はざりしかば、そのままにてまかり立てとなむありける

（天理図書館蔵「夢かぞへ」）

この尋問を受けた時には、望東尼は脱獄事件に関与したほとんどの者の名前を承知していたようである。犯行当時は真相を知らなかったとしても、事が成功裡に終わったのち、同志たちから後日談として知らされていたということであろう。

中村兄弟の長州逃亡

さて、脱獄した中村円太及びそれを幇助した弟恒次郎と小藤平蔵の三人は、同志のかねてからの手配どおり、福岡藩勤王派仙田市郎・淡三郎兄弟の妹で矢倉門町に住む仙田ゆき子宅に連れて行かれ、古櫃の中に匿まわれた。仙田家では三日間にわたり、深夜になると古櫃の蓋を開け、彼らに飲食を提供したという。

その後、一行は肥前国田代に逃れたが、そこで偶然、長崎に赴く途中の長州藩士・小田村文助（伊之介・素太郎、のちの楫取素彦）に出会って長崎行きを勧められ、それに従った。一行が長崎に入ると、先に到着していた小田村の世話で同地の長州藩邸にしばし匿まわれたのち、彼が手配した商船に乗って長州の地に渡った（江島茂逸編述「贈従四位中村円太伝」）。到着後、中村兄弟はともに、三田尻に滞在していた三条実美の執事となる。

中村兄弟が三田尻に落ち着いたという情報を入手した望東尼は、二人に宛てて手紙（日付不詳）を書き、安堵の気持ちを伝えた。そして、「鍛冶小屋（かぢごや）（福岡市中央区赤坂三丁目。月形洗蔵の居住地。この文では月形を指す）などもこなたにたびたび渡り給へば、君にも同じく渡り給ひて」語り合えればどんなにか楽しいであろうに、と述べている。さらに望東尼は、世の中の有様を知らぬ人が多く、「歯嚙（はが）みなす事ども」が多いと嘆き、孫たち（貞和と助作）と「自ずから心を磨く人多くなれかし」と語り合いながら暮らしていると述べている。

翌月には再び中村兄弟に宛てて手紙（五月十三日付）を送り、五月二十五日は楠木正成の祥月命日なので、「かぢごや（月形）始め一つ心なる忠士」が集合して祭礼をしようという話があると伝えた（井上忠編「月形洗蔵関係書翰」三一・三八）。

禁門の変前夜の福岡藩

福岡の人々は、対岸の火事のように思われていた天誅が当地でも起き、しかもその同じ日に勤王派の手引きによるとおぼしき脱獄事件が続けて起きたことに驚愕した。

福岡藩の世子黒田長知は、前年（文久三年）の八月十八日の政変後ほどなく入京して、長州赦免のための周旋活動を活発に執り行っていたが、何の成果も上げられぬまま、地元福岡で右の二つの事件が起きてまもない元治元年（一八六四）四月には京都を発ち帰国することとなった。福岡藩勤王派の志士たちは、長知の周旋活動が不調に終わってしまったことにいたく失望した。そこで、真偽のほどはわからないが、志士たちが藩論を勤王に導くために、長知一行を長州藩領で待ち受け、重臣たちを襲撃しようと計画しているとの噂が聞こえてくるようになった。望東尼が同年七月三日付で馬場文英に宛てて出した手紙（「正気伝芳」一－八）の中にも、長知一行が長州を通過する際、暗殺を恐れて昼夜を問わず鉄砲などで守りを固めて要人の身の安全を図ったことや、襲撃者の目を欺くため家老二人が道中駕籠（どうちゅうかご）を空にして通行したことが書かれている。

この手紙は、五月九日付の馬場からの手紙（六月二十九日到着）に対する返書である。この長文の返書に記された福岡藩に関する情報の多くは、おそらく隣家に住む喜多岡勇平から得たものであろう。

馬場からは京都・江戸が乱世の模様で形勢が緊迫していることが伝えられ、望東尼はそれを読んで「静心（しづごころ）なく」思い暮らしている、と書いている。時にこの年の夏は「暑さ誠に焼くばかり」で、望東尼は体調を崩し、野村家の本宅で療養する日が多かった。ただでさえじっとしていられない世の中の情勢なのに、自分は動き回ることもできず静養をしていなければならないということを、望東尼は大変もどかしく思ったことであろう。

望東尼は手紙の中で馬場に、長州の沖に異国船が来航し数々の白帆が見えているので、七月二日に福岡藩から一番手の軍勢が繰り出したことや、喜多岡勇平が長州・小倉両藩間の周旋という重要な任務を帯びて、同日の「よべのいつつ時」（午後八時頃）に長州に向け出立したことなどを報じた。喜多岡はそれまでにも長州にたびたび出向いていた。望東尼は、彼のこのような周旋活動は余人にはとても真似のできるものではないと称賛した。

また、「兼ねて押し込められし正義士いづれも昔の地行に帰り周旋方又は探索御遣あり」と述べているが、これは「正義士」である月形洗蔵らが前年の六月に赦免されはしたもののその後も外出を禁止されたままでいたところ、五月三日に晴れて自由の身になったことを指している。しかし長州に多数の異国船が来航し騒ぎになったことから、探索に出る予定が保留になってしまった者もいた。この点について望東尼は、内々の人たちと「世の騒ぐについては猶々探索なくてはすませられぬ御事なるべし」と語り合った。つまり、情報が錯綜する時世においては、藩として独自の情報を収集するために密偵による探索が必要不可欠だということである。実際にも、京都ではこの年の七月に禁門の変（後述）が起きるが、そのすぐあと、藩主長溥は長州や京都で密偵の探索により得た情報に基づいて長州周旋の諾否を判断することになるのである。

手紙に戻ろう。望東尼は、京都での「御大事」（やがてこれが禁門の変となる）のために二千人ばかりの藩兵を上京させた後の長州に、江戸から異国船を差し向けたのはけしからぬとして幕府をそしる者が多い、と述べている。現実には、幕府が異国船を差し向けるはずはない。しかし、それが誤解に基づくものであるにせよ、幕府をそしる者が多いということ自体、既に幕府の威信が大きく低下していることの現れであろう。続けて望東尼は、幕府が「みずから滅び給ふこそあぢきなけれ」と書いている。幕府が自滅するのはやりきれない思いだと言うのであるが、そのような物の言い方をするというのも、もはや望東尼の眼には幕府が末期的状態にあると映っていたということであろう。

この手紙で望東尼は、水戸藩で国が二つに分かれ、宇都宮に上って来た三千人を同藩の藩兵が攻めたという話についても言及している。これは天狗党の乱を指している。水戸藩では同年三月二十七日に尊王攘夷派の藤田小四郎（一八四二―六五。藤田東湖（とうこ）の四男。諱は信）らが筑波山で兵を挙げ、天狗党と称した。武田耕雲斎（一八〇四―六五。水戸藩改革派の中心人物）もこの動きに呼応して加わったことから、勢いを増した彼らは京都を目指して行軍を開始した。北関東、信州を経由して越前まで行ったが、寒中の山道を婦女子を伴って進む行軍は難渋を極め、ついに十二月二十日、幕府方（加賀藩）に投降した。望東尼が言及したのは、この乱のまだ初期の段階についてであった。翌年二月、藤田、武田をはじめ多くの者が斬罪に処せられ、残る者も遠島・追放の刑を受けた。

福岡藩でも、こうした全国的な政情不安を背景に武士は戦いの準備に大わらわであった。望東尼は、足軽が「白手くり陣袴」（手くりは博多弁で短袖のこと）のきらびやかな装いをしている様子や、家老、用人（ようにん）、大頭などの上級藩士の家でいつもとは違った雰囲気で戦支度が進められている様子を綴っている。

望東尼はさらに、薩摩の評判が福岡ではあまりよくないことや会津が同藩内の「正義士」を討ったことについても書き留めている。

禁門の変

八月十八日の政変で京都を追われた長州藩が再起を図ろうとしていた矢先、京都では池田屋事件が起きた。これは、元治元年（一八六四）六月五日に新撰組が京都三条の旅館・池田屋を襲撃して、肥後の宮部鼎蔵（ていぞう）、長州の吉田稔麿（としまろ）ら尊王攘夷派の志士を多数死傷せしめた事件である。これに憤激した長州藩では来島（きじま）又兵衛、久坂玄瑞（くさかげんずい）、真木和泉らの急進論が勢いを得、京都奪回を目指して立ち上がることとなった。

蛤御門（京都御苑内）

この年の七月中旬、久坂らを先頭に長州藩尊攘派は、京都守護職の追放を標榜（ひょうぼう）して兵を京都に入れ、同月十八日の夜、御所への突入を図ったが、翌十九日には朝廷を守護する薩摩・会津の藩兵にまたしても敗北した。それどころか、御所に向けて発砲したことにより、長州藩はついに朝敵と見なされた。これが禁門の変である。特に蛤御門での戦いが激しかったことから、蛤御門の変とも呼ばれる。福岡藩の志士・中村恒次郎もこの事変で命を落とした。

望東尼は八月一日付馬場文英宛の手紙（「正気伝芳」一－七）で禁門の変について触れ、都が騒がしくなったことに心を痛めていると述べたが、まだこの時点では事変の詳細が明らかになっておらず、福岡では「長（長州藩）敗（はい）したりとの事のみいひ侍るになむ、さだかに御知らせ待入侍る」と、馬場に対して正確な情報の入手を求めている。

この事変ののち福岡藩からも禁門警備のために数多くの藩士が派遣されたが、野村助作もその中の一人であった。望東尼は馬場に、孫をよろしく頼む、時勢についていろいろと話してやってほしいと書いた。

この手紙の中で望東尼が、福岡では「正義出てにごれるは隠れ顔になり侍る」と揶揄（やゆ）したように、この頃、福岡藩政の中枢部では、勤王派に一定の理解を示す家老の大音青山（おおとせいざん）（因幡）や矢野相模、用人の加藤司書（ししょ）らから成る正義派と呼ばれる人々が勢力を伸ばし、保守派の家老たちの影響力が低下していた。

そもそも福岡藩では前年の八月十八日の政変以来、内乱の回避を目的として長州藩に謝罪恭順を促す長州周旋活動を諸藩に先駆け単独で開始していた。福岡藩にとって長州藩は東方に近接する大藩であったので、そこが戦乱の地となることは、いかに間に関門海峡をはさんでいるとはいえ、対岸の火事などと言ってのんびり構えてはいられないのであった。これをより仔細に見ると、福岡藩の東端は若松港（北九州市若松区）で、関門海峡とは目と鼻の先であった。また、佐賀藩と輪番で長崎警備にも当たっていた。このため、もし幕府と長州藩との間で内乱が発生したりすると、藩の東西でとんでもない事態に巻き込まれるおそれが多分にあった。そこで福岡藩としては、何としてでも内乱を未然に防がなくてはならなかったのである。

ところが、禁門の変の直後の七月二十三日、朝廷は長州追討を決議し、八月に入ると幕府は西国諸藩に長州への出兵を命じた（第一次長州征討）。藩主長溥の養母筋の二条関白家や一橋家からも、これ以上長州藩を相手に周旋活動を行うことには反対するとの意向が伝えられた。さらに幕府は福岡藩に対し、長州の偵察や長州征討の第一軍を務めるよう命じてきた。

福岡藩は苦しい立場に立たされた。長溥は、朝廷、幕府及び諸藩から福岡藩に対し長州に同調（当時の言葉では「長州同気」）しているのではないかとの嫌疑をかけられることを恐れ、九月末になると、それまで行っていた周旋活動を突如停止してしまった。これに対し、既に町方詮議奉行掛兼吟味役に抜擢されていた月形洗蔵らの長州周旋・薩長和解を目指す動きもあり、福岡藩の動きは一時、かなり錯綜した状態に陥った。

その頃、京都にいた喜多岡勇平は、薩摩藩に対し周旋活動への協力を依頼していた。その喜多岡が帰国し、長溥に、薩摩藩が当初主張していた征長すべしとの急進論を急速に軟化させつつあるとの重要情報を伝えてきた。

また、長州藩で探索に当たっていた者から、実は禁門の変では長州藩主には戦意がなかったのだという情報がもたらされ、さらに、征長総督・徳川慶勝（よしかつ）（一八二四―八三。前尾張藩主）も内々には寛大な線で長州征討を終結させたい意向であるとの情報も入ってきたので、長溥は内乱を回避することは可能であると見越し、十月中旬、長州周旋の続行を決断した。

望東尼は、この長溥の決断について、「いと有難く忝（かたじけな）きは、君公のみ心明らけくわたらせ給へば、有志ちからを得たるさまぞかし」と激賞している（十月十八日付馬場宛。『全集』書簡三二）。子供の頃から藩主に対し揺るぎのない敬虔な思いを持ち続けてきた望東尼であったからこそ、長溥の決断はなおさら胸のすくものに思われたことであろう。

望東尼はさらに、他人に漏らしてはいけない情報だと断りながらも、馬場に次のことを知らせている。

こは露ばかりも人に漏らすべきことならねば、ここにても知る人もなく、月形先生に長州のことごと皆御まかせとなりしかば、やがて御ひらけなるべし

内乱回避を第一とする藩主の長溥と勤王を第一とする月形とでは意図するところが多少食い違ってはいたが、望東尼が「誰も誰も本木として物し侍るなり」と述べているように、福岡藩主は月形を長州周旋の「本木」、つまり中心人物に指名したのである。

平野国臣の死

望東尼のもとにはまもなく、平野国臣の訃報が届いている。

「平野国臣外数十名終焉之地」碑（京都六角の獄跡）

禁門の変では、長州藩兵が藩邸を去る前に放った火や、会津藩兵が長州藩兵の隠れている場所に放った火が京都の市街にまで広がった。このため、公家の屋敷を含め二万八千戸が灰燼（かいじん）に帰した。その最中（さなか）、近藤勇率いる数十名の新撰組隊士は、六角の獄にまで火の手が及びその隙に囚人たちが脱走するのを恐れて、獄中の囚人たちをことごとく処刑してしまったのである。その中にあって平野は皇城の方を仰ぎ、自ら首を差しのべて斬られたという。それは七月二十日のことで、平野は享年三十七であった。

かねてより君にかはれといのりつる老がいのちは神もうけずや
懇（ねもこ）ろに物したりし人のうせたるよしをききて
（「向陵集」一五七〇）

望東尼は、国のために命を投げ打って戦おうとした平野を助けるため、何とかしておのが老身を身代わりにできないものかと祈り続けたが、残念なことに、それは神の受け入れるところとはならなかった。それにしても、このひたむきな祈りの背後には、身代わりという形であれ何であれ、勤王活動のためならば我が命を捨てても構わないという望東尼の強い意志と覚悟があった。望東尼にとって、もはや勤王の旅路を引き返すことはありえない選択なのであった。

ところで、望東尼が平野の死をいかに嘆き悲しんだかは右の歌からだけでも十分に窺い知ることができるが、残念ながらその思いを綴った文章は残されていない。平野は早い時期に脱藩し尊王攘夷運動を組織化した人で、望東尼が大いに期待した人物の一人であった。彼女の胸にはぽっかりと大きな穴が空いたことであろう。ところが、その大きな穴に吸い寄せられるかのように、ある一人の人物が平尾山荘を訪れ、やがては空いた穴を埋め尽くすどころか、それには留まらぬ大きな存在となっていくのである。それは幕末の風雲児・高杉晋作であった。

長州俗論派の台頭と高杉晋作の逃亡

ここでしばらく、その高杉晋作と長州の動きに目を転じてみよう。

高杉晋作（一八三九―六七）は、長門国萩城下の菊屋横丁で長州藩士・高杉春樹（通称は小左衛門、のち小忠太、丹治）の嫡男として生まれた。菊屋横丁のあたりは今でもその当時にタイム・スリップしたかのように城下町の面影を留めており、高杉の生家も保存されている。東へ向かって二筋目の江戸屋横丁に行くと、桂小五郎（木戸孝允）の生家も残されている。

高杉家の幕末の家禄は二百石。藩の中核をなす大組に列する家格であった。晋作というのは実は通称で、諱は春風（はるかぜ）。字（あざな）は暢夫（ちょうふ）で、のちに東一、和介に改めた。変名には谷梅之助、谷潜蔵などを用い、号は西行（さいぎょう）をもじって「西へ行く人をしたひて東行く」という意味を込めて東行（とうぎょう）と称した。藩校明倫館の舎生であったが、十九歳の頃から松下村塾で吉田松陰に学び、久坂玄瑞とともに松陰門下の双璧と呼ばれた。江戸に遊学したのちは、明倫館の舎長及び都講を歴任した。文久二年（一八六二）、藩命で上海に渡り現地の状況を視察した。清国が西洋諸国に圧迫されている姿を目の当たりにして日本の将来に強い危機感を抱き、同じ攘夷でも観念的なことを唱えているばかりでは何の役にも立たないと考えるようになった。同年十二月、伊藤俊輔（博文）ら藩の同志たちとともに品川のイギリス公使館を焼き打ちした。

文久三年三月、京都で剃髪し、その後、萩に戻って隠棲していたが、同年六月には藩主から下関の防御を一任され、これを機に奇兵隊を結成した。文久四年一月末には、藩主の命を受けて、京都への進撃を主張する来島又兵衛の説得を試みたが失敗し、藩を勝手に飛び出して上京。元治元年（二月に改元）三月には帰国するが、脱藩の罪で捕えられて野山獄に放り込まれ、六月になって実家（座敷牢）に移された。八月になると、イギリス・フランス・アメリカ・オランダ四カ国の連合艦隊が長州に攻撃をしかけてきた（四国連合艦隊下関砲撃事件）。戦いに敗れた長州藩は直ちに四カ国と講和をするが、その時に罪を許され、長州藩側の正使に抜擢されて活躍したのが高杉であった。

丁度その頃、幕府は西国諸藩に征長令を発し、八月二十二日には、長州藩主父子の官位を剝奪した。このため、十月から藩主慶親（一八一九―七一）は敬親と、世子定広は広封と称することになった。長州藩は迫り来る幕府征長軍への対応に追われることになった。高杉の属する正義派（改革派）は行き詰まりを見せ、それと対立する俗論派（保守派）が猛然と巻き返しを図ってきた。そして九月下旬になると、ついに正義派は藩政府から一掃され、俗論派が台頭した。正義派は首領の周布政之助（一八二三―六四）が九月二十五日に自決。同夜、井上聞太（馨）も俗論派の刺客に襲われ瀕死の重傷を負った。

そうした状況の下、高杉も職を辞し、萩に引き込まざるをえなくなった。ところが、俗論派は攻撃の手を緩めず、奇兵隊に解散命令を下し、正義派の要人たちを野山獄に投じるなど一層厳しく弾圧してきたので、彼は身の危険を感じ、十月二十四日の夜、萩城下を抜け出した。

十月二十九日、下関の豪商・白石正一郎宅にたどり着いた高杉は、そこで福岡藩の志士・中村円太（変名は野唯人）に会う。両者は以前にもこの下関で会ったことがあった。

中村は、九州諸藩の尊王攘夷派勢力の拡大のためには、長州藩の同志たちとの連携が必要であると考えていた。この当時、佐賀藩主・鍋島閑叟や福岡藩主・黒田長溥は幕府の長州征討に批判的であったので、彼は、高杉が九州入りして各地を遊説して回れば、両藩はじめ九州諸藩を味方に付け、その軍事的援助によって長州藩の俗論派や征長軍を打倒することができるのではないかと期待した。そこで、白石宅に転がり込むようにしてやって来た高杉に、この時とばかりに九州入りを勧めたのである。なお、中村自身も、長州藩政府の尊攘派に対する厳しい姿勢に、それ以上長州藩領内に留まることが難しくなっていた。

窮地に立たされていた高杉は藁にもすがる思いで中村の意見に従い、筑前に行くことを決意した。十一月一日、高杉は白石らと別れの盃を交わし、「七つ時」（午後四時頃）になって中村、大庭伝七（白石の弟）とともに船に乗り込み、下関を出発して筑前へ向かった。

高杉の福岡潜伏

元治元年（一八六四）十一月四日、筑前に上陸した高杉晋作は、博多鰮町上（福岡市博多区須崎町）の対州問屋・石蔵屋卯平宅に対馬商人と称して投宿している。この石蔵屋で高杉は早速、福岡藩の月形洗蔵、鷹取養巴、早川勇らと密かに面会した。

月形らは福岡・佐賀・対馬の三藩連合を計画し、高杉を対馬藩家老で尊王攘夷派の平田大江（一八一三―六五）と会見させるために、同志とともに同藩の飛地である肥前国田代に向かわせた。高杉は十一月八日に田代に着き、平田と面会したが、この時期対馬藩では佐幕派が優勢となっていたので、期待したような結果は得られなかった。高杉は、田代から佐賀藩主・鍋島閑叟に宛てて漢詩を送ったが、こちらも一向に反応がないままであった。つまり、九州諸藩は藩論すら一致していない状態であったので、月形や中村らの計画は呆気なく頓挫してしまったのである。

高杉は前途へ向けての方策を見出せないまま筑前に戻り、十一月十日、博多水車橋（中洲と川端町の間を流れる博多川〔那珂川の一部〕にかかる橋）のそばに住む画工・村田東圃宅に身を寄せた。しかし、村田宅は人目に付きやすい場所にあったので、彼は月形らの手配で望東尼の住む平尾山荘に潜伏することになった。それが十一月十一日のことであったか、十二日のことであったかは不明である。この時望東尼は、自らが受け入れた若き亡命者の高杉にどのような第一印象を抱いたであろうか。

平田大江は高杉に、「御投書拝誦候ところ、御切実の御事、悲泣仕り候ばかりに御座候、明後日は何分罷り出で拝顔仕り申したく存じ候間、御賢慮も聴かせ仕るべく候、必ず必ず御忍びなされたく、千万それの□(み)願ひ奉り候、書中には尽し得申さず候、拝顔申す議(儀カ)に候」という手紙（十一月十四日付。「月形洗蔵関係書翰」一〇九）を送っている。切羽詰まった状態にある高杉のことを思うと悲しくてならず、十一月十六日には面会に来るというのである。この時高杉は平尾山荘に潜伏中であったが、この文面からすると、この頃の彼の落胆ぶりはそのまま放置するわけにはいかないほどのものであったと想像される。平田は高杉に、決して外出などせず忍んで暮らすよう念を押している。

山荘の庵は手狭であったので、望東尼は、来客があった日の夜は、一キロほど離れた立益町の野村家本宅へ山道を越えて帰って行った。そのお伴は腰元の山路すが子（後述）が務めたようである。高杉の潜伏中は、同志の瀬口三兵衛（善和）が山荘に寝泊りして彼の身の回りの世話をした。この瀬口という人物は福岡藩の茶坊主であったが、学問や砲術を学び、足軽に取り立てられた。その後職を辞し、平尾山荘の家番を勤めた。彼は望東尼に歌を学び、山荘を訪れる志士たちと熱心に交流した。

谷の梅

高杉晋作が山荘を辞する時に詠んだ次の一編の漢詩から、当時の彼の心境をいささかなりとも窺うことができる。

自愧知君容我狂　　自ら愧(は)ず君我が狂を容(い)るるを知る

山荘留我更多情
浮沈十年杞憂志
不若閑雲野鶴清
　　賦呈
望東君

山荘我を留めて更に多情
浮沈十年杞憂の志
しかず閑雲野鶴の清きに
　　東洋一狂生東行拝具

（「金玉文藻帖」）

この詩の中で高杉は、山荘に来た折の自らの状態を「狂」と表現している。尊王攘夷路線を世間からはなかなか受け入れてもらえず、九州潜伏後も依然挫折を繰り返しているが、それでもなお彼は革命への道を求めてやむことがない。そうした自らの心の有様を彼は「狂」という一文字に凝縮させているわけである。そして、そのような自分を望東尼が情愛深く受け入れてくれたことに対し、心苦しいこととは思いつつも深く感謝している。

高杉晋作像（一坂太郎氏蔵）

ところで、右の詩の中に出てくる「狂」であるが、これは高杉の〝狂人〟的な体質もしくは生き様のことでもある。高杉も師の吉田松陰と同様、その人生は常人の意表を突く行動の連続であった。彼が好んで用いた署名に「東洋一狂生東行」、「東洋狂生」、「東狂」などがあり、右の詩でもそのうちの「東洋一狂生東行」という署名が用いられている。

高杉は続けて言う。あなたは山荘に私を匿まい、さらに親切に世話をして下さった。私は危険な行動に身をさらして十年がたつ。あるいは無用の志を抱いているのかもしれない。しかし、それにしてもあなたは、さながら静かな空に浮かぶ雲と野に遊ぶ鶴のように、心清らかで悠々自適としており、かつ超然としている。何と素晴らしいことであろうか、と。

この詩からは、山荘潜伏中に高杉が望東尼に深謝しつつ、いかに自然に耳を傾け、いかに静かに時を過ごしたかがよく伝わってくる。

さて、山荘に潜伏していた頃、高杉は谷梅之助という変名を用いていた。

冬深き雪のうちなる梅の花埋れながらも香(か)やはかくるる　（「向陵集」一五八六）

望東尼は高杉の人物を見込んでこの歌の中で彼を梅の花に譬え、深い雪の中にあっても香が隠れることはないと詠み、その再起を期待した。また、花は時が来ると咲くものだから、焦らずその時を待ちなさいという意味を込めて次の歌を詠み、高杉を鼓舞激励した。

山口といふところにあぢきなき事ありける時、谷梅（高杉）がもとに

山口の花ちりぬとも谷の梅開く春べを堪へてまたなむ　（「向陵集」一五八八）

望東尼は歌人で教養もあり、仏門に帰依するとともに、高杉と同様、天神を信仰していた。そのうえ若き志士たちにとっては母親のような包容力を持っていた。このため高杉は、望東尼に対しては包み隠すことなく自らの心の内をさらけ出すことができたのであろう。また彼は、こうした静謐(せいひつ)な環境の中に身を置くことによって初めて、それまで国事で一杯であった自らの頭の中を無にし、男児たるものいったん志を立てたならば他藩に頼らず一人でも事を成すべきであるとの原点に立ち戻ることができたのではなかろうか。

すが子

望東尼が平尾山荘で暮らしていくのに、家事の手伝いをしてくれる下女の存在は欠かせなかった。歌友の郡たもつに宛てて「おのが使ひ侍る少女いまだ定まる人のいで侍らず」と書き、まだ下女が決まっていないことを訴えて、彼女が紹介してくれるという人であれば是非とも召し使いたいとしている（日付不詳、郡たもつ宛の手紙。個人蔵）。京都から帰国して以来、たびたび「今は下女なし」、「召使い呼びいるる者、ことに患ひなどして帰り侍れはせんすべなく一人住み」をしているなどと書いていることからわかるように、望東尼は下女の手配には随分難儀していたようである。

高杉晋作が山荘に潜伏していた頃は、吉村すが子（当時二十歳。のちに山路甚九郎重種と結婚）が望東尼に仕えていた。このことは、大正四年（一九一五）に刊行された甲斐信夫『山路すが子』の中に、すが子が孫に語った後日談として記されている。

すが子は、弘化二年（一八四五）、国学者青柳種信の弟子で桜園塾を主催する吉村千春の次女として生まれた（伊東尾四郎「吉村千春父子」）。『山路すが子』によると、彼女には山荘に来る前から和歌のたしなみがあったので望東尼の内弟子として迎えられたという。また、同書に出てくるすが子自身の話によると、列藩の有志で福岡藩の家中を訪れるほどの者は必ず平尾山荘に望東尼を訪れたが、その彼らの長旅の疲れを癒（いや）すべく入浴から食事に至るまで諸事万端の世話をするのが彼女の務めであったという。

以下、同書に基づいて高杉の山荘訪問と滞在の様子を垣間見てみよう。

ある月明かりの夜のこと、山荘の潜戸を開け、月形洗蔵と森勤作に伴われて高杉晋作がやって来た。まもなく福岡藩勤王派の万代十兵衛、伊丹真一郎、江上栄之進、今中作兵衛、筑紫衛、中村用六、中村円太、中村恒次郎、中村哲蔵といった面々も集まって来た（ただし、上記のうち中村恒次郎は既に禁門の変で戦死しているので、同書の記述は誤り）。

すが子も一座に呼ばれて同席した。森が「先生（高杉）吾曹（われら）は樹上の果物を望む野猿の群れで御座る、自然の嵐に落つるを待つか兵力に訴へて叩き落とすか御所存は」と問うたところ、高杉は意外なことに「清子（すがこ）殿御許の考へは」と意見を求めてきた。すが子は「女性（おなご）の妾（わらわ）には分り兼ねます」と応えたが、高杉は笑って、年齢順に意見を述べるのだよと言った。そこで「果物は秋になれば落つるに極ったもの、無理に叩き落としては折角の獲物が半熟で心許ないかと思いまする」と答えたところ、高杉は「そのとおり」と感嘆の声を上げ、「さすが尼君の心添へゆかしく存じまするじゃ」と言った。それには望東尼も嬉しくなって、すが子に一首詠むよう勧めた。そこで彼女が詠んだのが「われもなほ同じ御国に生まれ来て大和心のあらざらめやは」という歌であった。

なお、「野村望東尼資料」には、「高杉氏江よみて見せ侍りし当座のざれ歌」という題で、「我も猶人のすがたに生れ来てやまと心のあらざらめやは」と書いた短冊が収められている。これら二首の歌のうちいずれが実際に高杉の面前で詠まれたのかはわからない。

『山路すが子』の「別れの盃」の章によると、高杉が諸藩の心を一つにすることができなかったことを遺憾千万に思っていると発言したのを受けて、月形が福岡藩に長州藩へ馳せ向かう気勢が見えないのは面目ないことだが、時勢は変転するものなので今後も手を携えて王事に尽くそうと応え、そこに居合わせた一同もそれぞれに高杉を慰めたり励ましたりしたという。そうした中、望東尼は言葉静かに、諸藩の志士たちが互いの誤解を解くよう努力することが肝要であると説いた。また、高杉はすが子に対して、「大望ある身にも、時折、時事の非なるを思ひ出でてむしろ自刃してと思ひ逸（はや）る事のなひでもなかったが、妙齢の少女のみでさへかく迄王事に努めらるるに、……と思ひ返して我軽率を恥ぢた事も御座った」と礼を述べたという。

すが子は明治維新後、望東尼の顕彰のために尽力し、明治三十八年に石碑を平尾山荘に建立する折にも貢献した。石碑の表の面には七卿の一人東久世通禧の書に成る望東尼の有名な歌が刻まれている。

武士の大和心をよりあはせただひとすぢの大綱にせよ

石碑の裏面には同じく東久世公の撰による碑文が刻されている。碑文の最後の箇所には、「望東尼遺弟、筑の人山路清子女史、碑を山荘の遺址に建て、以て不朽を図り、余の文を請う、乃ちこの銘を為る」との経緯も記されている。

ただし、この碑文には史実に反する二つの出来事が記されていることも付言しておかなければなるまい。一つは、安政五年（一八五八）に僧月照が九州に下った時に平尾山荘に「錫（杖）を駐めた」とされる出来事であり、もう一つは、高杉潜伏中に西郷吉之助（隆盛）を「延い」た（案内して引き入れた、の意）という出来事である。それらの誤りが関係者の記憶違いによるものなのか、単なる粉飾にすぎないのかは今となっては知る由もない。ちなみに『山路すが子』には、平尾山荘に西郷がやって来たという記述は見当たらない。

平尾山荘の石碑

高杉との別れ

そうこうしている間にも、俗論派の支配する長州藩は幕府に対し謝罪恭順の姿勢を示すため、禁門の変の責任を問い、十一月十一日から十二日にかけて福原越後、国司信濃、益田右衛門介の三家老を自刃させるとともに、野山獄で四参謀を斬刑に処した。そして同月十八日には、広島の征長総督府に三家老の首級を差し出した。この事態に、高杉晋作はもはや福岡で潜伏している場合ではないと考え、危険を顧みず長州へ帰ることを決意する。高杉の心の中には、もうこれ以上他藩をあてにすることはできない、長州のことは長州人でやるという思いが渦巻いていたようで、長州に帰藩したのちの彼は、息つく暇もなくその天才的な閃き(ひらめ)で歴史に名を刻む獅子奮迅の活躍を繰り広げることになる。

十一月二十一日、高杉の旅立ちの日、望東尼は彼のために夜を徹して縫った着物に和歌を添え、餞別とした。高杉が山荘を去るに際して、望東尼には格別の思いがあったのであろう。

谷梅ぬしの故郷に帰り給ひけるに形見として夜もすがら旅衣を縫ひて贈りける
まごころをつくしのきぬは国の為たちかへるべき衣手にせよ
（『全集』八二四頁）

望東尼は、高杉のような若者の悲壮なまでの決意や行動を見ると、共感し世話をせずにはいられなかった。

江島茂逸の「贈正五位望東禅尼伝」によると、瀬口三兵衛を従えて山荘を後にした高杉は、博多の石堂(いしどう)川沿いの水茶屋（福岡市博多区千代二・三丁目）にある酒楼・若松屋に立ち寄り、瀬口と盃を交わしながら月形洗蔵らを待った（なお、若松屋の後身の常盤屋の建物は平成十三年〔二〇〇一〕に解体された。所有者の話によると、この建物には高杉がいたという言い伝えのある部屋があったそうである）。しかし、待てど暮らせど月形らが現れなかったので、宴席にいた五、六歳の少女を背負い、頬冠りをして石堂橋を渡り柳町の遊郭・梅ケ枝屋に移った。まもなくそこへ筑紫衛と伊丹真一郎が現れ、裏口から高杉を連れ出して対州屋敷に赴き、そこでようやく高杉は月形らと会うことができた。月形は高杉の出発に際し、家蔵の「資治通鑑(しじつがん)」を質に入れてその金を餞別に贈ったという（井上忠「月形洗蔵」）。

その後夜半になって高杉は博多を立った。ところが、同志の早川勇宅のある宗像郡吉留(よしどめ)村（福岡県宗像市吉留）までたどり着いたところで、長州から来た三名の使者と運悪く行き違いになってしまったことを知った。そこで高杉は彼らから情報を得るために八里の道のりを厭わず博多に戻り、彼らと合流してから改めて十一月二十三日、長州に向けて旅立った。

ところで、高杉と西郷吉之助がその生涯においてどこかで会ったことがあるかどうかは、今もなお残る謎である。諸説の中には、高杉が平尾山荘潜伏中に西郷と会ったとする平尾山荘会見説もあった。明治二十六年（一八九三）に江島茂逸が『高杉晋作伝入筑始末』において初めてその説を唱えた。

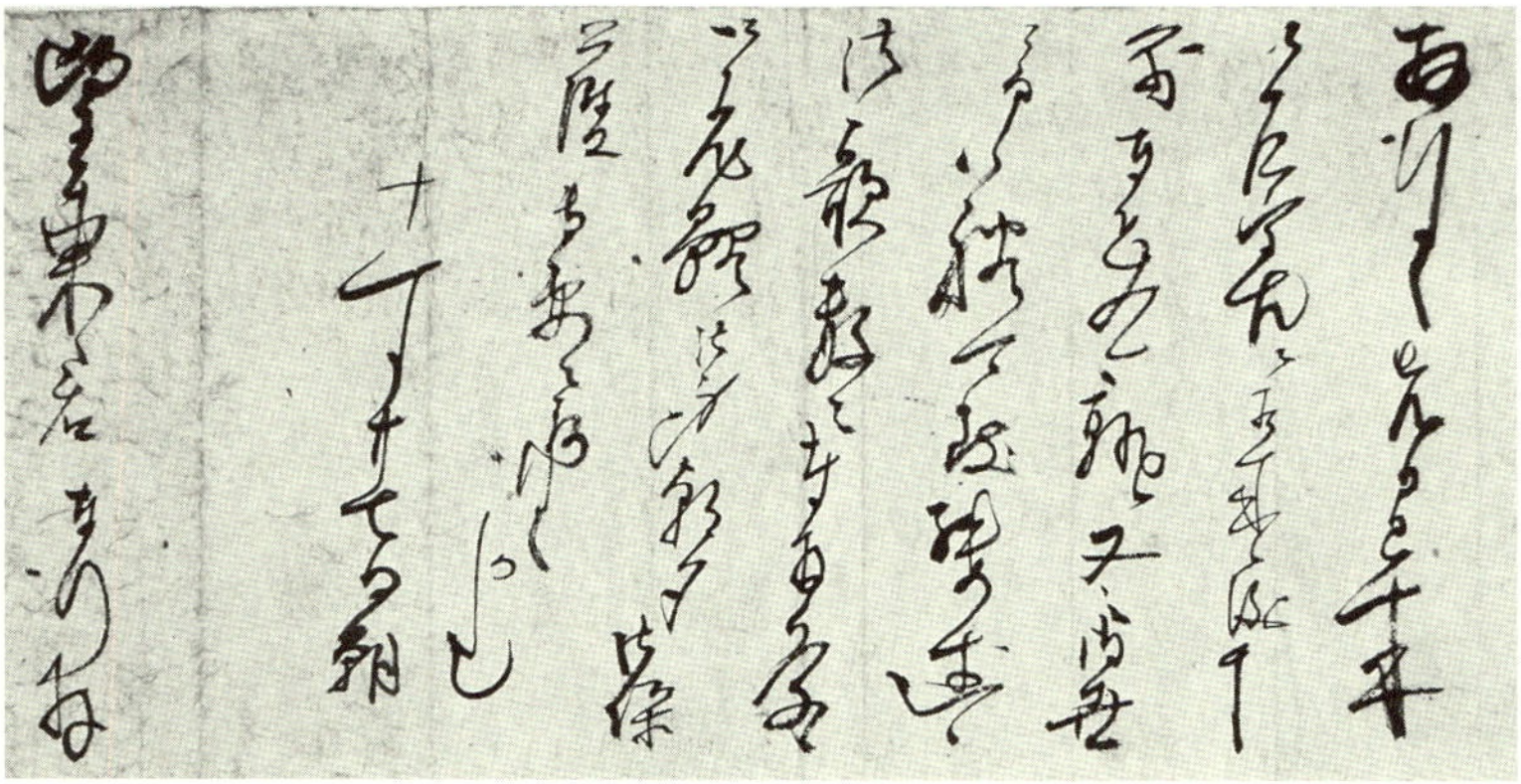
高杉晋作より望東尼への礼状（福岡市博物館蔵）

この江島説はその後、中嶋利一郎の考証によって否定された（「高杉晋作と筑前」、「高杉、西郷は会見せずといふ説の補遺」）。高杉が山荘に潜伏していたとみられる十一月十一日頃から二十一日まで、西郷は征長総督参謀として広島に滞在していたからである。西郷は十一月二十一日に広島を発って小倉に赴き、二十三日には小倉で副総督の松平茂昭と会見し、二十四日には芦屋を訪れている（『西郷隆盛全集』）。高杉は二十三日に博多を出発しているが、両者が途中のどこかで接触したという形跡は見られない。

長州に戻った高杉からは望東尼に、明日をも知れぬ身なので生きて再びまみえることはないだろうから、来世で礼を言いたいという感謝の手紙（「金玉文藻帖」）が届いた。

拝しまゐらせ候、先日已来御厄害(やくがい)に相成候儀、千万恐れ入り奉り候、孰(いづれ)
又の御世にて御礼縷述(るじゆつ)致すべく候、御歌数々拝受奉り候、御老体御身朝夕
御保護専要に存じまゐらせ候、かしこ

十一月廿七日朝

望東君　　　　　　東行拝

両者の交流は十日間余りのほんの短い期間ではあったが、高杉は望東尼に極めて強い印象を与えたようである。望東尼が期待を寄せていた平野国臣は既に他界し、高杉も今、長州に帰ってしまった。それにしても、この地にはこの国の将来をしっかり見据えることのできる優れた人材がいるのだろうかと不安になった。

くれ竹のうきふししげき世中はこの君と思ふ人なかりけり　　（「向陵集」一五九〇）

志士の歌

元治元年（一八六四）十二月五日付で馬場文英に宛てて出した手紙（「正気伝芳」一－九）で望東尼は、征長総督・徳川慶勝が福岡藩主に長州の取り扱いを一任したので月形洗蔵、喜多岡勇平ら多くの志士たちが同地に赴き精力的に周旋活動をしていること、中でも月形がめざましい活躍をしていることなどを知らせ、さらには、確かなこととは言えないと断りつつ、五卿を福岡藩で引き受けるかもしれないという内密の情報を伝えている。この手紙で注目したいのは、望東尼が周旋のために長州に赴いた月形ら同志たちの行動や、五卿（七卿のうち沢宣嘉は生野の変で敗れて長州に潜居、錦小路頼徳は病死）を福岡藩にという内々の動きについての情報を相当詳しく知っていたということである。他方で望東尼は、志士たちの考えがまちまちで一つにまとまっていないことが気にかかっており、その気持ちを「薄氷の上なり」と表現している。

幕府は、五卿をいったんは九州に遷座し、それから九州諸藩に分散させるつもりであったが、福岡藩は五卿の強い意向を受け、彼らを一緒に太宰府に移す方向で動いていた。結局、これらの問題解決には薩摩藩が影響力を行使することになるのであるが、望東尼は手紙の中で同藩の動きについて、薩摩は禁門の変では長州に敵対していたのに、今では正義論を立てて福岡藩に長州の周旋を一任し、将軍が乗り込んで来ても長州のために周旋すべきであるとまで言っているが、その「うちかえ」の早いことは「かげろう稲妻」のようであると皮肉っている。

馬場からは多くの手紙に加えて、禁門の変についての書付やその際に亡くなった志士たちの歌なども送られてきていた。望東尼はそれらを読んで、改めて禁門の変は「正義の過ち」であったと残念がるのであった。

また、馬場は、禁門の変の直後に命を落とした平野国臣の霊を「神祭」し、祭文の写しを望東尼のもとに送っていた。望東尼はそのことに対して「誠に誠に感じ入りたる御事」であると述べ、さらに福岡藩でも同志たちの間から、平野と禁門の変で命を落とした中村恒次郎の霊を祭るため、「わが庵の上の岡に社を建て申すべし」という話が出ていることを紹介している。ただし、「未だ開けぬ筋あれば、少し憚りて春に押し延べ侍りぬ」と、藩内の微妙な空気についても触れている。

平尾山荘の小祠

春山育次郎「平尾山荘記」によると、望東尼は平野・中村両名の歌を石に刻んで社の建立の準備をしていたが、その完成を見ないうちに姫島流罪となってしまった。そこで家人は、庵の下の土中にその石碑を埋めて人の目に触れぬよう隠した。それから約四年の歳月が流れ、明治の世になった。同志の子弟が土中から石碑を掘り出し、小祠を作ってその中に祀った。ここに望東尼の願望は成就した。その後、平尾山荘一帯が荒廃し、草庵も取り壊されてしまったが、小祠だけは壊されることなく時を経た。明治四十二年（一九〇九）、山荘が保存されることになった際に小祠も併せて再整備された。

小祠の中の石碑には次の歌が刻まれている。

■■（大王）にささげあまりし我いのちいまこそすつる時は来にけれ
兼（かねて）よりつかふる君の命ぞと思ひし我身今ぞささぐる

■■■■■（学習院書生）　■■■■■（大中臣国臣）　■■■■（中村恒次郎）

（■部分は削られた跡がある）

なお、「正気伝芳」の中にも、右の二首を双鉤（そうこう）（文字の上に薄紙を置き、その輪郭の線を写すこと）したものに望東尼が「こはわたくし手に入たる三義士の自筆形見となりて候へば、透き写し候て指し出し申し候」との書付を付したものがある。平野も中村も望東尼にとっては同じ勤王の道を歩んだかけがえのない同志たちであり、その精神をこうした形で大切に残しておきたかったのであろう。

望東尼は、以前から志士たちの歌について「思ふことをすぐに歌ひいだせる」のは「万葉集の心ばへ」（「正気伝芳」一―一〇）であると高く評価していたので、右の十二月五日付の手紙の中でも、「正義士の歌にはただの歌人はかなひ申さず候」と述べている。

ところで、この手紙の冒頭で望東尼は、自分の出した手紙が馬場の手元に届かず滞っているようであるが、そこには人に聞かせたくない話も多く書かれているのでよからぬ人の手に渡ったら心配だと述べている。手紙が思うように届かなくなるのはこの頃だけではなくその後もあり、そのたびに望東尼は不安になるのであった。一方、手紙の末尾では、馬場からの書付で大いに同志が力を得、藩のためになっていることも少なくない、と述べている。先に十月十八日付で出した手紙でも、「お前様の御志、ここの有志大いに感じ入、月形よりもよろしく聞こえあげよと申すなり」と、望東尼が馬場からの書付を勤王派の首領である月形にも見せ、月形もそれに感謝している様子を記しているが、この十二月五日付の手紙では、書付の中には家老に見せているものもあるが、少しも外部に漏らすようなことはないので安心してほしいと述べ、今後も情勢を知らせてほしい、という言葉で長文の手紙を締め括っている。

隠れがくれの御つとめ

元治元年（一八六四）十一月の高杉晋作の来訪以来、平尾山荘には次々と志士たちが潜伏するようになった。望東尼は彼らの世話に忙殺され、馬場文英や在京中の孫・野村助作に手紙を書くいとまもないほどであった。年の暮れも押し迫った十二月二十七日、望東尼は馬場に宛てて次のような手紙を書き送っている（「正気伝芳」一－六）。

……十一月ばかりより、ここかしこの隠れ人を預かり、それに取り紛れ、ただ一筆を書くいとまもなく候へば、いよいよ御不礼のみ、さぞさぞ御怒りもやあらんと恐れ入り申し候

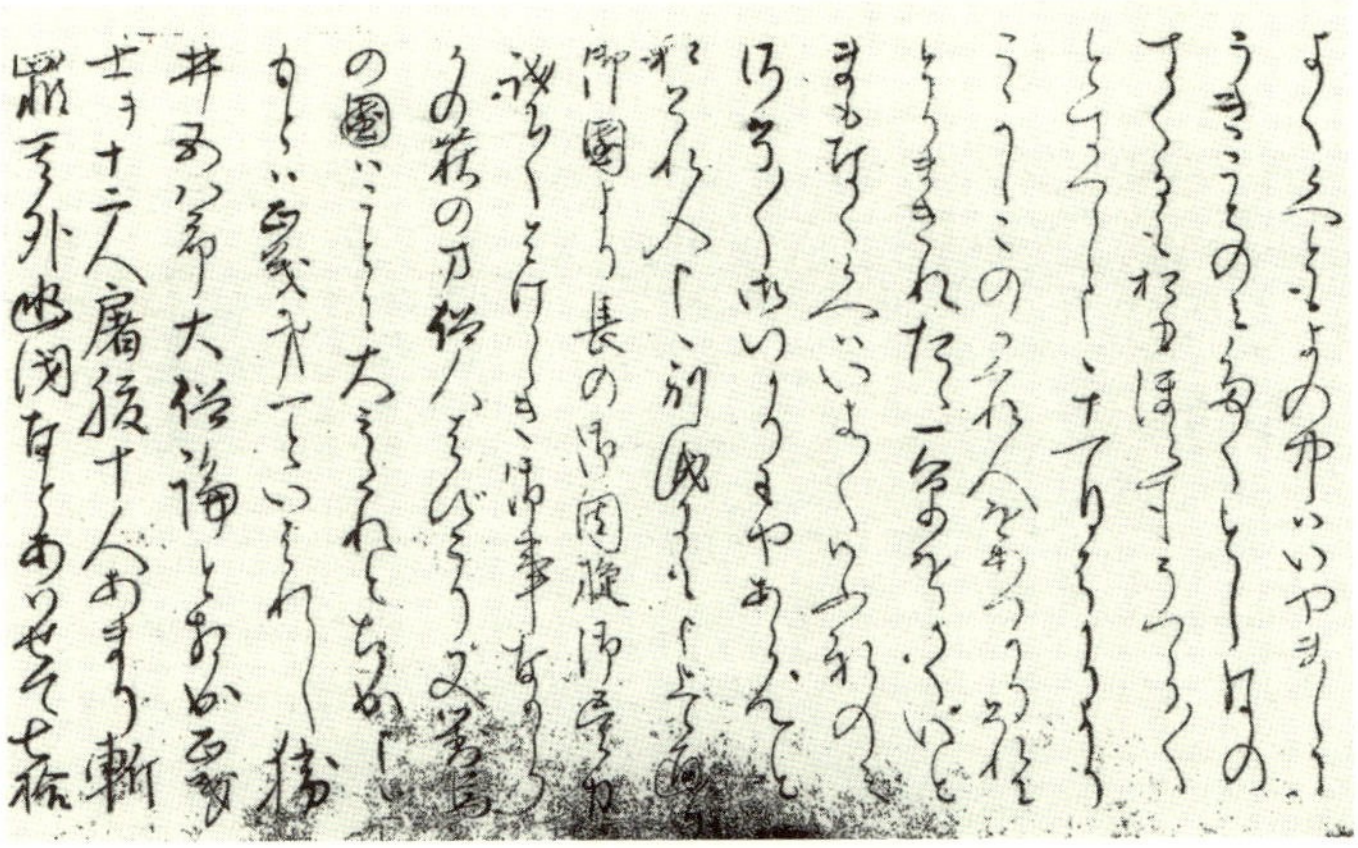

望東尼から馬場文英への手紙②（部分，福岡市総合図書館蔵）

また、この手紙よりも少し前、十二月二十二日付で助作宛に送った近況報告は、文末に「大いに内事あり」と書き添える内容のものとなった（「野村望東尼資料」六五－一）。

山郷に四、五人のまれびと（客人）あり、いささかのいとまもなく雪の日雨の夜も分かたず、山路の行かひのみにすぐし侍りぬ、やうやうこの頃少しはをりあひたるに、はた二十五日頃よりかのまらうと（客人）たちを桜井（福岡県糸島市志摩桜井）の方（かた）に移ろはせんとて又いそがし、他に入江何がしと

て肥藩の人も来たり、此人馬を引きたれば、ことに物騒がしつれど、これも今日馬は田代に返し侍りき、右により家の内も騒がしく、かかさん始め皆々隠れがくれの御つとめなり

山荘の庵は手狭であったので、来客が寝泊まりする日は、夕方になると野村家の本宅に引き下がった。雪の日も雨の夜もその往来に明け暮れていたことがこの手紙からわかるが、老いた身にはさぞやこたえたことであろう。馬を引いてやって来た客人もいたようだ。

剣客としても名を知られていた肥前大村藩の志士・渡辺昇（一八三八―一九一三）も、山荘にやって来ては望東尼に「拝謁」していた（九月二十四日付渡辺昇から望東尼宛の手紙〔おそらく元治元年に書かれたものと思われる〕。東京都立中央図書館蔵「渡辺刀水旧蔵諸家書簡文庫」〔渡〕八三九三）。彼は坂本龍馬から薩長同盟の必要性を説かれて意気投合し、長州で高杉晋作、桂小五郎らの説得に努めたといわれている。維新後は大阪府知事、元老院議官を歴任する。兄の清は江戸城開城の際、勝海舟と西郷吉之助の談判に西郷の副官として出席した。彼はのちに福岡県令も務めた。

こうして、かつて夫とともに花鳥風月を愛でながら暮らした静謐な山荘の庵は、今や勤王派の志士たちの集会所となり、激動する時代の荒波に呑み込まれていた。まさに山荘は、静から動へと大きく転回した。それは、高杉が潜伏したことが一つの契機となって、山荘が恰好の隠れ家として志士たちの間で評判になったためかもしれない。志士たちの世話は、野村家の嫁をはじめとする家族ぐるみの「隠れがくれの御つとめ」であると望東尼は述べている。

ところで山荘の周囲に民家はなかったが、江島茂逸の「贈正五位望東禅尼伝」によると、山荘に「いつしか浮浪の徒潜伏せしとのことは世評に」上るようになり、そのため望東尼は外聞を憚って、山荘への客人を志摩郡桜井神社の神職・浦毎鎮宅や博多矢倉門町にある虚無僧寺一朝軒（現在は聖福寺〔福岡市博多区御供所町〕の塔頭・

西光寺内（さいこうじ）に移したというのである。これは右の手紙の内容と合致する。江島によると、この頃山荘に来たのは、対馬藩の家老・平田大江とその家族、梁井（やない）直江や小宮延太郎などの対馬藩の志士たち、英彦山の義僧、肥後国菊池や筑後国水田の浪士などであったという。

さて、月形洗蔵が長州周旋のために奮闘していることは前述したが、望東尼は右の十二月二十二日付の手紙で助作に次のように書き送っている。

五卿様いよいよ入らせられなば先（ま）ず筑紫の国の春はたぐひあらじとたのしび申し候、月先生のこと、とやかくいふ人もあれど、どふで先生なり、事々かの人の兼ねて言ひしごとくなれるやうなり

これは五卿を福岡藩で引き受けることになったことを指している。月形は山荘にたびたびやって来ては彼の政治思想を熱心に語っていたのであろう。望東尼はそれが現実のものとなりつつあることを喜び、得意顔である。しかし反面、藩内に月形と意見の合わぬ者がいることも文中で匂わせている。

また藩主に関しても、「有難きみ心ぞかし、おのれ昔よりほめ奉りしことども、今ぞ人も知り奉らむ」と、その聡明さがやっと有志たちに認められたとして安堵している。

ところで、この手紙の中で望東尼は助作に対して、人と争うようなことが仮にあったとしても、先のことを考えて行動しなさいと諭している。かつて四男で隅田家の養子になった小助が江戸在勤中に出奔し流罪となったことや、助作の父・貞則が江戸勤務を終えて帰って来たのちに精神を病んだことなどを思うと、京都で勤務している孫の先行きについ神経質になってしまう望東尼であった。

対馬藩の内訌

望東尼は、元治元年（一八六四）十二月二十七日付馬場文英宛の手紙に、「田代より逃げ来る人もありて、忍び忍びの世話多く、さてさて恨めしき世となり申し候」と、対馬藩の内訌から逃れて来た人物が平尾山荘に匿われていることを記している。

対馬では文久元年（一八六一）、ロシア船「ポサドニック号」が芋崎（長崎県対馬市美津島町）を占領して数々の狼藉を働いたことを契機に尊王攘夷の声が高まり、佐幕派と尊攘派に分かれて争い合った。

対馬藩の平田大江は同藩の飛地である田代の奥役であったが、文久三年五月、家老に任じられた。平田が尊攘派であったことから、同藩領は尊攘派志士にとっていわば避難地のような役割を果たすこともあった。例えば、元治元年三月二十四日に脱獄した中村円太とそれを手引きした中村恒次郎、小藤平蔵らはひとまず田代に逃れ、そこから長崎に逃亡した。また、同日福岡藩の牧市内を暗殺した松田五六郎と吉田太郎は、対馬藩のもう一つの飛地である浜崎（佐賀県唐津市浜玉町浜崎）にしばし潜伏した。このように、対馬藩と福岡藩の志士たちはお互いに気脈を通じ合っていた。

ところが元治元年十月になると、藩主宗義達の叔父で佐幕派の勝井五八郎が尊攘派の大弾圧に乗り出した。望東尼はかつて「正義第一」といわれていた勝井が「大俗論」となり、「正義士を十二人屠腹、十人あまり斬罪、その他幽閉など、あはせて七拾人ばかり、それだに大いに驚き悲しみ申し候ところ、又々斬罪四十八人、とりこめられし人四十余人」と記し、これは「大乱」になったと嘆いている（十二月二十七日付馬場宛の手紙。「正気伝芳」一-六。『全集』書簡三三では十二月二十八日付となっているが、誤りである）。

諸藩の志士たちは、この報を受けて憤激した。中には、勝井と協力して対馬藩の政治改革に着手しようとした平田を裏切り者として非難し、天誅を加えようと叫ぶ者も現れた。平田は尊攘派としての自らの立場を明らかにし激昂する者たちをなだめようとしたのだが、それでも騒ぎは収まらない。身の危険を感じた彼は、一時難を逃れて、家族ともども平尾山荘に潜伏することになった。その時望東尼は、彼の家族の面倒を親身になってみたという。望東尼は手紙に、福岡藩の有志も対馬藩の行く末を憂えており、平田を助けて「大乱」を沈静させる計画がめぐらされつつある、と書いている。

その後も尊攘派に対する弾圧は続いた。しかし翌慶応元年（一八六五）になると、平田は諸藩の尊攘派の応援を得、田代で息子の平田主水（もんど）とともに尽義隊を結成し、勝井打倒を標榜して立ち上がった。平田は、佐幕か尊攘かの選択を藩主義達に迫り、義達から尊攘に与（くみ）するとの方針を勝ち取った。勝井は同年五月、ついにその義達の命によって討ち取られる。この一連の騒動は、甲子事変または勝井騒動と呼ばれる。

高杉の決起

福岡藩が藩を挙げて長州周旋に尽力していた間、肝心の長州藩の中は、いまだ政情が不安定であった。長州藩政府は幕府に恭順の姿勢を見せていたが、そうした流れに、何とか巻き返しを図ろうと大きな一石を投じたのが高杉晋作であった。

元治元年（一八六四）十二月十五日夜半のこと、高杉がついに決起した。彼は紺糸威（こんいとおどし）の小具足を着けて桃形の兜を首にかけ、自慢の太刀を手にして五卿が潜伏する長府の功山寺（下関市長府川端）を訪れた。その夜は雪が一面に降り積もっていたという。彼は三条実美らに挙兵の決意を述べ、これから長州男児の手並を御覧に入れると宣言して暇乞いをし、その足で下関に向かった。それは、高杉がようやくかき集めたわずか八十人ばかりの諸隊士による決起であったが、新地の藩会所を襲撃し、たちまちのうちにこれを制圧した。そして、兵の数では圧

功山寺の山門（下関市）

倒的に有利であった藩政府軍を相手に鮮やかな勝利を重ねていった。このことが藩内の空気を一変させ、それまで旗幟を鮮明にしていなかった大多数の正義派の諸士たちも一斉に立ち上がり、まさに騎虎の勢いで、俗論派の支配する藩政府を打ち倒した。

決起から十二日後の十二月二十七日付馬場宛の手紙で、望東尼は、「萩の正義士斬首左の通」として十名の名前を挙げた。長州の俗論派は、高杉決起の報に接するや直ちに武力をもって反乱部隊を鎮圧する方針を立て、十二月十八日には彼ら十名の「正義士」を野山獄に押し込め、その翌日には処刑してしまったのである。そのことを知った望東尼は、これでは日本の正義が少なくなると嘆き、「天朝昔にかへらせ給ふ事、如何にや」と強い危機感を抱いた。そして、長州藩に俗論派がはびこったままでは日本は「異人の国」になってしまうのではなかろうか、あるいは、これまで憎まれていた薩摩藩が長州周旋に大いに尽力しているので、日本は「薩のもの」となるのでなかろうか、などと千々に思い乱れている。

望東尼は、長州で元治二年一月七日から一万人の「萩」（長州藩政府）の藩兵に対抗してわずか千人の「正義」士が毎日のように戦っているが、おおかた「正義」が勝ちそうだと述べつつ、「日本一」の長州でさえこのように「あさましき有様」なので、「天朝の時」にまだ至っていないことが悲しいと嘆いている（一月二十日付馬場宛の手紙。個人蔵）。

まもなく望東尼のもとに、高杉が長州の俗論派を打ち倒したという知らせが入ってきた。望東尼はその快挙を大いに喜び、「谷の梅（高杉晋作）といふ人、国の仇をたひらげたりとききて」という詞書で次の歌を詠んでいる。

谷深み含みし梅のさきいづる風のたよりもかぐはしきかな　（「向陵集」一六二八）

高杉が苦境を切り開いたことを、つぼみのまま開かなかった梅が咲き出たと表現し、その知らせが梅の香りを運んでくれたので香ばしいと、爽快さに満ちた歓びを表現している。

五卿の太宰府遷座

長州で正義派と俗論派が砲火を交えている最中の一月十四日早暁、三条実美以下の五卿が雨の降りしきる中、功山寺を発し、関門海峡を越えて十五日、黒崎に上陸した。そこで三泊したのち、十八日には赤間に移動し、それから二十日間余りを同地に滞在した。五卿は二月十二日になってやっと赤間を出発し、箱崎に一泊したのち、十三日に筑前太宰府の延寿王院に入った。

太宰府天満宮は、もともと安楽寺天満宮とも天満宮安楽寺とも称していた。

延喜三年（九〇三）に菅原道真は薨去したが、まもなくその亡骸を葬った地に祠廟が創建され、さらに社殿が造営された。それが太宰府天満宮の起こりである。同天満宮は様々な呼ばれ方をしていたが、明治に入り神社の様式が整えられ、昭和二十二年（一九四七）、その呼称が正式に太宰府天満宮に統一された。

望東尼は太宰府天満宮を「さいふ」、「さいふの御神」などと表現しているが、この時代、太宰府天満宮に参詣することを「さいふまいり」といっていた。

五卿が入った延寿王院はこの天満宮の境内にあった。

望東尼は、太宰府に大宮人を迎えることができたことを大層な誉れと感じた。その年の春は望東尼にとって五卿の遷座・入筑に加え、孫の野村助作が五卿の接待役に任じられるなど、一挙に都の春を引き入れたようなものであった。しかし、福岡藩では五卿を迎えたことを喜ぶ人より、あざける人の方が多かった。それが望東尼には悔しく思われてならなかった（元治二年三月三日付馬場宛の手紙。『全集』書簡三七）。

望東尼が七卿の西遷に心から同情を寄せていたことは、かつて七卿がまだ長州に滞在していた頃に彼らの境遇に同情し長歌・反歌を作っていたことからもわかる（ほぼ同文のものが「野村望東尼資料」五六－一と太宰府天満宮にある）。なお、その七卿が、錦小路頼徳が病死し、沢宣嘉が生野の変に参加したために五卿に減ってしまったことは前述のとおりである。

ところで、望東尼にとってはこの上もなく嬉しい五卿の太宰府遷座であったが、二月下旬になって幕府はそれまでの言を翻し、五卿を江戸に護送するよう命じてきた。これは長州周旋をし、その結果、五卿を領内に預かることにした福岡藩に対して思いもよらぬ難題を突き付けるものであった。そこで、筑前入りしていた前征長総督参謀の西郷吉之助ら五卿を守衛する五藩（福岡、久留米、佐賀、肥後、薩摩）の代表が集まり、協議を行った。その結論は、今回の幕命には従わないという決然たるものであった。

五卿への拝謁

天神信仰に生きた望東尼にとって、五卿が太宰府に遷座して来たことは願ってもないことであり、何とかして拝謁できないものかと思った。その思いを五卿の滞在先である延寿王院の大鳥居信全（おおとりいしんぜん）（一八二二－七一。安楽寺前別当。信全の実父・梅小路宰相定肖（さだたか）は三条実美の父・実万（さねつむ）の従弟）に伝えていたところ、信全が三条実美から許可を取り付けてくれた。そこである夜、延寿王院に裏口から入ろうとしたが、守衛が入口を閉ざしたまま入れてくれない。信全が何とか取りなそうとしてくれたがどうしても聞き入れてもらえず、そのうちに雨が激しく降ってきたので全身ずぶぬれになってしまった。これには望東尼も涙が流れてくるのを止めることができなかった（「向陵集」一六二七）。結局この日、拝謁の夢は叶えられなかった。前述のように、五卿の守衛には福岡藩のほかに九州の四藩からも藩士が派遣されていたので、延寿王院の主である信全とて思うに任せないことがあったのであろう。

その後、接待役の野村助作の口利きで、望東尼の還暦の祝いに寄せて実美から、「皇国の正しき道をふむ人はちとせの坂もやすくこゆらん」という和歌が贈られてきた。望東尼は深く敬慕する実美から、それまでに生きてきた道を「正しき道」と評価されたことをこの上もない喜びと感じた。

まどひつつ老いの坂路をのぼりきて正しき道となるぞうれしき　（「向陵集」一六三〇）

延寿王院五卿滞在の間（太宰府天満宮提供）

そして五卿に拝謁したいという夢がついにやって来た。その日のことは四月三日付馬場文英宛の手紙（『全集』書簡三八）に、「この二十五日に詣ではべりたるに、有難くも御前に召させられ、いといとねんごろなる御ものがたりを承り、まことにまことに生ける甲斐あり」と興奮気味に記されている。文面から察する限り、拝謁した日は元治二年（一八六五）三月二十五日であったと思われる（口絵参照）。

その時の実美の姿は「御眉墨も御歯黒もせさせ給はで、御衣もただに御袴ばかりまゐりたる御さま、いといと畏くもあはれにおはしますになむ」。望東尼にとって実美の姿は畏れ多い限りであったが、流寓の身ゆえ、宮廷とは異なって簡素な装いであったことがことさら哀れに思われるのであった。

望東尼は、五卿の中でもとりわけ実美の面立ちが優れていると思った。紫式部の『源氏物語』を想起し、太宰府を須磨の浦に譬え、「たれ人かかの君の御為に命を捨てざらん」とまで思うのであった。

この五卿に拝謁した日については、これを二月二十五日とする説もある。例えば馬場文英「野村望東尼行状」では、拝謁の日は二月二十五日となっている。

しかし、五卿が太宰府に到着したのが二月十四日で、それからたった十日間のうちに、雨の日に裏口から入ろうとして断られ、還暦の祝いとして五卿から和歌を賜り、そして延寿王院で拝謁が実現するという一連の出来事が起こりえたとは到底考えられない。やはり、三月二十五日に拝謁したと考えるのが自然であろう。

そもそも二十五日は菅公ゆかりの日で、望東尼はその日は天神様を拝み、時には太宰府に参詣することもあった。望東尼は、天神様のお蔭で五卿拝謁の栄に浴することができたと思ったのではないだろうか。

中村円太の自害

元治二年（一八六五）一月十六日、中村円太が自害した。望東尼にとって大切な同志の命がまた一つ失われた。望東尼は多くの志士たちの中でも特に彼とその弟・恒次郎に目をかけていた。中村兄弟の方でも望東尼のことを心から信頼していた。そのことは中村円太の次の歌からもわかる。

望東高尼にまゐらするとて

いろにいでて我天地（あめつち）の大けなきこころを見する女郎花（をみなへし）かな　無二（「金玉文藻帖」）

中村は、天地のように高大な、もったいないようなお心をお見せ下さる女郎花ですよと、望東尼を女郎花に譬えて詠んだ。

行動的な中村は、志士を穏健派と激派とに分類するならば勿論後者の方に属していたが、望東尼には自らの心の内を見せていた。彼が著した「自笑録」（井上忠翻刻・解説「中村円太『自笑録』の紹介」）に、青年期に両親を亡くして嘆く記事があることからすると、あるいは彼は望東尼の中に亡き母親の面影を見ていたのかもしれない。望東尼は馬場文英に対し、中村の死について偽りを言っては彼の名誉に関わることになるので本当のことを伝えるとして、その生い立ちから最期までを綴った書付を送っている。その冒頭に次のような記述がある。

野唯人（中村円太）の身の始め終わりに付け、いとむつかしく、あらはには書いつけがたし、しかし、いつはりをきこへては、万代に名の残る事に候へば、あらましその事を別紙にしてまゐらす、此事必ず御国の有志とて、つゆばかりも御もらしありては大事もおこり申すべし、上京の者たちに必ず必ず御もらしあるべからず、いづれの有志も唯人が事は少し過ち（あやま）なれば、まことをあらはに言ふこと大に秘し事なれば、これを告ぐる者は如何なる目にか遭はせ申すべく、同意せぬ有志もあまたありて、此事より、少し心に隔てあるもあり

（「正気伝芳」一―一五）

中村は図太い神経の持ち主で、脱藩の罪を犯しているにもかかわらず、公然と下関の芸妓三人を連れて福岡に戻り、白昼堂々と太宰府天満宮に参詣したりした。この時期は、福岡藩の内部で保守派と勤王派がせめぎ合っており、もし勤王派に何らかの過失があれば保守派がそれを見逃さず攻撃してくることが懸念された。同志たちは身勝手な行動をする中村に福岡を即刻退去するよう強く勧告するが、彼は一向意に介さない。そこで同志の中には、彼に詰腹（つめばら）を切らせるべきだと息巻く者も出てきた。そしてついに同志たちが集まり、酒に酔っている中村を博多奈良屋番（福岡市博多区奈良屋町）の報光寺（のちに廃寺）まで連れて行き、その場で無理矢理に彼を自刃に追い込んだ。その模様を右の書付の中で望東尼は次のように表現している。

双方議論の上伏せざるを無理に詰腹切らせ候由、此れ正月廿六日（正しくは十六日）夜丑の刻過の事にて、唯人年三十一歳に相成り候由に候

（「正気伝芳」一－四）

この書付の中で望東尼は、五卿の太宰府遷座は「是全く唯人壱人の力なり」と記し、中村の功績であると評価している。それほどに彼の力量を高く買っていたので、中村を自害に追い込んだ筑紫衛、伊藤清兵衛をはじめとする勤王派の志士たちのとった行動は間違いであったと思っているのである。

ただ望東尼は、自分の意見を馬場が上京中の筑紫衛らに「つゆばかりも御もらしありては大事もおこり申すべし」と、かなり強い表現を用いて注意を喚起している。中村の死については志士たちも一枚岩ではなく、また保守派との争いに神経が鋭敏になっている折から、血気にはやる志士たちにもしわずかなりとも自分の見解が漏れ伝えられたら、どんなことが起きるかわからなかったのである。

それでも望東尼は、馬場に自分の真意を伝えずにはいられなかった。望東尼は常々、志士たちが心を一つにして国事に臨むことを願っていた。志士たちがそれぞれの志を一本の大きな綱として縒り合わせ、この国のかたちを変えていく。そのことが「勤王の母」ともいわれた望東尼の切なる願いだったのである。

くれなゐの大和錦もいろいろの糸まじへてぞ綾は織りける

（「向陵集」一五九三）

ところで、右の中村円太に関する書付の筆跡は望東尼のものではない。この書付の末尾に、「御書取の上本書は御見仕舞の上御火中下さるべく候」とあるので、馬場は望東尼から送られてきた書付をそっくりそのまま書き写して保存しておき、原本自体は、いざという時に筆跡から差出人の身元が割れてその身に累が及ぶのを避けるため、望東尼の指示に忠実に従い、火中に投じてしまった可能性が高いと思われる。

福岡藩勤王派の台頭と凋落

福岡藩では勤王派が長州周旋に際して大いに活躍したため、元治二年（一八六五）二月、大老で同派に理解を示す黒田播磨（諱は一整、溥整ほか、号は一葦）らが中心となって、それまで用人であった加藤司書（一八三〇―六五。諱は徳成（のりしげ））を家老に抜擢するなど同派の有士たちを藩の要職に登用した。まさに勤王派が藩政を掌握したのである。

加藤司書は二千八百石を領する藩の中老で、天保九年（一八三八）に父の徳裕から家督を継いだ。プチャーチンの長崎来航に際して警備の任に着くなどし、元治元年の禁門の変後は、藩命を受けて長州征討回避のために尽力した。同二年、三条実美ら五卿を太宰府に招くに当たっても重要な役割を果たした。

加藤司書画像（節信院蔵）

ところで実は、藩主長溥は本心では加藤の登用についていささか懐疑的であった。長溥は、勤王派の独断的な行動に危惧を覚え、やがてそれが藩主としての権力を喪失することにつながるのではないかと恐れたのである。

また、そもそも長溥の長州周旋の目的は、長州を幕府に服従させ、内乱の勃発を回避することであったのに対し、月形洗蔵ら勤王派の目指すところは、西南雄藩との連携を深め、それらの側に立って尊王攘夷を基本とした政治路線を推進することにあった。藩主長溥の抱いた恐れとこの両者の立場の違いが軋轢（あつれき）を生み、両者の関係を次第に抜きさしのならぬものへと追い込んでいくのである。

長溥は家老になった加藤司書にすぐさま強い不信感を抱くようになったが、その要因になったと考えられるものの一つが犬鳴御別館事件である。

加藤は有事の際に備えて、藩主を匿うための別館を領内の東方、犬鳴峠を越えた谷奥（福岡県宮若市）に築造した（石垣の一部が現存）。これに対し保守派は長溥に、加藤らがこの建物に長溥を幽閉して世子・黒田長知を藩主に擁立しようとしているなどと讒言（ざんげん）した。このために加藤は長溥の強い怒りを買ったとされる。

一方で、加藤は長知に、保守派の処分を長溥に進言するよう働きかけ、もしそれができない場合には長溥を廃し長知を擁立したいと持ちかけたが、その申し出は拒絶された。そしてこのことは長溥も知るところとなり、ついに五月二十三日、加藤司書は家老職を罷免された。

望東尼は早速、馬場文英に加藤の罷免を知らせている（慶応元年五月二十七日付の手紙。「正気伝芳」一－一）。加藤が職を解かれ、そのことで藩内に動揺があったが、

犬鳴御別館跡（福岡県宮若市）

福岡藩はまだ何とか正義の路線を進んでいるように見えた。望東尼は不安を感じつつも、勤王派の家老・矢野相模がまだ無事であるので心配には及ばないだろうと思った。そして、加藤の解職理由については、彼に「おのがじし」（自分勝手）な一面もあったからで、そうなっても仕方がなかったのではないかと考えた。

馬場への手紙の中で望東尼は、長州周旋に尽力した月形も「差し控え」となり面会もできない状態だと言っているが、これは藩主の周囲にいる「枝葉」（他の手紙では「奸人」とも表現）の仕業であって、藩主は聡明であるので近いうちに必ずこの問題を解決してくれるであろうと信じていた。そして、神代（かみよ）の始めの国が分かれずにいた頃に戻るためには、「とても、一たびゆり直さではかなはぬ御世なるべし」とし、そのためには、まずは五卿を都に帰すために尽力することが肝要であると考えた。また望東尼は「皇国」が戦いのない平和な世の中になることを心から願い、そのためには九州だけでも正義に固まって長州を救い、「皇国」のために尽くさなくてはな

らないと信じていた。しかし、藩内には「有志」であっても心を許し難い人もいて、「内々様々に入り乱れ二ツ三ツに別れたるよう」で、それらが嘆かわしくてならなかった。

三条実美からの扇子

右の五月二十七日付の手紙によると、四月二十九日に馬場文英が出した手紙は五月二十三日に望東尼のもとに届いている。望東尼は、以前に京都の情勢を記した馬場からの書付を人を介して五卿にも届けたことがあるが、それが大いに喜ばれたので、次の書付も早く見せたいと思っていた。ところが、四月二十九日の手紙に添えられていたはずの書付が届いていなかった。とうに届いていてよいはずのものが自分のもとに届いていないので、馬場に、対応策として今後は時勢を書いた書付を手紙と一緒に封緘(ふうかん)して、差出人を「御主人の御名」(馬場の主筋・比喜多を指すものと思われる)とし、宛名の方は望東尼ではなく孫の野村助作として、願い物のような形式で出してほしいと注文した。望東尼は、六月七日に太宰府延寿王院の信全に宛てた手紙の中でも、馬場からの消息が途絶えていることについての不安を訴えている。

その信全から助作宛に届けられた閏五月二十四日付の手紙が「金玉文藻帖」に収められている。それによると、信全は四月十六日から閏五月一日まで「南筑」(筑後)に赴いていた。太宰府に戻って来た彼が閏五月十五日に五卿を訪ねたところ、三条実美から望東尼に扇子を贈りたいとの意向が伝えられた。そこで彼は使者を立てて望東尼にその扇子一包みに自らの手紙を添えて届けてきたのであった。

信全からの手紙への礼状を望東尼は六月七日に書いた(太宰府天満宮蔵)。おそらくはこれが、遺されたものの中では、藩から謹慎を言い渡される(後述)前の最も遅い時期の手紙であろう。

望東尼は、実美から思いがけない品を賜ったことに「夢の心地になむ」と喜びを隠せなかった。すぐにでも伺ってお礼を申し上げたいところであるが、「空蟬（現世の人間）の世の障りがちにて、心に得まかせ侍らず」と述べているように、不穏な情勢の下、望東尼の行動にも制限がかかっていたようで、太宰府に出かけることすら憚られたようだ。しかし、神詣でということであれば誰でもきっと許してくれるであろうと思い直し、礼状には是非とも近いうちに参詣したいと書いた。

ところで、五卿が太宰府に入った直後に接待役を仰せつかった助作も、今では「御用に託たではまゐりがたく無礼（無沙汰）にのみすぐひ侍る」と、何かの用がなくては五卿の許を訪ねることができずにいた。

望東尼は以前、馬場からの書付を五卿に見せて喜ばれたことがあったので、次の書付が届いたらそれも五卿に見せたいと思い、「よろづおぼつかなく待ち暮らし」ていたが、一向にそれは届かなかった。それもそのはず、馬場は京都で検挙されていたのである。

馬場文英と比喜多源二の捕縛

慶応元年（一八六五。元治から慶応への改元は四月七日）四月十九日、幕府は第二次長州征討の方針を打ち出した。それに伴い、将軍の入洛・参内の安全を確保するため、親長州派の志士たちの大捕縛が行われた。それは同年の五月から閏五月にかけてのことであった。

京都の馬場文英も五月、京都所司代の手の者によって拘束された。この時、比喜多源二も捕えられた。馬場はのちに、「囹圄（牢居）中に筑波・太平・大和・但馬等の義挙徒及有栖川宮・鷹司殿・三条家・姉小路家・高松家・白川家等の国事関係の志士と同居すること凡十ケ月間、其中に実際を索め記憶して悉くこれを留む」（「馬場氏書翰」〈「七卿西竄始末」初編〉）と書いている。六角の獄で同居した志士たちから貴重な情報を入手することができたというのは、考えてみれば皮肉な話である。

さて、捕縛の経緯については、馬場がのちに獄吏の砂川健次郎から聞いた話をまとめた後日談に詳しいので、それによってみよう（「野村望東尼行状」）。

福岡藩の保守派は、京都の情勢がすぐに福岡に伝わり、また福岡の情勢も速やかに京都に伝わることを訝しんでそのルートを捜索し、馬場と望東尼の間に〝東西事情の通路〟が開かれていることを発見した。そこで一刻も早くそれを断ち切ろうとしたが、福岡では保守派と勤王派が対立した状態のままで藩政の方向性が定まっておらず、望東尼に迂闊に手を出すわけにはいかない。一方、京都においても、馬場は福岡藩御用達大文字屋の関係者とはいえ元来が京都籍の人なので、藩命を下してみだりにこれを拘束するわけにもいかない。

そこで福岡藩の京都藩邸は、世子黒田長知の正室が京都所司代・松平定敬（一八四七―一九〇八。尾張藩主・徳川慶勝と会津藩主・松平容保の弟）の義父・松平定猷（前桑名藩主）の妹にあたり黒田家と松平定敬とが縁戚関係にあることを利用し、所司代に依頼して、「元治物語」を書いたこと及び平野国臣ら志士たちを匿まったことの二つの嫌疑をもって馬場を拘束した。この「元治物語」というのは、前年に京都事情探索のため上京した福岡藩の志士・中村哲蔵の求めに応じ、馬場が書き上げて同人に渡した禁門の変始末記のことであった。ところがどういうわけか、「元治物語」は「元治夢物語」として既に世間に流布していた。所司代による取り調べにおいて馬場は、「元治物語」に「天幕の枢機」が記されているが、それをもって「衆を躍動して激せしむるや」と糾弾された。彼はのちに糾弾の様子を「筑前藩内訌の嫌疑を問はず、他事に託して糾弾厳なり」と記している。

いずれにしても、福岡藩は何としてでも馬場と望東尼の間に設けられた情報ルート〝東西事情の通路〟を塞ぎたかったのである。望東尼から警戒するようにと呼びかけた五月二十七日付の手紙を馬場が見るのは、翌年春、六角の獄を出てからのことであった。

先に示した「馬場氏書翰」によると、慶応二年三月に釈放されてのち、馬場は五卿を追って三田尻に行き、その足で福岡まで足を延ばして半年後には京都に戻っている。そのうちの三カ月間を野村家で過ごしたというが、望東尼はその頃は姫島で入牢中であった。福岡の野村家とは手紙で交信していたが、馬場との関わりについて記した手紙は残っていない。

ここで、馬場と同じ時期に六角の獄につながれていた比喜多源二のその後についても触れておこう。比喜多は獄に数カ月間つながれ、赦免されてからは公家の愛宕(おたぎ)家に仕えた。のちに彼は明治四年（一八七一）の二卿事件に連座し、同年三月に逮捕されて十二月三日、斬刑に処される。

二卿事件とは、愛宕通旭(みちてる)（一八四六―七一。実父は内大臣久我建通。愛宕通致(みちずみ)の養子）が明治新政府の方針に不満を抱き、攘夷を唱えて旧公家外山光輔(とやまみつすけ)らと結び、武力をもってしても天皇の京都遷幸（帰還）を図り政体を一変しようと画策したものの、その計画が途中で漏れて外山とともに捕えられ、位記（位階を授ける時に与える文書）を奪われたうえに自刃を命じられたという事件である。この時比喜多も斬刑に処せられたが、馬場にとって比喜多源二という人物は、他家に養子に出されたとはいえ、主人である比喜多五三郎の歴とした次男であった。おそらく馬場は彼に尊王攘夷を丁寧に教え込み、思想面で多大な影響を与えていたものと思われる。そんな愛弟子のような彼の死に接して馬場は大いに悲嘆にくれたことであろう。

ところで、その馬場がいつ没したかについては実のところ不明である。彼は明治二十八年（一八九五）九月、七十五歳の時に「馬場文英履歴書」を書き上げているので、その頃は間違いなく存命であったはずである。それに対し明治三十年十月に発行された『尊王実記』の編纂者が「故馬場文英」となっていること、またこの本の跋文を同二十九年九月十五日付で書いた早川勇は「余識文英久矣此記其所逸、以添一言、亦報馬場氏生前交誼耳」と書き、生前の馬場と交誼を結んだと述べていることからみて、彼は明治二十八年九月から二十九年九月までの間に死去したものと推測される。

馬場は明治十七年、念願であった三条実美の履歴編纂に実美自身の許諾を得て着手するが、同二十四年二月に公が薨去したことで中断のやむなきに至った。その年の八月には息子が死去したので娘夫婦の世話を受けることになり、亡き息子の嫁及びその四人の子供たちとともに娘の家に移った。このように、彼の晩年は不遇であった（「馬場文英履歴書」）。

幕末には多くの志士たちが登場するが、必ずしも皆が表舞台に立ったわけではない。中には金銭面や精神面などの面で裏方として志士たちを支えた人々もいた。下関の豪商・白石正一郎や入江和作などもそうであった。馬場もそれらの一人として数えられてよいと思われるのだが、田尻佐『贈位諸賢伝』、日本歴史学会編『明治維新人名辞典』をはじめほとんどの人物伝にはその名の記載がない。甚だ残念なことである。

勤王家望東尼

ここで若干の紙数を割いて、望東尼の勤王家としての活動を振り返ってみることとしたい。

京坂の旅から帰ってのちの活動を俯瞰（ふかん）してみると、第一は、上京する志士たちを京都の馬場文英らに紹介し、宿の世話などの便宜を図ってもらったり匿まってもらったりしたことである。京都に入り込んで命がけで活動する志士たちにとって、望東尼による様々な形の支援は活動の足がかりあるいは拠点を確保するうえで重要な役割を果たした。これはいわば軍事における兵站（へいたん）のようなものであり、前線の将兵を勝利に導くためになくてはならぬ命綱であった。第二は、馬場との間に手紙の往来による情報交換ルート〝東西事情の通路〟を設け、そこから得られた京都の情勢など重要な情報を福岡の志士たちに逐一提供したことである。情報の持つ重要性は古今東西変わるところがない。時としてそれは決定的な役割を果たす。幕末の福岡藩における望東尼の存在は、情報流通の重要な一端を担っていたという観点からも評価されなくてはならないであろう。そして第三は、平尾山荘で諸藩の志士たちを匿まったり、和歌などによって志士たちの魂を鼓舞激励したことである。これも後方支援の一つと言ってよいであろう。現代の企業において厚生部門があったり、精神的ケアのための仕組みが設けられたりしているように、後方支援の持つ意味は決して軽くないと言うべきである。

第一の京都における志士たちへの支援について若干詳しく述べてみよう。

平野国臣ら上京する志士たちを馬場に紹介したことは既に述べたが、例えば志士の一人・伊藤清兵衛（勝益）の上京の折にも、望東尼は馬場に彼を「有志のうちにてもよろしき人」と紹介し、「かねてより御身さまよりの委曲（つばら）なる御文どもをよく知りて、こたびも御知り人になりたしと申され候へば、よろしう御世話たまはれかし」と書いて、伊藤が馬場の知遇を得たがっているのでよろしく世話をしてくれるように、と頼んでいる（元治元年十月十八日付の手紙。『全集』書簡三二）。

翌春帰国した伊藤は五月二十七日付で馬場に宛てて、京都滞在中世話になったことや帰国時に結構な土産を貰ったことに対する礼状を出すが、その中で今度は、京都聞役としてこれから赴任する同志・中村到（松浦格弥）について「確固たる正義の仁」であると書き、馬場に同志を紹介する側に回っている（「正気伝芳」二―八）。

福岡藩士・筑紫衛（一八三六―六五）も望東尼によって紹介され、京都で馬場の世話になった一人であった。彼も五月二十五日付で馬場に宛てて礼状を出し、その中でこれから上京する吉田主馬（しゅめ）と中村到が「邸内の弊風（京都藩邸内は保守派が主流であった）追々一新いたし候はんと相考えられ候」と述べている（「正気伝芳」二―七）。さらに望東尼からの五月二十七日付馬場宛の手紙もあるので、おそらく中村到は、伊藤、筑紫、望東尼のそれぞれが馬場に宛てて書いた手紙を携えて上京したものと推測される。

なお、実は望東尼はこの中村到と面識がなく、手紙の中では、会わずに人の良し悪しは言えないのだがと断ったうえで、信用できる人が彼を評価しているのでまずは大丈夫だろうと書いている。

次に、第二の情報交換ルートとしての役割について述べる。

筑紫は右の礼状の末尾で、「其表の形勢追々野村迄御申越戴呉々相願ひ申し候」云々と述べ、今後も京都の情勢を望東尼まで届けてほしいと頼んでいる。このことは、志士たちの間において馬場―望東尼間の情報交換ルートの確実性・信頼性に関する認識と評価があったということを示すものであろう。

馬場は福岡の杉山（人物不詳）なる者にも「一書」を呈したことがあるが、望東尼はそれについて苦言を呈し、「杉山あたりに御見せ成され候とも、上に貫く事おぼつかなし、こののちはおのれにすぐにたまはらば、人に見せず矢野大人の御目にかかるやうにはからひ侍らん」と述べている。すなわち、杉山に見せれば上に届く前に保守派に筒抜けになるかもしれない、自分であればそのような者たちに見られることなく正義派の家老・矢野相模に披露することができるというわけであり、望東尼は正義派上層部への浸透力に自信を見せている（元治二年正月二十日付馬場宛の手紙。個人蔵）。馬場からの書付を家老・加藤司書に見せたことも元治二年三月三日付馬場宛の手紙に記されている。今日において馬場から望東尼に宛てた手紙は一通も残っていないが、望東尼は、時勢についての馬場の見解が的を射ているとして同志たちが大いに感心していると繰り返し書いており、そのことからも馬場と望東尼の間で時勢についての情報や意見の交換が頻繁になされていたことが推し量られる。

志士たちとの交流

さて、第三の平尾山荘における志士たちとの交流である。その実態を窺うことができる資料があるので紹介してみよう。

「金玉文藻帖」には、鷹取養巴が自ら懇意にしている秋月藩の坂田真之助を有志の一人として望東尼に紹介した手紙（年不詳。四月十六日付）が収められている。この手紙で鷹取は、坂田は福岡を出る際に「貴家（平尾山荘）より拝走」したいとしており、面識がないのに恐縮であるが、彼のために「御高話」を聞かせて下さるようお願いしたい、と頼んでいる。

「金玉文藻帖」には、江上栄之進から望東尼に宛てて出した手紙も収められている。江上は「御咄（はな）しのうれし

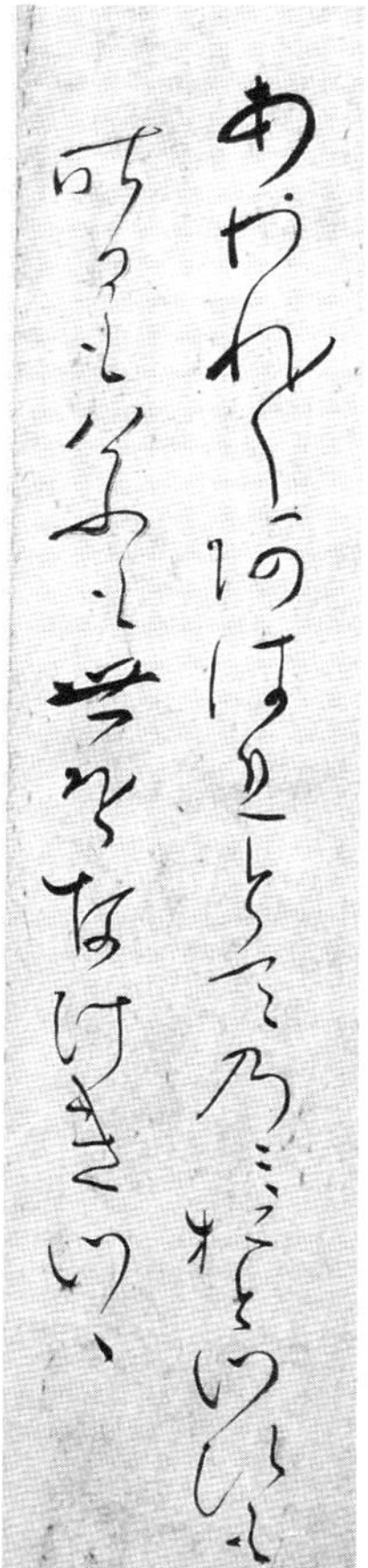

中村円太（無二）の歌
（福岡市博物館蔵）

く御情けのありがたさに甘えては日毎にまかり出でいろいろ御馳走給りし」と書いており、一時期毎日のように山荘を訪問しては望東尼と語り合い、食事を提供されていたようである。この手紙の日付には「菊月十三日」とあるのみで書かれた年は記載されていないが、文中に、江上が加藤司書らとともに犬鳴山を越え脇田（福岡県宮若市脇田）、福丸（宮若市福丸）を通って、植木（直方市植木）から川船で黒崎まで行き、そこで野村助作が従軍している福岡藩の軍勢と合流したという話が書かれているので、禁門の変勃発後に福岡藩から禁裏護衛のための軍勢を発した時のものと思われる。つまり、この手紙は元治元年（一八六四）九月十三日付のものと推測される。

江上の手紙の中には、中村円太・恒次郎兄弟の長兄・中村用六（手紙では「要六」と表記）の名前も登場する。

用六は勤王の志が篤かったが、文久元年からは隠居生活に入っていた。「金玉文藻帖」には、この中村三兄弟の用六（無用）、円太（無二）、恒次郎（無可）が望東尼に送った和歌も収められている。

かたりあへば心も涼しふきおろす嶺の松風庭の真清水　（無用）
あはれあはれあはれとてのみ一昨日も昨日も今日も世をなげきつつ　（無二）
君とわが心は同じいつまでも明日はいづちに別れ行くとも　（無可）

用六の歌は、松の大木に囲まれた平尾山荘や庭のこんこんと湧き出る清水などの景観を詠んでいる。おそらくは彼も平尾山荘を訪れたことがあるのであろう。用六は隠居していたので慶応元年（一八六五）の福岡藩による勤王派への大弾圧を免れ、三兄弟の中で唯一、明治期まで生き延びた。明治元年（一八六八）には復職して福岡県の重職を任されたが、同六年に一揆が発生し、鎮撫の役目を任されていた彼は、暴徒が県庁に侵入したことに対する責任を取って屠腹自殺した。

円太の歌からは、脱藩しても福岡藩の行く末を思い続けた彼の悲痛な叫びが伝わってくる。それにしても、彼の性格の何と激しく、その感情の流出量の何とおびただしいことであろうか。

末っ子の恒次郎と望東尼とは三十五の年齢差があったが、彼は望東尼のことをあえて同志として扱っている。前にも述べたが、彼は禁門の変で戦死した。

ちなみに、望東尼とほかの志士たちとの年齢差は、鷹取養巴が二十一、平野国臣と月形洗蔵が二十二、江上栄之進が二十八、中村円太が二十九、筑紫衛が三十、高杉晋作が三十三であった。志士たちにとっては母親に相当する年齢であったので、望東尼は息子とも思えるこれらの志士たちが、ともすれば血気にはやり、相互に不協和音を奏(かな)でそうになるのを戒め、それぞれが志を遂げるためには団結することが是非とも必要であると説いたり諭したりした。

西郷吉之助の短冊

本章の締め括りとして、西郷吉之助の望東尼観について触れてみよう。

「金玉文藻帖」の中に、西郷が「奉呈比丘尼」と題して望東尼のことを詠んだ短冊がある。

奉呈比丘尼

雌 鴿 驚 雄 戛 々 声　　雌鴿雄(しごうゆう)を驚かす戛戛(かつかつ)の声

西郷吉之助の２枚の短冊
左：「奉呈比丘尼」
（福岡市博物館蔵）
右：「奉呈月形先生」
（月形家蔵，遠藤薫氏撮影）

頻呼朋友励忠貞　　頻（しき）りに朋友を呼んで忠貞を励ます
翕然器重邦家宝　　翕然（きゅうぜん）器は重し邦家の宝
最仰尊攘万古名　　最も仰（あお）ぐ尊攘万古（ばんこ）の名

西郷は、望東尼を雌の鳩（鴿）に譬（たと）え、その雌鳩が剣戟（けんげき）の響きのような強く響く鳴き声で雄鳩（志士たち）を驚かせていると表現している。この雌鳩はしばしば朋友（同志）を呼び、尊王攘夷の精神を鼓舞する。そこに集まった朋友たちの才能や器量は優れたものばかりで、さながら国家の宝の山のようであった。最も尊敬してやまないのは、雌鳩の尊攘の志が永遠に消えない名声を得ていることである。

西郷によるこの七言絶句は、望東尼の平尾山荘での勤王活動を凝縮しつつ余すところなく表現している。望東尼の勤王活動はこの漢詩によって的確かつ正当に評価されていると言っても過言ではないであろう。

ところで、西郷がこのような漢詩をものしたということは、いかにも西郷と望東尼の間に面識があったかのように見えるのであるが、実は二人は一度も会ったことがなかった。それにもかかわらず、西郷がこのようなものを書き、それが望東尼の手元に残ったというのはいかなるいわれ、いかなる経緯によるものであろうか。

その手がかりとなるのが、西郷が「奉呈月形先生」と題して月形洗蔵のために書いた短冊（個人蔵）である。西郷の手に成る「奉呈比丘尼」と「奉呈月形先生」の二枚の短冊は、同じ模様が施された料紙に書かれ、題字の書き方といい漢詩の字の配分といい、多くの共通点がある。月形のそれは元治二年（一八六五）二月、西郷が薩摩から上京する途次月形と会った際に贈ったものなので、この時に望東尼のための短冊も月形が所望した可能性がある。ともあれ、ここで注目すべきことは、望東尼と面識のない西郷ですら、望東尼がどういう人物であるか、また勤王の志士としてどのような活躍をしていたかを承知していたということである。

第七章

流　罪

梅の花散る夢

慶応元年（一八六五）の夏、福岡では雨が降りやまず、肌寒い日々が続いていた。そんなある夜のこと、望東尼は梅の花が散る夢を見た。夢から目覚めたのちも不快な感覚が残り、不吉な予感がしてならなかった。天神を深く信仰する望東尼は、菅公（菅原道真）がこよなく愛した梅の花が散ったということは、もしやこの夢は天神様ご自身がお見せになったものではなかろうか、それとも何か恐ろしいことでも起きたのではなかろうかと、はかない夢のこととはいえ気にかかって仕方がなかった。ところが実際にその夢は、それから起きる悪夢のような一連の出来事のまさに前触れと言ってもよいものだったのである。

同年六月二十五日、望東尼は料紙を綴じて日記としての体裁を整え、外題を「夢かぞへ」とした（天理図書館蔵。以下、天理図書館蔵「夢かぞへ」）。日記にはまず右の「あやしき夢」について記し、続いて、前日に起きたいまいましい出来事について書き記した。それからの一連の出来事や事件を天理図書館蔵「夢かぞへ」に依拠しつつ描写すると、以下のとおりである。

野村家本宅の近くにある駿河谷の「天満宮」（福岡市中央区桜坂二丁目）で六月末日の「夏の祓（はら）へ」に先駆けて「千々のともしび」（千灯明）が灯されるので、それを曾孫とき（野村貞和の長女）に拝ませようと、隣家に住む喜多岡勇平の娘も連れ立って出かけた。お参りをすませた後、望東尼は、子供たちを子守の女たちに任せ神社で遊ばせたまま、家に仕える男の子一人だけを伴って同志の魚住楽処（一八〇九—七五。明誠）の家に向かっていた。望東尼は魚住に歌の添削をしてもらっていたが、その求めに応じ、芭蕉の葉を刷った自作の短冊や色紙を見せに彼の家を訪れようとしていたのである。

ところが、神社を出てまもなく、野村家に仕える従者が追いかけて来て、「とくかへれ、いそぐこといできたり」と言う。何事が起きたのか、その従者に問うてもさっぱりわからない。彼はあわてて戻って行った。望東尼は神社に引き返して女子供たちを引き連れ、急ぎ家に向かった。途中で再び先ほどの従者がやって来て、一通の書き物を望東尼に手渡した。しかし、望東尼はそれを開封せずそのまま家に持ち帰った。家に着いてすぐに書き物を開くと、野村家の当主「省」（野村助作）に「戒め」があるので召喚するという藩庁からの召文であった。それには、一族から誰か一人を連れて来るようにということも書かれていたので、助作は望東尼の実家の当主・浦野吉之助を伴って「司人」のもとに出頭した。

一族の人々が集まって助作の帰りを待っていると、吉之助一人が戻り望東尼に一枚の仰文を手渡した。その内容は、望東尼に疑いのことがあるので親族の家にしばらく預け、交替で見守るように、というものであった。

世を捨てし身にさへかかるうき草の濡れ衣、墨の衣に引き重ねつる事ども、いと畏しとも思ひわきがたし

（天理図書館蔵「夢かぞへ」）

望東尼は、尼の身である自分にまで藩が「濡れ衣」を着せようとすることについて、畏まって承服できることとは思われないと強く憤っているが、このような物の言い方は、望東尼が志士たちの行動を当然至極のことと考え、今日の処分に対しいずれは反対の動きが生じるであろうと信じていることを窺わせる。

真夜中過ぎに助作も戻って来た。「戒め」の内容は望東尼とほぼ同じであったが、望東尼が親族による監視ですむのに対し、彼には公の守人が付くという点が違っていた。天理図書館蔵「夢かぞへ」によると、多くの志士たちがこの夜同じ内容の「戒め」を受けた。それは、月形洗蔵、筑紫衛、鷹取養巴、森安平、万代安之丞（十兵衛）、江上栄之進、伊熊茂次郎、海津亦八、伊丹真一郎、今中作兵衛、真藤善八、尾崎逸蔵、野村省（助作）及び望東尼の計十四名で、そのほか側筒・足軽まで含めれば総勢三十九名であった。野村家では、この日から望東尼と当主助作の二人が別々の部屋に押し込められることになった。

その四日前の六月二十日、同志の建部武彦、衣非（えび）茂記、斎藤五六郎、河合茂山らが既に押込めを命じられていた。望東尼は、誰もが「国家」のためを深く思っているだけなのに、誰がこんなひどい目にあわせるのだろうかと憤った。

それはそれとして、そのような皇国の義士たちの中に、さしたる価値があるとも思えない尼法師（自分自身）が入っているのもまあよいではないかとして、次の歌を詠んでいる。

うき雲のかくともよしやもののふの大和心のかずに入りなば

（個人蔵「夢かぞへ」。以下、本章において姫島での歌は特に断りのない限り、この歌集による）

前年から平尾山荘の守人をしている瀬口三兵衛が、この日は所用があって野村家の本宅に来ていた。望東尼がこの歌を彼に見せると、自分もまもなく「うき雲のかく」（浮雲〔憂き雲〕がかかる、の意）数に入るであろうから、今のうちに山荘の庵を片付けておこう、と言いつつ帰って行った。瀬口は志士の一人として捕われることをむしろ名誉なことであると捉え、自分も志士の数に漏れたくないとさえ思ったようである。実際、彼は捕えられ処刑されることになる。

喜多岡勇平暗殺事件

親族が打ち揃って望東尼監視の役割分担を協議していると、突然隣家で板戸が倒れたような大きな音がした。しかし、その後は何も音がしなくなったので、一同は、昼間、近所の酒屋が隣家との間に戸を立て造作を行っていたので、その戸を犬か何かが倒したのだろうなどと言って心を落ち着かせていた。すると、表の方に馳せ行く音がするや否や、「こんちくしょう、こんちくしょう」という声が遠くに聞こえ、「はたはた」と何かを打つ音が四つ、五つした。

これは只事（ただごと）ではないと思っても、望東尼と野村助作は謹慎中なので駆け付けることができない。そこで望東尼が守人の井手某と四宮琢蔵に、ともかく隣家の力になってくれと頼み、灯火の用意をしていると、隣家の喜多岡勇平の妻が裏の家に寝ている息子に「父上は大事なり、私も娘も手を負ひたり」と叫んでいる声が聞こえてきた。もしやこれは人殺しでなかろうか。望東尼はさあ早くと言って井手らを行かせ、彼らの後ろから裏道との境まで行き、何があったのかと声をかけたが、まだ有明の月も出ておらず、あたりは真っ暗で物の区別さえつかない。現代のように街灯も明るい室内照明もないこの当時は、月明かりがなければ夜の世界は漆黒の闇の中であった。

曲者（くせもの）が遠くで「はたはた」という音をたてた後は何の音も聞こえてこない。喜多岡の声も聞こえず、家人が「いづこ、いづこ」と尋ねる声のみがする。井手は斬られた娘の姿を見たようだが、押込め中の望東尼がそこまで行くのはさすがに憚られた。井手と四宮が帰って来て、喜多岡はまだ見つかっていないので、どうやら逃げ切ったようだと言った。望東尼らがそれはよかったと安堵の胸をなで下ろしていると、まもなく喜多岡の妻が死んでいる夫の姿を発見し、その泣き声が裏道を越えてこちら側にまで聞こえてきた。

井手と四宮の二人に再度隣家に行って力を添えるよう頼み、家の従者も全員行かせた。まもなく隣家から戻って来た者たちの話によると、こうであった。家の東側の遣り戸（引き戸）を壊して三人の曲者が入り込んで来た。「勇平ありや」と憎々しげに言う二つの声がして、すぐに蚊帳の紐が切り落とされた。喜多岡はそれに答えず、蚊帳からすべり出て北側の戸を押し破って外に逃げ出した。妻は部屋から出ず戸に身を寄せて潜んでいたが、娘が東の方向に転がり出たので、曲者の一人が娘を喜多岡と勘違いして刀で一打ちした。しかし倒れた人物の手触りが違っているように感じられたので「勇平か」と聞くと、娘の声で「父上」と言うのが聞こえた。そこで娘をその場に放り出して表に飛び出し、向かいの家の井戸の後ろで喜多岡に追いつき、彼を一刀で斬り、悠々と唄を歌いながら去って行ったということであった。娘は頭を四寸ばかり斬られていた。血が流れるのを押さえながら「我はいとひ給はで、はやく父のありかを」と訴えたので、その娘の気丈さに人々は驚いたということであった。妻も「かかる目に遭うは常ながら」一太刀（ひとたち）だに報いることができなかったことは無念だ、とつぶやいたという。

このように、梅の花が散るという不吉な夢は次々と現実のものになっていく。

福岡城黒門の張り紙を見る人々
（福岡市博物館蔵「旧稀集」より）

翌日になると、喜多岡は「表は清げなりしかども、正を譏（ざん）しておのれが身を立てんと」したので、同志の輩が「国家」のために殺害したのだという話が伝わってきた。藩主に近侍する人たちまでもがそのようなことを語っているのだという。数日後、喜多岡暗殺に関して福岡城黒門に張り紙がなされ、守人の一人がそれを写して望東尼のもとに持ち帰って来た。それには、喜多岡が「陽に正義を飾り、政府有志の役人を欺き、陰に姦党（をカ）□結（びカ）□、一藩の覆敗を謀り候」などと記されていたが、望東尼は「こは、そのとものしたるやうに言ひなさんと思ふまが人の、かかるむつかしげなること書きて張りたるにこそあらめ」と憤った。望東尼には、これは「まが人」（「正義士」に対抗する人）の仕業であると映ったのである。

しかし、実はこの事件の下手人は望東尼が想像したような「まが人」ではなく、勤王派の伊丹慎一郎、藤四郎、戸次彦之助の三名であったようである。『旧福岡藩殉難士喜多岡勇平遺蹟』によると、喜多岡は「勤王党ガ悲境ニ陥ントスルニ臨ミテハ益ス奮ヒテ両党間ヲ往復シ其調停ヲナシ其和解ヲ図リシガ如シ」とあるように、保守・勤王両派の和解を目指して工作活動を展開していた。それがかえって勤王派から誤解を受け、六月になって勤王派の志士たちが藩から謹慎を命じられるようになったのは彼の密告のせいであると疑われたようである。

望東尼は事件の前日、両家の間の裏道で喜多岡と言葉を交わしたばかりであった。その彼が惨殺されてしまったことは実に痛ましく、胸が潰れる思いであった。七月五日、「御馬立場」（武士が騎乗して登城した際に馬をつなぐ場所）に喜多岡を称賛する内容の張り紙がなされ、望東尼は常々「心正しき人」と評価していた彼の面目が少しでも保たれたことに安堵した。

なお、望東尼は晩年に下手人の一人・藤四郎と深い関わりを持つようになり、その彼が長州で望東尼の最期を看取ることになる。

勤王派弾圧の始まりと女性勤王家批判

六月二十六日、清水に住む姉たかの夫・吉田信古がやって来て、たかが妹の身を案じていることを伝えたところ、望東尼は、「何かは思ひ屈し侍らむ、罪あらばこそ、よく姉上に諭し給へ」と応じた。どうして塞ぎ込むことがありましょうか、私に罪があるならばこそです、姉上によく言い聞かせておいて下さい、と実に恬淡とした物の言い方である。この日は、「知らせ文」を受け取った多くの人々が野村家に駆け付けて来たので、望東尼は

「なかなかなる咎人の家なり」などと戯れ言まで言っている。このように望東尼には、自分が陥った逆境についてはさらりと受け止めるだけの雅量があった。しかし他方、事が同志の身の上に及べば心が痛み、おろおろとしてしまうのであった。

六月二十八日、勤王派とともに活動してきた三人の重臣にもお咎めがあった。勤王の志ある者たちが親のように頼りにしてきた黒田播磨も矢野相模も引籠りを命じられた。また、吉田主馬は京都で押し込められたということであった。それらの情報に接した望東尼は、「世は暗闇となりゆくか」と大いに嘆いた。瀬口三兵衛が検挙され水責めなどの拷問にあっているという噂も入って来た。

七月四日、鍼師の石井仲琢がやって来た。石井は月形洗蔵らとも親交があり、仕事柄諸家に出入りしていたので時勢を見る眼もしっかりしていた。望東尼とも以前から時事について語り合う仲であったので、この日も鍼を打ってもらうついでに世間話をした。その中で望東尼が甚だ憤慨した一件があった。

ある人わがことを、女にていかなれば勤王てふ事するならん、唐にはありしかども、日本には聞かずとかいひしとて笑ふ、いとあさましう、をかしうもまたはかなし、なべてさる人ばかりときめく世なればこそ、かかるうき身ともなりぬるなどいいあへるついでに

老らくの行末人にしられじと思ひのほかに名こそいでけれ

天皇の大御国に生きとし生けるも何(の脱カ)かは勤王ならざらむ、歌さへよまぬはなしと、貫之の大人も書かれしぞかし、今は勤王とて異国の耶蘇宗などにたぐひたる様にいひなし、御心得たるも少なからずや

（天理図書館蔵「夢かぞへ」）

望東尼は、紀貫之が書いた『古今和歌集』仮名序の「生きとし生けるものいづれか歌を詠まざりける、歌さへ詠まぬはなし」という文をもじって、皇国に生まれた者で勤王でない者はいないはずだと強い調子で述べている。また、右の記述からすると、福岡藩では勤王活動を異国のキリスト教のように異端視する傾向が強く、まして女性がそのような政治活動に加わったことに対し、中国にはあったが、日本では聞かないなどといった批判の声もあったようであるが、望東尼はこうした批判について、驚き呆れるべきことであり、思慮分別に欠けた愚かなことであると強く反駁（はんばく）している。

望東尼はいかなることがあっても藩主を批判することなく崇敬してきたが、勤王派が一斉に処分を受け、自分自身も押込めにあった後でもはたしてその考え方に変化はなかったのであろうか。

よろづありがたき御本性にわたらせ給ひしを、浦上、久野などいふあたりより、うきくもへだて奉り、まさなき者どもをみもとに奉りなどしたりしより、よろづ御耳に触れ奉らで大方の世のありさまをも、いつはりのみ、京よりも奉れば、うらなきみ心には、まこととおぼし給ふにや

（天理図書館蔵「夢かぞへ」）

望東尼は相変わらず、藩主は聡明であるが、浦上数馬、久野一角らがその近くにいて「まさなき者ども」（保守派）を近付け、この世のすべての動きを藩主の耳に入れずに偽りのみを伝え、そのために純粋な心の藩主はそれらを真実とお思いになっておられる、と受け止めていた。したがって、藩政府の誤った方針は藩主の周辺にいる保守派に原因があると考えていた。

望東尼は、「夢かぞへ」に日々記す内容があまりに「いまいましきことのみを数ふれば」何度か筆を擱（お）こうとしたが、そのたびに嫁のたねがそれを惜しんで書き続けてほしいと頼み込むので、思い直してはまた書き続けるのであった。しかし、他人にはくれぐれも見せないでほしい、自分が死んだら焼いてほしいと、たねには何度も

言い渡した。

手紙を書くことを許されていなかったので、次から次へと咲く朝顔の花を眺めては時を過ごし、山荘の番人が届けてくれる草花を見ては山荘の生活を懐かしみ、何の憂いもなく慕ってきては肩を叩いてくれる曾孫に心を慰められたりしながら日々を暮らした。まだ十六歳と若い助作の妻たつが望東尼の腰を毎日さすってくれるのも嬉しかった。前年の元治元年に助作はこの娘と結婚していたが、そもそも彼女は同志の建部武彦の娘で、建部の妹が加藤司書の妻であることから加藤の姪でもあった。つまり若き新妻たつにすれば、このたびの藩の方針変更で夫と実父と叔父、それに夫の祖母である望東尼までもがお咎めにあったということである。望東尼の腰をさすりながら、たつの胸には日々、どのような思いが去来したであろうか。

浦野家の座敷牢

福岡藩主・黒田長溥は、元治二年（一八六五）二月の人事で勤王派の藩士を要職に登用し、保守・勤王両派の均衡の上に立って藩主中心の体制を強化することを目指していた。しかし両派の対立は思いのほか根深く、所期の目的を達成するのが不可能であることを知った。一方で長溥は、文久三年（一八六三）以降、長州藩が幕府に服従することを前提に長州周旋を進めていた。しかし、この年の四月になると幕府が長州再征を布告し、これに対して、長州藩が六月上旬に幕府に対抗する準備を始めたことを知った。

幕藩体制の政治秩序維持を基本方針とする長溥にとって、もはや、幕府に公然と叛旗（はんき）を翻す長州藩やそれを支援する薩摩藩と歩調を合わせるわけにはいかなくなってしまった。そうなると、藩内の勤王派がほしいままに行動し、それがもとで幕府から福岡藩も長州藩側につくのかと疑われるような事態は、是非とも未然に防いでおかなければならなかった。ここに至って長溥は態度を決し、勤王派を弾圧する道を選ぶことにした。これが月形洗蔵をはじめとする多数の志士たちの捕縛につながり、望東尼さえをもその奔流（ほんりゅう）の中に巻き込んでいくことになるのである。

福岡藩では、少しでも疑わしいところがある者は次々に捕えられ、水責めなどの拷問を受けた。七月には、野村家に仕えていた「家の童」までもが、勤王活動とは全く関係がなかったにもかかわらず、桝木屋の獄に連行されるという出来事があった（子供はのちに釈放された）。

八月になると、対馬藩の内訌平定のために福岡藩から使者として遣わされていた者たちが帰国を命じられた。帰国するや彼らは押込めにあったと望東尼は記している。

望東尼の監視には常時最低一人の守人が付いていて、昼と夜で交替した。そのために、野村本家、浦野、井手、神代、二川、吉田、桑野、松本などの近い親族だけでなく、遠縁の者たちまでもが駆り出された。徐々に謹慎の期間が延び、彼らにとって監視の任務はかなりの負担になっていた。望東尼はそのことで彼らに対して本当に申し訳ない思いでいっぱいであった。

福岡藩ではあまりにも多くの人々が謹慎処分を受け、それらの志士たちの中には相互に姻戚関係を結んでいる者も多かったので、守人の方でもあちこちに行かなくてはならず、多忙を極めた。例えば望東尼の姉婿の吉田信古は娘婿の神代勝兵衛も押し込められていたので二カ所を回っていた。守人の中には四カ所に行かなくてはならない者もいた。

八月十五日になると藩から仰せ言があり、一つ屋根の下に二人の「さすらへ人」がいる場合にはそれらを引き離すようにとのことであった。そこで望東尼は実家の浦野家に移されることになり、嫁や孫と「生きながらの野辺送り」のような別れをした。家を出る時に扇に次の歌を書いた。

かへらでも正しき道の末なればたれもなげくな我もなげかじ

「昔かへらじとこそ父母にもちぎり参らせ」た御馬屋後の実家に足を踏み入れると、浦野家の人々が温かく迎え入れてくれた。実家の庭は、華道をよくした亡き父・浦野勝幸の趣向が今でもそこかしこに残されており、大層懐かしかった。望東尼は、謹慎処分を受けた人々が「ざしき囚」(座敷牢)に入って幽居しているということを聞き、自らも望んでそれに入った。武士の家にはいつでも室内に格子を組んで牢屋を設けることができるよう準備がしてあった。望東尼が座敷牢を望んだもう一つの理由は、座敷牢に入れば守人が来なくてもすみ、その負担を減ずることができるのではないかということであったが、それは期待外れであった。

野村家を出る時に遺した扇子(福岡市博物館蔵)

九月七日、同じく座敷牢に入っていた筑紫衛が厠の下を潜り抜けて丸裸で逃げ出したという話を聞いた。そのことで藩から、罪人を預かっている者は一層厳しく見張るようにとのお達しが出た。なお、筑紫は逃亡の途中、川で溺死した。享年三十であった。

九月八日は会所で取り調べがある日で、望東尼は足軽二人に連れられ駕籠に乗って中名島町の会所(福岡市中央区天神三丁目)に向かった。親族からは浦野吉之助と山本久次郎が付き従ったが、望東尼がその時ひどく病んでいたので医師の千葉杏哉(きょうさい)も同行した。駕籠の中から簾(すだれ)越しに外を見ると、行き交う人々がこちらを恐れ顔で見て見ぬふりをしていた。望東尼には人々のそうした様子を見るのがつらかった。途中、東職人町の海に面した所にある大長寺(福岡市中央区舞鶴二丁目)で「中宿(なかやどり)」をした。当時、このあたりの海は「月の海」と呼ばれていた。中名島町の会所は大長寺のすぐそばにあった。会所で望東尼は聞かれたことに対しすべて本当のことを話したので、「鬼神の心も和らぎつらむ」と思った。

九月中旬になると、おそらく今が盛りであろう平尾山荘の紅葉が懐かしく思い出された。その山荘が「あらぬ旅人など」を泊めたりする「うき山里」と噂されているそうだ。そのことを耳にした時、望東尼は嘆かわしさで胸がいっぱいになった。

九月二十五日、再び会所で訊問が行われた。この日は、元治元年春の中村円太の破獄に誰が関わったかが問われた。自分のことなら何でも話してよいが、他人のことを言うのはさすがに憚られた。しかし既にすべてを話した者がいるということであったので、望東尼も知る限りのことを話した。そして、「人を助くとて捨てはてし命なれば、（中略）国家の御為とて公に捧げ奉りたる身になむ侍れば、有志たちの罪は、我におほし給ひて、かの者ども、まさかの御用に立つべければ、御助けありたし」と同志赦免の願いを切々と訴えた。

ここで気になるのは、もしかしたら望東尼は訊問者の誘導に引っかかったかもしれないということである。既にすべてを話した者がいるというので完全な自白に及んだのだが、それは訊問者の詐略によるものであったかもしれず、仮にそうであったとすると、一カ月後に行われる大弾圧のきっかけを図らずも作ってしまったということも全くありえないことではない。しかし、これはあくまでも勝手な想像であり、真実は闇の中である。

流罪宣告

慶応元年（一八六五）九月二十一日、将軍家茂が征長軍を率いて大坂を進発することに対し、勅許が下された。幕府としては、諸藩に第二次長州征討への出兵を命じる幕府の命令はすなわち朝廷の命令でもあるという体裁を整えておきたかったのである。十月九日に勅許の事実を知らされた藩主長溥は、ついに佐幕の態度を明らかにする必要に迫られて、十月二十三日以降、謹慎中の志士たちに対する処分を次々と断行していった。乙丑の獄と呼ばれるこの弾圧によって、加藤司書や月形洗蔵ら二十一名に切腹・斬罪が、十六名に流罪が仰せ付けられるなど、総勢百名を超す者たちに処分が下された。

まず十月二十三日、月形洗蔵、海津幸一、鷹取養巴、伊藤清兵衛、森勤作、伊丹真一郎、江上栄之進、今中祐十郎、今中作兵衛、安田喜八郎ら十四名の同志が桝木屋の獄で斬罪に処せられた。そして、同日の夕方には野村助作に対して、玄界島への流罪に処すとの判決が下った。望東尼は「かさねがさねの夢の夢、あまりのことに涙も出でず」と落胆した。六月に見た梅の花が散る夢は、きっと天神様がこのような憂き目にあうことをお告げになったものであろう。望東尼は天神のお告げが的中したことで、改めて天神信仰を深くするのであった。

次いで十月二十五日、加藤司書、建部武彦、衣非茂記、斎藤五六郎らはそれぞれの菩提寺で「皆腹を切らせ給ひつといふ」。それはまさに「長き夢の夢、あらぬ濡れ衣の憂き思い」であった。望東尼の言う「濡れ衣」とは、国を思っての勤王活動が藩に理解されなかったことを指す。

十月二十六日、ついに望東尼にも次の判決が下った（『望東尼伝』二三八頁）。

野村助作曾祖母もと

奸曲の輩へ随身致し、抱屋敷に於て密々同気の者相会し、剰へ旅人潜伏をも致させ、其外様々不所存（不心得の意）の儀これ有るの段相違し、女の上曾てこれ有る間敷所業少なからず、不届き至極に候、これに依り一道にも仰せ付けらるべき儀に候へども格別の御慈悲を以て姫島流罪牢居仰せ付けられ候事

十月

それは、勤王の志士たちに屋敷を提供し旅人を潜伏させたことは「一道」（仏の道に入ること、すなわち死罪）に値するが、「格別の御慈悲」をもって「姫島流罪牢居」を仰せ付けるというものであった。ここで「格別の御慈

悲」とは、望東尼が老女であることを慮ったということであろう。これに対し望東尼は、多くの者が死罪に処せられる中で自分だけがそれを免れて生き長らえることを死罪よりもつらい恥であると感じた。

なお、右の引用文中、望東尼を助作の曾祖母と表記しているのは、神経痛による手足の麻痺がもとで兄の貞和が文久二年に隠居し、弟の助作が兄の養子となって家督を相続していたためであろう。

十一月十二日夜更け、望東尼のもとを嫁のたねが人目を忍んで訪ねてきた。「あまみつ御神（天満天神）のいにしへをさへ、かしこくとりいでて、かたみに打ち泣かれつ」と、畏れ多くも菅公の悲運に話が及び、菅公の境遇とこのたびのことを重ね合わせて、二人は互いに涙にくれるのであった。たねは夜が明ける前に帰らなくてはならないので、今宵が長くあるようになどと言っていたのだが、そのうち鳥の声が聞こえ別れの時がやって来た。これまで鳥の声が憎いなどと思ったこともなく老いてきたが、この暁こそはそれが違った。

鳥がねのにくさも知らで老にしを思ひもかけぬ別れにぞわぶ

十一月十三日、親戚をはじめ親しい友人・知人が集まって来た。深夜には愛孫の貞和がこっそりやって来た。その時の嬉しさは譬えようもなかった。しかし、これが終の別れになるかもしれないと思うとつらくて、胸が塞がれる思いであった。望東尼は心弱さを見せないようにと平静を装いながら物語りをした。暁になり鳥が鳴く音に驚かされ、さらに明けの鐘まで聞こえてきたところで貞和は帰って行った。

姫島への護送

慶応元年（一八六五）十一月十四日の「酉の刻ばかり」（午後六時頃）、罪人護送用の唐丸籠が浦野家の門前に着き、望東尼を乗せて、草が江（福岡市中央区草香江）を堤伝いに進んで室見川の橋を渡り、生の松原、長垂を通って岐志（福岡県糸島市岐志）まで運んで行った。見送りに行きたいという人が結構いたのだが、後先のことを考えて実際に送って来たのは五、六人だけであった。岐志に着くと、「村長」（庄屋）の家でしばらく休憩を取った。守人が疲れて寝ている間に「村長」が歌を請うてきたので、望東尼は次の歌を書き留めて手渡した。

舟出するきしの浦波立かへりまたこの家にやどるよもがな

しばらくすると、守人たちは海が凪いでいるから今のうちにと言って船出を急いだ。見送りの人々が泣き崩れる中、彼らの気持ちを思うと実につらかったが、望東尼は「わざとつれなう」物も言わずに船に乗り込んだ。岸で人々が腰をかがめ船に向かって見送る姿を見るのは耐え難かった。船が出帆した時刻は不明であるが、岐志を出てしばらくの間見送りの人々を誰々と特定できているので、その時は既に陽は昇っていたのであろう。

今日は凪だと船頭は言ったが、湊を出てまもなく外海に出ると、潮の流れが速く、波はうねり立ち船を包まんばかりに高かった。「おどろおどろしきまで」船が浮き沈みするので、望東尼は打ち伏したままでいた。他の乗船者も皆、船酔いした。

昭和45年に復元された姫島の獄舎
（現在は御堂に建て替えられている）

姫島に到着し船から岸に上がると、島民が群がり寄って来て一行の様子を物珍しそうにじっと見入った。観察の対象になる側からすれば、それは何とも体裁が悪かった。しばし「村長」宅で休息をとったのち、浜定番屋敷の白洲に引き出され、うずくまった姿勢で島の定番・小島源五右衛門が流刑囚の心得書を読み上げるのを聞いた。望東尼は小島とは顔見知りであったので、彼が微笑みかけてくるのが何となく気恥ずかしかった。その後望東尼は、島の最西端にある獄舎へと連行された。

獄舎は、海に面した丘の中腹の、一日中風に吹きさらされる位置にあった。屋根は瓦葺きであるが、建物の周囲は堅固な松の角材で荒格子が組まれているだけであった。建物の大きさはわずか縦一間半（けん）（二・七メートル）、横二間（三・六メートル）ばかりで、その内部の居室には四畳余りの板敷があるばかりであった。居室の西側には「せついん」（雪隠、厠のこと）があり、それに警護所が隣接していた。望東尼はこの獄舎を人伝（ひとづて）に聞いていたよりもはるかに粗末で「いかめしき人屋」であると感じた。

島の役人は所持品を念入りに検査し、刃物やろうそくなどを取り上げたあと、衣櫃（ころもびつ）、襖（ふすま）などを室内に持ち込んだ。そして「戸をはたとしめて」、望東尼を獄舎の中に押し込めた。夜になると外から雨戸が立てられ、内からは出られないようにしっかりと鍵がかけられた。そのために室内は真っ暗になったが、板の隙間から十五夜の月影がかすかに糸よりも細く差し込んできた。

海の天気は変わりやすく、そのうち嵐になり、獄舎の上に枝を伸ばしているタブの木（クスノキ科の常緑高木）の梢の音や風雨・浪の音で山が崩れんばかりの音響がこだまし、一睡もできなかった。

すみそむる人やの枕うちつけに叫ぶばかりになみの声かな

姫島獄中図

望東尼自身が描写した獄中図（写真参照）がある。中央に座しているのが望東尼である。入牢する時に刃物を没収されてしまったので髪を剃ることができず、伸びたままになっている。綿入れを重ね着しているので、冬に描かれたものであることがわかる。望東尼の前には長机が置かれ、その上に帳面や紙類が載っている。「入口」

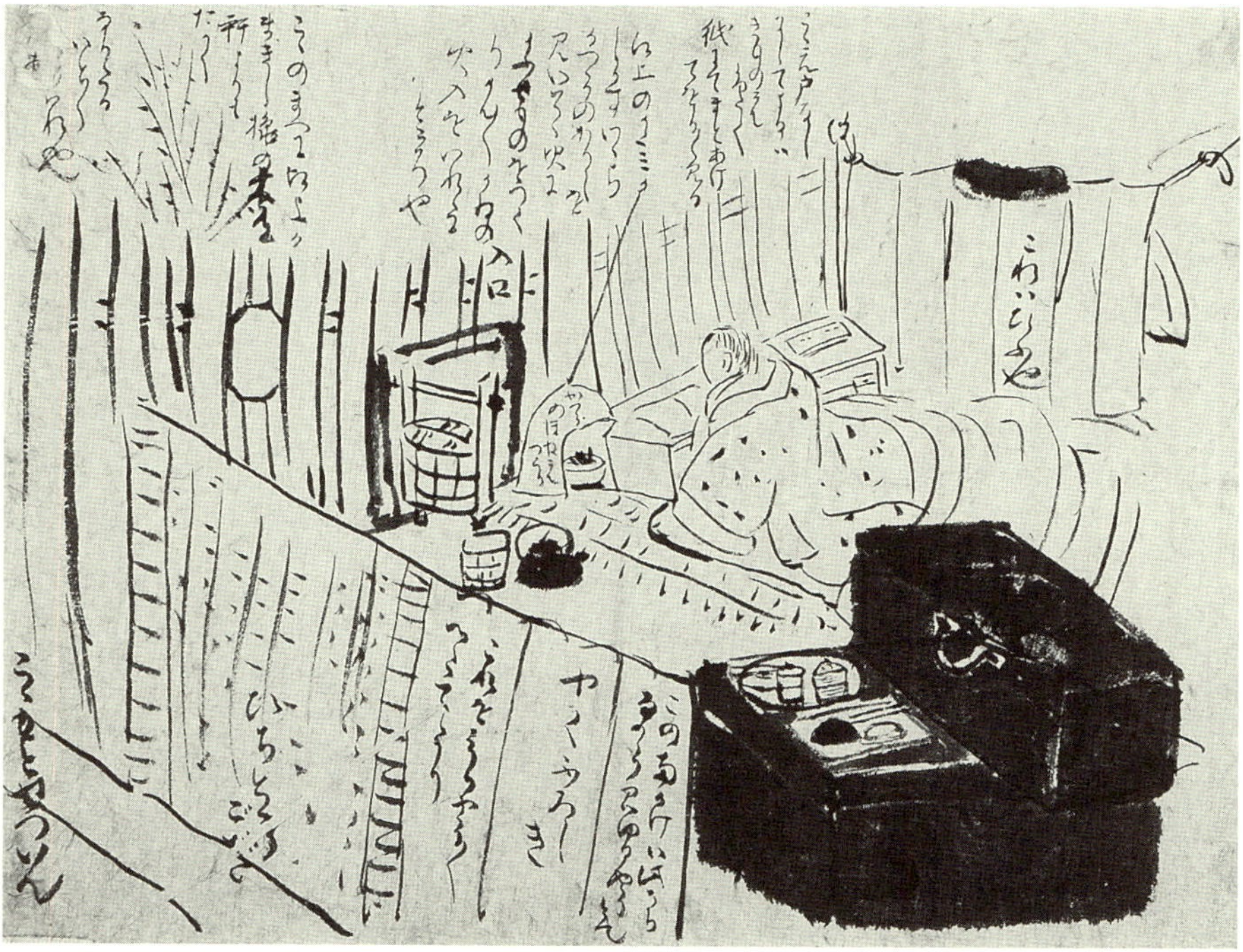

姫島獄中図（福岡市博物館蔵）

と記された所は、人は通れないが水桶ならば通る大きさで、食事などもここから差し入れられた。長机と「入口」の間に火の被せ物が描かれ、「かづらのほねにて作る」とあるが、その上方に次のような解説が施されている。

江上の形見か知らず、つづらかづらのありしを見出でて、火にかぶせ物を作る、かんかん鐘の火入れをいれたるところなり

（「野村望東尼資料」九一一）

そもそもこの獄舎は文久元年（一八六一）に、同志の江上栄之進を入れるために作られたものであった。その江上が入牢中に葛蔓かずらで編んだ物を見つけ、それで被せ物を作ったというのであるが、周りに紙でも貼ったのであろうか。その中に仏具の鐘が火入れの代用として置かれている。鐘の中には灰を入れ、炭を燃やしているのであろうか。その傍らにはやかんも見える。部屋の隅には長櫃が置かれ、その上に茶碗、箸、皿、湯飲み茶碗などが並べられ

ている。

周囲には被布（防寒用の外衣）を張っているようで、右上に、雨戸がない部分には夜になると着物を張ったと記されている。「南かげ」の方は外から見えるので、夜具、風呂敷、「ひちとうござ」（七島藺草で編んだござ）を張り、何とか外から見えないよう隔てた。図の左上には、「ここの前に江上がまきし桃の木有、軒よりも高くなりたる、いといとあはれなり」との注記がある。四年の歳月を経て桃の木は生長し、獄舎の軒よりも高くなっていたのである。その江上は望東尼が獄舎に到着する前の十月二十三日に福岡で処刑されていた。三十二歳の若さであった。祥月命日に望東尼は、島の女から入手した早梅の枝を手向け、江上ら志士たちの菩提を弔った。

獄舎の南面には海が見えるほんの小さな窓があった。この小窓が望東尼と外界とをつなぐ唯一の接点となった。

火の使用

入牢した翌朝、前夜とは打って変わって海が凪いでいた。獄舎はやや小高い所に位置していたので、その小窓からは斜め下方に人家の屋根を見下ろすことができた。それぞれの人家では牛を飼っているらしく、屋根の下から時折鳴き声が聞こえてくる。だが獄舎の小窓から牛の姿は見えない。はるかに見遣ると、玄界灘を越えて正面に肥前の鏡山、その西に高島、東に肥前と筑前の国境にある浮岳が見えた。海がきらきらと輝いて美しい。望東尼には昨夜の嵐がまるで嘘のように思われた。

しばらくすると、島人たちが次々とまるで見世物でも見に来たかのように小窓の前に群がり寄って来た。望東尼は挨拶代わりに菓子や紙類、手縫いの守り袋などを手渡した。そうした人々への応対に忙しく、筆を執る暇もないほどであった。島人の中には、かつての定番役で五年前にこの島で亡くなった弟の桑野喜右衛門を知っている者もいたので、望東尼は早々に地元の人々の信用を得ることができた。

かつて桑野に仕えていた須田卯吉と名乗る青年が獄舎を訪ねてきた。彼は桑野の伴をして福岡の野村家に行ったことがあると言う。望東尼は夜も明かりを灯して寝る習慣があったが、昨夜獄中が真っ暗で眠れなかったことを話すと、ろうそく六本を小窓から「うちうちにて」と差し入れてくれた。代金を支払おうとしたが、受け取ろうとしなかった。

ろうそくの火を灯すと、夜が明けたような心地がした。

暗きよの人やに得たるともし火はまこと仏の光なりけり

（天理図書館蔵「夢かぞへ」）

するとまた人が来る気配がしたので、望東尼は慌てて火を吹き消した。やって来たのは田中勘蔵という青年で、彼も弟をよく知る「正義の者」であった。彼は、外に火が漏れないように隙間を塞ぐなどしてまめまめしく働いてくれた。望東尼は初日から心強い味方を得て、「涙さへかわきつるかな」と喜んだ。

ともかく、青年たちは、この獄舎で最初にそして一番必要なものが火だということをよく理解してくれていた。ところが、島の役人は火事を恐れて獄舎内での火の使用を固く禁じたので、望東尼は火に被せ物をし、さらに布などをかけたり、獄舎の内側から明かりが外に漏れないよう着物を張りめぐらしたりして、彼らに見つからぬよう細心の注意を払った。誰かの足音が聞こえるたびに火を吹き消し、そして足音が遠ざかると、また点けた。

風雨は着物や風呂敷などで防ぐことができても、書くことを生きるよすがとする望東尼にとって、夜の灯りが許されないのは一番つらいことであった。危険を冒して島人が差し入れてくれる炭火やたばこの火、かすかな線香の火ですら、手を温めることは勿論、書き物をするのにも役立ったし、何よりも心が温まった。

家族への手紙

獄舎生活を始めてまだ三日しかたっていない十一月十七日の日付のある家族宛の手紙が残っている。これは、姫島から福岡に渡る島人の一人が望東尼の願いを聞いて家族のもとへ届けてくれたものであった。その手紙には、島人たちの「親昵」に報いるために肴代を与えていたらたちまち一両も使ってしまったことや、娘や子供たちには半紙、守り袋、菓子、砂糖などを遣わしたことなどが書かれていた。

望東尼がその島人の帰島を心待ちにしていると、やがて彼は帰って来て、家族からの返書をもたらしてくれただけでなく、その様子も話してくれた。手紙は懐かしい筆跡で書かれており、獄中の望東尼を何よりも勇気づけるものであった。望東尼はそれを繰り返し読んだ。島人はその後も家族との手紙の往来を手助けしてくれた。望東尼は家族の中でも特に曾孫ときに関する便りを楽しみにしていた。例えば、親が部屋を掃除するのを見ていた彼女が突然、祖母や助作叔父はどこに行ったのかと尋ねたことがあるが、そのくだりを読んで望東尼は「いといと悲し」く、そして、日に日に成長しているであろうその姿を一目でも見たいという思いでいっぱいになった。

獄中ではときの夢を見ることもたびたびあった。「うなゐこ」（童児）を抱いていたはずの袖の中が空で、袖だけがしっかりと合わさったままになっているという夢から目覚めて、現実に引き戻されてむせび泣くこともあった。

うなゐこをいだきし袖はむなしくてしまりながらにさめし夢かな

（「野村望東尼資料」一二一―五）

火の差し入れといい、家族との手紙のやりとりといい、望東尼の姫島での生活は島人たちによって支えられていた。

来訪者たち

十一月十九日は小春日和で、終日穏やかであった。この島には、罪人(つみびと)として流されて来た人々がほかにも何人かおり、それらの人々がその日の午後、望東尼の獄舎を訪ねて来た。

福岡藩では姫島のほかにも大島、玄界島、小呂島(おろのしま)に流人(るにん)を送っていたが、ほとんどの流人は島の中で自由に生活することを許されていた。ところが幕末になると、重要な政治犯が流されるようになり、彼らには流罪のうえ押込め、すなわち島に送ったうえに獄舎にも入れるという重い刑が科せられた。望東尼の場合もそうであった。

望東尼の獄舎を訪れた流人たちは、小窓の前に群がってそれぞれの侘しい思いを語ったが、そのような話を聞くのはかえってつらかった。

その日の夕方は、また天候が急変して嵐になった。遠く海上では、嵐の中を漕ぎ出た舟が波間に見え隠れしている。こんな嵐の日に危険を冒してまで漁に出なくてすむ捕われ人の自分が、かえって安逸を貪(むさぼ)っているかのように思われた。

夜になって、いまだ強風収まらぬ中、年老いた漁師が獄舎を訪ね、釣り舟を新造したので記念に祝いの歌を詠んでくれぬかと頼んできた。漁師の新しい舟に寄せる思いが今宵は特に胸にしみて、喜んでその依頼を引き受けた。望東尼が優れた歌人であるという噂はもう島中に知れ渡っているようだ。それにしても、先ほど見えた釣り舟が無事岸に帰り着いたかどうかが大変気がかりであった。

その翌朝、風はさらに強くなっていた。獄舎の屋根を覆っているタブの木の梢が風に吹かれて大きく揺れている。食事は、福岡藩に雇われた近隣の三軒の島人たちが賄(まかな)い方となって一カ月交替で運んで来ることになっているのだが、その朝食事を運んで来た者に昨夜の舟のことを尋ねると、無事岸に帰り着いたということだったので、ほっと胸をなで下ろした。

望東尼は、新しい舟の航海の安全と豊漁を祈念して、

わたつみの波も静かに舟うけていく千万(ちよろづ)の魚かうるらむ

という歌を短冊に書き付け、昨夜の年老いた漁師のもとへ遣わした。

冬の嵐が続いたある日の夕方、近くに住む女たちが、潮を吹いている鯨を数多(あまた)の舟が追っているのが見えると言って知らせに来た。そこで窓を開けて見ようとするが、その女たちが窓の前に立って「そなたに」などと指し示しているうちに鯨は島陰に隠れて見えなくなってしまった。望東尼は鯨やそれを追う舟の姿を見ることができなかったことが大いに残念であった。小川の鯨舟だと日記に書いているので、捕鯨基地として栄えていた小川(佐賀県唐津市呼子(よぶこ)町小川島)から来た舟だったのであろう。

島の女たち

十一月二十五日は霰(あられ)や霙(みぞれ)が降る荒天であったが、天神の祭礼日なので望東尼は例のごとく写経をしていた。すると、埋火(うずみび)がすっと消えてしまい、身体に凍らんばかりの寒さを覚えた。人を呼んでも、その声は風の音にかき消されてしまう。獄舎には隙間風がどこからでも入ってくるので、夜具、風呂敷、被布などを張りめぐらせて何とか冷たい外気の侵入を防いでいたが、その日はまるで屋外にいるようであった。着物を何枚も重ねてみたが、手がかじかんで筆を持とうにも震えが止まらず、指先に息を吹きかけて暖めながら何とか写経を続けていた。まもなく獄舎の近くに住む森みき（当時五十一歳）が火を持ってきてくれたので、袖を暖めながら彼女と語り合った。

そのあと、豊田うめという女の子が夜道をとぼとぼと提灯を灯しながらやって来た。うめは、小窓から提灯で中を照らし、写経をする手元を明るくしてくれた。その様子はあまりにも愛くるしくて健気であった。そのうちに夜も更けてきたので望東尼は家族が心配するのではないかと気にかかり、「はや、去ね」と優しく語りかけた。ところが、彼女はじっと立ったまま帰ろうとはしない。提灯を持つその手が寒さで震えている。うめは蠟がなくなるまで手元を照らし続けてくれた。望東尼はその子の優しさが胸に迫り、身体の芯まで温まる思いであった。駄賃として菓子と手製のお守り袋を与えた。

うめの姉の豊田ふじは、望東尼の日記に最も印象深い人物として描かれている。彼女は豊田儀平次の次女で、当時二十七歳であった。望東尼はふじのことを「志ありて、しなかたちもをかしげに女らしきものになむ、かかる島陰に腐しはてなんこそいと惜しけれ、行平の中納言（在原行平）にもみせまつらまほしげなりや」と絶賛している。うめ同様、ふじも獄舎の前にたびたびやって来ては火や食べ物の差し入れなど心尽くしの世話をしてくれた。

『望東尼伝』を著した春山育次郎とその序文を書いた中村能道（旧制福岡高等女学校第四代校長）の二人は、明治四十五年（一九一二）春、姫島に渡った。その時春山はふじに面会し、彼女の思い出話を伝記に記している。ふじは火の差し入れについて、「獄舎は古来の法として燈火を一切禁制したれども、書き物をせらるるに苦しまるべしと思はれたるを以て、木の函の内に油壺を入れ、外より見へざる様に作りて供したれば、深く喜ばれた」と語った。

また、望東尼はふじに「ある日は錦か何かの美しい片を窓の内より取出して示され、こは禁裡さまのお姫さまが、お嫁にお出でなさる時の御支度の余りを戴けるものなり」と言って、様々の話を聞かせてくれたという。伝記では、これは朝廷に縁故ある筋から、和宮内親王の降嫁の際に使用された衣帯の「余片」を請い受け珍蔵していたものであり、上洛中の日記を読み返していた時に丁度ふじが来たので取り出して見せたのであろう、として

姫島での望東尼の遺品。左から自作の袋物・財布，牢屋専用食器，持参の印籠，扇形食器（個人蔵）

いる。春山によれば、「禁裡さま内親王さま」が何かも理解していない「島少女」に向かってまでこのような「片」を示して話したのは、「寝ても起きても皇室を慕ひ、朝廷を懐はるる熟誠（熱力）の発露」なのであった。ここで二十七歳のふじが少女扱いされているのはいささか解しかねるが、確かに彼の言うように、ふじが五十年の星霜を経たのちにこのような話をしたのは、望東尼の話が彼女にとっていかに印象的であったかを示すものと言えるであろう。

姫島の師走

十二月一日は九州北部の農村に出稼ぎに行っていた男たちが島に帰って来る「川渡り」の日で、その祝いのため方々の家で餅をつく臼の音が響き渡った。望東尼も裾分けとして餅を貰ったので、賄いの人に雑煮を作ってもらったりした。

入牢して二十日ほどたった日のことであるが、望東尼は獄舎の柱に次のような歌を残した。

またここに住みなむ人よ堪へがたくうしと思ふは二十日ばかりぞ

自分の次にこの獄舎に入る人よ、堪え難くつらいと思うのは最初の二十日間だけのことですよ、という歌であり、望東尼の気丈な一面が窺われるが、次にこの獄舎に入る人のためにこのような歌を残したということは、あるいはそう遠くない将来、許されてここから出られる日が来ると信じていたのかもしれない。

望東尼は生きるために必要な物品を手紙に書き留め、入手して届けてくれるよう家族に依頼した。

十二月三日の手紙には、必要な物品を「帳」に書いたと記している。この時のものかどうかはわからないが、確かに「帳」と思われる書付が残っている。その中に「正麩」（糊などにするための小麦の澱粉）、「続飯板」（続飯は飯粒を練って作った糊）、刷毛、へらなど、望東尼が若い頃から得意だった押絵細工の材料や道具が記されている。「ひめしまにき」（福岡市博物館蔵）の十二月二日の条に「押絵の座」をしたという記事が見えるが、押絵細工を施した袋物などは、親切にしてくれた島人たちへの礼の品としたのであろう。今でも姫島には、先祖が望東尼から貰った押絵細工の懐紙入れや袋物を大切に保存している家がある。

そのほかの日常的に必要となる品物については、「入用品覚」というメモを書いてたびたび家族のもとに送った。望東尼が姫島にいた十カ月間に家族に依頼した主な品物を次に挙げてみよう。

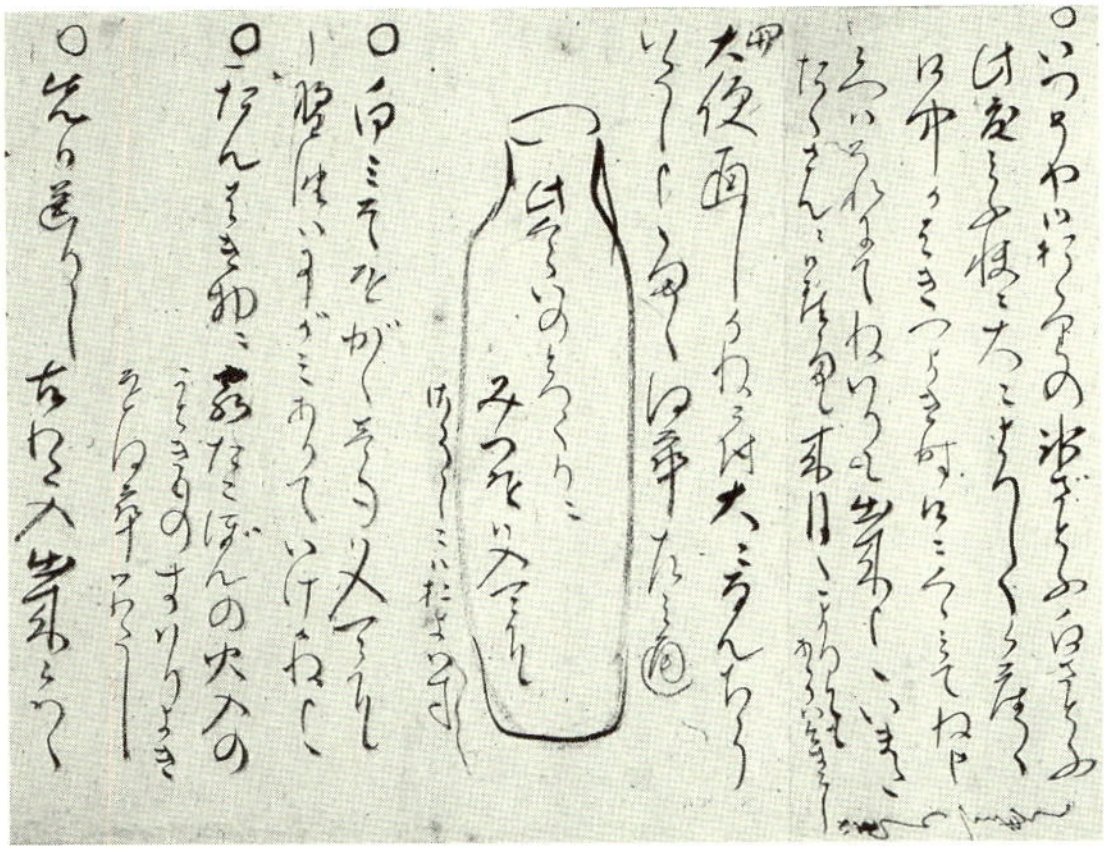

望東尼から家族への手紙（福岡市博物館蔵）

衣類は着用するもの以外にも風を防ぐために一定の枚数が必要で、何度も送ってほしいと頼んでいる。風呂敷も同様に必要であった。

敷き布団などの夜具や座布団、蚊帳、ござ。陶器類は入牢時にすべて壊れてしまったので、土鍋、茶碗など。台所用品は、水瓶、土瓶、「鉄灸」（鉄製の格子）、杓子、箸、わさび下ろしなど。「花てぼ」（籠でできた花入れ）、小刀、はさみ。獄舎の前に植える朝顔の種。食品は味噌、茶、白砂糖、生姜、黒ごま、海苔など。短冊の料紙、筆、半紙類などもたびたび所望している。

蜜をとっくりに入れて送ってほしいと書いた折には、その実寸を絵に描いた。また、水瓶は水が七升入るものと三升入るものを依頼したが、獄舎の「入口」を通る大きさでなくてはならないので細かくその寸法を書き知らせた。

薬の注文も多く、「白路香」（湯殿洗いで手あれがひどい時に用いる。痔にもよい）、大黄、「下丸」（大黄が効かない時のための下剤）、目薬などについて細かく指示し、その使用方法も書いてくれるように依頼した。

島では望東尼を「大名のばばさん」と崇（あが）める人もいて、そうした島人の親切に応えるためにも少々の小遣いが必要となり、送金を依頼することもあった。野村家の方では、使者への礼を準備し、依頼の品々を取り揃え、さらには返書をしたためるなど、相当な労力を使って望東尼からの要望に応えられるようにした。しかし、時には野村家からの返書や対応が滞ることもあった。そのような時の望東尼は不安な気持ちに陥る一方で、彼らに対する懐かしさが一層募るのであった。

姫島の正月

年が明け、慶応二年（一八六六）を迎えた。穏やかな天気が続いた。日々の食事は藩から雇われた三軒の家の者たちが持ち回りで世話をしてくれたが、正月には、餅、鮑（あわび）など海の幸・山の幸がふんだんに用いられた雑煮が振る舞われ、家々から、さざえ、なまこなどの美味佳肴（かこう）が届いた。島人たちからのあまりに多い心付けに、さすがに「無き時は何も絶えてなく、貰う時は山の如く持ち込み申し候て」と、嬉しい悲鳴を上げている。

一月三日、獄舎の前の石垣の間からすみれがたった一輪咲き出ているのが見えた。

人遣（や）りはすべなきものをおのれからここにすみれの花咲きにけり

（福岡市博物館蔵「ひめしまにき」）

自分の意志からではなく人に命じられて獄舎にいる我が身であるが、すみれの花は自分の意志でここに咲いている。このような獄舎の前でも可憐に咲いているすみれの花を見て、望東尼は自分も主体的に生きてみたいと思ったのではないだろうか。

正月は島ならではの行事が続いた。四日は釣り初めで、多数の舟が漕ぎ出て行くのが獄舎の窓からも見えた。六日は鮑を取る舟が見えたし、烏賊釣り舟が漁火を焚くのも見えた。福岡では一月六日に七草粥に入れる草を摘むのが通例であったが、姫島にはそもそも七草粥の習わしがなかった。

一月十日は恵比寿祭で、漁師たちが浜に出て酒などを持ち寄って祝い、その帰りに次々と獄舎を訪ねて来た。これに対し望東尼は、その気持ちは嬉しいものの、さすがに疲れたと悲鳴を上げている。十四日は、子供たちが「はんじょう、はんじょう」と言って方々の社や家々を歌を歌いながらめぐり歩き、こちらの方にもやって来たので、鏡餅を遣わしたりした。子供たちも、望東尼を獄舎につながれた人としてよりも、むしろ島の住人の一人として見ていたようである。

ところで望東尼は、この島でまだ鶯の声を聞いていないことを不思議に思っていた。鶯は鳴くのだろうか、というよりこの島にはたして棲息しているのだろうか、とさえ思うようになった。そこで「鶯は鳴くにや」とある島人に訊ねたところ、「いかなる声にて、いかなる鳥にてか」と聞き返してくる。「ほうけきょう」と鳴く鳥ですよと教えてやったものの、さすがに離れ小島には棲まないのだろうと諦めかけていた。ところが一月十日の恵比寿祭の日に、思いがけなくも待ち望んでいた鶯の初音が聞こえてきた。

そやそこにあはれ鳴くなり鶯もすまぬ島かと思ふその間に

望東尼は嬉しくてたまらず、その声を聞いているうちに平尾山荘の春を懐かしく思い出した。

それから毎日同じ場所に来て鳴くようになった鶯を、望東尼は友達ができたかのように恋しくも嬉しくも思っていたのであるが、そのうちにぱったりと声が聞こえなくなってしまった。

どうしたのだろうかと心配していると、ある日、子供たちが何やら騒ぎながらこちらにやって来た。小窓から目をこらして見ると、彼らは銃で打たれた鶯を手にしていたのである。そのあまりのむごさに望東尼は胸も潰れんばかりであった。

鶯をまこと打ちしやなさけなやあな人げなやさも心なや

鶯の死を嘆き悲しみ、涙がとめどなくこぼれ落ちた。

姫島の春

獄舎にはよくねずみが出没し、うるさくて眠れないほどなので、夜な夜な食べ物を分け与えていた。ある夜、ねずみが枕元まで来たので、人に物を言うように言い聞かせてやると、面白いことに姿を見せなくなった。望東尼は、ねずみは猫を近付けたらよいが、百足(むかで)、蜘蛛、蟻の出没には難渋したと手紙に書いている。ある時、大百足が膝の内側に入り込み、その時は何とかこれを駆除した。昼間だったからよかったようなものの、それが夜だったらどうなっていただろうかと思うと怖くてたまらなかった。

二月になると、望東尼が梅を待ち望んでいることを知っている島の乙女たちが梅や桃の枝を持って来てくれた。それらの花の枝を竹筒を切って作った花器に挿して飾りつけると、まるで花に埋もれたような心地がして大いに心が和(なご)んだ。

折々にあまがもて来る花の枝(え)に重なる春の日数こそ知れ

今や鶯も絶えず鳴くようになり、まさに春爛漫(らんまん)であった。

元来病気がちな望東尼は、狭い四畳の獄舎から一歩も外に出ることを許されず、陽の十分に当たらない不健康な生活を強いられたので、徐々に身体が弱っていった。福岡から薬が送られて来てはいたが、どうもそれでは不十分で、身近に入手できる滋養物で身体に合うものを見つけ出そうといろいろ試してみた。例えば鮑を角まで食べたら元気が出たので一日二つずつ食べることにしたが、これは海産物の豊富な姫島ならではの滋養摂取法であったろう。

この月は腰が痛む日々が続き、立ち居にも困るようになった。「せんすべなく」困り果てているうちに思い付いたのが、大きな芋を焼き塩と一緒に紙に包んで腰に当て、それを「ぬくめぐすり」として用いる方法であった。これが意外にもよく効いたので、望東尼は嫁のたねにも試してみるよう勧めている。温め返せば一つの芋で五、六回使用できるとも書いた。また、寝る前に口中が渇いた時は、白砂糖を含むと寝つきがよくなるとも書いている。

望東尼のその日の気分は天候にもかなり左右されている。荒れた天気の日には訪ねて来る者もなく、家族から来た手紙を繰り返し読んでは望郷の思いを募らせ、身も引き裂かれるような苦しみにさいなまれた。しかし、小春日和の日には思わず心が和んだ。そんな日には、それまでに書いた日記や歌集の清書をした。物を書くには、獄舎住まいもそれはそれで集中できてよいものである。望東尼は若い頃から、つらい時も悲しい時もひたすら歌を詠み続けてきたが、この獄舎ではそのことが彼女にとって生きるうえでの大きな支えとなっていた。

三月の桃の節句には、島人が餅に桃の花を添えて持って来てくれた。福岡の家では今頃曾孫のときを囲んで節句を祝っていることであろう。そんな思いが胸の内をめぐった。

三月のある日、望東尼は福岡から送ってもらった白羽二重の胴衣を、獄舎で着るには勿体ないとの理由で送り返し、たねにはそれを形見にしてほしいと申し渡した。また、家に残してきた蓮月焼の急須は人々がもてはやすような代物であるから、老いの楽しみに秘蔵しておくとよいとも書き添えた。そして、こうした話をすると心弱げに聞こえるかもしれないが、自分の身にはいつ何があるかもしれないので、と断り書きした。望東尼は体調が優れない折にはどうしても気弱になり、いつこの獄舎で果てても不思議ではないと思うのであった。

般若心経血書

望東尼は従来、習慣として家族の忌日には弔いをし、毎月十八日には人麻呂明神、そして二十五日には天神を祭り、拝礼、歌の奉納、写経、座禅を欠かすことがなかったが、獄舎の中でもそれらの行いを絶やさなかった。

その望東尼が、「姫島日記」（天理図書館蔵）の二月九日の条に、

　いたく冴えかへりて、霰さへ折々打ち降りて、物のあはれも殊更なり、亡き人の為にとて、心経を血書せん
　とかねて思ひしを

とあるように、処刑された同志たちのために般若心経を血書することを思い立った。そこで野村家から経文の手本、紙、筆などを送ってもらった。

観音経の手本は二川幸之進に依頼した。幸之進は二川家に養子に入った野村貞貫の三男・貞一（相遠）と二川相近の次女・瀧（玉篠）との間に生まれた子で、望東尼にとっては孫にあたる。

また、三月六日の条には、

　血書すとて萱（かや）をもてきりたるに、思ふままに血の出でざれば
　春の野の萱の若葉の八千入（やちしほ）に染まぬもうべよあきしならねば

とある。ここで「八千入」とは幾度も染め直すことをいい、「うべ」とは、道理で、なるほど、といった意味で

料金受取人払郵便

福岡中央局
承　認

8064

差出有効期間
2017年1月31
日まで

●切手不要

郵便はがき

810-8790

272

福岡市中央区
舞鶴1丁目6番13号 405

図書出版 花乱社 行

通信欄

ある。血書のため萱で指を切るが、思うように血が出なかったことを季節に絡めて詠んでいる。

五月七日付で家族に宛てて出した手紙（「野村望東尼資料」一四-四）には、

捨てはてし命、思ひの他なる波路の果てに流れ止まり、何の甲斐も無くすぐし侍るにもほいなく思ふあまりに、忌忌（いまいま）しかりにし人々の為にとて経ども物し侍りたれど、猶はかなきわざのいたづらごと、いかにたかき御心には笑はせ給ふらんと恥（はぢ）かはしけれど、同じ剣の下に散り残りし罪さへやるかた無く、せめてもとしぼりいでたるくれなゐは、あかき心のしるしとだにご覧じてよかし

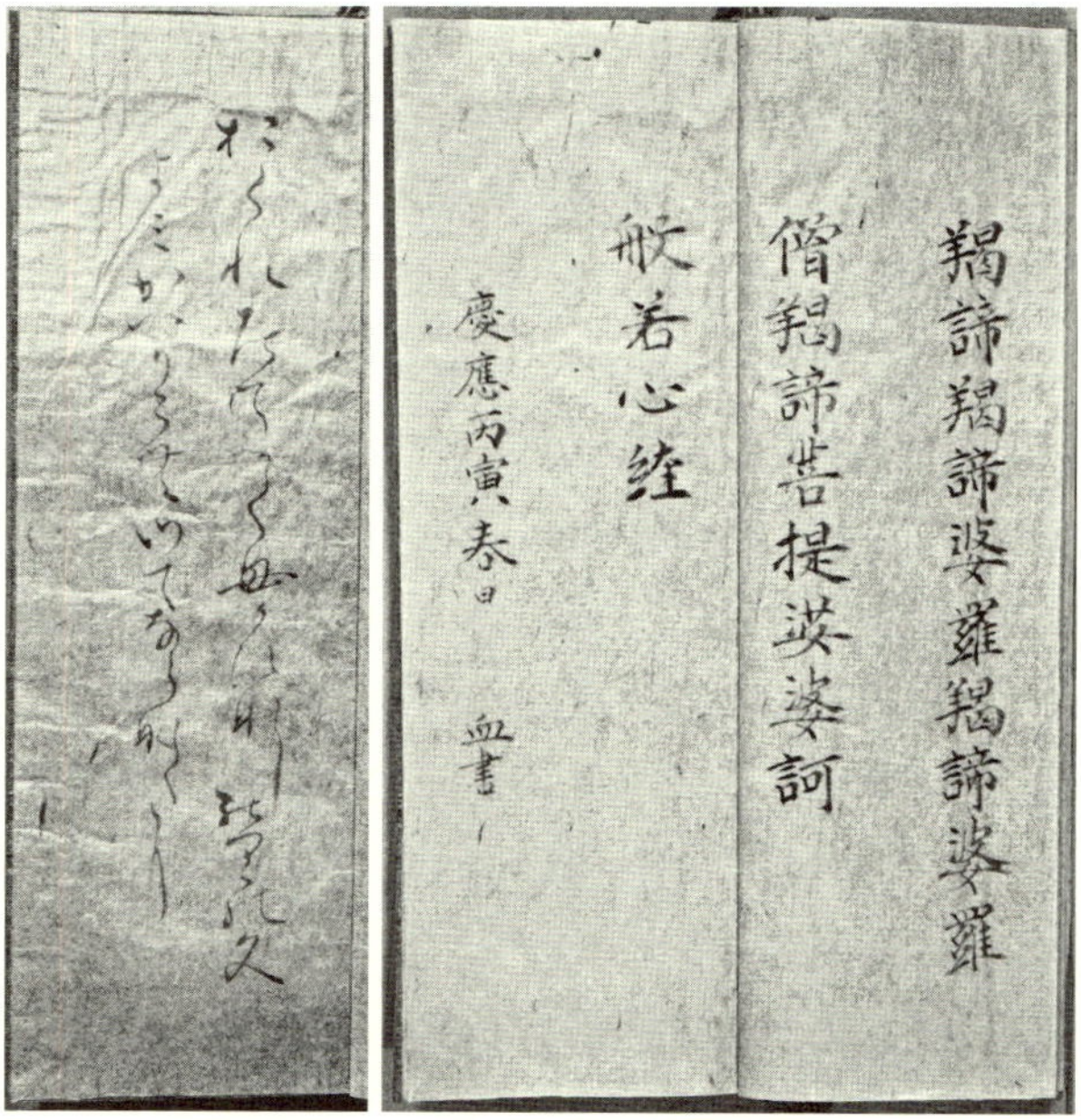

望東尼による血書（福岡市博物館蔵）

とある。つまり、自分だけが生き長らえ何の甲斐もなく過ごしていることはあまりにも不本意なので、忌み慎むべき人々（処刑された同志たち）のために写経をしているが、文字を書くに当たっては、せめてものこととして鮮やかな赤い血を絞り出して「あかき心」（偽りのない真心）の証（あかし）としている、というのである。

慶応元年（一八六五）六月の勤王派に対する一斉取り締まりからまもなく一年がたとうとしていた。去年の六月は、それから打ち続く悪夢の序章のような月であった。その一周年に間に合うように般若心経を仏前に手向けたいというのが望東尼の願いであったろうと思われる。

望東尼は楷書で丁寧に写経して製本し、裏表紙の内側に

は次の一首を書き入れた。

おくれ居てかくも甲斐なし法（のり）の文よみがへりこむつてならなくに

（「野村望東尼資料」四）

右の五月七日付の手紙では、血書した般若心経に「月洗君（月形洗蔵）森勤君（森勤作）を初め夫々」の遺族宛の書付を添えたので、それらを各遺族に届けてほしいと依頼している。用意した般若心経はそれなりの冊数に達したものと思われるが、現在、福岡市博物館にはそれらのうちの二冊だけが残されている。この二冊の般若心経には、荒い麻布で作った手製の表紙が付けられており、茶色の糸で袋綴じがされている。経文の文字は血の色が褪（あ）せてほとんど茶色になっている。この血書を直に見る者で、望東尼の熱い思いに感動し、その勤王の志が中途半端なものではなかったと得心しない者はいないであろう。筆者がかつてそれを初めて目にした時、その向こうに見たものも、確かにそれで同志たちが生き返るわけではないにせよ、ひたすらに亡き同志たちの菩提を弔う望東尼の「あかき心」であった。

家族への思いと時勢への関心

一時は「浮島の泡」と消えてしまうのではないかと思った命であったが、気力が回復してくると、望東尼は愛する家族に「今一度あふ世もがな」と切に願うようになった（五月七日付の手紙）。そうした思いは既に二月頃から兆（きざ）していた。とはいえ、家を出る時に扇面に「ぬれぎぬをかつぎかつぎて流れゆく尼が袖ほす時をこそ待て」という歌を書いた覚悟のほどを思うと、家族との再会を望むなどということは恥ずかしく「きたなき心」であると思われた。日付未詳ではあるが、右の手紙と同じ頃（おそらくは五月）に書かれた手紙（「野村望東尼資料」一四―五）に次のような一文がある。

大方の世のさまおしはかるに、とてもひととせ二年の間に、いづれも囚開はおぼつかなくやあらん、かくながらおのれひとりはもとより、波の泡とこそ思ひさだめてこし物から、省（助作）をはじめ若き人々いたづらに押し込められて、惜月日（あたら）を送らんこそくやしけれ、いまはここに長く住まん用意どもこそ物し侍らめ、そなたにもさおもひ給へかし

望東尼は、この御時世ではとても一年や二年で獄舎から出してもらえる見込みはないと思うようになり、このままここに長く住む心の用意をしておいた方がよいだろうと記している。それにしても自分一人は「波の泡」となる覚悟はできていたが、助作ら若い志士たちが意味もなく押し込められて無駄に月日を送っていることがくやしくてならなかった。

島の生活に慣れてくると、次第に世の中の動きが気にかかり始めた。孤島に幽閉されているとはいっても、島人の噂話などを通じていろいろな情報が入ってくる。例えば先の五月七日付の手紙に「梅の宮の五片（いつひら）の花、嵐の誘ひ行くべき風のたよりを聞き侍り」と書いているが、太宰府の五卿にとって不利な嵐が吹いているという噂を聞いて、望東尼は大いに神経をとがらせている。家族には、是非とも情報を伝えてほしいと依頼した。

六月十日付の手紙（「野村望東尼資料」一五‐四）には、第二次長州征討のため姫島からも水夫として十八、九名が派遣されていたが、彼らが島の家族に寄越した手紙から、現在の状況は長州藩にとって有利に展開していることがわかったと記されている。望東尼は、その指揮を高杉晋作が取っていると思ったかどうか。もしそうであったとしたら、今ここに自分がこうしていることにも甲斐があると思ったのではなかろうか。

望東尼は、家族からの手紙を惜しみながらも水で揉み崩したと書いている（慶応元年七月頃の手紙。「野村望東尼資料」一六‐二）。時事について触れた手紙を選んで特にそうしていたのか、それとも受け取った手紙のすべてについてそうしていたのかはわからないが、もしもの場合を考えて廃棄したのであった。かつて馬場文英からの手

紙はすべて火中に投じていたが、獄舎では火の使用がままならなかったので、水で揉み崩すという手法を採った。家族も含め手紙に名前が出てくる人々にのちのち災いが降りかかってはまずいという配慮からであった。

大隈言道『草径集』

望東尼は、和歌の師である大隈言道のことをたびたび思い出していた。五月頃出した手紙（「野村望東尼資料」七―二）に、言道はまだ帰国しないか、この頃何か便りは来ていないか、手紙があれば是非とも見たい、「あな懐かし、あな懐かし」と書いている。また、言道は自分が姫島に流されたことを聞いたであろうか、聞いていたらどう思ったであろうか、などということも気になった。

ここで、大隈言道の歌集『草径集』について述べる。

書かれた日付はわからないが、望東尼がこの歌集について触れた手紙（「野村望東尼資料」一七―五）がある。その中で望東尼は『草径集』について「憂き心のやる方なき折々必ず取り出でて、心遣りに物し侍る」と述べており、つらい折には必ず取り出して慰めにしていたようである。

文久三年（一八六三）三月に『草径集』三巻が刊行され、江戸・京都・大坂の三都で売り出された時、望東尼はこの本の頒布に尽力したものであった。翌月十三日付で京都の知人に宛てて出した手紙（福岡市美術館蔵）では、『草径集』が上梓されたので書林で求めるように勧め、歌集の内容について「おもしろき歌多く、中にはさもなきもまじり侍れど、いづれも古くさき事なきが、先よろしかるべし」と評している。つまり、『草径集』には面白い歌が多いが、中にはそれほどでもない歌も混じっている、しかしどの歌も古臭くないのがまずはよろしかろう、というのである。

言道は自身の歌論「ひとりごち」で、歌集の「栄え」について次のように述べている。「人の目に立ちて、ともすれば人のあしざまに云ふ」歌について、「さる歌もあるが、其一巻の栄えにて、人の見て倦まぬやうに、わざと心を用ひたるものなり」（穴山健校注『大隈言道 草径集』）。つまり、歌集には面白い歌とそうでもない歌を配してこそ、その一巻が栄えて読む人の心を捉え、人が読んで飽きないものになるというのである。

望東尼は、そのことを薄々わかってはいたものの、姫島の獄中で何度も読むうちに、十分に咀嚼し味わうことができるようになった。したがって、『草径集』に対して自分がかつて下した評価については、「わが心鈍し」。つまり、この歌集の素晴らしさがわからなかったのは自分の力量不足によるものであった、自分は言道に「一節」も及ばないと我が身を振り返るのである。そして、「かかる人をただかくながら腐しなんこそ、いと惜しけれ」と、言道が世に名声を博していないことを惜しむとともに、これが長く世に伝われば百年ののちには「光輝くべし」と師を高く評価した。しかし同時に、新しい歌風が世に受け入れられるためにはさらにあと少しの年月が必要なことを、姫島で改めて『草径集』を読み返しながら感じたのであった。

言道は、その続編刊行の願いを果せないまま、明治元年（一八六八）に故郷の福岡でひっそりと亡くなった。明治二十八年（一八九五）、佐佐木信綱が東京神田の古書店で偶然『草径集』を手にし、著者の大隈言道という名前を目にした時には、それがどういう人物であるかわからなかったというほどに彼の名前は伝わっていなかった。のちにこの佐佐木によって言道は世に紹介されることになり、その名前は近世を代表する歌人の一人として橘曙覧らとともに並び称せられるようになる。

言道の困惑

望東尼は大隈言道のことに思いを馳せ、「翁にも今一たびあはまほしうこそ」と述べて彼との再会を強く願った（「野村望東尼資料」一六―一三）。

言道は乙丑の獄が始まる前、慶応元年（一八六五）の望東尼の六十の賀に次の歌を寄せていた。

海山者雖隔千里外祝意者不変在敬里
（海山は千里の外を隔つれど祝ふ意は変わらざりけり）

（大隈言道「続草径集」〔九州大学附属図書館蔵〕。原本には題が付されていないが、のちに佐佐木信綱により「続草径集」と名付けられた）

その言道の耳にも望東尼が姫島に流罪となった話は届いていた。

障ることありて、もと子引こもりけるよし聞こえければ
うすぐもる月のありかは見えながら手をだにささぬ程ぞ侘しき

（「続草径集」。梅野満雄「大隈言道伝」〔『大隈言道とその歌』〕では「月のあかりは」となっているが、原本では「月のありかは」である）

手を差し伸べることができないことを侘しく思う言道であったが、罪人となった望東尼に関し大坂で流れている風聞について、小林重治（飯塚の門人）に宛てて出した手紙（慶応元年十二月十日付。新開竹雨「大隈言道と飯塚」）で次のように述べている。なお、手紙の冒頭の部分は欠落してしまっており、現存する文章は「外聞あしく」から始まっている。

外聞あしく、大坂にてもと子信仰の人も御座候ところ、此儀評判御座候ては、大に難儀仕り候、伎芸の欣び

に御座候へども、うたは誠心を申すもの故、うたは上手なれども所業はあしき人と申す訳御座無く候、せめて書か画かならば悪人なれども画は妙なり、姦佞なれども書はよろしなどとも申すべけれど、言行相違是非無き次第に御座候、これも追ては明白の時も御座有るべく候や、老人の事故島にて自滅いたされ候はば、甚だいたはしく存じ奉り候、殊更当冬より一粒も入来申すまじく内所送りも出来兼ね候はんと嘸々不便に存じやり申し候

大坂には望東尼のことを歌の名人として慕っていた人もいるというのに、悪い評判が立ってしまい難儀している、と言道はこぼしている。手紙の中で彼の繰り言は続く。いわく、歌は誠心を表すものなので、歌は上手だが所業は悪いと申すようなわけがあるはずはない。せめて書や画であれば、悪人だが画は素晴らしい、姦佞（心がねじけて人にへつらうこと）だが書はよろしいなどと申すこともできようが、言（歌の上手）と行（悪行を働き入牢したこと）の相違という悪評については、今はどうにも仕様がない。これも追って悪評が当たっていたかどうか、明白になる時もあるであろう。老人なので、島で自滅するようなことがあれば甚だいたわしいことである。特にこの冬より内緒の仕送りが一切できないということなので、さぞかし不便であろう、と。

大坂で望東尼を知る人は、勤王家として活動した彼女を「所業はあしき人」と見なしたようであるが、長年師弟として交流してきた言道としては、望東尼の置かれている状況に甚だ困惑を感じながらも、その安否を気遣ってやまなかった。淡々とした書きぶりの文章ではあるが、文中至る所に愛弟子に対する師の愛情と思いやりがにじみ出ている。

姫島の秋

姫島の夏から初秋にかけての暑さは耐え難く、七月の中旬になると望東尼はついに重い病にかかってしまった。熱が下がらず足もよろめいて、獄舎内の蚊帳の上げ下ろしも難しいほどであった。警護の役人の計らいで、時々島に渡ってくる医師にも診てもらったが、一向によくなる気配がない。故郷から送られてくる薬とその処方箋だけが頼りであった。

島人たちも心配して餅菓子や団子を持って見舞いに来てくれたが、残念ながらそれらは喉を通らなかった。ところが、ある島人に頼んで持って来てもらった百合根(ゆりね)を食してみたところ、意外にもそれが効いて病が快方に向かった。まさに「命は天任せなり」である。

月も終わりになると気温が下がって寒さを覚えるようになったので、望東尼は嫁のたねに綿入れの仕立てを頼んだ。それまでも望東尼はたねに縫い物や仕立て直しをたびたび頼んでいた。そのたびに彼女は姑の指図どおりに衣類を仕立てて送ってくれた。望東尼はその心遣いに対し、「いずれも御手際(てぎは)誠に誠に美しく、このうちにて着るはいと惜しく覚え申し候、わが流儀をよくおぼえ給ひ、おのれがのよりも、御手際はるかにまさりていと嬉し」とほめている。「わが流儀をよく覚え」という言いぶりは、かつて野村家で自ら嫁たちに裁縫を教え込んでいた場面を髣髴(ほうふつ)とさせる。裾などは見えないのだから大雑把でよいと言っても、嫁たちがそのような手抜きをするはずもなく、望東尼はそのことにまた感心するのであった。

望東尼が獄舎にいる間に、福岡の家族や親戚にも変化が見られた。当主（野村助作）不在の野村家では、本家の当主・野村新兵衛の弟の野村貞幹(さだき)（通称は彦助）が跡を継ぐことになった。親類同士で養子縁組をしてこのような形で家を存続させることができたことは喜ばしいことであった。貞和とひさの間に二人目の子ができたという知らせも望東尼を喜ばせた（ただし、この子は夭折してしまう）。

一方で、悲しい知らせも届いた。獄中の助作と妻たつの離縁が決まったのである。野村家で押込めの処分に服していた折に、望東尼の腰を毎日のようにさすってくれたたつであったが、乙丑の獄により父と叔父を亡くし夫を投獄されたばかりか、若冠十七歳にしてその獄中の夫とも別れることになってしまった。実は、事件発生後、実家の建部家の方で血脈を絶やさぬためにたつを引き取る必要が生じ、野村・建部両家で熟談の末、二人を離縁させることになったのである（「本姓佐々木野村系譜」〔「野村望東尼資料」八〇〕）。助作のこともさることながら、たつの薄幸な人生が不憫でならず、望東尼は「あぢきなき世のならひすべなし」と大きな溜息をつくのであった。

九月十日に家族に手紙（「野村望東尼資料」一七-二）を書いた頃、体調は随分よくなっていた。望東尼は、日記の清書をすることが「一生の大願」なので、そのために必要な雁皮漉きの紙と筆五十本ばかりを送ってほしいと頼んでいる。また、曾孫ときへの形見にと「都日記」、「夢かぞへ」、「家集」、「むすめごなどの為になるべき文」などを書いているが、それをするには「囚中」もよい環境だと述べている。「秋深きものがなしさを神仏を拝みては日記などを」書いていると、一日が実に短く感じられた。

望東尼は、極寒の季節にこの獄舎に入り、無我夢中で生き延びることのみを考え、歌を詠むことを励みとしてひたすら春を待った。そして今は酷暑の中を日差しの強い海辺の近くでこうして生き延びている。望東尼は生き続けることにかすかなる自信が沸いてくるのを覚えた。そうなると、生き長らえようとする意欲が徐々に、しかし強く沸き上がってきた。日記の清書は、そうした沸き上がる生命力の発露でもあったことだろう。

さて、家族に宛てて手紙を書いていた九月十日頃、望東尼を救出するための一隊が既に姫島のすぐ近くまで来ていたことを肝心の望東尼自身は知る由もなかった。

望東尼救出計画

慶応二年（一八六六）の九月、下関の豪商・白石正一郎宅では高杉晋作が病の床に伏していた。前年五月の将軍家茂の江戸進発以来、一年三カ月も続いた第二次長州征討における幕府との戦いは、この八月にはようやく終わりを迎えていた。幕府軍十五万人の軍勢を相手に、長州藩は四千人の寡兵をもって奇跡的な勝利を収めたのである。しかし、その勝利の立役者である高杉の健康と体力は、この戦いで完全に底を突いてしまっていた。

「白石正一郎日記」（下関市教育委員会編『白石家文書』）の九月四日の条に「夜に入高杉痰に血交り出候故、医者石田迎に遣す」とあるように、石田清逸が主治医としてこの頃の高杉を診ていた。丁度その頃、福岡藩を脱藩して長州に身を置いていた藤四郎が望東尼を姫島から救出するという計略を思いめぐらしていた。

のちのことであるが、慶応三年十一月、望東尼の訃報を野村家に知らせる手紙の中で、藤四郎が望東尼救出の主たる目的を明かしている。それには、「望東君姫島より救出し候主意は、此二三ヶ月以前、玄海（界）謫居(たつきょ)堀六郎斎田要七を彼浜辺にて密々断頭いたし候由慥(たしか)に承知いたし、実に痛憤切歯に堪へず、其災害姫島に及び申すべき甚だしき懸念にて、辛じて御迎取候訳に御座候」とある。すなわち、乙丑の獄で玄界島に流罪となった同志二名が慶応二年七月に極秘のうちに打ち首になったという情報を得て憤りを感じ、その災いが姫島の望東尼に及ぶのを懸念したということであった（『全集』八三七頁）。

藤はまず、高杉に身近に接することのできる石田に望東尼の救出を相談した。石田は、野村家と懇意にしていた福岡の蘭方医・百武万里の弟子で、自身もかつて野村家の世話になっていたという恩義があった。彼は藤から話を聞くと、それがいつのことであったかは判然としないが、病床の高杉にこれを伝えた。

高杉は、この作戦に乗った。高杉が動いて、ついに望東尼救出作戦を実行する時が来た。

対馬藩領浜崎

九月十日、三反帆の早船が肥前の対馬藩領浜崎に着いた。乗船していた六名はそこで宿をとり、望東尼の救出に関する詳細な打ち合わせを行った。望東尼がのちに書いたものによると、その六名とは次の者たちであった（「野村望東尼資料」二〇－一、二一－一）。

こたびの尽力ありし人々は先（まづ）、藤と藤林、大藤は薩摩の留守なれば来ず、その外は対藩の多田何がし、吉野何がし、長藩よりは何三津蔵、はかた町人何屋幸助といふ者なり

浜崎（唐津市浜玉町）より姫島を望む（牛嶋俊康氏撮影）

六名のうち五名は脱藩の志士で、福岡藩の藤四郎と小藤四郎、対馬藩の多田荘蔵（しょうぞう）と吉野応四郎及び長州藩の泉三津蔵であった（『全集』七七六頁）。これに博多商人権藤幸助が加わった。

この六名を簡単に紹介しておこう。

藤四郎（一八二七－七四）は福岡藩士で、諱（いみな）（実名）は茂親。弓・槍・刀剣の術、和漢の学を修め、平野国臣と意気投合して、勤王倒幕の論を唱えるようになる。安政六年（一八五九）に脱藩。翌文久元年の五月に脱藩の罪で大島に流されるが、三年七月に赦され、その後長州に逃れて生野の義挙に参加。慶応元年（一

八六五）六月の福岡藩士・喜多岡勇平襲撃にも加わった。

小藤四郎（一八四三―六八。一説では六九年）も福岡藩士で、諱は勝定。変名は藤林六郎など。兄の平蔵は桝木屋の獄吏であったが、中村円太救出に一役買った人物であった。その兄の感化を受け、早くより勤王を志す。慶応元年、脱藩した平蔵の後を追い、長州で奇兵隊に入る。のちに京坂に出て西郷吉之助を頼り、尊王攘夷運動に奔走。江戸に赴き幕吏に捕らえられるが、脱獄して長州に逃れ、報国隊に加わった。

多田荘蔵（一八二九―八三）は対馬藩士で、諱は弘斉。変名は橘為一郎。対馬・長州両藩の同盟に際しては対馬藩の代表者の一人として列席するとともに、京都藩邸において各地の藩士と交流した。池田屋事件があった時には、逃げて来た桂小五郎を但馬に逃がしたともいわれる。対馬藩の甲子事変では難を逃れ、尽義隊に加わって反対派の代表・勝井五八郎の殺害に加わった。その後薩長連合のために動き、報国隊に加わったといわれる。多田は剣の使い手としても有名であった。

対馬藩士・吉野応四郎という人物については不明である。

泉三津蔵（一八三四―六六。田村哲夫編『防長維新関係者要覧』によると光蔵）は長州藩士で、諱は時明。望東尼は泉について、中村円太の従僕として筑前に入った後に、筑紫衛に連れられて京都に行ったことがあると記している。報国隊に所属していた。

権藤（菱屋）幸助（一八三二―六六）は博多川端町の商人で、福岡藩の志士たちと交わり、森勤作に随行して対馬に赴いたり、同志のための密使として太宰府や長州などに赴いたりした。福岡藩の乙丑の獄以降は長州に渡り、高杉晋作に従って国事に奔走した。

これら六名の志士たちはいずれも報国隊などに属し、実戦経験豊富な荒武者ばかりであった。

なお、もう一人、望東尼が記した六名には入っていないが、救出に参加したといわれる人物がいた。それは小宮延太郎で、彼は対馬藩士であった。小宮は元治元年（一八六四）十二月、対馬藩の内訌に際し捕縛を避けるため平尾山荘に潜伏し、そののち長州に赴く際には、送別の歌を記した短冊二枚を望東尼より贈られたという（賀嶋砥川『対馬志士』）。もしかすると、右の吉野応四郎はこの小宮の変名であったかもしれないが、確証はない。

島抜け

望東尼の記述によると、六名は「四五日以前より唐津に入り、それより浜崎にかかり、五日ばかり波風静かな日を待ち得て押寄せ」たということである。彼らは浜崎で宿を取り風待ちをしたが、その間に、望東尼救出作戦に関する詳細な打ち合わせを行い、島の地理、獄舎の状態などについての情報の確認・整理に余念がなかった。中でも藤四郎は慶応元年（一八六五）に二度目の大島配流という憂き目にあっているが、その際に「島抜け」（流人が島を脱出すること）をしたともいわれている。もしそれが本当であれば、彼の経験は今回の作戦を練り上げていくうえでかなり役に立ったことであろう。しかし、彼の場合は大島に流されても日常は自由に島を歩き回ることができたが、望東尼の場合は島の中の獄舎に押し込められており、まずそこから救出しなければならないという難しくて厄介な仕事が待っていた。それだけに一層の慎重さと大胆さが求められた。

「十六日昼七ツ時（午後四時）頃、三反帆の早船浜崎地方より当島へ乗り入れ、士躰(さむらいてい)の者六人上陸仕り候」とあるのは、のちに島の定番役・坂田嘉左衛門がとりまとめた事件の報告書の書き出しである（『望東尼伝』三一七頁）。

六名が乗った船は姫島に到着した。藤四郎は着船するや浜を見回し、岡定番役の坂田がそこにいなかったことに安堵した。藤は坂田とは育った家が隣同士で幼な馴染みであった。もしも坂田が海岸にいて不審を嗅(か)ぎ付け騒ぎ出しでもしていたら斬ることになったかもしれないが、幸いにそれを避けることができたのでほっとしたのである。六名のうち小藤四郎は権藤幸助と泉三津蔵を伴い獄舎に向かった。途中で出会った島人を捕まえて獄舎の

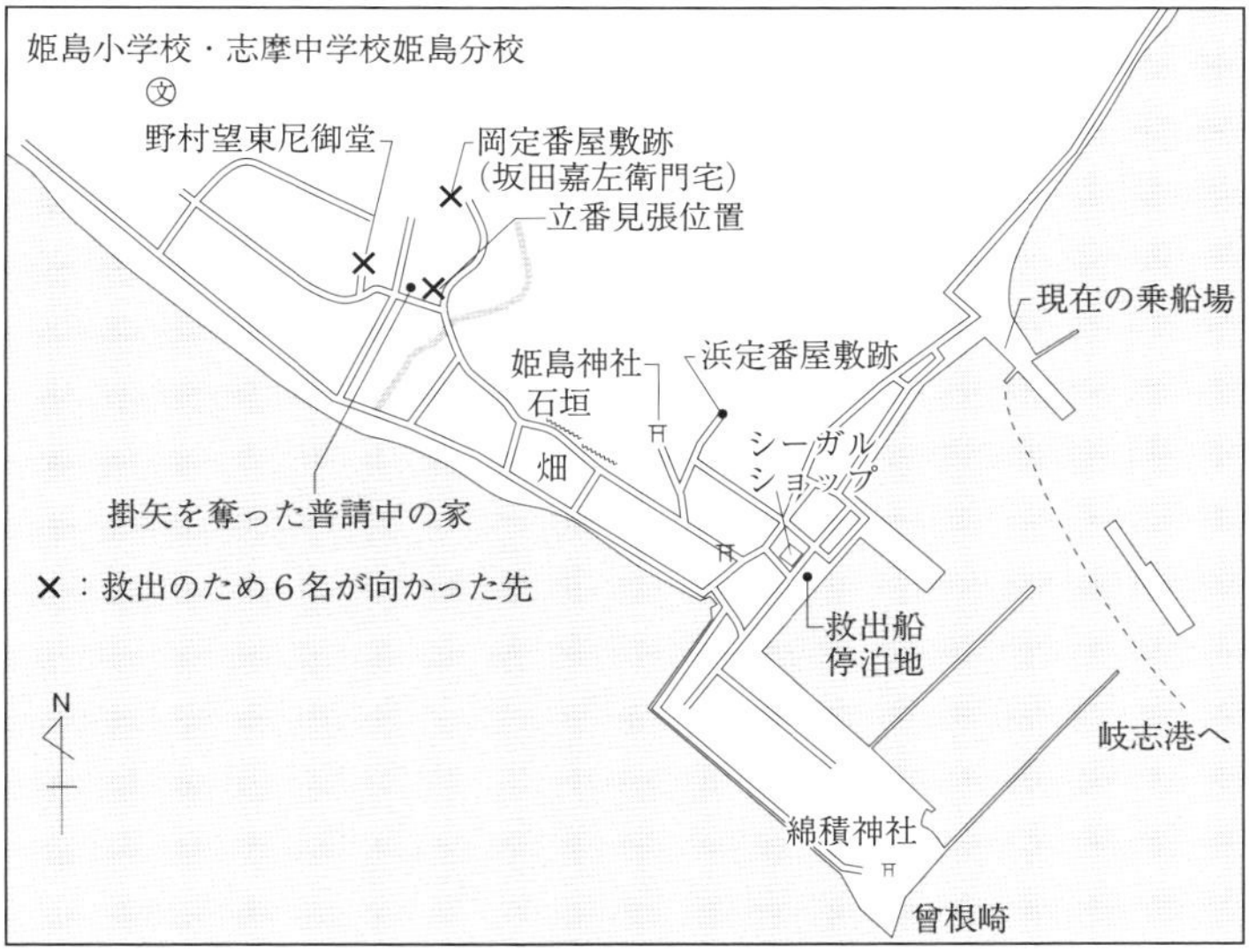

望東尼姫島脱出関係図
（大熊浅次郎「贈正五位 野村望東尼の晩節、姫島流謫脱獄の径路」を参照した）

場所を問い質(ただ)しながら向かったので、島人たちは恐れて家に引っ込んでしまった。小藤らは、棟上げをしていた須田卯吉宅から奪ってきた掛矢で、獄舎にかかっていた鍵を叩き壊した。

望東尼は十カ月間獄舎から一歩も外に出ていなかったので、足が萎(な)えていた。獄舎から解放されて船着場まで行く途中、迎えに来た者たちに両腕を抱きかかえられながら道を急いだ。途中、野面(のづら)に積まれている石垣のそばに地蔵が立っており、その前で、それまで望東尼の面倒をよくみてくれていた森みきにばったりと出くわした。みきは一行を見て驚き、道下の畑に飛び降りた。すると望東尼は、おみきさん、私は遠い所に行くよ、と声をかけたという（みきの子孫の故・森ぬい氏に伝えられていた話）。

その頃、島の中腹にある岡定番役宅を、藤四郎と多田荘蔵の二人が訪れていた。藤は、朝廷より望東尼御赦免の沙汰が出たので身柄を受け取りに来たなどと言って懐より一通の書面を差し出すが、坂田は目の前にいるかつての友が今は脱藩して長州の奇兵隊にいるという噂を聞いており、書面を見るまでもなくそれが偽りの計画であることを見破った。しかし藤の態度があまりにも堂々としていたので、まさかこうしている間にも望東尼を獄舎から脱出させる企みが進行しているなどとは思いもよらなかった。

しばらくの間押し問答をしていると、一発の銃声が聞こえた。それこそ、望東尼を無事救い出したことを藤らに知らせる吉野応四郎からの合図であった。藤は銃声を聞くと、坂田に対し、大目付より通達が出た頃に再び参上致そうと言って、多田とともに悠然として立ち去った。坂田が先ほど聞いた銃声に言い知れぬ不安を覚え始めたその頃、配下の役人が駆け付けて来て、望東尼が獄舎を抜け出したと報告した。彼らは直ちに船着場に駆け付けたが、船は既に出帆してしまっていた。坂田ら役人たちは大急ぎで五十目抱大筒(かかえおおづつ)に弾丸(たま)を込め、船をめがけて発砲したが届かず、かなたに去って行く望東尼の救出船を拱手(こうしゅ)しながら見送るよりほかなかった。

当時、島抜けは見つかればその場で打ち首となった。勿論それに加担した者も同罪である。流人でも島で自由に行動することが許されている場合にはまれに島抜けする者が出ることもあったが、獄舎に入れられている重要な政治犯の島抜けは、少なくとも福岡藩ではかつてあったためしがなかった。

こうして望東尼救出作戦は、ただ一人の流血を見ることもなく無事成功裡に終わった。

ただし、成功の理由は作戦の巧妙さのみに帰せられるべきものではないであろう。それを側面から助けた幾つかの要因があったと思われる。その一つは、定番役や三人の手付(てつき)(下役)が公には職務をきちんと遂行していたものの、個々の感情は望東尼に同情的であったので、日々の警護がついつい甘くなりがちだったのではないかということである。もう一つは、島抜けの当日、一連の行動を島人たちが見て見ぬふりをしてくれたということである。これは島人たちが望東尼に日頃から親しみを覚えていたということを抜きには考えられない。

大島への寄港

九月十七日の暁頃、一行を乗せた船は南西(はや)の風に乗って玄界灘にある大島に寄港した。大島は、神湊(こうのみなと)(福岡県宗像市神湊)の沖合七キロの位置にあり、島の周囲が一五キロと筑前では最も大きな島である。島の北東部の加代(かしろ)は藩政期においては重罪人の流刑地であった。

藤四郎は、望東尼の孫の野村助作が大島に流されているという情報を得ていたので、彼を救出しようとした。しかし、一年前に玄界島への流罪を宣告された助作は、獄舎の準備が整うまでということで、依然として桝木屋の獄につながれたままであり、ましてその流刑地が玄界島から大島に変更されていたわけでもなかった。

藤は大島に流されたことがあったので島内の事情にも詳しく、助作がいないことを直ちに突き止めたが、折しも大島で流謫（るたく）の身となっていた同志の桑野半兵衛、澄川洗蔵、喜多村重四郎の三名が島抜けして長州に逃亡することを願ったので、彼らを乗船させることにした。

桑野半兵衛は、望東尼の弟で姫島の定番役を務めた桑野喜右衛門の義弟であった。

望東尼は大島に思い出があった。この島は、かつて四男の隅田小助が脱藩の罪で流された島である。また、姫島で書いた慶応元年（一八六五）六月十日付家族宛の手紙（「野村望東尼資料」一五-四）では前年の大島への旅を懐かしく回想しているので、望東尼は自らも大島を訪れたことがあったようである。

望東尼と三人の流人（ながされ）（大島では流人をそう呼んでいた）を乗せた船は、一路下関を目指して大島を出発した。

第八章

終焉

その後の高杉晋作

かつて毛利元就が中国地方十カ国を制覇して築き上げた巨大な版図（はんと）が、その孫の輝元の代になると、関ケ原の戦いで豊臣方に属したことをもって徳川幕府により大幅に削減され、毛利氏とその家臣団は長門・周防のわずか二カ国（三十九万七千石）に押し込められてしまった。毛利氏は、家臣団を維持していくためには国を富ませなければならず、早くから瀬戸内海の干拓や荒れ地の開墾などに着手していた。特に村田清風（一七八三―一八五五）は多額にのぼった藩の借財を整理し、紙・蠟の専売制を改革した。また、下関などに越荷方（こしにかた）を置き、諸国の廻船によって本来なら大坂その他に運ばれるはずの商品（越荷）を購入し、その委託販売で利益を上げるなどした。村田の改革（天保の藩政改革）は長州藩の経済基盤を確かなものとし、幕末における同藩の活力源となった。

村田ら改革推進派は自らのことを「正義派」と称し、坪井九右衛門ら改革に消極的な保守派を「俗論派」と呼んだ。幕末において正義派の中心は周布政之助であり、俗論派の中心は椋梨藤太（むくなしとうた）であった。両派は互いに抗争を繰り返し、高杉晋作が平尾山荘に身を潜めていた元治元年（一八六四）十一月の時点では、俗論派が藩内の実権を握っていた。

幕府による圧迫（第二次長州征討）を受けて俗論派は謝罪恭順の姿勢に徹し、禁門の変の責任者であるとして三家老に腹を切らせ、彼らの首を広島の征長総督府に差し出した。また、四名の参謀を野山獄で斬刑に処した。

潜伏先の福岡でそれらの報に接した高杉は、帰国の決意を固め、平尾山荘を後にした。長州帰藩後の高杉は、俗論派の藩政府を打ち倒すことを企て、長府においてわずか八十人ばかりの諸隊士を率いて決起した。十二月十五日深夜、長府の功山寺で挙兵し、初期の戦いにおいて鮮やかな勝利を収めた。そのことが藩内に大きな流れを作り、それまで旗幟(きし)を鮮明にしていなかった正義派のほかの人々も一斉に立ち上がって俗論派を退け、またたく間に正義派の藩政府を樹立したことは前述(二〇三・二〇四頁参照)のとおりである。

ところが、その後高杉は狂信的攘夷派につけ狙われるようになり、一時は愛妾(あいしょう)うのを連れて四国に身を隠さざるをえなくなった。しかし、時代は彼の再登場を催促する。やがて再び藩に呼び戻され、第二次長州征討に対抗して軍を指揮することとなった。

慶応二年(一八六六)、海軍総督となった高杉は、幕府の軍艦を周防灘で奇襲し、大島口での戦いを勝利に導いた。また、四境(石州口、芸州口、小倉口、大島口)の中でも最大の戦場となった小倉口での戦いでは、自ら全軍を率いて小倉藩領を攻撃・占領し、幕府に対する長州の勝利を決定づける重要な役割を果たした。その戦いの最中の七月二十日のことであるが、将軍家茂が陣中で病死した。そしてそれが小倉城の落城を早めたといわれている。戦争は、九月に休戦協定が成立し、翌年一月になって幕府方の全面敗北という形で終結した。

しかし、その間、高杉の体調には大きな変化が表れていた。小倉口で全軍を指揮していた慶応二年七月下旬になると、はっきりと体調不良を訴えるようになり、やがて喀血した。病状はみるみるうちに悪化していった。

高杉との再会

望東尼を姫島から救出した船は、慶応二年(一八六六)九月十七日夜、下関(旧名は赤間関(あかまがせき)、馬関(ばかん))に到着し、白石正一郎宅の裏門（浜門）に横付けした。

白石正一郎（一八一二—八〇）は、長州藩の支藩である清末藩の飛地・豊浦郡竹崎浦（下関市竹崎町）を拠点に荷受問屋を営む富商・小倉屋の当主であった。幼名を熊之助、諱を資興と称したが、長州藩世子・毛利定広に興丸が生まれたことから、興の字の使用を遠慮して資風と改名した。国学者鈴木重胤（一八一二—六三）に和歌を学び、橘園と号した。彼は尊王攘夷派の志士たちを匿まい、金銭的援助を惜しまなかった。「白石正一郎日記」には西郷吉之助、高杉晋作、坂本龍馬、平野国臣をはじめ多数の志士たちの名前が見える。文久三年（一八六三）六月、高杉が奇兵隊を結成したのもこの白石宅でのことで、その時には白石自身も弟の廉作とともに入隊している。

白石正一郎宅の浜門（下関市松小田）

屋敷は商家には珍しい書院造りで、座敷の床の間の畳をめくると、いざという時には匿まっておいた志士が脱出できる仕掛けになっていたという。屋敷裏の浜門は海に面しており、船が直接横付けできるようになっていた。白石宅があった場所は現在の下関市竹崎町三丁目で、「白石正一郎旧邸跡」という石碑が立っている。浜門は同市の松小田に移築・保存されている。

「白石正一郎日記」の九月十七日の条に、「夜に入、筑前より望東老女迎取候船かへり来、藤四郎、藤林（小藤四郎）、多田荘三（蔵）其外も来、皆一酌各退散」とあり、望東尼を救出した船がその夜、闇にまぎれて白石宅の浜門に到着したことが記されている。無事到着して、一同は望東尼の長期にわたる籠居を慰労し、この作戦の成功を祝って心地よく酒に酔ったことであろう。

ところで、その夜の白石宅には、今回の救出作戦を命じた肝心の人物の姿はなかった。

実はその頃、高杉晋作の病はかなり進行しており、それまで逗留していた白石宅では大勢の客が連日出入りし十分な療養もできないということで、九月十二日昼過ぎ、うのを伴い、下関西之端町（下関市赤間町）の商人・入江和作（一八三三―一九〇五）宅の離れの茶室に移っていたのである。入江は酢の醸造業で富を築いた奈良屋の当主で、下関の大年寄を務める人物であった。

では、望東尼と高杉はいつ再会したのであろうか。高杉は九月二十二日付で白石に宛てて望東尼を引き受けてくれたことに対する礼状をしたためたが、その中に「過日来筑前よりの客人御引請け下され有難く多謝奉り候、彼仁（望東尼）も病気の由承り候ところ、如何やと懸念罷り在り候」とあるので、望東尼は下関到着後まもなく病気を患っていたようである。十カ月間の獄舎生活から解放され、その疲れが一気に出たのかもしれない。高杉はその日、白石への手紙に添えて望東尼に見舞いの菓子を送っている。

その六日後の九月二十八日、同じく白石に宛てて出した手紙で高杉は、自分の容態を「小生病気日々全快に趣候」と語り、「望東氏も嘸々御世話と推察奉り候、天下のため御助補下され候様頼み奉り候」と述べ、望東尼の世話をすることは「天下の為」であると意義付けた。その文中で「推察奉り候」という表現を用いているので、この時点でも二人の再会はまだ果たされていなかったと思われる（以上二通とも下関市教育委員会編『白石家文書』）。「白石正一郎日記」によると、九月二十九日に望東尼は白石正一郎、寺内暢蔵（長州藩世子の小姓役）及び檜了巌（下関市豊田町の神上寺の僧）の母親らが催した歌会に出席しているので、その頃には病も癒えていた模様である。

次いで十月十一日の条に「今朝望東高杉へ行、山中の事にて急内談これ有る故なり」とあり、望東尼は前日薩摩の蒸気船で長州入りした山中成太郎（前出。豪商鴻池の隠居で京都に住んでいた）を伴って高杉のもとを訪れている。山中は国事に奔走したため幕吏に追われる身となり、妻とともに下関に逃れて来ていた。

望東尼の高杉訪問はこの日が最初であったかどうかは不明だが、以上から、彼との再会は九月末から十月十一日までの間のことであったと推察される。この間、高杉が白石家を訪れた形跡がないので、望東尼が病中の彼を訪れての再会であったと思われる。かつて手紙に平尾山荘で世話になった礼を来世で述べたいと書いた高杉であったが、二人は図らずも二年後に下関で再会することになったのである。

長門だより

下関に落ち着くと、早速、福岡の家族に宛てて手紙を書いた。望東尼は下関から家族に四通の手紙を書いたと自身で述べている（慶応三年四月三日付の手紙。「野村望東尼資料」五八－一三）。

確かに、福岡市博物館蔵「長門だより」には下関から家族に宛てて出した四通の手紙が収められており、それらが望東尼自身が言及している四通の手紙のことかとも思われる。しかし、筆跡を見ると、それらはいずれも望東尼の自筆ではないようである。では、贋作かというと、内容は本人しか知らないことばかりであるのでそうとも言えず、結局、いずれも写し物であるという可能性が高い。

「長門だより」の四通には、「思ひもかけず人屋をのがれいで侍り」という文章で始まる同文の二通の手紙が含まれている。それらの筆跡がいずれも他人のものであるとすれば、家族からの返書が来ないので望東尼が同じものをしたためて再度送り、福岡でそれぞれの手紙について個々に写しを作ったということなのか、それとも、本人の手紙は一通であるが、それを書き写す際に同じものを二通作ったということなのか。今となってはわからない。

では、それらの手紙は誰が届けたのであろうか。

「長門だより」には、望東尼救出計画は藤四郎の発案を主治医の石田清逸が病中の高杉晋作に伝えたことが発端である、と記されている。また、『新訂黒田家譜』（第七巻中）に、望東尼の手紙は「百武万里倅に頼み、密かに取り次いだという」と記されている。前にも述べたが、石田清逸はかつて福岡に住んでいた頃、蘭方医・百武万里の弟子であった。つまり、望東尼の手紙は石田から福岡にいる百武の息子に送られ、彼の手によって野村家に届けられていたのである。

ここで、同文の二通の手紙から内容を見てみよう（「野村望東尼資料」二〇‐一・二一‐一）。

望東尼はまず家族に無事を報告した後で、次のように述べている。

誠に誠に谷梅（高杉晋作）をはじめ数多の有志にいたはられすぐし侍れば、御心安かれかし、さりながらわが身一人かくては本意ならず、いまは省（野村助作）を始め人屋の苦を逃れ出づるやうにのみ誰々にも頼み、其事のみに心をくだき侍るなり、御国御正義にひるがへし、有志を助くるまでのおのれが尽力なれば、いまは身もいとはずなむ

望東尼にとって自分一人だけが救出されることは本意ではなかった。ここで「御国」とは日本国のことではなく、具体的には福岡藩のことを指している。その福岡藩が藩論を「御正義」に転換し助作をはじめ他の同志たちが解放されるように尽力することが自分にとっての使命であるが、それら同志たちの赦免は、福岡藩政府の許しがなくては実行できそうにない、そこで、自分は身を厭（いと）わずそのための周旋をしている、というのである。例えば、この年の十一月、薩摩藩の黒田清綱が長州を訪れ、藩主毛利敬親の引見を受けたが、その際に望東尼も黒田に面会する機会を得、福岡藩の「藩論挽回の尽力」を要請している（『望東尼伝』三四九頁）。

次いで、この手紙では島から救出された経緯について触れ、「まことにまことに夢の夢見る心地」であったと感動・感激の思いを述べている。下関へ向かう途中、大島で救出した三名は無刀で着の身着のままの状態であったので、野村家に、それぞれの家族に連絡し衣類などを送ってもらうよう手配してほしい、と依頼している。仕

送りの品物は柳行李に入れて封をするように、とも指図した。

これも御国の御恥を隠す一つなり、送りにならでもいかやうにもここにて御渡しはあれども、これにてあまりあまりなるべしと同志申合てなん、よくよく御周旋あれかし

あえてそうすることが「御国の御恥を隠す一つ」の方法であると説いた。望東尼は、「御国」（福岡藩）が勤王派を処分し、いまだに佐幕路線を敷いたまま薩長などの雄藩から取り残されていることに強い苛立ちを覚え、藩の姿勢を厳しく非難しているのである。

この手紙を書いた頃は、「名高き白石家」に滞在中で、当家は「家内皆々大正義」で望東尼にとって大変暮らしやすかった。ところがまもなく高杉が、下関の郊外に同志たちの神霊を祀った桜山招魂場（桜山神社。下関市上新地町二丁目）があり、その近くに家を新築していて、完成すればそこ（下関市桜山五丁目）に望東尼を移す予定がある、と語った。望東尼はその話を聞いて感激し、「誠に先年かつて向陵（平尾山荘）にしばしものしたるが、今の我が身のためとなり侍るぞかし、我のみならず国の御為また諸有志の為ともなるべし」と書き留めた。これは一見するとやや大袈裟な表現のように見えなくもないが、実はこの一文は高杉による住居の世話だけを指しているのではなく、福岡で捕われている同志たちの赦免のために高杉が周旋活動をしてくれていることにも言及しているのである（なお、高杉が語ったその新居には彼自身が移り住むことになる。それはおそらく病の療養のためだったのであろう）。

この手紙には本文とは日を隔てて書いた追而書があり、その中で山中成太郎夫妻が下関に来たことについて触れている。山中は、既に大坂からの便りも途絶え困窮しているので、福岡の野村家の方で何とか金子を用立ててもらえないか、と頼ってきていた。

実はこの手紙には日付がないのであるが、本文の方は望東尼が下関に到着した九月十七日から山中の同地到着（十月十日）前にかけて書かれたもので、追而書の方はその内容から十月十日以降に書かれたものと推測される。

孫たちへの願い

「長門だより」には、「和ぬし二川ぬしにきこゆる一大事になむ、ひそかにご覧あるべし」という書き出しで始まる、孫の野村貞和と二川幸之進に宛てた手紙がある（この手紙にも日付がない）。その二人に宛てて望東尼は長州で見聞した事柄をいろいろ書き送っている。

まず、先の第二次長州征討では幕府方の小倉藩があえなく降参してしまったので、異国人すら幕府を見限るようになっている一方、長州ではそれら異国人が町を行き交っており、その様を見るのが大層煩わしい、と書いている。

異国の情報も入手していたようで、例えば、イギリスが朝鮮を攻めたが、それはイギリスの漂流船を朝鮮が無法打ちにして乗組員三十人余を打ち殺し船の中にあったものを皆奪い取ったせいである、と書いている。

また、幕府の天領である日田の政情が悪化していることに触れ、同地の代官が志士たちを捕縛しようとしたので豊前・豊後の多くの志士たちが長州に逃亡して来ているが、この代官からは人心が離れているので、もし今、日田に討ち入る軍があれば、民衆は軍に加勢をするであろう、と書いている。こうした情報を伝えたうえで望東尼は二人の孫に、福岡が「御正義」さえ表したら、何の手も要さずに「ここもかしこも筑の国（筑前）」のものになるであろう、と述べている。

ところで、これらの情報は日田の医師・長梅外（ちょうばいがい）（一八一〇－八五。南梁（なんりょう））によりもたらされたものであった。梅外の長男・三洲は漢学者で書家であったが、尊王攘夷運動に熱心で奇兵隊にも入隊していた。とかくするうちに三洲に対する代官の追捕の手が家族をも脅かすようになり、このため、梅外一家は難を避けて長州に逃れて来ていたのである。このことについて手紙には、梅外一家が「ここに先日より来りて、爰に隠れ住み侍る」と書かれている。また、「白石正一郎日記」にも、梅外らが十月二日に白石家に来た、と記されている（以上から、この日付のない手紙は、十月二日から望東尼が入江宅に移るまでの間に書かれたものとみられる）。

望東尼は孫たちに、将軍徳川慶喜の評判が悪いので幕臣が「一橋（徳川慶喜）を討たでは臣の道が立たず」とまで書いた「いといといさぎよき文」があり、その写しを高杉晋作のところで目にすることができた、と明かしている。既に長州藩は高杉らの活躍によって幕府への融和的な姿勢を放棄し、決然たる態度で倒幕路線に踏み出していたが、長州に身を置く望東尼にもその気分は十分に伝わっていたようで、写しを見て、「さればあちら同士して戦をおこし申すべし、是はいとよき事なるべし」と以前に比べればかなり過激な感想を述べている。

姫島では外界と隔絶した獄舎にいたせいで世の中の動きがよく見えなかったが、ここでは高杉とともに国を揺り動かそうとする志士たちがお互いに膝を交えながら時勢を論じ合っており、望東尼もその渦中に身を置いていた。九州諸藩の動向だけでなく、世界の情勢もすぐに耳に入ってくる。有志たちは幕府を倒して新しい日本を創ろうという希望に目を輝かせていた。

それなのに、肝心の福岡藩が旧態依然として佐幕側にあることは、望東尼にとって切歯扼腕の思いであった。そこで、当地で得た情報を孫たちの耳に入れ、それが福岡藩に変化をもたらす何らかのきっかけとなってくれれば、と願ったのである。

福岡藩では、望東尼と桑野半兵衛ら計四名が破獄した後、どうやら下関に潜伏しているらしいという情報は得ていたようだ。しかし、今や長州藩は幕府軍を相手に勝利を収め、飛ぶ鳥を落とす勢いである。それに比べて福岡藩は、薩長をはじめとする雄藩から取り残され、その評判も地に落ちていた。いかに探索のためとはいえ、福岡から堂々と探索方を長州に入れることは憚られたので、真藤登（利明）、花房静馬（三春）、杉山三郎平の三名を使者として選び、薩摩藩の大山格之助（綱良）の紹介状を持たせて下関に赴かせた。

野村家では、望東尼が姫島から脱出した後、大いにその安否を気遣っていたに違いない。当然、福岡藩政府からの捜査の手も及んだことであろう。そんな折、貞和とその母たねに望東尼からの手紙がこっそりと届けられたわけである。家族は望東尼が息災でいることをどれだけ喜んだことであろうか。しかし、返書を書きたくてもそれができなかったと思われる。望東尼が察したように、野村家の当主は本家から養子に入った貞幹であったので、彼への遠慮があったのかもしれない。あるいは、返書がもし藩政府の手にでも渡れば、貞則の自害で一度は知行を召し上げられた野村家に再びどんなお咎めがあるかわからないし、望東尼の居場所が突き止められるということにもなるもしれない。野村家としてはどうにも身動きがとれなかったのではないかと推察される。

高杉と俠商たち

「長門だより」の中に「十一月七日晩」の日付で、たね・貞和母子に宛てて出した手紙がある。こちらも「おもひもかけず人やをのがれ侍り」云々の書き出しで始まり救出の経緯が書かれている点で、先に述べた二通の同文の手紙と共通するものがある。福岡の家族からなかなか返書が来ないので、もしかすると届いていないのではと思い、再度同じような内容を含む手紙をしたためたのであろうか。

この手紙では白石三兄弟について触れている。正一郎のすぐ下の弟は廉作で、生野の変に参加し丹波で討ち死にした。末の弟は長府の大庭(おおば)伝七で、望東尼はかつて「博多甘木屋」で彼に会ったことがある。大庭は高杉晋作とともに福岡に来たことがあるので、会ったのはおそらくその時のことだったであろう。望東尼は、正一郎はこの弟と違い、「愚痴なるかた多くて」と不満を抱いていた。そうしたところへ、「高杉のはからいにて」、それまで高杉が逗留していた入江和作宅の離れの茶室に望東尼が入ることになった。

白石正一郎は高杉ら志士たちへの援助に熱心なあまり、慶応元年（一八六五）頃には家産が傾き、その年の八月には高杉が桂小五郎に救済策を相談するほどになっていた。それから一年がたち、窮状はさらにひどくなっていたので、ついつい愚痴をこぼすことがあったのかもしれない。この頃、高杉は白石家の建て直しのことで、同家に逗留中の山中成太郎に援助を申し入れている。望東尼は、「日本一の黄金家」の山中がここでは「大いにやつれたるさま」であるが、「かの人の正義大方の有志には優れて」おり、「町人ながらも山中、入江の如きは士分にも稀成るべし」と称賛し、春になれば彼が自分たちの世話もしてくれるであろう、と楽観視していたようだ。

ところが、山中は翌慶応三年十二月に京都に帰ったが、既に家産を蕩尽してしまっており、自身の事業を再興することもできなかった。一方、彼の支援を受けることが叶わなかった白石は、維新後にその家業が破綻し、それからは赤間神宮の宮司となり、静かに余生を送ったという。そして入江和作も家業を潰し、時流に乗ることができない一人となった。このように山中、白石、入江らは自らの意志で国事に奔走し、そのために家業を傾けさせてしまったが、実に彼らの存在なくして維新への礎が築かれることはなかったと思われる。

さて、入江宅の離れの茶室は炉にくべる炭火の絶えることがなく、室内はいつも暖かであった。家具・調度も立派で、源氏物語が描かれた屏風、朱壇の机や硯箱など、いずれも贅を尽くしたものが用意されていた。夜具に至っては、表が黒い天鵞絨で裏が羽二重のものや、表が緋の羅紗で裏が紫の呉呂服（舶来の梳毛織物）のものなど、目を見張るものばかりであった。ほんの二カ月前まで獄舎でござや莚の上に寝ていたのに比べると、「誠に誠に極楽世界に生まれしやうなり」であった。望東尼はこの離れの茶室で、人から頼まれるままに短冊や色紙に和歌を書いて遣わした。

かつて高杉が俗論派を討ち藩論を「正義」に変えることができたのは、入江が三、四万両の金策をしてくれたお蔭であるという話を聞いた望東尼は深く感じ入った。このお金は功山寺決起の折に提供された資金のことを指していると思われるが、入江は高杉への支援を阻止しようとする藩の役人に追われ、夜の海に飛び込んで難を逃れたという逸話も残している。

望東尼が白石宅から入江宅に移った時期はいつのことであったろうか。高杉が十月になって入江宅から桜山招魂場近くの小家（しょうか）（高杉はこれを「捫蝨処（もんしつしょ）」、「東行庵（とうぎょうあん）」と名付けた）に移った後であることは間違いない。白石の日記の十月三十日の条には、望東尼が白石宅から入江宅を訪問しその日宿泊したとあり、十一月三日の条では白石宅に「夜、望東来る」と表現されていることから、おそらくはその間のことであったろうと思われる。

それにしても、長州藩を倒幕を目指す一つの大勢力にまとめ上げた最大の立役者はやはり高杉晋作だったであろう。長州では誰もが彼を「日本第一の人」とほめ称え、病の快癒（かいゆ）を心から祈った。しかし、医師の石田清逸の話によると彼の病は「肺労」（肺結核）だろうということであり、その処置に石田も困り果てている様子であった。望東尼は石田が処方する薬にはかない望みを託した。高杉のもとへはイギリスやアメリカの医師も診察にやって来た。望東尼は下関でそのような異人をたびたび見かけ、「なかなかなる事ぞかし」と驚いている。

この手紙では、望東尼を救出した六名のうち、泉三津蔵が九月二十五日に小倉戦争で討ち死にし、十月には権藤幸助が病に倒れて下関で死亡したという悲しい知らせも報じられている。

福岡の友人たちとの文通

下関からの手紙に家族からの返信はなかったが、若干名の友人たちとは手紙のやりとりをすることができた。そのうちの一人が御笠郡通古賀（とおのこが）（太宰府市通古賀）の陶山一貫であった。江島茂逸編述『三條公手栽松（しゅさいまつ）由来記』によると、長州藩の志士たちから太宰府の五卿に随従している諸士に宛てて出された密書は、まずは陶山のもとに届けられ、それが確実に宛先に届くよう彼が何かと便宜を図っていたという。望東尼の彼への手紙はおそらくはそうした密書とともに届けられたのであろう。

慶応二年（一八六六）十月二十五日付陶山宛の手紙（『三條公手栽松由来記』二一頁）に望東尼は、自分が姫島から脱出したせいで獄中にいるほかの志士たちに対する監視の目が一段と厳しくなったと聞き、胸が潰れる思いである、と書いている。望東尼の島抜け後、桝木屋の獄は海岸近くにあって収容人数も多かったので、もし打ち破られでもしたら大変だということで、収容されていた志士たちは急遽城中に移され、士分の者は南丸の牢に、士分より下の者は古来より重罪人を収容するために設けられている水之手(みずのて)の牢に押し込められた。一時は収容者に手錠・足枷(あしかせ)がはめられるほどの混乱ぶりであった（『望東尼伝』三二三頁）。

この手紙の中で望東尼は、自分が山口にいることは露ばかりも漏らさないでほしい、と念を押している。そして、「わが家の者どもが志、いかになり変はりてかあらんとおぼつかなし」と自らが抱いている疑念を伝え、陶山の孫娘の夫「大島ぬし」（陶山は姉の息子の玄寿を養子とし、玄寿の娘むつの婿に大島均一郎を迎えていた）の兄君からそのことをよく問い質してほしいと頼んでいる。野村家からの返信がないことで、望東尼は、ともに勤王活動をしてきた家族の志が何かの影響で変わってしまったのではないかと危惧していたのであろう。

陶山宛の手紙のほかに、望東尼から「比喜田(多)君子」に宛てて書き送った手紙の草稿（『全集』書簡一一五）が残っている。思いがけなく君子から手紙（十月二十五日付）が届き、望東尼はどうして自分の所在がわかったのかと大変驚いた様子である。その君子が誰かは不明だが、おそらくは京都の大文字屋（比喜多家）の一族であろう。望東尼は彼女への返書であまり多くのことは語らず七首の歌のみを記したが、はたして実際にこの草稿を浄書して君子に送ったかどうかは不明である。また、比喜多家の方で望東尼の所在がわかっていたということは、当然馬場文英も同じ情報を得ていたと思われるのであるが、それから約三十年後に彼が自身の過去を回想した「馬場文英履歴書」には、それに関連する記述は一切見られない。

ところで、前にも述べたように、望東尼は家族に四通の手紙を書いたと述べている。そのことについて触れた慶応三年四月三日付の手紙には宛名が書かれていないが、文中、「御もとを始め友だちのこと忘れがたく」とあるので、おそらくは福岡の友人宛のものであっただろう。

わが家人に四度(よたび)ばかり文つかはしたれど、未だ返り事もなし、世を憚りたる事ながら、御もとより探り知り給ひて知らせ給ふことは、如何おはすらん、かかる世の人心あさましき中にも、そなたよりわれを問ひ給ひたる御心ばへの浅からぬを返す返すもうれしみて

かねてより人の真心知られこしわが心さへ今ぞうれしき

手紙の宛先である友人は、望東尼の居場所を自ら探り出して手紙をくれたというのである。望東尼はその「心ばへの浅からぬ」ことに強い感銘を受けた。そしてこの友人にも、家族から返事が来ない訳を探ってほしい、と頼んでいる。

その友人には、下関は桜の名所が多く、特に門司が浦の桜は見事であなたにも見せたいほどだ、と書いた。望東尼は、福岡で「どち」(親しい仲間)たちとともに楽しんだ花見を懐かしく思い出した。友人たちは、今年の花見は一人足りないと語り合ってくれているだろうか。

慶応三年の春

『全集』の中に、宛名も日付もないがその内容から慶応三年(一八六七)二月半ば過ぎに書かれたと見られる手紙(『全集』書簡一一六)がある。この手紙の中の次の歌は、前年からその年にかけて所々方々をさまよいつつ空しく時を過ごす望東尼の侘しい姿を彷彿(ほうふつ)とさせるものである。

去年今年かなたこなたにまどひつつ徒らにのみすぐす春かな

手紙には、二月十日に長州藩から二人扶持を支給されることになったことが書かれている。経済的にはこのように長州藩の人々によくしてもらっているのであるが、まだこの頃は「わが本意のごとく、御国（福岡）の土にならまほしうこそ」という願いを捨てきれずにいた。「ただ明け暮れくやしきは」、野村助作をはじめ福岡藩の志士たちがいまだに獄舎に押し込められたままでいるということであった。望東尼は、自らの使命は周旋活動にあると考え、「かなたこなたの大人たちに頼みくらして」いた。そうした望東尼からすると、世の中は今、「まが人」が時を得ているが、「一たびはうらうえにかへりて後、まことの御代は開かせ給ふらん」、つまり、裏が上に返るということ（倒幕）が「まことの御代」のためには是非とも必要なのであった。

寺内暢蔵は、長州藩からの使者として医師の竹田佑伯とともに太宰府に三条実美の見舞いに行くことになり、その出発前に望東尼を訪ね、手紙を託された。寺内は、望東尼が以前に書いた手紙への返書を貰ってくると語っているので、その手紙が前出の十月二十五日付のものであったとすると、右の宛名も日付もない手紙は陶山一貫に宛てて彼に託されたものであったと推察される。

二月二十四日、太宰府に着いた竹田は早速、満盛院で療養中の実美を診察した。薬を処方すると、それがよく効き、実美は快方に向かった。三月十四日、竹田は五卿の随員・土方楠左衛門（久元）を介して、患者が快方に向かっていることをもって十六日には帰藩したいと持ちかけたが、肝心の実美がそれを許してくれなかった。三月二十一日、長州藩からの急使が到着し、高杉晋作の病が重篤なので医師を呼び返したい、と言ってきた。さすがの実美も高杉の容態が悪いと聞いてはそれ以上竹田を引き留めておくわけにもいかず、その帰藩を許した。竹田は急遽「七ツ時」（朝四時頃）に出発し、昼夜兼行で帰藩した（土方久元『回天実記』）。

長府

長府は昭和十二年（一九三七）に下関市に編入されたが、かつては下関の東方に位置する城下町であった。毛利元就の四男・毛利秀元が三万六千石（のちに五万石余）を与えられ、その治政の中心を長府に置いた。今も古江小路などには長屋門や土塀が続き、しっとりした感じの町並みが残っている。鎌倉時代に創建された功山寺は五卿がしばらく滞在した場所であり、高杉晋作が俗論派の支配する藩政を奪還するため、元治元年（一八六四）十二月、奇兵隊など諸隊の総決起を促して挙兵した拠点でもある。

望東尼がここ長府にも足跡を残したことは、横山健堂「姫島を脱出した以後の野村望東尼」に述べられている。横山は、望東尼が滞在した場所として、山崎という旧家と「串崎の西麓」、「串崎神社の境内を出たところ」を挙げている。串崎神社というのは櫛崎八幡宮のことで、宮崎八幡宮、高良大明神と合わせて当時は松崎八幡宮と総称していた（なお、大正六年〔一九一七〕になって、忌宮神社の境内にある豊功神社が松崎八幡宮と合祀されて現在の地〔下関市長府宮崎〕に移された）。

横山は、長府で会った長谷川と名乗る老人から、長府に滞在していた日田の南画家・長古雪（一八四六―一八八三）が山茶花を描き、それに望東尼が歌を書き入れたものを見せてもらったという。また、望東尼が「松崎」を詠み込んで書いたものをその長谷川老人から譲り受けたと記しているが、そこでの「松崎」とは松崎八幡宮のことを指すのであろう。

さらに横山は、長谷川老人から長府の沖合に浮かぶ干珠島に関するある逸話を聞き出し、記録に留めている。それは望東尼が長府にいた頃のことである。藩の家老が干珠島に渡って、島の老桜の枝を切り、船に満載して帰って来た。それを知った望東尼が、無風流なことだと家老を厳しく戒めたという話である。確かに、桜の花をこよなく愛する望東尼であれば、そのような愚挙を許すはずもなかったであろう。

横山の以上の記述は、望東尼が長府に滞在していたという直接的な証拠を提示してはいないので曖昧さが残るが、下関市立長府図書館に所蔵されている次の資料は望東尼の長府滞在説を補強するものである。

それは、古雪が満珠島と干珠島の絵を七言絶句の漢詩を添えて描き、それに望東尼が和歌を書き入れた扁額（細長い額）である。

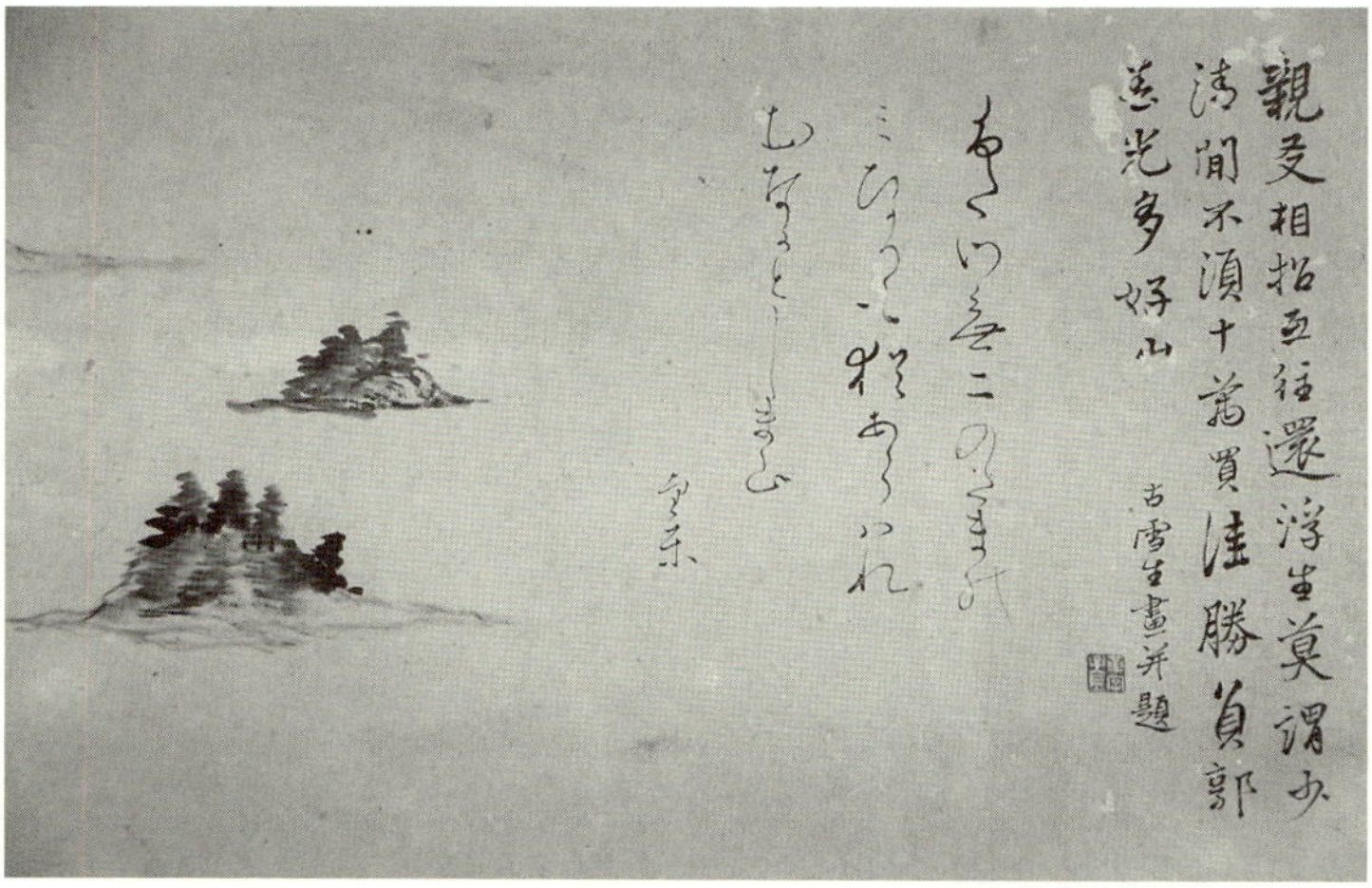
望東尼と長古雪の寄せ書き「満珠・干珠」（下関市立長府図書館蔵）

ふたつ無き二つのたまのみ光も猶あらはれむ長門島山

満珠・干珠両島には、神功皇后が龍神から二つの玉を授けられ、それらの玉から二つの島が生まれたという伝説がある。豊功神社の境内から海の方を見遣ると、両島が寄り添うような形で海に浮かんでいる。実は陸地から一キロほどの沖合に干珠島、それからさらに一・三キロ沖に満珠島があるのだが、陸の上からはあたかも両島が並んでいるかのように見える。望東尼も自らの目でその景色を見て右の歌を詠んだのであろう。

長古雪は長梅外の四男である。望東尼は白石正一郎宅で梅外一家に会った時、梅外は日田から三男を連れて来ていたと書いているが（「野村望東尼資料」一九―一）、彼の長男は既に奇兵隊士として長州で活動しており、次男は十月に日田で獄死し、三男も安政六年（一八五九）に死んでいるので、望東尼が白石宅で会ったというのは四男の古雪だったのではないかと思われる。望東尼が古雪と会った慶応三年当時、彼は二十二歳の青年であった（中島三夫『長三洲』）。彼はその後、長府に在住（またはしばしば滞在）した（諸井耕二「豊後　長梅外」）。

望東尼が下関に滞在していた期間のうち、慶応二年暮れから高杉晋作が亡くなる直前の三年春にかけては日記も手紙もほとんど残っていないので、その足跡をたどることはできない。おそらくは高杉の看病に日を費やしていたものと思われるが、長府は下関から近いので、時には足を延ばして滞在することもあったのではないかと思われる。

すみなすものは心なりけり

ある時、高杉が「面白きこともなき世におもしろく」と上の句を詠んで望東尼に示すと、望東尼は「すみなすものは心なりけり」と下の句を続けた（田中光顕編『東行遺稿』の「丙寅（慶応二年）未定稿五十首国歌十首」。なお、「こともなき世を」とする説もあるが、これは後世の改作であるといわれている）。

面白いことのないこの世にあって、面白く生きていくにはどうしたらよいのであろうか。あなたならどう考えるか、と高杉は問いかけた。望東尼は答えた。四囲の状況がどうあるかということではなく、あなたがどう思うかである。四囲の状況がどうあろうと、それを生かして次はどうしようかと思いをめぐらしていく。そういうことが肝心なのだ。あなたはその身体でよくぞここまで頑張ってきた。

望東尼は高杉からの問いかけに、自分の人生についても振り返っていた。「すみなすものは心なりけり」というのは、望東尼自身が姫島の獄中で実践してきたことそのものであった。獄舎住まいも書き物をするにはそれはそれでよい環境であると考えたり、夜な夜な這い出るねずみとも心を通い合わせたりと、どんな劣悪な状態に置かれても、そこに何らかの慰めや楽しみを見出した。だからこそ、あの非人間的な環境の下でも生き延びてこられたのであろう。そういう体験があったから、下の句には望東尼のそれまでの思いが凝縮して込められていたと言ってよいであろう。

慶応三年（一八六七）二月（これを三月とする説もある）になって、高杉晋作は桜山の小家から新地（下関市新地町三丁目）の林算九郎宅の離れ家に移ったが、その頃、病は重篤な状態に陥っていた。望東尼は高杉の看病に専念するため、自らもしばらくこの新地の離れ家に泊まり込むことにした。

後日談として、高杉の愛妾であったうの（明治七年に出家して梅処尼）が当時の思い出を大要、次のように語っている（「東行庵梅処尼今昔物語」）。

> 高杉は自分にとって「命の親様」である望東尼のために部屋をきれいにしつらえ、何の不足もないようにした。私は当時二十二、三歳であったが、既に六十歳を越えていた望東尼を母親のように慕い、尼の指示に従って彼を看病した。新地の家には三人で住んでいたが、望東尼が風邪をひいて寝込んだ時には、三階に望東尼が、一階に高杉が寝た。私は、二人が寝込んだまま詩と歌のやりとりをするので、階段を昇ったり降りたりしてさすがに足が疲れた。

うの回想は実感に溢れており、階段を上下する彼女の荒い息遣いがいかにも聞こえてきそうである。

高杉晋作の死

高杉晋作は慶応三年（一八六七）四月十四日未明、二十九歳の若さでこの世を去った。

高杉の遺骸は彼の遺言どおり、長門国厚狭郡吉田村（下関市吉田町）の清水山に葬られた。多くの人々が高杉の柩を下関から小月を通って吉田まで野辺送りしたが、その中には望東尼の姿も含まれていた。その葬儀は白石正一郎が取り仕切り、神式で執り行われた。

高杉の妻まさ（一八四五―一九二二。政子、雅子とも）の後日談によると、望東尼が柩の中に一緒に入れてほしいと言って彼女に託したのが次の歌であった（鹿野生「政子刀自の東行先生談」）。ただし、まさはこの歌を柩に入れず、その後も保管していた）。

奥つ城のもとに我が身はとどまれど別れて去ぬる君をしぞ思ふ

「奥つ城」（墓所）に佇んで、黄泉の国に旅立って行った高杉を思い続ける望東尼の姿が目に浮かぶようである。人々は皆、高杉を失って悲しみに打ち沈んでいたが、望東尼にとっても、長州に身を寄せて以来、何かにつけて頼りになるのはほかならぬ高杉晋作の存在であった。彼を失った今、心の支えがなくなってしまい、力が抜けて、これからどう生きていけばよいのかわからなくなってしまった。

四月二十日付で楫取素彦（一八二九―一九一二。小田村伊之介・文助・素太郎。この年の九月二十四日に楫取と改名）に宛てて出した手紙（『全集』一一八）がある。

高杉晋作の墓（下関市・東行庵）

望東尼は桜の季節に、高杉の引き合わせによって楫取に会ったことがあった。その時、彼から歌の詠草（和歌や歌集の草稿）を見てほしいと頼まれていたのだが、その後高杉の看病などで約束を果たすことができずにいた。このたびようやく見終わったので、感想を彼に届けることにした。望東尼はこの手紙の中で、あなたの心の底から詠んだ歌に感動し、仰せのとおりに率直に感想を書いた、と記している。

三年前（元治元年）の二月のこと、桝木屋の獄を脱出した中村円太が肥前国田代から長崎を経て長州へ逃れるのを手助けしたのが楫取であった。彼はそれ以前から白石正一郎宅で中村と知り合っていた。望東尼は生前の中村のことをいつも気にかけていたので、楫取と会った時、かつて中村が世話になったことに対し心から感謝の気持ちを述べたに違いない。

それにしても高杉は、楫取と何と素晴らしい引き合わせをしてくれたことであろう。おそらく高杉は彼に、自分が死んだ後、望東尼の後ろ盾になってくれるよう頼んでいたのではないか。楫取はそれからのち、妻のひさとともに望東尼の面倒をこまめに見るようになる。当時、彼は藩主毛利敬親を補佐して国事に奔走していたが、実務能力が高く、高杉が望東尼のことについて後事を託すのに実にふさわしい人物であった。

文末に「志道君いそがせ給へば」云々と書き添えているので、この手紙は長州藩士・志道聞太（しじぶんた）（一八三五—一九一五。井上聞多・馨。聞太を「もんた」と呼ぶ人が多いが、井上馨侯伝記編纂委員会編『世外井上公伝』（一）では「ぶんた」とわざわざ振り仮名を付けている）に頼んで楫取に届けてもらったものであろう。なお、望東尼は高杉の葬儀が終わってからも吉田村の庄屋・野原清之助宅に滞在していたようであり、この手紙を野原宅でしたためている。

高杉の没後まもなく、高杉家から形見の品々が望東尼のもとに送られてきた。望東尼は早速、彼の両親に対して、高杉晋作ほどの人物なので形見分けをする人は多かったであろうに、私にまで心遣いを賜り恐縮しているという内容の礼状をしたためた（日付不詳。東行記念館蔵）。望東尼は、形見の衣（きぬ）を見ると涙し、「綾も見わかず、暮れ惑ひつつささげ奉りぬ」と、再び悲しみが込み上げてくるのを禁ずることができなかった。

高杉亡き後の望東尼

高杉晋作という大切な支柱を失った望東尼は、「吉田よりすぐに此（この）山口へ召し寄せられしかば」と書いているように、誰かの召しによって山口に赴いたようである（八月四日付の藤四郎ら同志たちへの手紙。『望東尼伝』三七六頁）。

今は山口の奥にていみじき恵みにあひ、数多のもののふたちよりも、深き御あへしらひにて、よろづ足（た）らは

ぬこともなくすぐし侍れば、先御心安くおぼし給はれかし

（『三條公手栽松由来記』二二頁）

「山口の奥」で大変な恩恵を受け、多くの武士たちからも厚い「御あへしらひ」（もてなしの意）を受けているので安心してほしいと伝えているわけである。

ところが、五月四日付の長州藩の辞令案文が記録として残っている（末松謙澄『修訂防長回天史』九）。

筑前浪尼
野村望東

右於中様御宿へ差し置かるべき哉
但し、望東は貞実の婦人にして、和歌手蹟等も宜敷年齢旁御幼少の御方御育方の儀、別して御益相成るべき者にて、於中様御成立の御為宜敷事に付、本文の通り詮議を遂げ候

「於中様」とは、文久三年（一八六三）八月の天誅組の変で失脚したのち長州に奔り、元治元年（一八六四）俗論派が藩の主導権を握るや暗殺された公家の中山忠光と恩地与兵衛の娘・登美との間に生まれた女児で、名を仲子といった。恩地与兵衛は赤間町（下関市赤間町）の旅宿の主人であった。生後、仲子は長州藩世子の養女となり、山口で養育されることになったが、その養育係として見込まれたのが望東尼であった。

この件は、四月十九日に「筑前野村望東尼に命じ馬関より山口に来り滞在せし」めたが、「尼これを辞せしか、或は遺女の逝去此頃に在りて其事不用に帰せしか、姑く後考を待つ」（辞令案文解説）とあるように、望東尼の辞退または「遺女の逝去」のいずれかによって実現しなかったというのである。

実は、仲子は長じて嵯峨公勝公爵の夫人となり、のちにその孫娘・浩が満州国皇帝溥儀の弟・溥傑と結婚する

ことになる。したがって、「遺女の逝去」というのは誤りである。では、望東尼が役目を辞退したということであろうか。

その約三カ月前の二月十日、長州藩主より二人扶持を賜ることになった時、望東尼は、

まことにまことに何の御役にも立たぬ老の身を、かくばかり厚く物せらるるは、いかなる先の世の契にて、ただ神仏の御わざにやあらん、（中略）身にあまる事ながら、更にわが本意にはあらず、こたびこと方に仕ふるは、くやしきものから、こはまことにまことに滞留のあひだとの仰言なれば、まづ御客分にこそ侍れ、いかで立ち帰り、わが本意のごとく、御国の土にならまほしうこそ（『全集』書簡一一六）

と述べている。望東尼は長州藩主の恩命を受けて身に余る厚遇であると感激するが、俸禄を受けるということはすなわち毛利家の家臣となることである。望東尼はそれを好まず、黒田家に仕えてきた者が今度はほかの大名に仕えるというのは恥ずかしいことであり、無念なことであると感じた。しかし、あくまでも滞留中の扶持であるという仰せなので、「御客分」としてならその恩命を拝しても差し支えないであろうと考えたのである。しかし、そもそも望東尼の本意は、故郷の福岡に帰ってその土になることであった。このことを考慮に入れると、仲子の養育係として毛利藩から召し抱えられることは「わが本意にはあらず」、役目の辞退ということはそのような望東尼にとって十分にありうる選択肢だったのではないかと考えられる。

山口の隠れ家

次に、望東尼が滞在したといわれる場所を探ってみよう。

大正九年（一九二〇）に当時の山口県立教育博物館が「維新史蹟図」を作成したが、それを見ると、山口市の西郊に鴻ノ峯（こうのみね）が描かれており、その北麓のかなり山奥に入った所に「野村望東尼宿所（熊丸市右衛門宅）」との表記がある。また、作間久吉『皇政復古七十年記念山口史跡概覧』を見ると、「野村望東尼仮寓」の項に、「野村望東尼の山口に来たりしは、中山忠光遺児仲子姫の保母たらしめん為めなりしも、故ありて実現に至らざりき。暫く字法泉寺（山口県滝町）の山奥熊丸方に住し」ていたと記されている。

つまり、これらの史料によれば、望東尼は法泉寺跡の近くの熊丸市右衛門宅を宿所にしていたということになる。

歴史家の横山健堂は自らこの法泉寺跡を訪ね、その折の体験談を「姫島を脱出した以後の野村望東尼」（『我観』創刊号）に綴っている。その中で、訪れた法泉寺跡はまさに「詩境」であり、大内氏（室町時代に周防国を中心に栄えた守護大名）はさすがによい別荘地を選んだものだと感嘆している。彼はさらに熊丸丑三郎（市右衛門の子息）宅を訪ね、そこで望東尼が和歌を書いた条幅三点を鑑賞している。

熊丸ぬしの家にてはじめてやどりけるあした
山里に一夜やどりて世のうさも知らぬ吾身となれるけさかな
夏衣かさぬばかりの山里に来てこそ秋もきたりとは知れ
谷のくま山の峰まで豊年の穂にあらはれて見ゆる秋かな

二首目と三首目はそれぞれ晩夏と秋に詠んだものなので、少なくともその時期には熊丸宅に滞在していたことになろう。

さて、現在に目を移すと、山口県庁から北西へ約一キロ行った所に、「法泉寺のシンパク」というヒノキ科の常緑高木が立っている。法泉寺は今から約六百年前の大内時代に創建されたと伝えられる寺で、当時からその山門にあったと伝えられるシンパクが、根元から三本の幹を伸ばした異様な姿で今日でもなお葉を繁らせている。距離的には県庁からさほど遠くないのだが、今はなかなか訪ねる人もいないようである。この木は国の天然記念物にも指定されている。

この法泉寺跡をさらに上って、五十鈴ダムにかかる橋を越えた行き止まりまで進むと、日当たりのよい平地に出る。そのあたりに、山口三名水の一つに数えられる「柳の水」が湧いている。望東尼はこの名水を讃える歌を条幅に書き残している（筆者蔵）。

滝村の水上（みなかみ）清き柳水さてこそ末も濁らざりけり

法泉寺（山口市滝町）のシンパク

このあたりはまさに「山口の奥」という言い方にふさわしい雰囲気で、人目を避けるには恰好の場所という印象を受ける。望東尼が滞在したという熊丸宅が法泉寺跡付近にあったのか、それともこの山奥まで来た所にあったのかはいまだ確認できていない。

歴史家の兼清正徳氏は「長門周防における望東尼」（『西日本文化』第二五号）の中で、楫取素彦宅も熊丸宅と同じ鴻ノ峯北麓の字法泉寺にあったとし、望東尼は「法泉寺谷にかくまわれて、或いは楫取素彦の家に、或いは熊丸市右衛門の家にも居たものと思われる」と記している。

湯田の里

『皇政復古七十年記念山口史跡概覧』に、「暫く字法泉寺の山奥熊丸方に住し、其後吉敷木崎（山口市吉敷木崎）末田方に仮寓す。歌あり」として望東尼が末田宅で詠んだ歌三首が載せられているが、次はそのうちの一首である。

　　鼓の滝を見に行くとき、一夜桃舎ぬしのいへに宿りて
　あす見んと思ひ立こし中やどもさらにすずしきこころこそゆけ

鼓の滝は、山口市吉敷の龍蔵寺境内の裏山にある滝のことである。桃舎は末田家の屋号で、「桃舎ぬし」は末田家の当主で歌人の末田百千を指す。

次の歌は詞書に「湯田の里に住みける頃」とある。「湯田」といえば、つい今日の山口市にある湯田温泉を連想してしまうが、兼清正徳氏は「湯田の里とは広く吉敷一帯の土地をも含めて言ったものと考えてよかろう」（「長門周防における望東尼」）としている。

　　深き御恵みにより、山口なる湯田の里に住みける頃
　わすられぬ心づくしのなかりせば湯田のたゆたに物を思はじ
（『皇政復古七十年記念山口史跡概覧』）

長州の人々からの忘れられない心尽くしがなかったならば、湯田で気持ちがゆらゆらと揺れて思い悩むことも

なかったであろうに。

また、望東尼は湯田で田植えを見ている。

おもしろく見つつゑひぬる酒さへも早苗とる子が袖のしづくぞ

（五月十九日付陶山一貫宛手紙〔『三條公手栽松由来記』二四頁〕）

田植えを面白く見ているうちにすっかり酔ってしまった。その酒までもが、早苗を採る子の袖の雫のようだというのである。この手紙には、「思ひもかけぬ早苗のさまを見るさへ、夢の心地になん、去年の此頃は、うき島の人屋にて、田も見られずただ思ひやり侍りしを」という述懐も見られる。望東尼はこのように田園風景を観察していることすらが夢のように感じられ、多くの恵みをもって生き長らえさせてもらっていることに深く感謝するのであった。

このように、高杉亡き後、吉田を離れた望東尼は、法泉寺・吉敷周辺に滞在し、五月十九日頃は湯田で田植えを見ていたのであろう。

九月中旬には山口から吉敷の里に茸狩りに出かけた。

吉敷の里に茸がりにゆきて
すみわびし市の旅寝のうきちりも払ひすてたる今日の茸がり

（「防州日記」）

旅先の町で住みにくい宿りを重ねているが、今日はそうした旅寝のいやなことも払い捨てて茸狩りをしている。この歌からは、高杉亡き後も厚く遇されているとはいえ、異郷に身を置いている望東尼にはいささかの鬱屈した心情があったことが見て取れる。

湯田の吉田屋より

次に慶応三年（一八六七）秋の望東尼の足跡を追ってみよう。

楫取素彦宛の日付のない手紙（大塚武松編『楫取家文書』）があり、これは書き出しが「秋立ちて」となっているので、七月（旧暦）以降のものと思われる。高杉が亡くなった後、望東尼は楫取から頼まれていた詠草に感想を書き入れて彼に送り返したことがあったが、この手紙を書く前にも再び彼から詠草を見てほしいと頼まれていたようである。望東尼は出来上がったものを自ら彼のところに持って行きたかったが、あまり体調が優れなかったので、つい無沙汰をしてしまった。そんなことから、手紙には「御なつかしさも山々」であると表現した箇所がある。

この手紙には、六月末に吉田屋に移ったことが記されている。九月二十日付楫取宛の別の手紙（『全集』書簡一二一）にも、宛名の下に「吉田屋より」と記されており、望東尼が三田尻に行くのが九月二十五日であることを考え合わせると、六月末から三田尻に移るまでの間は吉田屋に滞在し、そこを拠点に活動していたものと思われる。

この吉田屋について小川五郎「望東尼研究覚書」では、「湯田前町の吉田義嗣方を指すものと考えられる。この吉田屋は三条卿の随員であった土佐藩士・土方楠左衛門（久元）の仮寓で由緒のある家である。そして詩人吉田常夏の生家である」としている。

手紙の中で望東尼は、「よろずの御しむけ誠に誠にかしこみ奉る」と楫取に深謝している。その感謝の気持ちは彼に対してだけのものではなく、七月二十日付野村素介宛の手紙（個人蔵）でも同様に、「私にも此御地に召し寄せられ、ありがたき身の冥加言葉にも尽くしあへ侍らず」と、「此御地」（山口）に呼んでもらったことへの感謝の言葉を述べている。ということは、望東尼の住まいなどはこれら有志たちの手によって手配されていたということであろう。

吉田屋に滞在している間に望東尼は、長州藩主・毛利敬親から反物、世子広封（定広、元徳）から歌集と袱紗を賜った。そのことが楫取宛の右の手紙に書かれている。また、同じことが七月八日付で高杉まさと梅之進（東一）親子に宛てて出した手紙にも記されており、それも「東行神霊（高杉晋作の霊）の御加護」だと謝意を表している。なお、この手紙で望東尼は、秋風が涼しくなる頃には「御地」（萩）まで出かけて礼を述べ、また七月二十日までには吉田村の高杉の墓に詣でるつもりであったが、この暑さと老身ゆえ思うに任せないでいる、もしあなた（高杉まさ）が墓参をするならばそれに合わせて自分も是非とも吉田村に行きお会いしたい、と述べている（一坂太郎編・田村哲夫校訂『高杉晋作史料』）。

のちに、藤四郎が秋月藩の年寄役を務めた町人で同志の三角十郎に宛てて出した手紙（十二月二十三日付。『望東尼伝』四四四頁）には、「望東氏は是迄様々竭力（尽力の意）いたし君にも拝謁致し御国元の事ども色々嘆願申し上げ候」と書かれている。長州藩主に拝謁した望東尼は福岡のことについていろいろ嘆願したようである。勿論、同志の釈放についても助けを求めたに違いない。藩主に拝謁したのがいつかは不明だが、『修訂防長回天史』（九）には「晋作病あり、尼善く看護の労を取る、今や晋作既に亡す、公これを憐み山口滞在を命ぜしなり、然れども尼は幾ばくもなく三田尻に赴き」云々という記述があることから、藩主親子より反物、歌集、袱紗を下賜された時（六月末から七月初旬にかけての頃）に山口で拝謁したのかもしれない。

助作の死

望東尼は孫の野村助作のことを片時も忘れたことがなく、姫島からの島抜けによって彼が一層つらい立場に追いやられていることも知ってはいたが、自らにできることといえば、ひたすら解放へ向けての周旋活動を行うことだけであった。八月四日付で、姫島救出の実行犯である藤四郎・小藤四郎、大島で救出した喜多村重四郎・桑野半兵衛・澄川洗蔵の五名に宛てて書いた手紙（『望東尼伝』三七六頁）でも、福岡の「囚中の人々」の釈放が実現するよう方々に働きかけを依頼することが「我がつとめ」である、と述べている。そのために「彼方此方と歩（あり）くに、例の歌もらひの人多くて」と述べ、話を聞いてくれそうな所に出かけて行くものの、例によって歌を貰うためだけに自分に会う人が多くて無駄骨ばかりを折っている、とこぼしている。

しかし、そうした祖母の懸命な活動も空しく、助作はついに慶応三年八月十六日、城内の獄中で帰らぬ人となってしまった。助作の獄舎生活は二年近くにも及んだが、その苛酷な環境が徐々に彼の生きる力を奪っていったのであろう。次は彼の辞世の歌である。

浮雲はまだ晴れやらぬ身なれども露の心は世には残さじ

（「野村省伝」。森政太郎編『筑前名家人物志』では「露の心は」が「露も心を」となっている）

嫌疑が晴れないままの身ではあるけれども、少しも心をこの世には残すまいと、死に臨んでの自らの心境を歌に詠み込んでいる。

このように、信念を貫き、「露のこころは世には残さじ」とおのれの潔い気持ちを歌に詠み込んだ助作ではあるけれども、実のところはどうだったのであろう。歌で表出した潔さとは裏腹に、志半ばのまま、それも祖母や母親に先立って、むざむざと獄中で果ててしまうことは、彼にとってさぞかし無念なことだったであろう。また、彼は妻たつとの離婚を知らされていたかどうか。もし知らされていたとしたら、さぞや断腸の思いだったに違いない。野村助作、享年二十四。

助作の死に続いて姉の吉田たかも八月二十六日に没しているが、はたして彼らの訃報は望東尼の耳に届いたであろうか。

三田尻へ

その頃、時代はさらにあわただしく変転していた。九月十九日には、長州藩主・世子の面前で、薩摩の大久保一蔵（利通）・大山格之助（綱良）、長州の桂小五郎（木戸孝允）・広沢兵助（真臣）らの間で協議が行われ、出兵に関する密約が結ばれた。すなわち、薩摩藩兵が同月二十五、六日頃に三田尻に到着し、そのうえで薩長連合軍が東上して大坂城攻略を行うという計画であった。翌九月二十日、芸州藩の植田乙次郎が到着してこれに加わり、薩・長・芸三藩出兵協定が成立した。

長州藩では毛利家の一門である右田毛利家の毛利内匠（たくみ）（一八四九—一八五。親信（ちかのぶ））が総督に選任された。右田毛利家は毛利元就の七男・元政を祖とし、その子元倶（もととも）の時代に周防国右田（山口県防府市）を領地とし、長州藩の一門家老となった。幕末の頃は一万六千石を領していた。毛利内匠の部隊には奇兵隊などの諸隊も編入された。望東尼は、その参謀となった楫取素彦、国定直人（くにさだなおと）（一八四一—一八五）、祐筆の山田市之允（いちのじょう）（一八四四—一九二。顕義（あきよし））及び諸隊駆引役や諸隊参謀役を命じられた片野十郎らの面々に「馬の鼻向け」（餞別）として歌を贈った。また、これらの人物を部隊の「その中にてすぐれたる方々」であると評し、彼らに福岡藩への周旋を頼むことを忘れなかった。望東尼は希望に燃えさかるこれら長州藩士たちの姿を見て、いまだに獄中に押し込められたままでいる福岡藩の同志たちのことを思い、つらくてやるせなかった。

九月二十三日に望東尼は日記を書き始めた。この日記の原本に題は付されていないが、一般に「防州日記」(天理図書館蔵)として知られている。この「防州日記」は臨終の日まで続く。

望東尼は、三田尻に向かう長州藩士たちと「ここを限りに別れんこと、さすがに本意なく」、もし自分が「男にしもあらば」と思えばいても立ってもいられず、彼らを見送りがてら「此度のいくさを祈り奉らん」ため、防府天満宮に詣でて戦勝祈願を行うことにした。急な思いつきであったので、同行者を見つけることもできないまま、九月二十五日、防府天満宮までのおよそ五里(二二キロ)の道のりを一人で「ほとほとと」歩き始めた。一年前の九月十六日に姫島から救い出されて以来、下関、長府、吉田、山口を転々と渡り歩いて来た望東尼であったが、これから向かう三田尻への一人旅が、図らずも生涯で最後の旅となるのであった。

晩秋の萩往還を歩き、途中、氷上(ひかみ)(山口市大内御堀)と長野(同市大内長野)で休息を取った。氷上では奇兵隊幹部福田侠平(一八二九—六八)のもとに立ち寄った。その道すがら望東尼は、三田尻に向かう気持ちを次のように記している。

この周防の殿の、ながく世に塞(ふた)がれおはしますなん、まことに、皇国(すべくに)の御光(みひかり)たえだえなるを、此度(こたび)さる仇(あだ)を滅ぼさせ給はんとて、数多の軍士をむけ給ふ事、やをら待ち得たる嬉しさのあまりに、尼の身すら、かく浮かれいできにけり
(「防州日記」)

長州藩が徳川幕府の成立と同時に版図を大幅に削減され、長門・周防二カ国、三十九万七千石に押し込められてしまったことは前にも触れた。関ケ原の戦いで豊臣方に属したとはいえ、実際に戦闘に参戦したわけではない

（傍観していた）のに苛酷な仕打ちを受けたということで、長州人の幕府に対する恨みは根深かった。この点、同じく豊臣方に属しながらも版図を守り抜いた薩摩藩とはかなり事情が異なる。長州藩はそれに加え、文久三年（一八六三）の八月十八日の政変以来、勅勘（天皇からの咎め）を蒙り政治の表舞台から退けられていた。それが、このたびようやく上坂の機会を得、仇敵幕府を討つことに決して、藩内は興奮と喜びに沸き上がっていた。その昂揚した気分が伝わってきて、望東尼をして「浮かれいでにけり」と言わしめたのである。

清い流れに趣のある橋がかかっている鳴滝（山口市小鯖）の小家で昼食を求めると、商いはやっていないと断られたが、再度頼むと「奇しきもの」（珍しいもの）を調理してくれた。望東尼は、「心の底の清げなるかな」とその家の主人の心ばえを歌に詠んだ。

陽も随分傾き、一人旅がそろそろ心細く思われてきたところへ、年老いた侍に運よく出会った。声をかけたところ、その老人は毛利筑前（玄亮。毛利内匠の父）の家臣で山本萬助という人物であった。山本はしばらく同道してくれたが、勝坂を越えた所にある分かれ道で右田方面へ去って行ったので、望東尼は再び一人きりになり、防府天満宮を目指して歩みを続けた。

防府天満宮

防府は、周防国のほぼ中央部に位置する瀬戸内海に面した地であり、古くから国府として、また海陸交通の要衝として栄えた。

延喜元年（九〇一）、都を追われた菅原道真（菅公）は西下の途中、周防国の国司の案内で立ち寄った酒垂山を大いに気に入り、「筑紫に死んでも再びこの地に戻りたい」と言うほどであった。同三年二月二十五日、菅公が大宰府で没したその日、神光が三田尻勝間浦に現れ、瑞雲が酒垂山にたなびいて奇異の瑞相を現出したので、人

防府天満宮（防府市）

々は菅公の御霊が還って来たと言って驚いた。翌年、社が建立された。それが防府天満宮の縁起である。その天満宮の鳥居前に発展した町が宮市で、それに隣接する湊町が三田尻である。防府はこれら二つの町が中核を形成している。当時、防府天満宮は一般に宮市天満宮あるいは松崎天満宮と呼ばれていた。

ちなみに、防府では、天満宮の祠官で国学者の鈴木直道（一七八八―一八五一）が和歌に巧みで、子の高鞆、孫の静雄のほか、近藤芳樹（一八〇一―八〇）、尾古重伴ら多数の門人を輩出し、防府歌壇が発展した。国学は神道と結びついた学問なので、防府天満宮に立ち寄る国学者も多かった。淡路国出身の国学者・鈴木重胤もその一人で、彼はたびたび来訪し、防府には彼の令名を慕う者も多かった。

天満宮では、菅公が防府に立ち寄った際に当地の人々が真心を込めてもてなした往時を偲んで、毎年十月十五日に裸坊祭という神事が催された（現在は十一月第四土曜日）。この裸坊祭を執り行う者が大小の行司で、彼らがその役目を無事に果たすことを祈願して新穀で神酒を造り、花神子に奉納させるのが花神子社参式であった。望東尼が防府天満宮に参った九月二十五日は、まさにその花神子社参式の式日に当たっていた（現在は十月第二日曜日が式日）。

望東尼は、日が暮れかかっていたので急いで参拝をすませ、中塚町（防府市三田尻本町）の荒瀬百合子宅に向かった。さすがに疲れ果てて足取りも重くなっていた。「たどるたどる」であったというから、道を人に尋ねながらのろのろとした足取りで荒瀬宅にたどり着いたのであろう。

荒瀬家は屋号を綿屋といった。荒瀬百合子（一八〇九―九三）は歌と文芸を好み、歌を国学者（明倫館助教）であり歌人であった近藤芳樹に学んだ。近藤は、百合子が機織、苧績（苧は草の名で、麻の一種）をする傍ら歌を詠んでいたと述べている（『比賣嶋日記』の近藤による序文）。慶応三年当時、百合子は五十八歳であった。

夫の荒瀬真纚（一八〇四―五五。通称は善七）は吉敷郡佐山町（山口市佐山）の鈴木幹夫の息子で、荒瀬家に養子として入ったものの、早い時期に亡くなっていた。彼も歌人で、鈴木高鞆編『類題玉石集』に詠歌が収められている。

望東尼は薩長軍の戦勝を祈願して、防府にたどり着いた九月二十五日を初日として七日間、天満宮に毎日参詣し、一日一首の和歌を奉納した。

その間、「断食潔斎」をしたと伝えられている（『望東尼伝』）。楫取素彦は望東尼の墓碑銘においてこのことを「絶粒週日」と言い表している。しかし、前述したように、「七日詣」の初日に望東尼が鳴滝で昼食をとったことが日記に明記されていることから、春山育次郎は、「断食潔斎の説も、絶粒週日の語も、適当の斟酌を加えて解するを要す」とし、さらに「心に熱誠を傾けて謹慎せられたる程度」と解釈している。この点は、確かに春山が指摘するように、断食潔斎が実際にどの程度のものであったかを云々することにさほどの意味はないであろう。むしろ、望東尼が神前にまかり出るために一定期間飲食を慎み、心身を清らかにした（すなわち物忌みをした）ということさえわかれば十分であるように思われる。

七首の和歌

ここで、望東尼が防府天満宮に奉納したという七首の和歌を紹介しよう（口絵参照。なお、一首目の歌は、「防州日記」では三句目が「越えつつも」となっている）。

（九月二十五日）

物のふのあだにかつ坂かけつつもいのるねぎごと受させたまへ

（諸国の武士たちが敵に勝つという地名にちなんだ勝坂を駆けながらも祈る願い事を、神様、どうかお聞き届け下さい）

（九月二十六日）

こぞめなす真赭（ますほ）のすすきほにいでてまねくになびけちぐさ八千ぐさ

（濃く色付いた真赭〔赤い土〕のように赤みを帯びたすすきの穂が出ている。その穂が招く方へなびけ、種々の草々よ）

（九月二十七日）

みよを思ふ矢竹心のひとすぢもゆみとるかずにいらぬかひなさ

（天皇の治世を思う弥猛心（やたけごころ）〔勇み立つ心〕がいかに一途であっても、弓を取る人の数に入らぬことの甲斐のなさよ）

（九月二十八日）

あづさゆみ引かずならぬ身ながらも思ひいる矢はただに一すぢ

（弓を引く人の数に入らぬ取るに足らぬ我が身ではあるものの、深く思いを込めて射る矢はただ一筋である）

（九月二十九日）

みちも無（な）くみだれあひたるなにはえのよしあしわくるときや此時

（道もないので乱れて生えている難波江の蘆の良し悪しを分ける時は今この時である）

（十月一日）

ただなぬかわが日詣でもはてなくに神無月とも成にけるかな

（たった七日間の私の日々の参詣もまだ終わっていないというのに、もう神無月になってしまったことよ）

（十月二日）

ここのへに八重居るくもやはれむとて冬たつそらもはるめきぬらん

（宮中で幾重にも重なっている雲が晴れそうだということで、冬の季節に入った空も春めいているのであろう）

これらの歌が記されている七枚の短冊を目にすると、その美しい水茎の跡に強い印象を受ける。そこには望東尼の熱き思いが込められており、その一筋な思いに胸を打たれない者はいないだろう。

薩摩船の到来

薩摩船は九月二十五、六日に三田尻に到着する予定であったが、その日を過ぎても船影は現れなかった。望東尼も「日をふれどもおとづれもなかりければ」として、次の歌を詠んでいる。

ちぎりおきて帆かげも見えぬ薩摩舟またうき波や立ちかへるらむ

（「防州日記」）

この歌を奇兵隊幹部の福田俠平に見せると、彼は笑ったが、四年前の八月十八日の政変以来、朝廷を間にはさんで激しく敵対し合ってきた薩摩藩に対する長州人の不信感は尋常なものではなく、三田尻に待機中の多くの長州藩兵は、再び薩摩藩に対し疑惑の念を抱くようになっていた。

望東尼は鞠生（まりふ）松原で藩主毛利敬親が上坂部隊の「軍（いくさ）だて」を検閲する様子を見学したとしているが、『修訂防長回天史』によると、それは九月二十七日のことで、藩主に代わって世子広封が閲兵し、「諭令を伝え且つ酒を賜ふ」とある。

九月二十八日、楫取素彦、国貞直人、山田市之允の三名が望東尼の宿を訪ねて来た。望東尼は楫取と互いに歌の贈答をしたり、亡き高杉の書を表具したものを取り出して彼らに披露したりした。

十月一日、望東尼は、荒瀬百合子の案内で堀口（防府市三田尻二丁目）の旅館・山城屋を訪れた。十月三日は宮市の豪商・山内正蔵宅で催された歌会に出席し、防府の歌人たちと交流している。現在、防府市には望東尼の短冊を所蔵している家が何軒かあるが、それらの短冊は望東尼が歌会の席で詠んだ歌を書き付けたものか、あるいは名声を慕って歌を求めてきた人たちに書き与えたものかのいずれかであろう。

その日は「光明寺」（おそらく防府市東三田尻の光妙寺のことであろう）にも立ち寄り、そこに屯営していた山田市之允を伴って桑山の勤王諸有志の墓に詣でた。桑山は標高一〇七メートル、山頂には用明天皇の第三皇子・来目皇子の仮埋葬地がある。

その同じ十月三日、待てど暮らせど薩摩船が到着しないことにしびれを切らせた長州藩政府は、「失機改図」、すなわち前日までの方略を改め別に新たな計画を立てることを決議し、出兵の延期を決定した。ところが、そんな矢先の十月六日、「哺時（午後四時頃）に及ぶ比、薩摩大山格之助、堀直太郎、三島弥兵衛兵、四百を率い汽船一隻に駕し佐賀関海峡を経て三田尻に入る」（『修訂防長回天史』九）。待ちに待った薩摩船がようやく入港して来たのである。望東尼もその日、「薩摩舟、上の関に入りぬ」と記したが、歴史家の三坂圭治は、薩摩船が入港したのは「上の関」ではなく、実際には「中の関」であったと指摘している（防府市教育委員会編『防府関係野村望東尼史料』）。中関は三田尻に隣接する湊で、現在は三田尻中関港（重要港湾）の一部となっている。

望東尼は、周囲の人々に誘われて桑山に行き、山の上から停泊中の薩摩船を眺めている。

十月六日に続いて九日には、島津主殿の率いる八百五十九人の薩摩藩兵を乗せた「翔鳳丸」と「平運丸」の二隻が中関の対岸に位置する向島の「小田浦」に投錨した（『修訂防長回天史』九）。

大政奉還と王政復古

薩長両藩に芸州藩も加わった三藩の首脳は、岩倉具視ら王政復古派公卿と絶えず連絡を保ちながら、天皇からの幕府を討つべしという命令を待っていた。

京都では、十月十三日に朝廷から、前年の八月に剝奪（はくだつ）されていた長州藩父子の官位を復旧するとの天皇の意思が伝えられた。同日、将軍徳川慶喜は二条城において、上洛中の諸藩に大政奉還を諮問し、翌十四日にこれを朝廷に上表した。ところが、その同じ十四日には、薩摩藩の島津久光・茂久（もちひさ）（忠義）父子及び長州藩主父子に朝廷より「討幕の密勅」が授けられていた（ただし、日付は薩摩藩宛のものが十三日、長州藩宛のものが十四日となっている）。密勅は、将軍慶喜が大政奉還を上表したことをもってのちにその取り消しが布達されたが、主戦論に染まっていた薩長両藩は、大政奉還の真の狙いは徳川氏が武力討幕を避けると同時に雄藩連合政権下で自らの勢力の維持を図ることであると見ていたので、武力討幕の方針を変えることはなかった。

十月十五日、大政奉還が朝廷によって受理された。

十一月十三日、薩摩藩主・島津茂久は、家老島津伊勢や西郷吉之助らを従え、三千人の藩兵を四隻の船に分乗させて鹿児島を出発し、十七日に三田尻に到着した。早速、薩長両藩の首脳部の間で出兵策に関する協議が行われ、その結果、薩摩藩が京都を受け持ち、長州藩が西宮で待機することなどが決められた。これを受けて、薩摩藩兵は二十三日に入京した。長州藩からは、千二百人の藩兵を乗せた六隻の船が二十五日、大坂に向けて小田浦を出港した。船は二十九日に摂津国打出浜（うちではま）（兵庫県芦屋市）に到着し、長州藩兵は西宮に陣を構えた。

一方、芸州藩は、世子浅野茂勲（もちこと）が三百人余りの藩兵を率いて十一月二十八日に入京した。さらに千三百人の長州藩兵が陸路で尾道まで進み、そこで待機することになった。このように、薩・長・芸三藩の兵が京坂神方面に集結し、十一月末には大方の布陣が整った。

その後、幕末の歴史は王政復古の大号令（十二月九日）、鳥羽・伏見の戦い（慶応四年一月三―六日）に始まる戊辰戦争を経て明治維新へとつながっていくが、三田尻における薩長連合軍の編成はまさにそうした回天の動きの大きな推進力となっていくのである。

変調

ところで、あれほど待ち望んでいた薩摩船の到着なので、普段の望東尼であれば積極的に自分から見学に出かけるところであるが、「防州日記」には「彼是誘ひければ行たりしに」と、まるで誘われたから行ったと言わんばかりの消極的な書きぶりをしている。

周防の国と心を合はせて、御代の仇ほろぼさんとて、薩摩の大舟に数多乗りて、上の関（中の関カ）にとまれるを見んとて、桑の山に彼是誘ひければ行たりしに、菊の花のをかしげなるを折りたりしに、あきつむし（とんぼ）のすがりたるに、さながらにとばんともせざりければ、かしこき事どももおもひあはせられて

みよひらくたよりや菊の花ならんあきつむしさへゆたにやどれり

天皇の治世が始まるという知らせを聞くのは、菊の花であろうか、「あきつむし」（とんぼ）さえゆったりと止まっている。ここで「あきつむし」は、秋津島（日本国）を連想させる。そのゆったりとした様子は、討幕の軍勢が出揃ったのを見て心の底から安堵している望東尼の姿をあたかも象徴しているかのようである。

「防州日記」の原本を見ると、この記事を境に文字が急に乱れるようになり、そしてついに筆を持つことすら叶わなくなり、代筆によって日記を書きつないでいっている様子がよくわかる。つまり、桑山に行った日がいつかは特定できないが、その日の望東尼はおよそ体調が優れなかったのではないだろうか。三田尻に到着したその日には「七日詣」を始め、その後も精力的に方々に出かけていたので、体力的に相当の無理を重ねていたのかもしれない。

こうして、薩摩船の来航に気分の昂揚を覚えたのも束の間、望東尼は十月十五、六日頃から病の床に伏すようになった（十一月十七日付野村貞和宛藤四郎の手紙。『全集』八三五頁。原本は東京都立中央図書館蔵「渡辺刀水旧蔵諸家書簡文庫」〔渡〕六九二二）。まさに京都では大政奉還という歴史的な動きがあったその頃である。

この頃、次のような歌を詠んだ。

立かへり見むと思ひしきくよりも老のこの身はしもがれぬべし

望東尼はこの歌に、もしも自分が若ければ、京都に戻って皇室（菊花紋）が栄えるのをこの目で見てみたかったのに、という思いを託したのであろう。だがそれをするには、自分はもう霜枯れてしまっている。

この歌の後の「防州日記」には、「病中作」として、十月二十五日から二十九日までに詠んだ五首の歌と十一月一日から六日までに詠んだ八首の歌が収められている。末尾に「右八首の歌ども、霜月一日より他人に書せたる」と記されているが、日記の原本を見ると、「病中作」は自身の筆によるものではなく、十月二十五日以降はすべてを代筆によっていることがわかる。今のところそれが誰の手によるものかは不明である。

長州藩主からの見舞い

病臥中、逗留先の荒瀬家をはじめ長州の多くの人々の厚情によって望東尼は支えられていた。長州藩政府からは役人と看護者二人が派遣され、藩主毛利敬親からは反物と菓子の見舞品を賜り、毛利家の御典医である竹田祐伯も三度往診にやって来た。荒瀬家では家族・親族が皆親昵の世話をしてくれたし、諸隊の幹部たちからは見舞いの品々が次々と届き、近傍からも三人の医師がやって来て、昼夜を問わず交替しながら診てくれた。望東尼はあまりの待遇に、「大名の病気の様と御噂これ有り候て、有難がりて、涙を御流し御喜びにこれ有り候」（前出十一月十七日付藤四郎の手紙）と感涙にむせんだ。

長州藩で望東尼が藩主以下からこのような厚遇を受けることができたのはどういうわけであろうか。

まず第一に考えられるのは、以前から長州藩主や志士たちの間では、望東尼が「赤心」の歌を詠む勤王の歌人として称賛されていたということである。三年前の元治元年（一八六四）五月二十三日付で筑紫衛が望東尼に宛てて出した手紙（「金玉文藻帖」）があり、それには、長州藩士の赤根武人（一八三八―六六。第三代奇兵隊総督）と佐久間佐兵衛（一八三三―六四）から聞いた話として、長州藩主が望東尼の短冊を見てその「赤心」の言葉に感心し、同藩の志士たちも「ひとかたならぬ賞歎」をしているということが記されている。筑紫衛はこのことによって「筑紫の国」（福岡藩）も少しは面目が立つであろうと喜んだ。

第二に考えられるのは、長州藩内で絶大な実力と人気を誇っていた高杉晋作が生前から、望東尼が勤王活動で重要な役割を果たし、自分にとっては命の恩人でもあるということを藩政府の幹部たちに語っていたであろうということである。そういう認識と評価が藩内に広まっていたからこそ、高杉亡き後も多くの人々が引き続き大事にしてくれたのではないか。

さらに第三には、福岡藩の月形洗蔵らが第一次長州征討に際し長州周旋で大いに汗をかいたことが幸いしたかもしれないということである。長州藩が窮地に陥っていた時、福岡藩が藩を挙げて長州藩のために尽力したことは既に述べたとおりである。その先頭に立って活動していた月形らを陰から支えていたのが望東尼である。かの西郷吉之助ですら月形の口を通じて望東尼のことを詳しく聞き及んでいたぐらいであるから、長州藩の人々がこれらの志士たちから望東尼の存在を知らされていたとしても、決して怪しむには足りないものと思われる。

いずれにしても、長州藩主以下による心のこもった厚遇は、単なる親切心や同情によるものではなかった。かつて窮地に陥り苦しんでいた長州藩と高杉ら長州藩士たちは、望東尼によって直接・間接に助けられていたので、そのことに対する感謝の念、報恩の念によるものであったと推察されるのである。

長州の女たち

十一月一日には、楫取ひさ（一八三九―八一。吉田松陰の妹）が山口からわざわざ勝坂を越えて見舞いにやって来た。ひさは十六歳で素彦と結婚し男子二人をもうけるが、明治十四年（一八八一）に四十三歳という若さで亡くなってしまう（なお、ひさ亡き後、素彦は彼女の妹〔久坂玄瑞の未亡人〕を後妻にした。いわゆる順縁婚である）。彼女はこの慶応三年（一八六七）当時は三十歳で、望東尼とかなりの年齢差があったが、望東尼は素彦不在の折にも楫取宅を訪問して親交を重ねていた。例えば、「九月十二日、山口にまだ住みけるとき、小田村(楫取)久子の君がもとにて」という詞書で、「世のうさを嘆きあひたる友がほに鳴く音(ね)悲しききりぎりすかな」と詠じたりもしている。

病床の望東尼がひさの来訪を喜んで詠んだのが次の歌である。

わがために遠き山坂越てこしこころおもへば涙のみして　（「野村望東尼資料」四五）

私のために遠い山坂を越えて来てくれたその気持ちを思ったら、感動で涙が止まらない。望東尼には、高杉の師・吉田松陰の妹でもあるひさがわざわざ自分のために見舞いに来てくれたことが、この上もなく嬉しいことであったろう。

ひさの夫・楫取素彦は、藩命を帯びて各地に派遣されることが多かっただけでなく、野山獄に投獄されたり、幕府によって拘禁されたりということもあった。彼は国事のために家を留守にすることが多く、妻であるひさは夫を信じて家をしっかりと守っていた。

志士が家に居着かないというのは、高杉晋作においても然りであった。妻まさ、愛妾うのもそれぞれに立場こそ違え、時代の先駆者を夫や愛人に持つがゆえのつらく淋しい思いにどれだけ涙で袖を濡らしたことであろうか。荒瀬百合子も四十七歳で夫を失くし、寡婦の身であった。

望東尼は彼女らとの会話の中で、来し方を振り返りながら自らの人生について物語りすることもあったに違いない。実子四人をすべて亡くしてしまったこと、先妻の子供たちの中にも自害した子や江戸勤務中に出奔して流罪となった子がいたこと、孫たちも投獄されたり脚疾で苦しんだりしていること、あるいは姫島の獄舎での痛ましい生活など、同じ女性であれば涙なしには聞くことのできない話ばかりだったであろう。

そのような体験を重ねてきた望東尼の詠じる歌が、彼女たちの心に響かないわけがない。望東尼に親身になって尽くしたり接したりした長州の女性たちは何人もいるが、それは単にこの老尼が長州藩にとって大切な客であったからとか、同じ女性であったからとかの理由のみによるものではなかったであろう。彼女たちは、夫や子供たちを戦争や病気で失いながら、しかも自らは何のなすすべもないという、妻や母たる女性としての哀しみや嘆き、やり場のない苛立ち、あるいは脱力感・無力感を抱いてきた者として、それらを乗り越えてきた望東尼の生き様に大きく力付けられ、深く共感せずにはいられなかったのではないだろうか。

それに加えて、この時代に政治活動に関わった女性の中には、坂本龍馬の龍や桂小五郎の幾松など夫や愛人のために行動した女性たちはいたが、望東尼のように夫の死後自らの意志によって積極的に政治活動に参加した女性は極めて稀であった。将軍継嗣問題で一橋派を助け安政の大獄で押込めに処せられた近衛家の老女・村岡局（津崎矩子）、勤王歌人として多くの志士と交流した大田垣蓮月、長野主膳（井伊直弼の側近）を助けて志士の動静探索に当たった村山たか（可寿江）、志士たちを庇護し岩倉家の女参事と呼ばれた松尾多勢子などがいるのみである。その意味でも望東尼の存在感は際立っており、ひさをはじめとする長州の女性たちは畏敬の念をもってこの老尼に接したことと思われる。

ひさは望東尼を見舞った翌日の十一月二日、山口に帰る前に暇乞いにやって来た。望東尼は、「終の際」でひさに会えたので露ばかりも思い残すことはない、と言って喜んだ。

客死

十一月三日夜、三田尻の医師・秋本里美（一八一三—九四。通称は玄芝、号は鷹洲）が往診にやって来た。彼は常に容態を気にかけてくれていた。望東尼が八月末頃荒瀬百合子に宛てて出した手紙の中に、秋本によって建築中の住居に自分が移ることになっているという話が書かれているので、彼との間でも三田尻に行く前から何らかの交流があったものと思われる。秋本も荒瀬と同じく近藤芳樹から歌を学んでいたので、あるいは歌を通じての交流であったかもしれない。

十一月六日朝、望東尼は自ら起きて沐浴し身体を清め、前もって自分で縫い上げておいた白い法服を着し、絡子（略式の袈裟のようなもの）を掛けて禅尼の姿となり、これも前から準備しておいた白布の布団の上に改めて身

望東尼終焉の地（防府市三田尻本町）

を横たえた。

臨終の日となったこの日、望東尼は次のような歌を残している。

君のめぐみつかふる臣（おみ）の情けまで重ねてあつき病いかにせん　（「防州日記」）

（君主の恵みが厚いばかりでなく、それに仕える家臣の情けまでもが厚く有難いが、それにひきかえ、私の再び篤（あつ）くなってしまった病は一体、いかにすればよいだろうか）

冬ごもりこらへこらへて一時に花咲きみてる春は来るらし　（「防州日記」）

（冬籠りして、こらえにこらえる時があってこそ、一斉に花が咲き満ちる春は来るらしい）

最後の歌は、予祝（前祝い）の歌であり、望東尼の生涯で最後の歌である。長州藩のことを言っているようでもあり、間近に迫った維新の夜明けのことを言っているようでもあり、いずれにせよ、それらを予感させるものが詠み手の心の内にあったということではないだろうか。

臨終の床には、前年望東尼を姫島から救出した藤四郎と大島で救出された澄川洗蔵も居合わせていた。長州藩政府から望東尼危篤の報を受け取った二人は、直ちに十八里の道のりを昼夜兼行してその枕元に駆け付けていた。十八里というから、おそらく彼らは下関からやって来たのであろう。二人が荒瀬宅に到着した時、望東尼は彼らを待ちかねていた様子で、まだ意識があったという。

こうして時間がたち、夜を迎えた。やがて望東尼は、来るべき時がついにやって来たことを自ら悟り、布団の上に正座した。そして静かに臨終の時を待った。望東尼は、筆と紙を求めて何かを書こうとしたが、文字にはならず、それを口に出そうとしたものの、声にもならず、そのまま前に倒れ伏して息を引き取った。夜五つ半（午後九時頃）のことであった（前出十一月十七日付藤四郎の手紙）。享年六十二。

野辺送り

望東尼絶筆（福岡市博物館蔵）

『望東尼伝』によると、葬儀に携わった人々はあり余るほどで、費用はすべて毛利家より支給され、「七日の晩景、桑ノ山の南麓曹洞宗の正福寺（しょうふくじ）といふ禅刹に於て、丁重なる葬儀を行ひ、住持の老僧雪巌雲洞和尚自ら導師となり、始本院向陵望東大姉の法号を授け、衆僧を率ひて儀を修し」たということである。諸隊からの会葬者も八十余人に及んだという。藤四郎ものちに、実に手厚き葬儀であったと感想を述べている。

正福寺の過去帳には、「始本院向陵望東大姉、十一月六日、福岡県筑前の人、俗名野村望東事」と記載されている。

葬儀の後、亡骸は、望東尼の遺志に従い、荼毘（だび）に付されず土葬された（『望東尼伝』）。埋葬の場所は、生野の変に参加しその後三田尻で病没した福岡藩士・仙田淡三郎（結城濬三郎）らの墓の近くが選ばれた。藤は墓の場所を「桑ノ山未申（ひつじさる）（南西）の麓」（前出十一月十七日付藤四郎の手紙）と言っている。春山は「極めて粛疎なる松林なりしと云へり、望東尼終焉当時の墓はすこぶる簡素なる物」であったと解説している。

葬儀が行われた翌春のことである。かつて平尾山荘で腰元として仕えていた山路すが子が望東尼の墓を訪れた。墓は「一片の木標、林の中に立ち、泥にまみれし落花のそれのみがせめてもの手向けなる有様」で、「木標」（墓標）の裏側には辞世の歌二首が刻してあったという（甲斐信夫『山路すが子』）。

花浦の松葉白くおく霜と消ゆればあはれ一さかりかな

（「防州日記」）

（三田尻の松葉一杯に置いた露と一緒に私も消えていこうとしている。ああ、ほんの一時の盛りだったことだなあ）

防府市内望東尼関係図

望東尼の墓（防府市・桑山）

雲水の流れまどひて華浦の初雪とわれふりてきゆなり　（同）

（雲や水のように行方が定まらず流れ迷って、三田尻に降った初雪が消えていくように、年老いた私も消えていく）

「花浦」は華浦（かほ）のことで、三田尻の古名である。二句目の「雲水」という言葉には、文字どおりの雲と水という意味のほかに、各地を行脚する僧（雲水）である自分自身の姿も重ね合わされているのかもしれない。二首ともに、三田尻で終える自分の人生のはかなさを霜や雪になぞらえて詠んでいる。しかし、それは人生の最期を悲しみ嘆くというよりも、恬淡（てんたん）として自らの人生を終えて、自らに別れを告げる悟りのような心境である。

藤四郎と澄川洗蔵は望東尼の初七日の法要を終えて、任地に戻って行った。

楫取素彦は望東尼の死を悼んで次の歌を詠んでいる（『楫取家文書』）。

時雨する佐波の浦べのかれ尾花たれをまねきて袖ぬらすらむ

（時雨が降り注ぐ佐波の浦辺の枯れすすきは、一体誰を招いて袖を濡らしているのであろうか）

余話

三条実美ら五卿は、慶応三年（一八六七）十二月二十七日、ようやく京都に帰還することができた。八月十八日の政変で都落ちして以来、三田尻、山口、長府、太宰府を転々とした、実に四年四カ月にわたる長い逃避行であった。

明治二年（一八六九）、京都の老舗の書肆（しょし）・村上平楽寺（店主・村上勘兵衛）から野村望東尼『比賣嶋日記』の木版本が上梓された。近藤芳樹が「比賣嶋日記序」と題して書いた序文によると、長州出身でのちに京都府知事になる槇村正直（一八三四―九六）が自ら取り仕切って出版することになったのだという。望東尼の没後わずか二年足らずで生前の悲願であった歌集の上梓が実現したということは、長州の人々がいかに望東尼を高く評価し、深い理解を寄せていたかを窺わせるものである。この『比賣嶋日記』という題名は木版本が発行される際に付けられたもので、望東尼自身は原本に「夢かぞへ」と名付けている。なお、この原本は望東尼が世話になった礼として医師の秋本里美に贈っていたものであった。秋本家は所蔵していた原本を、三田尻の俳人で郷土史にも詳しい医師の柳星甫に譲った。柳星甫はその著『星甫随筆』で望東尼のことについても触れている。

明治八年一月、松永宣丈和尚（一八四二―一九三二）が正福寺の住持となった。和尚は、荒瀬家の「位牌壇」に「始本院向陵望東大姉」という塵にまみれた白木の位牌があるのを見つけた。それ以来、正福寺では毎年、望東尼の祥月命日（十一月六日）に有志を招いて法要を営み、桑山の墓の掃除も欠かさなかった。その後、和尚が大楽寺（防府市桑山）に移ったので、法要はそこで営まれるようになった（香川勇哲『松永宣丈の追憶』）。大楽寺では今日でも望東尼の法要が続けられている。

明治十六年、野村貞和の長女・誠（一八六四―一九四六）と外務官僚の鶴原定吉（一八五七―一九一四）との間に縁談が成立した。誠は、望東尼が姫島の獄舎でたびたび夢に見ていたあの曾孫のときである。鶴原はのちに日本銀行理事、関西鉄道（のちに国鉄を経てＪＲ関西）社長、大阪市長、衆議院議員などを務めた人物である。さらに鶴原夫妻の三女・松子は安川財閥の創始者・安川敬一郎の五男・第五郎（株式会社安川電機第二代社長）の妻となる。野村家では助作が投獄された後、本家から貞幹を迎えて家督を継がせていたが、その跡を誠が継いでいた。彼女が鶴原に嫁したことによって家督はその祖母の智鏡尼（たね）に譲られ、まもなく貞貫の三男・二川相遠の孫・小太郎、次いで鶴原の娘婿の休太郎へと受け継がれていく。明治になってそれまでの藩に代わり国家が重たい存在となったが、家は相変わらず個人に重くのしかかってくる存在のままであった。

明治二十四年十二月、明治政府から望東尼に正五位が贈られた。女性にこのような位階が授けられたのは、同時に贈位された津崎矩子と並んで初めてのことであった。その後、桑山の望東尼の墓が楫取素彦によって改修された。楫取素彦撰の墓碑銘（明治二十六年八月付）によると、改修は皇后からの御下賜金五十金と「毛利・三条諸公」からの援助金によるものであった。墓石の前の左右一対の花立ては山路すが子が寄付した。その年十一月六日に追悼祭も催された。没後四半世紀が経過していたが、墓の改修一つにも、望東尼ゆかりの人々の深い思いが込められた。

明治三十五年五月、姫島の獄舎址に記念碑「野村望東尼之旧跡」が建てられた。寄付者の中には、公爵毛利元昭、侯爵伊藤博文、伯爵東久世通禧、伯爵壬生基修、男爵楫取素彦、侯爵山縣有朋、公爵岩倉具定、伯爵土方久元らの名も見える（昭和四十五年〔一九七〇〕に獄舎が復元されたが、昭和五十六年に改めて御堂が建てられた）。

大正二年（一九一三）春、元老井上馨（かつての志道聞太）の内田山（東京都港区六本木）の邸宅で、筑前琵琶奏者・豊田旭穣（きょくじょう）の演奏を聴く会が催された。この時演奏された曲目は、山路すが子が望東尼を偲んで詠んだ長歌に橘知常（旭穣の師）が節を付けたものであった。井上はかつて、高杉が亡くなった直後、望東尼から楫取への手紙を託されたことがあった。その時井上は三十三歳で、高杉が最も信頼した同志のうちの一人であったが、それから四十六年の歳月が流れ、既に齢七十九歳になっていた（この会の二年半後に死去）。この時井上邸に招かれていたすが子は、初めて高杉まさ（六十九歳）に会い、「先年は宿（やど）（高杉晋作）が色々お世話になって」という挨拶を受けた。

野村望東尼略年譜

（享年はすべて数え年）

和暦	西暦	齢	望東尼関係	福岡藩関係	国内外関係
文化3	1806	1	9月6日、福岡藩士（三百石）浦野勝幸・みちの娘として生まれる。名はもと		
5	1808	3			8月、フェートン号事件
文政1	1818	13	この頃から二、三年間、林直統宅で行儀見習い		
5	1822	17	福岡藩士（五百石）郡利貫と結婚するも、半年余りで離婚		
10	1827	22	父・勝幸没す、70歳		
11	1828	23		8月、二度の台風、福岡の被害甚大	
12	1829	24	福岡藩士（四百十三石）野村貞貫の後妻となる（先妻の子三人あり）		
天保2	1831	26	祖父・今泉与七没す、96歳		
3	1832	27	この頃、貞貫とともに歌人・大隈言道に入門	この年、大隈言道、門戸を開く	
4	1833	28		5月、石松元啓、『山里和歌集』を編む 12月、家老・久野外記ら、藩政改革に着手	

年号	西暦	年齢	事項	関連事項	一般事項
天保5	1834	29	12月、太宰府天満宮に千度詣でと歌の奉納を誓う（母・みちの病気平癒祈願のため）	10月、江戸より市川海老蔵（七代目団十郎）一座来演 11月、福岡藩主・黒田斉清隠居し、黒田長溥第十一代藩主となる	
6	1835	30	2月、太宰府天満宮にて千度詣で	3月、二川相近、『徒然集』を編む この年、大隈言道、家業を弟に譲り「ささのや」に隠棲	
7	1836	31		9月、二川相近没す、70歳	
9	1838	33	この頃、次男・野村貞則、神代勝利の娘・たねと結婚		
10	1839	34		4月、大隈言道、豊後日田の広瀬淡窓に入門	
11	1840	35	7月21日、四男・隅田小助、江戸勤務中に出奔（筑前大島に流罪ののち特赦）		8月、アヘン戦争始まる（～1842）
12	1841	36	この年、貞則に長男・貞和が生まれる	この年、百武万里、武谷元立ら、博多大浜において刑死人の死体解剖	5月、天保の改革（～14年）
14	1843	38	この年、三男・野村貞一、二川相近の娘・瀧と結婚し二川家を継ぐ。二川相遠と称す		
弘化1	1844	39	この年、貞則に次男・助作が生まれる	この年、大隈言道、歌論「ひとりごち」を書く	
2	1845	40	10月、貞貫、家督を貞則に譲り隠居		

3	1846	41	6月、長崎にフランス船来航。貞則、警護のために派遣される 7月、平尾山荘に転居完了		
4	1847	42		この年、博多中之島に精錬所を建設	
嘉永1	1848	43	2月28日、貞則、江戸勤務のため出発 5月3日、兄・浦野勝広没す 7月12日、母・みち没す、70歳		
2	1849	44	3月16日、「柞葉集」成立、同月27日、太宰府天満宮に奉納		
3	1850	45	5月、貞則、江戸より帰国		
4	1851	46	8月26日、貞則自害、38歳。まもなく家族は林毛町の家を出て本家（当主野村守貞）の別邸に転居。家禄三百三十石に減封	1月、前藩主黒田斉清没す、57歳	
5	1852	47	閏2月12日、兄・浦野勝幸没す、64歳 この頃、野村たね、息子二人（貞和、助作）を連れて杉土手の実家に移る		
6	1853	48		7月、幕府の諮問に応え、黒田長溥、積極的開国論を主張	6月、ペリー、浦賀に来航 7月、ロシア使節プチャーチン、長崎に来航
安政1	1854	49	春、『類題鴨川五郎集』に十三首の歌が入集	11月、百武万里没す、61歳	1月、ペリー、再来航 3月、日米和親条約調印
2	1855	50	8月、「木葉日記」を編み、明石行敏・いさ夫妻に贈る		

安政3	1856	51	夏頃、筑前国大庭に隠れていた薩摩藩士・葛城彦一を訪れる 10月、姫島に渡航		
4	1857	52		8月、大隈言道、大坂に向けて出発	
5	1858	53	4月14日、三男・相遠没す、42歳 この年、貞和、井手勘七の娘・ひさと結婚	10月、京都清水寺成就院の僧月照、難を逃れて博多に来る。平野国臣、月照と薩摩に向けて出発	6月、日米修好通商条約調印 10月、徳川慶福（家茂）、第十四代将軍に就任
6	1859	54	7月28日、貞貫没す、65か66歳 8月9日、明光寺で得度剃髪し、招月望東禅尼と称す		9月、安政の大獄始まる 10月、吉田松陰処刑
万延1	1860	55	この年、弟・桑野喜衛門、姫島で没す	5月、月形洗蔵ら、黒田長溥に建白書提出	3月、桜田門外の変
文久1	1861	56	2月26日、四男・小助没す、43歳 11月24日、大坂に向けて出発 12月7日、大坂着。8日、大隈言道と再会。21日、入京	5月、月形洗蔵ら勤王派三十名処分される（辛酉の獄）	1月、ロシア船ポサドニック号、対馬に来襲
2	1862	57	3月3日、大田垣蓮月を訪問 この頃、村岡局を訪ね、歌の贈答をする 4月29日、千種有文に歌集の序文を請う 5月12日、大坂着。20日、大坂発。6月12日、福岡着 この年、貞和、家督を弟・助作に譲る	4月、大蔵谷回駕（これにより平野国臣が桝木屋に入獄）	1月、坂下門外の変 2月、皇女和宮、将軍徳川家茂と結婚 4月、島津久光、挙兵上京。寺田屋事件 8月、岩倉具視、千種有文らが四奸二嬪と目され辞官・落飾。 生麦事件

3	1863	58	6月、平野国臣、平尾山荘を訪れてのち上京 7月、野村家、下警固村立益町に転居 11月、大隈言道、『向陵集』の序文を書く	1月、大隈言道、歌集『草径集』刊行 3月、朝命により平野国臣赦免 6月、月形洗蔵ら勤王派赦免 9月、世子・黒田長知、上京し長州周旋	3月、将軍徳川家茂入京。孝明天皇、攘夷祈願のため賀茂行幸（徳川家茂供奉） 5月、長州藩、下関でアメリカ・フランス・オランダ船を砲撃 6月、長州藩、アメリカ・フランス船から報復攻撃を受け砲台を占拠される。高杉晋作、奇兵隊を結成 7月、薩摩藩、イギリス艦隊と交戦（薩英戦争） 8月、中山忠光ら大和で挙兵（天誅組の変）。八月十八日の政変。七卿落ち 10月、生野の変
元治1	1864	59	11月、高杉晋作を平尾山荘に匿まう この年、貞和の長女・とき（のち誠）生まれる	2月、老臣・牧市内、勤王派により暗殺される。中村円太、同志の助けにより破獄 7月、平野国臣、京都六角の獄で刑死、37歳	3月、水戸・天狗党の乱 6月、池田屋事件 7月、禁門の変（蛤御門の変） 8月、四国連合艦隊、下関を砲撃。幕府、第一次長州征討を始める 12月、幕府、征長軍の撤兵を令する。高杉晋作、下関で挙兵
慶応1	1865	60	3月25日、太宰府で五卿に拝謁 5月、三条実美から扇子を賜る	1月、中村円太自刃、31歳 2月、藩庁人事異動で勤王派	1月、長州藩主・毛利敬親父子、服罪

		60	6月24日、藩命により自宅謹慎 6月25日、「夢かぞへ」を書き始める 8月15日、浦野家に移される 9月8日・25日、会所で取り調べ 10月26日、姫島流罪の判決 11月15日、姫島の獄舎に入獄	が多く登用される。五卿、太宰府延寿王院に到着 6月、勤王派への謹慎処分が始まる。喜多岡勇平暗殺される 10月、勤王派百四十名処分され、加藤司書ら切腹、月形ら斬罪（乙丑の獄）	4月、幕府、長州再征を布告 5月、第二次長州征討のため将軍徳川家茂入京
慶応2	1866	61	5月、般若心経を血書し同志の遺族に贈呈 9月16日、高杉晋作の手配により姫島から救出される 9月17日、下関の白石正一郎宅着 10月11日、山中成太郎とともに高杉晋作を訪問 10月末～11月初め頃、入江和作宅に転居		1月、薩長同盟成立 6月、第二次長州征討始まる（幕府と長州藩が交戦） 7月、将軍徳川家茂没す、21歳 8月、小倉城落城 9月、幕府、征長軍を解散させる 12月、徳川慶喜、第十五代将軍に就任。孝明天皇崩御、36歳
3	1867	62	2月10日、長州藩から二人扶持を支給される 6月末、湯田の吉田屋に移る この頃、長州藩主父子から下賜品を拝領 8月16日、助作没す、24歳 9月16日、三条実美から黄金を賜る 9月23日、「防州日記」を書き始める		1月、第二次長州征討が幕府方の全面敗北という形で終結 4月、高杉晋作没す、29歳 8月、ええじゃないかの踊り始まる 10月、大政奉還 12月、王政復古の大号令

			9月25日、山口から三田尻に転居。この日から防府天満宮に七日詣で。以後、荒瀬百合子宅に滞在 10月中旬より病臥 11月1日、長州藩主から見舞いの品届く 11月6日、没す、62歳 11月7日、三田尻の正福寺で葬儀		
明治1	1868			7月、大隈言道没す、71歳	1月、鳥羽・伏見の戦い 3月、江戸城開城
2	1869		9月20日、貞和没す、29歳		
24	1891		3月、靖国神社合祀 12月17日、正五位が贈られる		
26	1893		8月、望東尼の墓（防府桑山）に楫取素彦撰の墓碑銘		
35	1902		5月、姫島の獄舎址に記念碑建立		
42	1909		この年、平尾山荘の草庵復元		
昭和44	1969		この年、姫島の獄舎復元		
56	1981		この年、姫島に御堂建立		

参考文献一覧

＊「望東尼の著述・遺品など／関係史料／刊本／論文」に分類し、刊行順に配列した。重複掲載した文献がある。

望東尼の著述・遺品など

「向陵集」（福岡市博物館蔵「野村望東尼資料」）
佐佐木信綱編『望東尼歌文集』向陵会、一九一一年
佐佐木信綱・芳賀矢一『校註和歌叢書』第五冊、博文館、一九一四年
国民図書株式会社編『明治初期諸家集』国民図書、一九二八年／復刻＝講談社、一九七六年
佐佐木信綱編『野村望東尼全集』野村望東尼全集刊行会、一九五八年
楢崎佳枝子校訂『向陵集』文献出版、一九八一年
「柞葉集」（出光美術館蔵）
谷川佳枝子「野村望東尼筆『柞葉集』について」（『出光美術館館報』第一三七号、二〇〇六年）
「木葉日記」（個人蔵）
前田　淑「野村望東尼自筆本『木葉日記』」（『福岡女学院短期大学紀要』第一八号、一九八二年／再録＝前田淑編『近世福岡地方女流文芸集』葦書房、二〇〇一年）
「上京日記」（天理図書館蔵）
江島茂逸編述「贈正五位望東禅尼伝」（筆者不詳、『維新史料』二五、野史台、一八九六年／復刻＝日本史籍協会編『野史台維新史料叢書』一五、東京大学出版会、一九七四年）
三宅龍子編『もとのしづく』政教社、一九一一年／復刻＝日本史籍協会編、東京大学出版会、一九八二年
前掲『望東尼歌文集』
古谷知新編輯『女流文学全集　第三巻』文芸書院、一九一九年
磯辺　実　校註『野村望東尼　上京日記　姫島日記』交友堂書店、一九四三年
前掲『野村望東尼全集』
「夢かぞへ」（天理図書館蔵、慶応元年〔一八六五〕六月二十五日―十一月三十日の日記）
前掲「贈正五位望東禅尼伝」
前掲『もとのしづく』
前掲『望東尼歌文集』
前掲『女流文学全集　第三巻』
磯辺　実　校註『野村望東尼　夢かぞへ』交友堂書店、一九四三年
前掲『野村望東尼全集』に「夢かぞへ」として収録

小河扶希子編『野村望東尼・獄中記―夢かぞへ』葦書房、一九九七年

「ひめしまにき」（福岡市博物館蔵「野村望東尼資料」、慶応元年十二月―一月十日の日記）

前掲『野村望東尼全集』に「ひめしまにき（稿本）」として収録

楢崎佳枝子校訂『向陵集』文献出版、一九八一年

「姫島日記」（天理図書館蔵、慶応二年一月一一日―三月一三日の日記）

前掲『野村望東尼全集』に「ひめしまにき続編」として収録

「夢かぞへ」（個人蔵）

『比賣嶋日記』初篇、村上平楽寺、一八六九年

前掲『野村望東尼全集』に「比賣嶋日記」として収録

（注1）原本は「いきのわかれ」（慶応元年六―十一月）、「ながれぎ」（慶応元年十一月十四日―十二月）の天・地二冊から成り、望東尼自身による序文がある。これを底本に明治二年、木版本『比賣嶋日記』が刊行されたとみられる。この木版本には、望東尼の序文に替えて、近藤芳樹による「比賣嶋日記序」が掲載されている。『比賣嶋日記』及び『野村望東尼全集』はいずれも「いきのわかれ」、「ながれぎ」、「うぐひす」（慶応二年正月―二月七日）の三篇から成る。

（注2）この「夢かぞへ」は、望東尼が死の直前に三田尻の医師・秋本里美に贈ったものである。

「防州日記」（天理図書館蔵）

前掲「贈正五位望東禅尼伝」

前掲『望東尼歌文集』

前掲『野村望東尼全集』

防府市教育委員会編『防府関係 野村望東尼史料』防府市野村望東尼会、一九六六年／復刻＝防府市野村望東尼会、二〇〇六年

＊

福岡市博物館蔵「野村望東尼資料」（「金玉文藻帖」、「般若心経血書」、「具足」、「辞世」、「書簡集」、「長門だより」、「みのとしうまのとし」、「野村氏系伝」、「本姓佐々木野村系譜」など）、「昭和五十八年収集古文書」、「屏山文庫」、「白川信也資料」、「松浦文書」

福岡市総合図書館蔵「正気伝芳」（馬場文英旧蔵の福岡藩勤王派の書簡、絵画、書跡をまとめたもの。望東尼の書簡・和歌二十二点を含む）

福岡市美術館蔵「野村望東尼書簡」

関係史料（翻刻を含む）

千葉一流『挿入花薄』一七八七年／復刻＝華道沿革研究会編『花道古書集成』第一期第三巻、大日本華道会、一九三〇年／復刻＝思文閣、一九七〇年

千葉万水『拠入花薄精微』一七九五年／復刻＝前掲『花道古書集成』第一期第五巻、一九三〇年／思文閣、一九七〇年
長澤伴雄編輯『類題鴨川五郎集』上・下、一八五四年／復刻＝朝倉治彦監修『類題和歌鰒玉・鴨川集』五、クレス出版、二〇〇六年
大隈言道『草径集』河内屋宗兵衛・三都書肆、一八六三年／正宗敦夫校訂『草径集』岩波文庫、一九三八年／穴山 健校注・ささのや会編『大隈言道 草径集』海鳥社、二〇〇二年／『和歌文学大系 74』所収（進藤康子校注）、明治書院、二〇〇七年
長野誠「筑前志士伝　第八回」（稿本）九州大学附属図書館蔵、一八八三年
江島茂逸編「五卿送迎、征長解兵、薩長和解、荒津潟落葉の錦」（稿本）九州大学附属図書館蔵、一八九〇年
「野村省伝」（筆者不詳、『維新史料』第七五編、野史台、一八九〇年一二月／復刻＝日本史籍協会編『野史台維新史料叢書』一二、東京大学出版会、一九七三年）
「有村治左衛門伝」（筆者不詳、『維新史料』第七八・七九編、一八九一年一月／復刻＝『野史台維新史料叢書』一二）
馬場文英編「七卿西竄始末初編」（『維新史料』第一二八－八二編（一部休載）、一八九二年九月－九六年一二月／復刻＝『野史台維新史料叢書』一七－二二、一九七二－七四年）
土方久元「回天実記」（『維新史料』第一三八－七九編（一部休載）、一八九三年七月－九六年九月／復刻＝『野史台維新史料叢書』二三・二四、一九七二年／東京通信社、一八九七年／新人物往来社、一九六九年）
江島茂逸編『高杉晋作伝入筑始末』団々社書店、一八九三年
馬場文英「野村望東尼行状」（『維新史料』第一四七・四八編、一八九四年四・五月／復刻＝『野史台維新史料叢書』一五、一九七四年）
江島茂逸編述『三條公手栽松由来記』陶山松庵発行、一八九四年
西島種美「野村望東尼国事鞅掌に関する事実附十七節」（『史談会速記録』第一六輯、一八九四年一一月）
江島茂逸編述「贈従四位中村円太伝」（『維新史料』第一六一－七〇編、一八九五年四－一一月）／復刻＝『野史台維新史料叢書』一一、一九七四年）
馬場文英「馬場文英履歴書」（九州大学附属図書館蔵「江島茂逸雑纂」一八九五年九月／翻刻＝小野則秋・磯辺 実『野村望東尼伝』交友堂書店、一九四三年／再録＝徳田武『元治夢物語―幕末同時代史―』岩波書店、二〇〇八年）
江島茂逸編述「贈正五位望東禅尼伝」（『維新史料』第一七四－八二編、一八九六年三－一二月／復刻＝『野史台維新史料叢書』一五、一九七四年）
馬場文英編輯『尊王実記』金田治平発行、一八九七年
『旧福岡藩殉難士喜多岡勇平遺蹟』（筆者不詳）一八九七年

佐佐木信綱編『望東尼歌文集』向陵会、一九一一年
三宅龍子編輯『もとのしづく』政教社、一九一一年／復刻＝東京大学出版会、一九八二年
正宗敦夫ほか校訂『言道翁全集』四冊、歌文珍書保存会、一九一四―一六年／改版＝正宗敦夫ほか編纂『大隈言道全集』上・下、日本古典全集刊行会、一九二五・二八年
平野国臣顕彰会編『平野国臣伝記及遺稿』博文社、一九一六年／復刻＝象山社、一九八〇年
「東行未亡人の追懐」（『朝日新聞』大正五年（一九一六）五月九日号／再録＝一坂太郎編・田村哲夫校訂『高杉晋作史料』マツノ書店、二〇〇二年）
鹿野　生「政子刀自の東行先生談」（『日本及日本人』第六七七号、政教社、一九一六年／再録＝古川　薫　編『高杉晋作のすべて』一九七八年／再録＝『歴史読本』一九九六年八月号／再録＝前掲『高杉晋作史料』）
「東行庵梅処尼今昔物語」（小月笠峰聴取、新聞記事、年月日不詳／再録＝春山育次郎『野村望東尼伝』文献出版、一九七六年／再録＝前掲『高杉晋作史料』）
山口県立教育博物館（現在の山口県立山口博物館）作成「維新史蹟図」一九二〇年
末松謙澄『修訂防長回天史』九、末松春彦発行、一九二一年／復刻＝マツノ書店、一九九一年
日田郡教育会編『淡窓全集』上・中・下、一九二五―二七年／復刻＝思文閣、一九七一年
浦野勝吉作成「浦野家系譜」（未定稿）一九三二年
大塚武松編『楫取家文書』二、日本史籍協会、一九三一年／復刻＝東京大学出版会、一九七〇年／再刊＝一九八四年
香川勇哲『松永宣丈の追憶』大楽寺、一九三三年
井上馨侯伝記編纂会編『世外井上公伝』一・三、内外書籍、一九三三年／復刻＝原書房、一九六八年
林　大寿作成「野村望東尼関係各家（浦野、野村、鶴原、二川、梅月、神代、高岡）略系譜」（未定稿）一九三四年
作間久吉『皇政復古七十年記念山口史跡概覧』一九三六年
佐佐木信綱編『野村望東尼全集』野村望東尼全集刊行会、一九五八年
藤野邦雄「もとの雫―望東尼書簡その他―」（『筑紫』第一一号、一九六一年）
野村澄緒「望東尼遺墨」（『香椎潟』第一四号、一九六八年八月）
下関市教育委員会編・刊『白石家文書』一九六八年／復刻＝国書刊行会、一九八一年
井上忠 翻刻・解説「中村円太『自笑録』の紹介」（『福岡大学人文論叢』第三巻第三号、一九七二年一月）
井上　忠「月形洗蔵関係書翰」（『福岡大学人文論叢』第四巻第一・二・三号、一九七二年六・九・十二月）
『招月望東禅尼遺品目録―野村家所蔵』望東会、一九七三年
穴山　健「ひとりこち　萍堂先生　大隈家系譜略記」（『近世文芸資料と考証』第九号、一九七四年二月）

西郷隆盛全集編集委員会編『西郷隆盛全集』第一・四・六巻、大和書房、一九七六—八〇年
福岡市立歴史資料館編・刊『野村望東尼遺品図録』一九七八年
井上忠編『黒田三藩分限帳』福岡地方史談話会、一九七八年
秀村選三編「老いの回想録」(『近世福岡博多史料』第一集、西日本文化協会、一九八一年)
穴山健「続草径集」(『江戸時代文学誌』第二—四号、一九八一—八五年)
楢崎佳枝子校訂(野村望東著)『向陵集』文献出版、一九八一年
檜垣元吉監修『福岡藩 吉田家伝録』太宰府天満宮、一九八一年
川添昭二・福岡古文書を読む会校訂『新訂黒田家譜』第一・二・五・六・七巻、文献出版、一九八二—八四年
原田種夫訳『黒田騒動』上、教育社、一九八二年
前田淑「近世地方文芸資料『紫陽百人一首』—解題と翻刻—」(『福岡女学院短期大学紀要』第二四号別冊、一九八八年二月)
高田茂廣校註(津上悦五郎著)『見聞略記』海鳥社、一九八九年
一坂太郎『高杉晋作の手紙』新人物往来社、一九九二年
穴山健「翻刻『笠山集』—佐伯家蔵筑前福岡和歌資料—」(『福岡女子短大紀要』第四四—四六号、一九九二・九三年)
福岡地方史研究会編『福岡藩分限帳集成』海鳥社、一九九九年
谷晃「『先祖記』と大文字屋—京都の豪商大文字屋の盛衰—」(『野村美術館研究紀要』第九号、二〇〇〇年三月)
前田淑編『近世福岡地方女流文芸集』葦書房、二〇〇一年
大阪商業大学商業史博物館編・刊『蔵屋敷』Ⅲ、二〇〇二年
一坂太郎編・田村哲夫校訂『高杉晋作史料』マツノ書店、二〇〇二年
福岡地方史研究会古文書を読む会編『福岡藩無足組 安見家三代記』海鳥社、二〇〇八年
諸井耕二「豊後 長梅外」(『長府藩士中川好古『招魂帖』復刻と解題』下関市立長府博物館・下関文書館、二〇〇八年)

刊本

大日本人名辞書刊行会編『大日本人名辞書』講談社、一八八六年
濱口恵璋『新妙好人伝』初篇、興教書院、一八九九年
森政太郎編『筑前名家人物志』上・下編、積善館支店、一九〇七年/復刻=上・下合本、文献出版、一九七九年
甲斐信夫『山路すが子』大正育教社、一九一五年

賀嶋砥川『対馬志士』対馬史料研究会、一九一六年／復刻＝村田書店、一九七八年
佐佐木信綱・梅野満雄編『大隈言道』佐佐木信綱発行、一九一八年／再刊＝『大隈言道とその歌』古今書院、一九二六年
春山育次郎『野村望東尼伝』（筑紫豊により著者遺稿〔一九二七年頃に執筆〕を翻刻）文献出版、一九七六年
田尻　佐『贈位諸賢伝』国友社、一九二七年／再刊＝近藤出版社、一九七五年
荒井周夫『福岡県碑誌』大道学館出版部、一九二九年
伊東尾四郎編『ささのや記』生井薫発行、一九三二年
新開富太郎『大隈言道桜の歌』サン印刷工芸社、一九三二年
三松荘一編『福岡県先賢人名辞典』文照堂書店、一九三三年
伊東尾四郎編『日本婦人の模範野村望東尼』向陵会、一九三三年
山内修一『葛城彦一伝』葛城彦一伝編輯所、一九三五年
二川瀧三郎『二川相近風韻』二川相近風韻会、一九三六年
太田虎一『生野義挙日記』一九四一年／復刻＝生野町教育委員会、一九九三年
小野則秋・磯辺　実『野村望東尼伝』交友堂書店、一九四三年／復刻＝大空社、一九九四年
『山口県文化財概要』第二集、山口県教育委員会、一九五八年
柳　星甫『星甫随筆』星甫随筆研究会、一九五八年
長沼賢海『太宰府の五卿』太宰府天満宮、一九六五年
田中　彰『幕末の長州』中央公論社、一九六五年
『西日本文化』第二五号（野村望東尼特集）、西日本文化協会、一九六六年十一月
安川浄生『野村望東尼とその師元亮巨道禅師』明光寺、一九六八年
竹下数馬編『文学遺跡辞典』詩歌編、東京堂出版、一九六八年
柳生四郎・朝倉治彦編『幕末明治研究雑誌目次集覧』日本古書通信社、一九六八年
筑紫　豊　編『福岡県に於ける明治維新の人柱』福岡県護国神社、一九六八年
田村哲夫編『防長維新関係者要覧』山口県地方史学会、一九六九年／復刻＝マツノ書店、一九九五年
井上　清『日本の歴史』二〇、中公新書、一九七四年
吉田祥朔『近世防長人名辞典』マツノ書店、一九七六年
高木俊輔『幕末の志士』中公新書、一九七六年
『ふくおか歴史散歩』一―一六、福岡市、一九七七―二〇〇〇年
小西四郎『日本の歴史』一九、中央公論社、一九七七年
安川第五郎伝刊行会編・刊『安川第五郎伝』一九七九年
中島三夫著・刊『長三洲』一九七九年
河野英男『陶片の楽書』青葉図書、一九七九年
『国史大辞典』吉川弘文館、一九七九―九七年

石松　清『若宮物語』西日本新聞社、一九八〇年
安川浄生『幕末動乱に生きる二つの人生』みどりや仏壇店書籍部、一九八〇年
日本歴史学会編『明治維新人名辞典』吉川弘文館、一九八一年
臼杵華臣・松村春尾・脇　運雄・河野　正『防府佐波歴史物語』瀬戸内物産(有)出版部、一九八二年
井上精三『福岡町名散歩』葦書房、一九八三年
生野町文化財委員会編『銀山昔日』生野町教育委員会、一九八三年
麻生徹男『常盤館昔話』麻生徹男発行、一九八三年
「日田の先哲」編集委員会『日田の先哲』日田市教育委員会、一九八四年
西日本文化協会編『福岡県史』近世研究編・福岡藩㈢、福岡県、一九八八年
柳　猛直・財部一雄『大名界隈誌』海鳥社、一九八九年
山口県立山口博物館編『高杉晋作と奇兵隊―東行生誕一五〇年記念―』東行庵、一九八九年
北九州市編さん委員会編『北九州市史』近世、北九州市、一九九〇年
桑原廉靖『大隈言道と博多』海鳥社、一九九〇年
福岡地方史研究会編『福岡歴史探検―①近世福岡―』海鳥社、一九九一年
桑原廉靖『大隈言道の桜』海鳥社、一九九二年
外山幹夫『もう一つの維新史―長崎・大村藩の場合―』新潮社、一九九三年
市古貞次ほか編『国書人名辞典』（全五巻）岩波書店、一九九三―九九年
西日本文化協会編『福岡県史』通史編・福岡藩文化㊤・㊦、福岡県、一九九三・九四年
浜玉町史編集委員会編『浜玉町史』浜玉町教育委員会、一九九四年
藤井　覚『幕末の天皇』講談社選書メチエ、一九九四年
成松正隆『加藤司書の周辺―筑前藩・乙丑の獄始末―』西日本新聞社、一九九七年
一坂太郎編『高杉晋作・奇兵隊　関係文献目録』東行庵、一九九七年
桑原廉靖『大隈言道』西日本新聞社、一九九八年
西日本文化協会編『福岡県史』通史編・福岡藩㈠、福岡県、二〇〇〇年
福間町史編集委員会編『福間町史』通史編、福間市、二〇〇〇年
山口　徹　編『瀬戸内諸島と海の道』吉川弘文館、二〇〇一年
一坂太郎『高杉晋作』文春新書、二〇〇二年
梅渓　昇『高杉晋作』吉川弘文館、二〇〇二年
森　弘子『大宰府発見―歴史と万葉の旅―』海鳥社、二〇〇三年
明田鉄男『維新　京都を救った豪腕知事―槇村正直と町衆た

ち―』小学館、二〇〇四年
丸山雍成・長　洋一編『博多・福岡と西海道』吉川弘文館、二〇〇四年
宮地正人『歴史のなかの新選組』岩波書店、二〇〇四年
太宰府市史編纂委員会『太宰府市史』通史編Ⅱ、太宰府市、二〇〇四年
福岡地方史研究会編『福岡市歴史散策』海鳥社、二〇〇五年
宮崎克則・福岡アーカイブ研究会編『古地図の中の福岡・博多―1800年頃の町並み―』海鳥社、二〇〇五年
藤野　保『近世国家解体過程の研究』吉川弘文館、二〇〇六年
青山忠正『高杉晋作と奇兵隊』吉川弘文館、二〇〇七年
アクロス福岡文化誌編纂委員会編・刊『街道と宿場町』二〇〇七年
広瀬　隆『持丸長者―日本を動かした怪物たち、幕末維新編―』ダイヤモンド社、二〇〇七年
中野三敏『江戸狂者伝』中央公論新社、二〇〇七年
鳥栖市教育委員会『鳥栖市誌』第三巻（中世・近世編）、鳥栖市、二〇〇八年
小河扶希子『野村望東尼』西日本新聞社、二〇〇八年
中野三敏『和本の海へ―豊饒の江戸文化―』角川学芸出版、二〇〇九年
新修志摩町史編集委員会編『新修志摩町史』上・下、志摩町、二〇〇九年
前田　淑『筑前の国学者　伊藤常足と福岡の人々』弦書房、二〇〇九年
『筑前維新の道　さいふみち博多街道　維新を繋いだ偉人達の足跡』図書出版のぶ工房、二〇〇九年
冨成　博『誰も知らない幕末薩長連合の真相』新人物往来社、二〇一〇年
石瀧豊美『玄洋社　封印された実像』海鳥社、二〇一〇年

論　文

中嶋利一郎「高杉晋作と筑前」（『筑紫史談』第九集、一九一六年五月）
中嶋利一郎「高杉、西郷は会見せずといふ説の補遺」（『筑紫史談』第一〇集、一九一六年九月）
横山健堂「姫島を脱出した以後の野村望東尼」（『我観』創刊号、一九二三年）
伊東尾四郎「吉村千春父子」（『筑紫史談』第四二集、一九二七年四月）
春山育次郎「平尾山荘記」（『史跡名勝天然記念物調査報告書』第三輯、一九二八年三月）
久保猪之吉「野村望東尼とその周囲」（『国語と国文学』第六巻第一〇号、一九二九年一〇月）
新開竹雨「大隈言道と飯塚」（『都久志』第二号、一九三一年九月／復刻＝文献出版、一九七八年）

林　大寿「魚住楽処父子」（『都久志』第四号、一九三二年二月／復刻＝文献出版、一九七八年）
久保猪之吉「三田尻に於ける望東尼」（佐佐木博士還暦記念会編『日本文学論纂』明治書院、一九三二年）
大熊浅次郎「贈正五位　野村望東尼平尾山荘碑文誤謬の考証」（『筑紫史談』第七一集、一九三七年九月）
大熊浅次郎「贈正五位　野村望東尼の晩節、姫島流謫脱獄の径路」（『筑紫史談』第七六集、一九四〇年五月）
大熊浅次郎「贈正五位　野村望東尼の晩節、防長寓託の経路」（『筑紫史談』第七八―八一集、一九四一年四月―一九四二年五月）
石井庄司「向陵集抄」・「上京日記抄」（短歌雑誌『ゆり』一九五七年）
小川五郎「晩年の野村望東尼」（『あらつち』第一二巻第一一・一二号、一九六一年十一月・六二年一月／再録＝『防長文化史雑考―小川五郎先生遺文選集―』小川五郎先生遺文集刊行会、一九七〇年／復刻＝マツノ書店、一九九三年）
小川五郎「望東尼研究覚書」（『あらつち』第一四巻第二号、一九六三年二月／再録・復刻＝同右）
力武豊隆「月形洗蔵の五卿渡海延期要請の背景について」（『福岡地方史研究』第四三号、一九六四年十二月）
中嶌　邦「幕末の女性―野村望東尼―」（『歴史教育』第一三巻第八号、一九六五年八月）
西尾陽太郎「黒田長溥と筑前勤王派」（『史淵』第九八輯、一九六七年三月）
西尾陽太郎「幕末筑前藩の動向」（『九州史学』第四〇号、一九六七年八月）
恵良　宏「大宰府安楽寺の寺官機構について」（『宇部工業高等専門学校研究報告』第六号、一九六七年十二月）
西高辻信貞「「信全一世中略記」について」（『神道史研究』第一七巻第五・六号、一九六九年十一月）
宮沢民子「維新変革における女の政治的自立への動向―野村望東尼の場合―」（『歴史評論』第二九一号、一九七四年七月）
筑紫　豊「招月望東禅尼の天神信仰」（『別冊宗教文化』一九七五年一月）
井上　忠「明治維新前後の太宰府天満宮」（『菅原道真と太宰府天満宮』下巻、太宰府天満宮文化研究所、一九七五年）
前田　淑「福岡藩幕末歌人二川鶴子―その家系・生涯・作品―」（『福岡女学院短期大学紀要』第一五号、一九七九年二月／再録＝前田　淑『近代女流文芸史（俳諧・和歌・漢詩編）』笠間書院、一九九九年）
柴多一雄「福岡藩の天保改革」（『九州文化史研究所紀要』第二七号、一九八二年三月）
井上　忠「月形洗蔵」（霊山顕彰会福岡県支部編『回天の道』一九八七年七月）
谷川佳枝子「野村望東尼」（『茶道雑誌』第五五巻第九―一一号、一九九一年九―十一月）

梶原良則「長州出兵をめぐる政治情況―福岡藩の長州周旋活動を中心として―」(『史淵』第一二九号、一九九二年三月)
梶原良則「文久期における福岡藩の政治動向」(『福岡大学人文論叢』第二五巻第三号、一九九三年十二月)
力武豊隆「筑前藩国事周旋と黒田長溥」上・下(『福岡市総合図書館研究紀要』創刊号・第二号、二〇〇〇年一月)
林　公雄「桑山に眠る幕末の勤王家人『野村望東尼と墓所について』」(『三田尻』創刊号、二〇〇一年三月)
梶原良則「福岡藩慶応元年の政局と黒田播磨」(『福岡大学人文論叢』第三三巻第一号、二〇〇一年六月)
進藤康子「大東急記念文庫蔵『月瀬紀行』の一考察」(『語文研究』第九三号、二〇〇二年六月)
梶原良則「福岡藩慶応元年の政変」(『福岡大学人文論叢』第三四巻第一号、二〇〇二年六月)
藤津宗久「正福寺と桑山霊場」(『三田尻』第二号、二〇〇三年一〇月)
井戸田文子「近世中後期における大坂商人「小橋屋一統」の結合関係」(『関西学院史学』第三一号、二〇〇四年三月)
小田　忠「鴻池新十郎家『萬日記』について」(『鴻池屋』Ⅰ、大阪商業大学商業史博物館、二〇〇四年)
日比野利信「維新の記憶―福岡藩を中心として―」(『明治維新と歴史意識』明治維新史学会、二〇〇五年)
大隈和喜「歌人大隈言道と玖珠」(『玖珠郡史談』第五七号、二〇〇六年五月)
菊池　明「幕末京都「天誅」事件史」(『歴史読本』第五一巻第七号、新人物往来社、二〇〇六年五月)
横田武子「福岡藩無足組の成立と展開」(『福岡地方史研究会会報』第四五号、二〇〇七年八月)
松岡博和「元禄期の大文字屋五兵衛宗吟と立花実山」(同右)
吉田喜代「豪商大文字屋の系譜を考える」(『福岡地方史研究会会報』第四六号、二〇〇八年八月)

あとがき

筆者と野村望東尼との出会いは、昭和五十三年、かつて望東尼が夫の野村貞貫とともに隠棲した平尾山荘（現在は福岡市の史跡）の隣地に引越したのがきっかけであった。丁度その頃、九州大学文学部国史学科に在籍していた筆者は卒業論文の題材を探しており、これも何かのめぐり合わせと、早速望東尼を研究テーマに選んだ。そこで田村圓澄・川添昭二両教授のご紹介で、福岡市立歴史資料館で研究活動をしておられた郷土史家の筑紫豊先生のもとを訪れた。先生は郷土史の生き字引のような方であったが、実際にお会いしてみると実に気さくなお人柄であった。たまたまその時は、前年に野村家から福岡市に寄贈された膨大な資料の整理に取りかかろうとしていた矢先だったので、運よく筆者もその作業に加えていただくことになった。

それから、望東尼自筆の手紙や日記などに直に触れる日々が始まった。作業中、姫島の獄舎からの手紙の中に涙でにじんだ文字を偶然発見し、胸が熱くなることもあった。仕事の合間に時間を見つけては、望東尼ゆかりの地である姫島や防府などにも足を延ばしてみた。筆者は何か運命的なものに引かれるようにして望東尼研究にのめり込んでいった。

大学卒業後の昭和五十五年、望東尼の家集『向陵集』を翻刻・校訂し出版する機会を得た。駆け出しの研究者としてはそのような機会に恵まれ、望外の幸せであった。同五十八年に筑紫先生は亡くなられたが、先生の教えはその後も筆者を支え続けてくれている。

『向陵集』を出版してから早くも三十年余の歳月が経過した。実はかなり早い時期から出版社より伝記を書いてみないかというお誘いを受けていたのだが、日常の忙しさにとりまぎれて、ついそのままにしていた。

二年半ほど前に改めて別府大悟氏（現・花乱社）から「野村望東尼伝の決定版のようなものを書いてみません

か」との執筆依頼があり、筆者はそれまでに溜まっていたつけを払うような気持ちで、つい気軽にそのお話を引き受けてしまった。筆者にしてみれば、望東尼とは学生時代からの付き合いなので、研究成果をまとめるのにもさほど労力はいらないだろうと思われたし、年齢を重ねていくうちに、これまで学んできたこと、特に諸先達から教えていただいたことをこのまま風化させてはいけない、文字に残しておかなくてはならない、という思いに駆られるようになっていたからである。

ところが、執筆を引き受けてからが大変であった。「急がば回れ」ということで、かつて解読した古文書に改めて目を通すとともに、関連する伝記や論文などについても、その記述のもととなった文献や記録類を遂一確認する作業にとりかかったが、いざ始めてみると、それは実に気の遠くなる、根気を要する作業であった。そのために筆は遅々として進まず、原稿の締切期限をはるかに超過してしまう結果となった。

しかし、そうやってもがいているうちに、思いもよらぬ発見をしたり、それまで筆者の中で曖昧模糊としていた部分に突然光が差し込んできたりした。そして、いつの間にか、史料と格闘したこの二年間は、筆者の研究生活の中でも最も充実した中身の濃い期間となっていた。

今や読者の皆様のご叱正を仰ぐばかりの段階に至ったが、筆を擱くに当たって、これまでの一連の執筆過程で筆者が特に強く抱くようになった思いを、ここに三つほど書き留めておきたい。

第一は、望東尼が女性であるにもかかわらず勤王活動に従事するようになったのには、彼女の母親としての度重なる不幸も深く関わっていたのではないか、という思いである。

望東尼を勤王活動に駆り立てた要因としては、幾つかのものが考えられる。京都で直接目にした幕末のあわただしい政治情勢、自らの膚で感じた朝廷の侵し難い畏さ、勤王商人・馬場文英との出会い、同志としての福岡藩勤王派の存在、正しいと信ずることを揺るぎない姿勢でとことん追求していく自らの生来の気質などは、確かにその活動の不可欠かつ重要な契機あるいは誘因となったことであろう。しかし、それらだけが望東尼をしてあれほどまでの一途さで勤王活動を展開させる要因となりえたのであろうか。筆者には、そこにもう一つ、彼女固有の大きな心理的背景が横たわっていたと思われてならないのである。

本文で繰り返し触れたように、望東尼は実子四人を失い、先妻の子にも次々と先立たれた。子供のことに関しては何とも残酷な運命であり、よくよく幸の薄い人生であった。そんな薄幸な母親の眼に勤王の志士たちは息子も同然の存在と映り、それであればこそこの母親は、絶えず窮境にある彼らを庇護し援助してやることが自らの使命である、と強く思い定めるようになったのではないか。そして、それにより救われるのは志士たちばかりでなく、ほかならぬ母親、すなわち望東尼自身の魂でもあったと思われるのである。

第二は、望東尼が果した東西の情報交換ルートとしての役割が、執筆前に考えていたよりもはるかに重要であると感じるようになったことである。

もともと情報活動は幕末の勤王活動の主要な構成要因であった。志士たちは、諸国の活動家や思想家を訪ね歩くことによって、自らの思想を深めるだけでなく、各地の情報を収集し、一方で自らが得た情報をそれらの地に広めていった。ただし、それには物理上・時間上の制約があり、そうした活動ができるのは一部の者に限られていた。そこで、それと並んで、あるいはそれ以上に重要であったのが、通信手段としての手紙の役割である。手紙は、それを受け応えしてくれる適当な相手さえいれば、極めて有効な通信手段であった。望東尼の場合には、その最も重要な相手が京都の馬場文英であった。情報というものは、古今東西の例を見るまでもなく、時として砲弾の有する威力をもはるかに凌駕するものである。望東尼が情報活動を通して勤王の志士たちにいかに大きな影響を与えたかを、様々な史料が実に雄弁に物語ってくれた。

筆者が痛感した第三の点は、望東尼に庇護された志士たちの感謝の念が、並大抵のものではなかったということである。

姫島脱出後の望東尼を長州の人々は、老若男女を問わず、それこそ藩を挙げて歓待した。藩主からも、下賜品ばかりか、食べるに困らない扶持までもが支給された。また、明治の世になってからも、維新の元勲をはじめ多くの人々により望東尼の功績が顕彰された。それは望東尼が、命からがら平尾山荘に逃げ込んできた志士たちを匿まったり、和歌のやりとりなどを通じて彼らの心を慰め、あるいは励ましたり、若者に勤王思想について語って聞かせたり、さらには中央での活動を手助けしたりして、当時の女性としてなしうる限りの勤王活動を実に多彩な形で展開したからである。いみじくも高杉晋作は望東尼のことを「命の親様」であると表現したが、実際、それは誇張でも何でもなかったであろう。志士たちにとって、まさに望東尼は同志であり、慈母であり、恩師なのであった。彼らのうちの生き残りがのちに、望東尼への畏敬の念、感謝の念を様々な形で顕(あらわ)したのもむべなるかなである。

他藩の人々、とりわけ長州の人々にとって、長州周旋などで活躍した月形洗蔵らかつての同志たちが乙丑の獄によってことごとく葬り去られてしまったのは、至極残念なことであった。そうした彼らからすれば、からくも虎口を逃れて長州に身を寄せて来た望東尼のために尽くすことが、単にそれまでの彼女の労に報いるというだけに留まらず、月形ら同志たちへのせめてもの手向けにもなるということではなかったか。言い換えれば、月形ら福岡藩の志士たちが敬慕した望東尼を手厚くもてなすことによって、泉下の志士たちの霊魂にも喜んでもらいたい、そうやって彼らを慰めたい、という気持ちが他藩の人々の心の中にあったのではないか。執筆という長い旅を終えた今、筆者にはどうしてもそのように思われてならないのである。

本書を著すに当たっては、実に数多くの方々のお世話になった。

穴山健、石瀧豊美、一坂太郎、故・井上宗雄、田坂大藏、谷晃、故・波多野幸彦、前田淑、力武豊隆の各先生方からは数々のご教示を賜った。結婚を機に上京してからも今日まで何とか学問を続けてこられたのは、古文書研究家の波多野先生による親身なご指導のお蔭であった。望東尼の歌を解釈するに当たっては、井上先生が大変懇切に指導して下さった。前田先生には近世女流文学や江戸期の福岡藩について丁寧にかつ詳しくご教示いただいた。穴山、石瀧の両先生には事前に原稿に目を通していただいたうえに、数々の大変貴重なコメントを賜った。

望東尼の子孫の野村家、浦野家、吉田家、二川家、狩野家、若西家、内野家の方々、望東尼ゆかりの地・姫島の今では故人となってしまわれた須田佐七郎、小金丸利一、森ぬいの各氏とその子孫の方々、また防府の松浦正人市長、上山喜誉防府野村望東尼会会長、柳陽二ご夫妻には、たびたびお伺いしては資料を見せていただいたり、研究の手助けをしていただいたりした。平尾望東会、志摩望東会、東山流家元・千葉家の皆様にも何かにつけ、大変お世話になった。福岡市博物館、福岡市総合図書館、福岡市美術館、天理図書館、太宰府天満宮、防府天満宮、明光寺、少林寺、大楽寺、正福寺、節信院などには資料の閲覧などに関して多大のご協力をいただいた。ここに名前を掲げきれなかった方々も含め、皆様には心から感謝を申し上げる次第である。

編集者の別府大悟氏には、執筆開始以来、何から何までお世話になった。氏による導きがなければ、本書を世に問うことはできなかったであろう。深く謝意を表したい。

福岡の両親や古くからの友人たちは、労を惜しまず取材に同行してくれたり、東京にいる筆者に代わって資料をコピーしてくれたりした。また、それらの協力に留まらず、精神的な支えともなってくれた。そして最後に、筆者を励まし続けてくれた四人の娘たちと、原稿をほぼ丸暗記するほどに読み込み、校正作業を手伝ってくれた夫に、心からの感謝の気持ちを伝えたい。

平成二十三年五月

谷川佳枝子

【二刷にあたり】

単純な誤記・誤植を改めたほか、刊行後に多くの方々からご教示をいただいた点も踏まえ、最低限の加除修正を施した。これからも望東尼とともに、私なりの〝ひとすじの道〟を追い求めていきたい。

益田右衛門介　193
摩田孫四郎　167, 168
松岡静子　38, 133
松尾多勢子　319
松平容保　161, 215
松平定敬　215
松平定猷　215
松平治郷（不昧）　112
松田五六郎　175, 202
松永宣丈　324
松本圭堂　160
三木正廉　134, 135
三角十郎　303
美玉三平　162, 163
壬生基修　161, 325
宮部鼎蔵　181
宮部行直→明石行直
明光寺　29, 81, 82, 84
明光寺資料　31, 32, 42, 44
椋梨藤太　275
六人部是香　120
明倫館　185
村岡局→津崎矩子
村田清風　275
村田東圃　187
村山たか（可寿江）　319
毛利玄亮（筑前）　307
毛利定広（広封，元徳）131, 153, 186, 277, 303, 305, 311, 313
毛利敬親（慶親）　153, 186, 280, 295, 297, 303, 305, 311, 313, 316
毛利親信（内匠）　305, 307
毛利輝元　275
毛利秀元　290
毛利元昭　325
毛利元倶　305
毛利元就　275, 290, 305
毛利元政　305
本居宣長　35, 40
百武万里　64, 66, 67, 266, 279, 280
森勤作　175, 191, 192, 239, 258, 268
森みき　85, 248, 270
森安平　229

▷や行

八木宗山　38, 85
八木つる　77, 78, 85, 110
安田喜八郎　175, 238
梁井直江　201
梁川星巌　140
矢野相模（幸賢，梅庵）167, 182, 212, 219, 233
藪幸三郎（貞常）　115-118, 121, 123, 125, 135, 139, 141, 142, 144, 159
藪かつ子　115, 117, 164
山縣有朋　325
山路すが子　55, 188, 191-193, 322, 325
山田顕義（市之允）　305, 311, 312
山中成太郎　159, 161, 278, 281, 282, 285
山本久次郎　237
結城澹三郎→仙田淡三郎
芳井弘道　88
吉田吉之助→浦野吉之助
吉田主馬　218, 233
吉田松陰　69, 105, 185, 189, 317, 318
吉田たか　18, 107, 232, 305
吉田太郎　175, 202
吉田稔麿　181
吉田信古　17, 18, 232, 236
吉田屋　302, 303
吉野応四郎　267, 268, 270
吉松言正（春渚）　95, 111, 115
吉村千春　191
吉村寅太郎　160

▷ら行

頼山陽　156
龍蔵寺　300
レザノフ　52
六角の獄　163, 184, 214-216

▷わ行

若松屋　194
渡辺清　200
渡辺昇　200

野村貞利　28
野村貞信　28, 31, 71
野村貞則　30, 37, 41, 42, 49, 51-54, 57, 61-64, 66, 67, 72, 78, 95, 117, 201, 264, 284
野村新兵衛　264
野村助作（省）　42, 57, 63-65, 79, 125, 128, 144, 178, 181, 199, 201, 205, 213, 220, 228-230, 235, 240, 246, 264, 265, 272, 280, 289, 304, 305, 324
野村たつ　235, 265, 305
野村たね（智鏡尼）　42, 57, 63, 79, 117, 234, 244, 255, 264, 284, 324
野村とき→鶴原誠
野村利貞　28
野村俊貞　28
野村直貞　28
野村長貞　28
野村ひさ　79, 264
野村元貞　28
野村素介　302
野村守貞　37, 41, 63, 71
野村雄之助→隅田小助
野山獄　186, 193, 204, 276, 318

▷は行

梅月ゆき　17, 18, 19, 95, 111
秦てい　41
八月十八日の政変　161, 163, 164, 307
花房静馬　283
花房伝左衛門　39
花房正時（三春）　94
馬場文英　125-127, 129, 132, 134, 146, 159, 161, 163-171, 176, 178, 179, 181, 183, 196-198, 202, 204, 206, 207, 209, 210, 212, 219, 259, 287
早川勇　187, 194, 216
林算九郎　293
林直利　6
林直統　7
ハリス　80
万代十兵衛（安之丞）　191, 229
東久世通禧　161, 194, 326
比喜多源二　122, 159, 166, 167, 214, 216
比喜多五三郎（貞克）　111, 112, 114, 115, 117, 122, 124, 125, 140, 159, 166, 216
久野一角（将監）　144, 159, 234
久野外記（一鎮）　39
土方歳三　161
土方久元（楠左衛門）　160, 289, 302, 325
檜了厳　278
平田大江　187, 188, 201-203
平田主水　203
平野国臣　105, 124, 135, 139, 141, 143, 150, 151, 153-156, 158-162, 164-167, 169, 170, 176, 183, 184, 196-198, 215, 218, 221, 277
平野能栄（吉郎右衛門）　139, 162
広沢真臣（兵助）　305
広瀬淡窓　56
広田弘毅　83
フィルモア　68
フェートン号事件　21, 52
福田俠平　306, 311
福原越後　193
藤四郎　232, 266, 267, 269-272, 277, 279, 296, 303, 304, 315, 316, 320, 321, 323
藤田小四郎　180
藤田東湖　70, 180
藤田正兼　35, 36
藤本鉄石　160
二川幸之進　78, 256, 282
二川相近　26, 34, 35, 40, 41
二川相遠（野村貞一）　30, 37, 41, 78, 256, 324
二川瀧　28, 78, 256
二川鶴子　28, 78
二川友古（鶴原方作）　28, 78
プチャーチン　211
古川直道　88, 89
戸次彦之助　232
ペリー　67-69
法泉寺　298-300
防府天満宮　306-309
ポサドニック号　202
戊辰戦争　314
堀六郎　162

▷ま行

真木和泉　105, 140, 154, 181
牧市内　175, 202
槇村正直　324
桝木屋の獄　141, 150, 165, 168, 175, 236, 239, 268, 287, 295

221, 229, 239
高畠式部　121
高谷弥太夫　95, 111
武田耕雲斎　180
竹田祐伯　289, 316
太宰府天満宮　59, 60, 93, 115, 154, 205, 206, 209, 214
田尻梅翁　40
田代うめ　88
田代正良　88
多田荘蔵　268, 270, 277
立花増熊　151
建部武彦　229, 235, 239
田中勘蔵　245
谷川幹辰　37, 41
千種有功　129
千種有文　129-131, 145-148
筑紫いそ　118, 120, 128
筑紫衛　175, 191, 194, 210, 218, 221, 237, 268, 316
千葉一流　14
千葉杏哉　237
千葉万水　14
長古雪　290, 291
長三洲　282
長梅外（南梁）　282, 283, 291
津上悦五郎　176
月瀬紀行　119, 120
月形深蔵　156
月形質　156
月形洗蔵　156, 157, 178, 179, 182, 183, 187, 191, 192, 194, 196-198, 201, 211, 221-223, 229, 233, 235, 239, 258, 317
津崎矩子　127, 128, 319, 325
津嶋屋　106, 109-112, 169
坪井九右衛門　275
鶴原定吉　324
鶴原方作→二川友古
鶴原誠　227, 235, 246, 265, 324
寺内暢蔵　278, 289
寺田屋事件　131, 141, 162
天狗党の乱　180
天璋院（篤姫）　127
天誅組　160-162, 167
　—の変（大和五条の変）　160, 164
東行庵　286
東郷吉作　110
東山流　14
討幕の密勅　313
頭山満　83
道林寺　16
徳川家定　80, 127
徳川家茂（慶福）　80, 129, 152, 238, 266
徳川家慶　68
徳川慶勝　183, 196, 215, 283, 313
徳川慶喜　80, 283, 313
戸田元利　37
鳥羽・伏見の戦い　314
戸原卯橘　162, 163
富小路敬直　129
外山光輔　216
豊岡の獄　163
豊功神社　290, 291
豊田うめ　249
豊田儀平次　249
豊田ふじ　249

▷な行

中島太郎兵衛　161
長野主膳　319
中牟田浙江　34
中村到（松浦格弥）　218
中村円太　157, 158-160, 164, 167, 169, 170, 175-178, 186, 187, 191, 202, 208-210, 220, 221, 238, 268, 294
中村恒次郎　157, 175-178, 181, 191, 192, 197, 198, 202, 208, 220, 221
中村哲蔵　192, 215
中村兵助　157
中村用六　157, 191, 220
中山忠光　160, 296, 298
中山忠能　160
鍋島直正（閑叟）　186, 187
生麦事件　153
南淋寺　72
二卿事件　216
錦小路頼徳　161, 196, 206
西田直養　98, 99
日米修好通商条約　80, 86
日米和親条約　69
野坂常興　87, 95, 96, 110, 119, 122, 123
野村映貞　28, 63, 71
野村栄貞　28
野村貞明　28
野村貞雄　28
野村貞一→二川相遠
野村貞和　42, 57-59, 63-65, 73, 79, 95, 109, 117, 119, 122, 125, 128, 144, 178, 227, 240, 264, 282, 284
野村貞幹　264, 284, 324
野村貞貫　26, 28-33, 36, 37, 41, 44, 49, 51, 54, 55, 65, 71-73, 78, 81, 82, 97, 128, 256, 324

近藤勇　161, 184
権藤幸助　267-269, 286
近藤芳樹　308, 319, 324
金比羅神社（在自）　96

▷さ行

西郷隆盛（吉之助）　80, 105, 127, 140, 193, 195, 200, 206, 221-223, 267, 277, 195, 200, 206, 221-223, 268, 313, 317
斎藤五六郎　229, 239
斎藤秋圃　44
佐伯常貞　41
酒井忠義　124
坂田嘉左衛門　269, 270
坂田真之助　219
嵯峨仲子　296, 298
坂本龍馬　105, 200, 277, 319
佐久間佐兵衛　316
桜井神社　200
桜田門外の変　86, 156
桜山招魂場　281, 286
佐坐健三郎　175
ささのや　36, 37, 56, 76
佐田藤三郎　175
薩英戦争　153
薩長同盟　200
サラマンダ号　52
沢宣嘉　161-163, 167, 196, 206
三条実万　206
三条実美　105, 129, 145, 152, 161, 162, 167, 177, 203, 205-207, 211, 213, 216, 289, 323
三条西季知　161
直指庵　127
四国連合艦隊下関砲撃事件　186
四条隆謌　161
七卿落ち　161, 164
四宮琢蔵　230
四宮素行　37, 79, 95, 96, 128
シーボルト　66
島田左近　147
島津伊勢　313
島津重豪　39
島津忠義（茂久）　131, 313
島津主殿　312
島津斉彬　127
島津久光　131, 140, 153, 313
修猷館（東学問所）　20, 156, 157
順心寺　67
松下村塾　185
正福寺　84, 321, 324
少林寺　11
白石正一郎　163, 186, 187, 217, 266, 277, 278, 284-286, 291, 293, 294
　一日記　266, 277, 278, 283, 286, 284
白石廉作　163, 277, 284
白水宇逸　41
白水養禎　39
新撰組　161, 181, 184
真藤善八　229
真藤登（利明）　283
辛酉の獄　157, 158
菅原道真（菅公）　102, 105, 205, 208, 227, 307, 308
杉山三郎平　283
鈴木重胤　277, 308
鈴木静雄　308
鈴木高鞆　308, 309
鈴木直道　308
須田卯吉　245, 270
隅田小助（野村雄之助）　30, 43-45, 49, 79, 201, 272
周布政之助　186, 275
澄川洗蔵　272, 304, 320, 323
陶山一貫　41, 286, 287, 289
瀬口三兵衛（善和）　175, 188, 194, 229, 233
雪巌雲洞　321
仙田市郎　177
仙田淡三郎（結城濬三郎）　162, 177, 321
仙田ゆき子　177
宗義達　202, 203

▷た行

第一次長州征討　182, 317
大政奉還　313, 315
大長寺　237
第二次長州征討　214, 238, 259, 265, 275, 276
大文字屋（比喜多家）　112, 114-116, 118, 122, 125, 159, 166, 215
大楽寺　324
高岡清子　17
高杉晋作　105, 153, 185-196, 199, 200, 203, 204, 259, 266, 268, 276-281, 283-286, 289, 290, 292-295, 301, 303, 311, 316, 318, 325
高杉東一（梅之進）　303
高杉春樹（小忠太）　185
高杉まさ　293, 294, 303, 318, 325
鷹取養巴　162, 187, 219,

134, 148, 149, 260-263
大蔵谷回駕　124, 139, 141-143, 168
大坂太七郎　169
大田垣蓮月　120, 121, 319
大音青山（因幡）　182
大鳥居信全　206, 207, 213
大野薫→明石薫
大橋訥庵　157
大庭伝七　187, 284
大山綱良（格之助）　284, 305, 312
岡崎勝海　82
岡部族　151
尾古重伴　308
尾崎逸蔵　229
愛宕通旭　216
愛宕通致　216
小田村伊之介・文助・素太郎→楫取素彦
小田村久子→楫取ひさ
小野加賀　154
お由良騒動　73

▷か行

海津幸一　239
海津亦八　229
和宮　129, 145
片野十郎　305
勝井五八郎　202, 203, 268
勝海舟　200
甲子事変（勝井騒動）　203, 268
葛城彦一（竹内五百都）　73
桂五郎→木戸孝允
加藤司書　182, 211, 212, 219, 220, 235, 239
楫取ひさ　295, 317, 318, 319
楫取素彦　177, 294, 295, 299, 302, 305, 309, 311, 317, 318, 323, 325
亀井南冥　40
亀山八幡宮　99
烏丸光徳　160
河合茂山　229
河上弥一　163
甘棠館（西学問所）　20, 40
来島又兵衛　181, 185
喜多岡元賢　143
喜多岡勇平　143, 144, 158, 159, 163, 179, 182, 196, 227, 230-232, 268
北垣晋太郎　161
北野天満宮　115
喜多村重四郎　272, 304
虚堂智愚　112
木戸孝允（桂小五郎）　105, 160, 185, 200, 268, 285, 305, 319
奇兵隊　185, 186, 277, 291, 306, 311
木村仲之丞（松山松根，変名北村右近）　139
禁門の変（蛤御門の変）　179, 181-184, 193, 197, 211, 215, 220, 221, 275
久坂玄瑞　181, 185, 317
九条久忠　145
国定直人　305, 311
国司信濃　193
栗山大膳　10, 11
黒田清綱　280
黒田騒動　10
黒田忠之　10, 11
黒田綱政　11
黒田長知（慶賛）　11, 68, 165, 178, 212, 215
黒田長舒　20
黒田長溥　11, 39, 51, 68, 73, 124, 139, 140, 142, 156, 157
黒田長政　5, 6, 10, 11, 28, 112, 114
黒田斉清　20, 39, 40, 44, 156
黒田斉隆　13, 20
黒田播磨（溥整，一葦）　211, 233
黒田治高　20
黒田治之　20
黒田光之　11
黒田孝高　5
桑野喜右衛門　17, 60, 74, 76, 244, 272
桑野半兵衛　272, 284, 304
桑山　312, 315, 321, 325
月照　80, 127, 140, 193
元亮巨道　82
功山寺　203, 276, 285, 290
香正寺　34
神代勝利　42, 63, 95
神代勝寛　95
神代春枝　42
孝明天皇　151, 152, 160
郡五兵衛　26
郡たもつ　26, 55, 133, 151, 191
郡利貫　25, 26, 151
久我建通　129, 216
小島源五右衛門　241
金刀比羅宮　103
近衛忠熙　127
小林重治　88, 89, 262
小藤四郎　176, 268-270, 277, 304
小藤平蔵　165, 175, 177, 268
小宮延太郎　201, 268

索　引

＊主として人名及び歴史事象を取り上げた。
＊人名の読みが確定できないものは音読みとした。

▷あ行

青柳種信　35, 82, 139
青柳種春　139
明石いさ　70-72, 82
明石薫　71
明石行敏　61, 70-72, 82
明石行直　71
明石ゆく子　70, 71
赤根武人　316
秋本里美　319, 324
秋山光彪　98
浅野茂勲　313
姉小路公知　152
アヘン戦争　52
荒瀬真纚　309
荒瀬百合子　308, 312, 318, 319
有村次左衛門　88
安政大地震　70
安政東海地震　69
安政南海地震　69
安政の大獄　80, 86, 127, 140
井伊直弼　80, 86, 319
生田久繁　37
生野の変　161, 165, 167, 169, 284
伊熊茂次郎　229
池田屋事件　181, 268
石蔵屋卯平　187
石田清逸　67, 266, 279, 280, 286
泉美津蔵（光蔵）　267-269, 286
伊丹真一郎　175, 191, 194, 229, 232, 239
市川海老蔵（七代目団十郎）　38, 39
乙丑の獄　238, 268
一朝軒　200
井手勘七　79
伊藤清兵衛　175, 210, 218, 239
伊藤博文（俊輔）　105, 185, 326
犬鳴御別館事件　211
井上馨（聞太）　186, 295, 325
今泉与七　15, 16
今井藤太郎　17
今中作兵衛　175, 191, 229, 239
今中祐十郎　175, 239
伊牟田尚平　140
入江和作　217, 278, 284-286
岩倉具定　325
岩倉具視　129, 145, 313
石清水八幡宮　10
上田秋成　120
植田乙次郎　305
魚住楽処　228
うの（梅処尼）　276, 278, 293, 318
浦上数馬　234
浦毎鎮　200
浦野勝貞　11
浦野勝忠　13, 14
浦野勝俊　11
浦野勝俊（権之助）　18
浦野勝久　10, 11
浦野勝広　17, 61, 133
浦野勝正　11
浦野勝宗　10
浦野勝冶　12, 13
浦野勝幸（半兵衛，重右衛門）　7, 14, 15, 17, 18, 237
浦野勝幸（平太夫）　17, 64
浦野勝幸（吉之助）　11, 18, 107, 110, 228, 237
浦野みち　7, 15, 16, 30, 59-61, 87
江上栄之進　175, 191, 219-221, 229, 239, 243
衣非茂記　229, 239
延寿王院　205-208, 213
王政復古の大号令　314
大岡舎人　108-110, 144,
大久保利通（一蔵）　105, 305
大隈言朝　33, 34
大隈言苗　34
大隈言則　36
大隈言道　15, 33-37, 41, 41, 64, 66, 71-74, 76, 77, 85, 87-89, 93, 106-110, 114, 118-120, 128, 130, 133,

谷川佳枝子（たにがわ・かえこ）
1955年，福岡市生まれ。1979年，九州大学文学部国史学科卒業。「消息文の会」主宰，平尾望東会顧問，防府野村望東尼会特別顧問，財団法人太宰府顕彰会評議員。
著書＝野村望東著『向陵集』（楢崎〔谷川〕校訂，文献出版，1981年），論文＝「金森宗和」（『茶道雑誌』1988年），「野村望東尼」（『茶道雑誌』1990年），「幕末動乱を生きた歌人」（『近世を生きる女たち』海鳥社，1995年），「野村望東尼」（『天神様と二十五人』太宰府天満宮，2002年），「野村望東尼筆『柞葉集』について」（『出光美術館館報』137号，2007年），「望東尼の見た志士たちの生き様と維新の道」（『筑前維新の道』のぶ工房，2009年），「野村望東尼と高杉晋作」（『福岡地方史研究』第50号，2012年），「月形洗蔵宛て望東尼書状に関する一考察」（同前第51号，2013年）ほか

野村望東尼（のむらぼうとうに）
ひとすじの道（みち）をまもらば

❖

2011年6月15日　第1刷発行
2015年10月15日　第2刷発行

❖

著　者　谷川佳枝子
発行者　別府大悟
発行所　合同会社花乱社
〒810-0073 福岡市中央区舞鶴 1-6-13-405
電話 092(781)7550　FAX 092(781)7555
印　刷　有限会社九州コンピュータ印刷
製　本　日宝綜合製本株式会社
ISBN978-4-905327-04-2

NOMURABOUTOUNI
by TANIGAWA Kaeko
Karansha Publishig Co.Ltd., 2011:06 Fukuoka, Japan